Schon lange bevor Kevin Spacey in seiner Rolle als Francis Underwood, ein Millionenpublikum mit seinem Ränkespiel in Bann schlug, gab es den fiesen Francis Urquhart. Ihn erfand der frisch von allen Ämtern zurückgetretene, konservative Politiker Dobbs, um sich an seiner früheren Chefin Margaret Thatcher zu rächen. Selbstverständlich nur in Form eines Romans ... Aus dem Racheversuch wurde erst ein, dann mehrere Bestseller, aus den Bestsellern eine BBC-Serie, aus der BBC Serie dann der Netflix-Welterfolg. Für diese jüngste Verfilmung hat Michael Dobbs seine Romane komplett überarbeitet und den heutigen politischen Gepflogenheiten angepasst.

Michael Dobbs, geboren 1948, gehörte zu den engsten politischen Beratern Margaret Thatchers und John Majors. Von der Opposition gefürchtet – der *Guardian* nannte ihn einmal »Westminsters Auftragskiller mit dem Babyface« – war er jahrelang eine graue Eminenz im Zentrum der Macht. 1989 veröffentlichte er mit *House of Cards* seinen ersten Roman, der sofort zum internationalen Beseller wurde.

Alexander Weber, Jahrgang 1969, ist promovierter Anglist, war Unidozent, Musiker und Verlagslektor und lebt heute als freier Übersetzer in Berlin. Er hat u. a. Solomon Northups *Twelve Years A Slave* ins Deutsche übertragen.

MICHAEL DOBBS
SCHACH DEM KÖNIG

Deutsch von Alexander Weber

Berlin Verlag Taschenbuch

Mehr über unsere Autoren und Bücher:
www.berlinverlag.de

MIX
Papier aus verantwortungsvollen Quellen
FSC® C083411

ISBN 978-3-8333-1063-8
November 2016
Die Originalausgabe erschien 1989 unter
dem Titel *To Play The King* bei Collins, London
© Michael Dobbs 1992
Für die deutsche Ausgabe
© Berlin Verlag in der Piper Verlag GmbH,
München/Berlin 2016
Alle Rechte vorbehalten
Übersetzung & Redaktion: Büro Goldesel, Berlin
Umschlagmotiv: Getty Images/Leon Sosra
Gesetzt aus der Garamond durch psb, Berlin
Druck und Bindung: CPI books GmbH, Leck
Printed in Germany

Für Lucy und Andrei.
Für Medford 1971. Für Fiskardon 1981.
Für Villars 1991.
Für alles.

Vorwort

Einer der Gründe, weshalb ich *Schach dem König* im Jahr 1990 als Fortsetzung zu *House of Cards* schrieb, war, dass ich die königliche Jacht stürmischen Gewässern entgegenschippern sah. Und so kam es dann auch. Ich schrieb über zerrüttete Ehen, Finanzskandale, politische Zerwürfnisse und öffentliche Demütigungen, und das Königshaus schien sich mit erstaunlicher Zuverlässigkeit an mein Drehbuch zu halten. Zuweilen hätte man gar glauben können, manche der Royals würden unverhohlen für Rollen in meiner Geschichte vorsprechen. Das Haus Windsor hatte damals einige seiner schwersten Stunden durchzustehen. Um ein Haar wäre das Boot gesunken, und einige Crewmitglieder gingen über Bord.

Bei meinem fiktiven König handelt es sich nicht einfach um eine Version von Prinz Charles – es gab viele Thronfolger, die sich in Schwierigkeiten gebracht haben, und ich habe mich von mehr als einem inspirieren lassen –, aber gewisse Parallelen erwiesen sich als unvermeidbar. Als ich mit dem Schreiben begann, war das Scheitern seiner Ehe bereits abzusehen, allen offiziellen Dementis zum Trotz. Also entschied ich mich, meiner Königsfigur keine Ehefrau zu geben. Ich hoffe, dass nichts von dem, was ich schrieb, respektlos klingt, denn dies war keineswegs meine Absicht.

Wie auch immer, trotz dieser schlimmen Jahre haben sowohl er als auch die Institution als solche ihr Beharrungsvermögen und ihre Selbstheilungskräfte eindrucksvoll unter Beweis gestellt, und beider öffentliches Ansehen ist heute so groß wie seit Jahrzehnten nicht mehr. Die königliche Jacht ist nicht unterzukriegen.

Und FU ebenso. Fast dreißig Jahre nachdem ich ihn erschaffen habe, hat er ein illustres Eigenleben entwickelt, in Büchern, im weltweiten Fernsehen, als Figur, auf die im Parlament wie in der Presse Bezug genommen wird. Könnte es gar sein, dass man selbst in den verstohlenen Winkeln königlicher Paläste über ihn munkelt? Nun, Sie dürfen das gerne sagen, aber ich könnte es unmöglich kommentieren …

M. D., 2013

PROLOG

Nieder mit den Königen. Sie nehmen einfach zu viel Raum ein.

Es war der Tag, an dem sie ihn hinrichten würden.

Inmitten zweier Kompanien von Infanteristen führten sie ihn durch den Park. Die Menschen in der Menge standen dicht gedrängt, und er hatte sich die halbe Nacht gefragt, wie sie wohl reagieren würden. Mit Tränen? Mit Spott? Würden sie versuchen, ihn zu packen, ihn zu befreien, oder ihn verächtlich anspucken? Es hing wohl davon ab, wer ihnen am meisten bezahlt hatte. Doch jeglicher Tumult blieb aus; sie standen nur schweigend da, mutlos, eingeschüchtert, noch immer ungläubig dem gegenüber, was gleich in ihrem Namen geschehen würde. Als er vorüberging, schrie eine junge Frau auf und fiel ohnmächtig zu Boden, doch niemand versuchte, seinen Gang über den hartgefrorenen Boden aufzuhalten. Die Wachen drängten ihn weiter.

Binnen weniger Minuten erreichten sie Whitehall, wo man ihn in einen engen Raum sperrte. Es war kurz nach zehn an einem Januarmorgen, und er rechnete jeden Moment mit dem Klopfen an der Tür, mit dem man ihn abholen würde. Doch irgendetwas musste sie aufgehalten haben; sie ließen sich fast bis zwei Uhr Zeit. Vier Stunden des Wartens, vier Stunden, in denen die Dämonen an seinem Mut zehrten, in denen er glaubte, innerlich zu zerbrechen. In der Nacht hatte er zu einer Art Gelassenheit gefunden, einem inneren Frieden, fast schon einem Zustand der Gnade, doch mit dem Voranschreiten dieser unerwarteten Minuten, die sich zu Stunden dehnten, wich diese

Gefasstheit allmählich einer unerträglichen Panik, die irgendwo in seinem Hirn ihren Anfang genommen, sich über seinen ganzen Körper ausgebreitet und sich nun auch seiner Blase und seiner Eingeweide bemächtigt hatte. Seine Gedanken gerieten durcheinander, und die sorgsam zurechtgelegten Worte, mit denen er die Rechtmäßigkeit seiner Sache zu erhellen und die verquere Logik seiner Henker anzuklagen gedachte, waren plötzlich wie fortgeblasen. Er grub seine Nägel tief in die Handflächen; irgendwie würde er die richtigen Worte finden, wenn die Zeit gekommen war.

Die Tür öffnete sich. Der Hauptmann stand im Dunkeln auf der Schwelle und nickte kurz und finster mit dem behelmten Kopf. Es brauchte keine Worte mehr. Sie packten ihn, und Sekunden später war er im Bankettsaal, einem Ort, den er wegen seiner Rubensdecke und den prächtigen Eichentüren liebte, doch in der unnatürlichen Düsternis fiel es ihm schwer, Einzelheiten auszumachen. Die hohen Fenster waren während des Krieges teilweise zugemauert und vernagelt worden, um bessere Verteidigungsstellungen zu bieten. Nur durch eines der hinteren Fenster, wo Mauerwerk und Bretter herausgerissen waren, drang Licht, und der grelle graue Schimmer rings um das Loch wirkte wie der Eingang zu einer anderen Welt. Das Spalier der Soldaten führte direkt darauf zu.

Gott, war ihm kalt. Seit gestern hatte er nichts mehr gegessen. Die ihm angebotene Mahlzeit hatte er verschmäht, und er war dankbar für das zweite Hemd, nach dem er verlangt hatte, damit er nicht zitterte. Man sollte ihn nicht zittern sehen. Sie könnten es für Furcht halten.

Er stieg zwei grobe Holzstufen empor und neigte den Kopf, als er durch die Schwelle des Fensters auf ein unmittelbar davor errichtetes Podest ins Freie schritt. Auf der neu erbauten Holzbühne befand sich nur ein halbes Dutzend Männer, wohingegen sich an jedem nur erdenklichen Fleck um ihn herum Tausende von Menschen zwängten, zu Fuß, auf Kutschen und Dächern, an Fenstern und anderen Aussichtspunkten. Sicher würden sie irgendwie reagieren, oder? Doch als er hinaus ins blendende Licht trat, wo sie ihn sehen konnten, erstarrte ihre Unrast im eisigen Wind, und die zusammengekauerten Gestalten standen stumm und verdrossen da, noch immer ungläubig. Noch immer konnte, ja, durfte es nicht sein.

In die Bretter, auf denen er stand, hatten sie vier eiserne Krampen getrieben. Falls er sich wehrte, würden sie ihn mit ausgestreckten Gliedern an diesen Haken zu Boden schnüren, doch bewies das nur einmal mehr, wie wenig sie ihn kannten. Er würde sich nicht wehren. Seine Herkunft gebot ein ehrenvolleres Ende. Er würde seine letzten Worte an die Menge richten, und das sollte genügen. Inständig hoffte er, dass ihn seine wackligen Knie nicht preisgaben; er war gewiss schon zur Genüge verraten worden. Sie reichten ihm eine kleine Haube, in der er mit äußerster Sorgfalt sein langes Haar unterbrachte, als wolle er nur mit seiner Frau und seinen Kindern im Park spazieren gehen. Er musste eine gute Figur abgeben. Dann ließ er seinen Mantel zu Boden fallen, damit man ihn besser sehen konnte.

Himmel! Die Kälte durchfuhr ihn, als würde der Frost sein rasendes Herz packen und es auf der Stelle zu Stein werden lassen. Er nahm einen tiefen, schneidenden Atemzug, um sich von dem Schock zu erholen. Nur nicht zittern! Und jetzt stand der Hauptmann seiner Wache vor ihm, dem trotz der Kälte Schweißperlen über die Stirn rannen.

»Nur ein paar Worte, Hauptmann. Ich möchte nur ein paar Worte sprechen.« Verzweifelt durchkämmte er seinen Geist nach dem, was er sagen wollte.

Der Hauptmann schüttelte den Kopf.

»Um Gottes willen, selbst der gewöhnlichste Mensch der Welt hat das Recht auf ein paar Worte.«

»Ihre paar Worte würden mich das Leben kosten, Sir.«

»Und ich schätze meine Worte und Gedanken höher als mein Leben. Meine Überzeugungen waren es, die mich hierhergeführt haben, Hauptmann. Ein letztes Mal möchte ich sie meinen Untertanen kundtun.«

»Das kann ich nicht erlauben. Wahrlich, es tut mir leid. Aber ich darf nicht.«

»Selbst jetzt wollen Sie es mir verwehren?« Die Gefasstheit in seiner Stimme war hitziger Empörung und einer abermals aufbrandenden Panik gewichen. Alles lief falsch.

»Sir, es liegt nicht in meinen Händen. Verzeihen Sie mir.«

Der Hauptmann streckte die Hand aus, um seinen Arm zu berühren, doch der Gefangene entwand sich seinem Griff, ein vorwurfsvolles Glimmen in den Augen. »Sie können mich zum Schweigen bringen, doch Sie werden mich nie zu etwas machen, das ich nicht bin. Ich bin kein Feigling, Hauptmann. Ich brauche Ihren Arm nicht.«

Der Soldat wich zurück wie ein gescholtener Schuljunge.

Die Zeit war gekommen. Keine Worte, keine Verzögerungen mehr. Kein Verstecken. Dies war der Augenblick, in dem sowohl sie als auch er selbst tief in sein Innerstes blicken und herausfinden würden, was für eine Art Mann er tatsächlich war. Er nahm noch einen tiefen, scharfen Atemzug, hielt ihn, solange es ging, in den Lungen und blickte gen Himmel. Der Geistliche hatte weihevoll über den Tod psalmodiert, den endgültigen Triumph über alle weltlichen Übel und Leiden, doch vermochte er darin keinerlei Trost zu erkennen, keinen Strahl göttlichen Lichts, um ihm den Weg zu weisen, keine himmlische Erlösung, nur den stahlgrauen kalten Himmel eines englischen Winters. Jäh wurde ihm gewahr, dass seine Fäuste noch immer geballt waren, die Nägel noch immer tief ins Fleisch seiner Handflächen gebohrt; mit aller Kraft öffnete er seine Finger und legte sie seitlich an die Hosen. Ein stilles Gebet. Ein weiterer Atemzug. Dann beugte er sich hinab, dankte Gott, dass seine Knie noch immer kräftig genug waren, ihm den Weg zu weisen, bewegte sich langsam und würdevoll nach unten, wie er es nachts in seinem Zimmer geübt hatte, und legte sich flach auf das grobe Holzpodest.

Noch immer drang kein Laut aus der Menge. Womöglich hätte er sie mit seinen Worten weder gerührt noch beflügelt, doch zumindest hätte er sich rechtfertigen können. Blinde Wut überkam ihn, als ihm das schreiende Unrecht des Ganzen schlagartig bewusst wurde. Nicht einmal erklären durfte er sich. Verzweifelt sah er erneut in die Gesichter der Leute, der Männer und Frauen, in deren Namen beide Seiten in den Krieg gezogen waren und die ihn nun mit leerem Blick angafften. Schachfiguren, die nie begriffen, was mit ihnen geschah. Allesamt Dummköpfe, und gleichwohl sein Volk, zu dessen Wohl er gezwungen gewesen war, gegen jene zu Felde zu ziehen, die das Gesetz zu ihrem eigenen Vorteil beugen wollten. Er hatte verloren, doch letztendlich würde man sicher erkennen, dass er im Recht war. Letztendlich. Er würde es wieder tun, wenn er noch eine Chance hätte, noch ein Leben. Es war seine Pflicht, er hatte keine Wahl. Ebenso wenig, wie er hier und jetzt eine Wahl hatte, auf dieser schmucklosen Holzbühne, die noch immer nach Harz und frischem Sägemehl roch. Und sie würden es verstehen, oder etwa nicht? Letztendlich ...?

Neben seinem linken Ohr knirschte eine Bohle. Die Gesichter in der Menge wirkten wie eingefroren, die Zeit schien stillzustehen wie in einem riesigen Wandgemälde, in dem sich niemand bewegte. Seine Blase entleerte sich – war es die Kälte oder die schiere Angst? Wie lange noch …? Konzentrier dich! Vielleicht noch ein Gebet? Konzentrier dich! Er fixierte einen verlumpten kleinen Jungen, nicht älter als acht Jahre, mit einer Spur aus Krümeln am schmutzverschmierten Kinn, der gerade aufgehört hatte, seinen Brotkanten zu kauen, und mit erwartungsvoll geweiteten Augen auf einen Punkt etwa einen Fuß über seinem Kopf starrte. Mein Gott, war ihm kalt, so kalt, wie ihm noch nie zuvor gewesen war! Und plötzlich fielen ihm alle Worte, die er hatte sagen wollen, die er so sehnlich herbeigewünscht hatte, wieder ein, als habe jemand seine Seele aufgesperrt und sie entfliehen lassen.

Und dann, im Jahre 1649, schlugen sie ihrem Lehnsherrn König Charles Stuart, Verteidiger des Glaubens und kraft seines Erbes König von Großbritannien und Irland, einfach den Kopf ab.

In den frühen Morgenstunden eines Wintertages, in einem Schlafzimmer mit Blick auf den vierzig Morgen großen Garten eines Palastes, der längst noch nicht erbaut war, als Charles Stuart seinen Gang ins nächste Leben antrat, schreckte dessen Nachfahr jäh aus dem Schlaf. Der Kragen seines Pyjamaoberteils klebte ihm klamm am Hals, mit dem Gesicht nach unten lag er auf einem steinharten, schweißgetränkten Kissen, und dennoch war ihm eisig kalt… kalt wie der Tod. Er glaubte an die Macht der Träume und deren Fähigkeit, die Geheimnisse der Seele zu entschlüsseln, und kaum war er wach, pflegte er nach dem Notizbuch zu greifen, das just zu diesem Zweck auf seinem Nachttisch bereitlag, und alles niederzuschreiben, an das er sich zu erinnern vermochte. Doch nicht dieses Mal. Das brauchte er nicht. Weder den mit Harz und Sägemehl versetzten Geruch der Menschenmenge noch die metallisch graue Färbung des Himmels an diesem frostkalten Nachmittag würde er je vergessen. Noch den unschuldigen, gespannten Blick des Jungen mit seinem dreckigen, von Krümeln übersäten Kinn. Oder die tiefe Verzweiflung darüber, dass sie ihn nicht hatten zu Wort kommen lassen, was sein Opfer sinnlos und seinen Tod vollkommen vergebens machte. Er würde es niemals vergessen. Sosehr er sich auch bemühte.

TEIL 1

Kapitel 1

Überquere niemals eine unbekannte Brücke auf einem Elefanten.
Chinesisches Sprichwort

Dezember: Die erste Woche
Es war keine zwanglose Einladung gewesen. Er tat überhaupt nichts zwanglos. Eher die beharrliche, fast schon gebieterische Vorladung eines Mannes, dem Kommandieren näherlag als Schmeichelei. Er erwartete sie zum Frühstück, und es wäre ihm nicht einmal in den Sinn gekommen, dass sie auch hätte absagen können. Gerade heute, beim Amtswechsel des Premierministers – ein alter raus, ein neuer rein, und lang lebe der Wille des Volkes. Es würde ein Tag der Abrechnung werden.

Benjamin Landless öffnete eigenhändig die Tür, was ihr seltsam vorkam. Das Apartment sollte vor allem Eindruck schinden, so überdimensioniert und unpersönlich, wie es war; eine Wohnung, bei der man, wenn schon nicht einen Portier, dann doch zumindest eine Sekretärin oder einen persönlichen Assistenten erwartet hätte, um Kaffee auszuschenken, die Gäste zu bezirzen und gleichzeitig dezent sicherzustellen, dass sie sich nicht mit einem der impressionistischen Gemälde, die die Wände schmückten, aus dem Staub machten. Landless selbst war weniger ansehnlich. Er hatte ein ausladendes, fleischiges pflaumenrotes Gesicht, das langsam erschlaffte wie eine Kerze, die man zu nah an eine Flamme gehalten hatte. Sein Körper war gewaltig und seine Hände so grobschlächtig wie die eines Arbeiters, was auch seinem Ruf entsprach. Sein *Chronicle*-Zeitungsimperium fußte auf dem unrühmlichen Ende von Streiks und

Karrieren; und auch am Ende der politischen Karriere des Mannes, der just in diesem Moment zum Buckingham Palace aufbrach, um die Macht und die Privilegien eines Premierministers niederzulegen, hatte er einen nicht unbeträchtlichen Anteil.

»Miss Quine. Sally. Wie schön, dass Sie kommen konnten. Ich wollte Sie schon lange kennenlernen.«

Sie wusste, dass er log. Hätte er sie vorher treffen wollen, hätte er es ohne Probleme einrichten können. Er führte sie in den Hauptraum, der das Herz der Penthouse-Wohnung darstellte. Die Außenwände waren aus bodentiefem schlagfestem Sicherheitsglas, sodass er ein überwältigendes Panorama der Parlamentsgebäude am gegenüberliegenden Themseufer bot; dem kunstvoll gemusterten Parkettboden musste ein halber Regenwald zum Opfer gefallen sein. Nicht schlecht für einen Jungen aus den übelsten Gassen von Bethnal Green.

Landless geleitete sie zu einem übergroßen Ledersofa und einem Kaffeetisch, auf dem sich Tabletts mit kochend heißen Frühstückstellern stapelten. Von dem diskreten Gehilfen, der kurz zuvor das Essen zubereitet und die frisch gestärkten Stoffservietten gedeckt haben musste, war keine Spur. Dankend lehnte sie das Essen ab, was ihn jedoch nicht weiter zu stören schien, denn er entledigte sich flugs seines Sakkos und machte sich gierig über seinen Teller her. Sie nahm sich derweil eine Tasse schwarzen Kaffee und wartete.

Landless schlang unbeirrt sein Frühstück hinunter; Höflichkeit und Tischmanieren waren nicht gerade seine Stärke. Auf Smalltalk ließ er sich kaum ein, widmete seinen Spiegeleiern mehr Aufmerksamkeit als ihr, und kurz dachte sie, er bereue womöglich schon, sie überhaupt eingeladen zu haben. Sie fühlte sich verwundbar, was er damit wohl auch bezweckte.

»Sally Quine. Geboren in Dorchester, Massachusetts. Zweiunddreißig Jahre alt, hat sich schon einen beachtlichen Ruf als Meinungsforscherin erworben. Und das in Boston, wo man es als Frau unter all diesen starrköpfigen Iren sicher nicht leicht hat.« Das wusste sie selbst nur zu gut; sie war mit einem von ihnen verheiratet gewesen. Landless hatte seine Hausaufgaben gemacht, sich durch ihre Vergangenheit gewühlt; das wollte er ihr damit klarmachen. Seine Augen, über denen buschige Brauen wucherten wie ein Geflecht aus Tauen, beobachteten scharf, wie sie darauf reagierte. »Eine hübsche Stadt, Boston, kenn ich gut. Sagen Sie, warum haben Sie eigentlich alles zurückgelassen, was Sie sich dort aufgebaut hatten, und sind nach England gekommen, um neu anzufangen? Von null?«

Er hielt kurz inne, erhielt aber keine Antwort. »Es war die Scheidung, nicht? Und der Tod des Babys?«

Landless sah, wie sich ihr Kiefer anspannte, und fragte sich, ob nun ein Sturm der Entrüstung losbrechen oder sein Gast türenschlagend aus dem Raum stiefeln würde. Nein, keine Tränen, das wusste er. Dazu war sie nicht der Typ, das sah man in ihren Augen. Sie war nicht so unnatürlich schlank und ausgemergelt, wie es die heutige Mode verlangte, eher eine klassische Schönheit, die Hüften womöglich eine Spur zu breit, doch sämtliche Rundungen ausnehmend wohlgeformt. Ihr Äußeres makellos. Die Haut ihres Gesichts war geschmeidig; dunkler und glänzender, als es dem blässlichen Ideal einer »englischen Rose« entsprechen würde, ihre Züge so fein wie mit einem Schnitzmesser modelliert. Volle, ausdrucksstarke Lippen, hohe Wangenknochen, das lange Haar so dick und von so dunklem Schwarz, dass man sie fast für eine Italienerin oder Jüdin halten könnte. Am außergewöhnlichsten fand er jedoch ihre Nase, kerzengerade und ein klein wenig zu lang, mit einer flach zulaufenden Spitze, die beim Reden zuckte, und Nasenlöchern, die sich leicht weiteten, wenn sie nachdrücklich oder emotional wurde. Es war die erregendste und sinnlichste Nase, die er je gesehen hatte; er konnte nicht anders, als sie sich auf dem Kissen neben sich vorzustellen. Doch die Augen verstörten ihn, passten irgendwie nicht in das Gesicht. Sie waren mandelförmig, gespickt mit herbstlichem Rostbraun und Grüntönen, durchscheinend wie die einer Katze und hinter einer überdimensionierten Brille verborgen. Sie strahlten nicht wie die anderer Frauen oder, so vermutete er jedenfalls, wie sie wohl früher einmal gestrahlt hatten. Eine gehörige Portion Misstrauen lag darin, so, als hielten sie etwas zurück.

Ohne ihn zu beachten, blickte sie aus dem Fenster. Es waren nur noch wenige Wochen bis Heiligabend, doch wollte sich keine Weihnachtsstimmung einstellen. Jedwede Feierlichkeit lag aufgeweicht in der vom Regen überquellenden Gosse, und irgendwie schien es kein glückverheißender Tag für den Amtsantritt eines neuen Premiers zu sein. Eine Möwe, die die Nordseeböen landeinwärts geweht hatten, überschlug sich vor dem Fenster unter Schreien und Beschimpfungen, die selbst durch die Doppelverglasung drangen, neidete ihm sein Frühstück und trudelte schließlich durch den stürmischen Himmel davon. Sally sah ihr nach, bis sie im trüben Grau entschwand.

»Erwarten Sie ja keine Wut oder Entrüstung, Mr Landless. Dass Sie über das Geld und den Einfluss verfügen, um ihre Hausaufgaben zu machen, beeindruckt mich kein bisschen. Und schmeicheln tut es mir ebenso wenig. Ich bin es durchaus gewohnt, von Geschäftsleuten mittleren Alters angemacht zu werden.« Sie hatte ihn mit voller Absicht gekränkt, wollte ihm unmissverständlich klarmachen, dass dieses Gespräch keine Einbahnstraße war. »Sie wollen etwas von mir. Ich habe keine Ahnung, was, aber ich höre zu. Solange es rein geschäftlich ist.«

Langsam und geflissentlich schlug sie die Beine übereinander, sodass er es ja mitbekam. Seit ihrer Jugend wusste sie, dass Männer ihren Körper verlockend fanden, und diese gesteigerte Aufmerksamkeit machte es ihr unmöglich, ihre Sexualität als etwas Wertvolles und Schützenswertes zu betrachten; vielmehr begriff sie sie als Werkzeug, als Buschmesser, mit dessen Hilfe sich ein Pfad durch eine unwegsame und erbarmungslose Welt bahnen ließ. Wenn Sex schon die Währung des Lebens war, das wusste sie längst, dann würde sie ihn in einen wirtschaftlichen Aktivposten verwandeln, der ihr Türen öffnete, die ihr andernfalls verschlossen blieben. Es gab immer genügend Männer, die mit dem Schwanz dachten. Darauf war Verlass.

»Sie sind sehr direkt, Miss Quine.«

»Ich ziehe es vor, die Dinge beim Namen zu nennen, statt lange um den heißen Brei herumzureden. Und ich kann das gleiche Spiel spielen wie Sie.« Sie lehnte sich zurück aufs Sofa und begann, an den tadellos manikürten Fingern ihrer linken Hand abzuzählen, was sie über ihn wusste. »Ben Landless. Alter ... nun, ihrer stadtbekannten Eitelkeit zuliebe sagen wir mal: noch nicht ganz in den Wechseljahren. Ein knallharter Schweinehund, dem nichts in die Wiege gelegt war und der heute über eines der größten Zeitungsunternehmen dieses Landes herrscht.«

»Bald schon das größte«, warf er leise ein.

»Und der kurz davor steht, United Newspapers zu übernehmen«, fuhr sie mit einem Nicken fort, »sobald der Premierminister, dessen Nominierung, Kandidatur und Wahl Sie nahezu im Alleingang sichergestellt haben, die Macht übernimmt und die kleinen Unwägbarkeiten der Kartell- und Monopolpolitik seines Vorgängers beseitigt hat. Sie müssen die ganze Nacht gefeiert haben, ein Wunder, dass Sie auch nur einen Bissen Ihres Frühstücks runterbekommen haben. Aber Sie gelten ja als Mann mit einem schier unstillbaren Appetit. In jedweder Hinsicht.« Die letzten Worte sprach sie beinahe lasziv, mit einem amerikanischen Akzent, der zwar sorgfältig geglättet und zurückgenommen, aber längst nicht verschwunden war. Folglich klangen ihre Vokale noch immer nach Neuengland, eine Nuance zu lang und träge für London, und ihre Ausdrucksweise konnte so derb sein, als stamme sie direkt aus den Schlangen vor dem Wohlfahrtsamt von Dorchester. »Also, was haben Sie auf dem Herzen, Ben?«

Ein Lächeln umspielte die wulstigen Lippen des Verlegers, doch seine Augen blieben reglos, beobachteten sie aufmerksam. »Es gibt keine Absprachen. Ich habe ihn unterstützt, weil ich ihn für den besten Mann für den Job hielt. Er wird mich nicht bevorteilen. Ich muss es drauf ankommen lassen, wie alle anderen auch.«

Sie vermutete, dass dies bereits die zweite Lüge dieses Morgens war, ließ sie ihm aber durchgehen.

»Was auch immer geschehen mag, es wird eine neue Ära anbrechen. Ein neuer Premierminister bedeutet neue Herausforderungen. Und neue Möglichkeiten. Ich habe den Eindruck, er wird den Leuten mehr Freiheit geben, Geld zu verdienen, als Henry Collingridge. Das sind gute Neuigkeiten für mich. Und möglicherweise auch für Sie.«

»Und das, obwohl sich alle Wirtschaftsindikatoren im freien Fall befinden?«

»Darum geht es nicht. Ihre Firma ist jetzt wie lange im Geschäft? Vielleicht zwanzig Monate? Sie haben einen guten Start hingelegt, sind gut angesehen. Aber Sie sind klein, und kleine Boote wie Ihres gehen gern mal unter, wenn die See in den kommenden Jahren rauer werden sollte. Egal, Sie haben doch ebenso wenig Geduld wie ich, Ihre Zeit mit einer Anfängerklitsche zu verplempern. Sie wollen groß rauskommen, es zur Nummer eins bringen. Und dafür benötigen Sie Geld.«

»Aber nicht Ihres. Wenn ich mit meiner Firma Zeitungsgeld annähme, würde das jeden Funken Glaubwürdigkeit zunichtemachen, den ich mir in den letzten zwei Jahren erworben habe. Mein Geschäftsmodell basiert auf objektiven Analysen, nicht auf Verleumdung und Panikmache mit ein paar nackten Fernsehsternchen zwischendrin, um Auflage zu machen.«

Er ließ seine fette Zunge im Mund umherfahren, als versuchte er, gedankenverloren Reste seines Frühstücks aus den Zähnen zu befördern. »Sie unterschätzen sich«, grummelte er und brachte einen Zahnstocher zum Vorschein, mit dem er nun wie ein Schwertschlucker in den entlegensten Winkeln seines Kiefers herumfuhrwerkte. »Meinungsumfragen sind keine objektiven Analysen. Sie sind Nachrichten. Wenn ein Redakteur eine Ausgabe richtig in Schwung bringen will, beauftragt er Leute wie Sie, ein paar Erhebungen durchzuführen. Er weiß längst, welche Ergebnisse er will und welche Schlagzeile er bringen wird, er braucht nur ein paar Statistiken, um dem Ganzen den Anstrich von Glaubwürdigkeit zu geben. Umfragen sind wie Waffen in einem Bürgerkrieg. Sie können eine Regierung erledigen, zeigen, dass die öffentliche Moral im Arsch ist, allen klarmachen, dass wir Palästinenser lieben oder Apfelkuchen hassen.«

Er wurde immer lebhafter, je mehr er sich für sein Thema erwärmte. Statt zu essen, fuchtelten seine Hände nun wild vor dem Körper herum, als sei er gerade im Begriff, einen unfähigen Redakteur zu erdrosseln. Vom Zahnstocher fehlte jede Spur; womöglich hatte er ihn einfach verschlungen – wie alles andere, das ihm in den Weg kam.

»Wissen ist Macht«, fuhr er fort. »Und Geld. Sie, zum Beispiel, arbeiten vorwiegend in der City, im Finanzdistrikt, mit Unternehmen, die mit Übernahmeangeboten zu tun haben. Ihre kleinen Erhebungen sagen Ihnen, wie die Aktionäre und Finanzinstitute wahrscheinlich reagieren, ob sie die Firma unterstützen oder sie für schnelles Geld fallen lassen. Firmenübernahmen sind Schlachten, ein Kampf auf Leben und Tod für die beteiligten Unternehmen. Ihr Wissen ist sehr wertvoll.«

»Und wir lassen uns diese Arbeit auch gut bezahlen.«

»Ich rede hier nicht über ein paar Tausend oder Zehntausend«, blaffte er abschätzig. »Das bezahlen die in der City aus der Portokasse. Die Art von Informationen, über die wir reden, gestattet es Ihnen, die Summe selbst zu diktieren.« Er schwieg für einen Moment, wollte sehen, ob sie sich in ihrer Berufsehre gekränkt fühlen, lauthals protestieren würde. Stattdessen langte sie hinter sich und zupfte ihr Jackett zurecht, das sich an der Sofalehne nach oben geschoben hatte, wobei sie die Rundungen ihrer Brüste unterstrich und sie ein Stück weit entblößte. Er nahm dies als Zeichen der Ermutigung.

»Sie benötigen Geld – um zu expandieren, um die Meinungsforschungsindustrie an den Eiern zu packen und ihre unangefochtene Königin zu werden. Sonst gehen Sie in der Rezession vor die Hunde. Wär 'ne Schande.«

»Ich fühle mich geschmeichelt von Ihrem onkelhaften Mitgefühl.«

»Sie sind nicht hier, um sich schmeicheln zu lassen. Sie sind hier, um sich einen Vorschlag anzuhören.«

»Das wusste ich, seit ich Ihre Einladung bekommen habe. Obwohl ich mir einen Moment lang vorkam, als wäre ich in einer Vorlesung gelandet.«

Statt zu antworten, stemmte er sich aus seinem Stuhl und

ging quer durch den Raum zum Fenster. Die stahlgrauen Wolken hingen jetzt noch tiefer, und es hatte wieder zu regnen begonnen. Ein Lastkahn kämpfte sich mühsam durch das verebbende Wasser unter der Westminster Bridge, wo die Dezemberstürme den sonst so ruhigen Strom in eine schlammige, hässliche Suppe aus städtischem Müll und ölverseuchter Kieljauche verwandelt hatten. Er blickte in Richtung des Parlamentsgebäudes, die Hände tief in den Taschen seiner zeltartigen Hosen vergraben, und kratzte sich im Schritt.

»Unsere politischen Führer da drüben, die furchtlosen Hüter des Wohlergehens unseres Landes. Ihre Arbeit beruht auf Vertrauen und Vertrauensbruch, auf Informationen, die nur darauf warten, skandalisiert und missbraucht zu werden. Und jeder einzelne von diesen Dreckskerlen plaudert sie, ohne mit der Wimper zu zucken, aus, wenn es seinen Interessen dient. Es gibt keinen Politikredakteur in dieser Stadt, der eine Stunde nach Ende der Kabinettssitzung nicht jedes Wort kennt, das dort gesprochen wurde, und keinen General, der nicht erst einen vertraulichen Bericht durchsickern ließe, bevor er versucht, seinen Verteidigungshaushalt durchzuboxen. Und finden Sie mir bitte einen Politiker, der nicht schon mal Gerüchte über das Liebesleben eines Rivalen gestreut hat, um ihn zu diskreditieren.« Seine Hände flatterten in den Hosentaschen wie die vom Wind umspielten Segel eines Fünfmasters. »Premierminister sind die schlimmsten«, schnaubte er verächtlich. »Wenn sie einen unliebsamen Minister loswerden wollen, machen sie ihn erst einmal in der Presse mit Geschichten über Suff oder Untreue fertig. Insiderinformationen. So funktioniert die Welt nun mal.«

»Vielleicht ist das der Grund, weshalb ich nie in die Politik gegangen bin«, sinnierte sie.

Er wandte sich zu ihr um und sah, wie sie scheinbar gedankenverloren ein verirrtes Haar von ihrem Pullover zupfte. Als sie sich seiner vollen Aufmerksamkeit sicher war, hörte sie schließlich auf, mit ihm zu spielen, und verbarg ihren Körper wieder im Stoff des Seiden-Baumwoll-Jacketts. »Und was soll ich Ihrer Meinung nach also tun?«

Er setzte sich zu ihr aufs Sofa. Ohne Sakko, nur in seinem riesigen maßgeschneiderten Hemd saß er jetzt hautnah neben ihr. Seine physische Präsenz war, für ihr modebewusstes Auge durchaus überraschend, wirklich beachtlich.

»Ich schlage vor, Sie hören auf, eine gute Verliererin zu sein, eine Frau, die sich womöglich jahrelang abrackert, um an die Spitze zu kommen, es aber niemals schafft. Ich schlage Ihnen eine Partnerschaft vor. Mit mir. Ihr Sachverstand« – beide wussten, dass er damit Insiderwissen meinte – »und meine geballte Finanzkraft. Wäre das nicht eine unschlagbare Kombination?«

»Und was springt für mich dabei heraus?«

»Eine Überlebensgarantie. Die Chance, eine Menge Geld zu verdienen, dahin zu kommen, wo Sie hinmöchten: nach ganz oben. Und die Möglichkeit, Ihrem Exmann zu zeigen, dass Sie nicht nur allein zurechtkommen, sondern sogar erfolgreich sein können. Das ist es doch, was Sie wollen, oder etwa nicht?«

»Und wie soll all das vor sich gehen?«

»Wir tun uns zusammen. Ihr Wissen und mein Geld. Sobald irgendetwas in der City passiert, will ich davon erfahren. Wenn Sie die Nase vorn haben, sind die potenziellen Erträge enorm. Alle Gewinne teilen wir fifty-fifty.«

Sie führte Zeigefinger und Daumen vor ihrem Gesicht zusammen. Ihre Nasenspitze zuckte dazu nachdrücklich. »Verzeihen Sie, aber wenn ich Sie recht verstehe, ist das ja wohl ein klein wenig illegal, oder?«

Er schwieg und blickte sie zu Tode gelangweilt an.

»Und es hört sich an, als würden Sie das ganze Risiko auf sich nehmen«, setzte sie nach.

»Das ganze Leben ist voller Risiken. Es macht mir nichts aus, etwas zu riskieren, wenn ich einen Partner habe, den ich kenne und dem ich vertraue. Ich bin mir sicher, wir könnten uns zutiefst vertrauen, oder etwa nicht?«

Er langte vor und strich ihr dabei über den Handrücken; ein misstrauischer Blick trat in ihre Augen.

»Bevor Sie fragen: Sie ins Bett zu bekommen ist kein grundlegender Teil der Abmachung – wirklich nicht, und schauen Sie mich nicht so verdammt unschuldig und beleidigt an. Sie wedeln mir hier Ihre Titten entgegen, seit Sie sich hingesetzt haben, also lassen Sie uns, wie Sie es sagen, die Dinge beim Namen nennen und zum Kern der Sache kommen. Sie flachzulegen wäre sicher ein Vergnügen, aber hier geht es ums Geschäft, und bei mir kommt das Geschäft immer zuerst. Ich habe keine Lust, mir einen womöglich erstklassigen Deal zu versauen, weil ich zulasse, dass mir mein Hirn zwischen die Beine rutscht. Wir sind hier, um die Konkurrenz zu ficken, nicht uns gegenseitig. Also ... was meinen Sie? Interessiert?«

Fast wie bestellt, klingelte in einem entfernten Winkel des Raumes ein Telefon. Mit einem missmutigen Seufzer stemmte er sich erneut hoch, doch als er das Zimmer durchquerte, um abzunehmen, mischte sich freudige Erwartung in seine Mimik; sein Büro hatte strikte Anweisung, ihn nicht zu behelligen, es sei denn ... Er bellte barsch etwas in den Hörer und wandte sich dann mit weit gespreizten Fingern wieder seinem Gast zu.

»Außerordentlich. Ich kann es kaum glauben. Die Downing Street hat sich gerade gemeldet. Anscheinend bittet mich unser neuer Premierminister, ihn anzurufen, sobald er aus dem Palast zurück ist. Ich fürchte also, ich muss los. Ich würde ihn sehr ungern warten lassen.« Sein wächsernes Gesicht verzog sich zu etwas, das im Entferntesten einem Lächeln glich. Nur noch wenige Augenblicke würde sie seine ungeteilte Aufmerksamkeit haben: Ein neuer Ort, ein neuer Gesprächspartner rief. Er schlüpfte bereits in seinen Mantel. »Machen Sie diesen Tag für mich noch besonderer, als er schon ist. Nehmen Sie an.«

Sie reckte sich nach ihrer Handtasche auf dem Sofa, doch er war bereits da, umschloss mit seiner riesigen Arbeiterpranke komplett die ihre. Sie war ihm jetzt so nah wie noch nie, konnte seine Wärme spüren, ihn riechen, die Kraft erahnen, die sich in diesem massigen Körper verbarg und ihm erlauben würde, sie binnen Sekunden zu zermalmen, wenn er dies nur wollte. Doch in seinen Bewegungen lag keinerlei Bedrohung, seine Berührung war überraschend sanft. Einen Moment ertappte sie sich dabei, wie sie schwach wurde, fast schon erregt. Ihre Nase zuckte.

»Sie kümmern sich um die Zahlungsbilanz des Landes. Ich mach mir Gedanken über meine eigene.«

»Denken Sie gut drüber nach, Sally, aber nicht zu lange.«

»Ich werde sehen, was mein Horoskop sagt. Ich melde mich.«

In diesem Augenblick flog die Möwe einen erneuten Angriff auf die Scheibe, kreischte, stieß wütende Beschimpfungen aus, warf sich krachend gegen das Glas und hinterließ eine tropfende Spur Vogelmist. Er fluchte.

»Das soll angeblich Glück bringen«, lachte sie augenzwinkernd.

»Glück?«, knurrte er, als er sie zur Tür brachte. »Sagen Sie das mal dem verdammten Fensterputzer!«

Kapitel 2

Ein Mann sollte in seinem Palast nicht zu gut schlafen,
wenn er ihn behalten will.

Es war anders, als er es sich vorgestellt hatte. Die Menge war viel kleiner gewesen als in den vergangenen Jahren; ja, die nicht einmal zwei Dutzend Leute, die vor den Palasttoren standen und schildkrötengleich unter Regenschirmen und in Plastik-Regenjacken gehüllt umherschlichen, ließen sich schwerlich überhaupt als Menge bezeichnen. Vielleicht scherte sich die viel gerühmte britische Öffentlichkeit einfach einen Dreck darum, wer ihr Premierminister war.

Er lehnte sich im Sitz zurück, ein vornehmer und würdevoller Mann inmitten des schwarzen Leders, aus dessen müdem Lächeln eine gleichgültige, fast schon widerwillige Annahme seines Schicksals sprach. Die Haut seines lang gezogenen Gesichts war zwar gealtert, doch noch immer straff unter dem Kinn, sein Ausdruck streng wie eine römische Büste, das strähnige silbergraue Haar sorgsam aus der Stirn gekämmt. Er trug seinen üblichen koksgrauen Zweireiher und in seiner Brusttasche ein knallbuntes, fast schon dandyhaftes Seidentuch – eine Marotte, dazu gedacht, sich von den Politikerhorden in ihren Marks-&-Spencer-Anzügen und den abgeschmackten Krawatten, die sie alljährlich in ihren Weihnachtsstrümpfen fanden, abzuheben. Alle paar Sekunden bückte er sich hinter den Sitz, um an der Zigarette zu ziehen, die er unterhalb der Fensterlinie versteckt hielt, das einzige äußerliche Zeichen der Anspannung und Aufregung, die in ihm brodelte. Er nahm einen tiefen Zug Nikotin, saß einen Moment reglos da und spürte, wie seine Kehle immer trockener wurde, während er darauf wartete, dass sein Herzschlag sich verlangsamte.

Der ehrenwerte Parlamentsabgeordnete Francis Ewan Urquhart winkte dem kauernden Haufen Schaulustiger vom Rücksitz seines neuen Regierungs-Jaguars flüchtig zu, als dieser durchs Tor in den Ehrenhof des Palasts rollte. Seine Frau Mortima hatte das Fenster herunterkurbeln wollen, um den versammelten Pressefotografen und Kameraleuten einen besseren Blick auf sie beide zu ermöglichen, fand jedoch bald heraus, dass die Fenster des Dienstwagens mehrere Zentimeter dick und unverrückbar an Ort und Stelle eingelassen waren. Der Fahrer hatte ihr versichert, dass es schon den Volltreffer eines Granatwerfers mit panzerbrechender Munition bedürfe, um sie zu öffnen.

Die letzten Stunden waren ihm fast schon absurd vorgekommen. Nachdem man am Vortag um sechs Uhr abends seine Wahl zum neuen Parteichef verkündet hatte, war er zu seinem Haus in der Cambridge Street geeilt und hatte dort gemeinsam mit seiner Frau gewartet. Auf was genau, war ihnen selbst nicht klar gewesen. Aber was hätte er sonst tun sollen? Es war niemand da, der es ihm hätte sagen können. Voller Ungeduld war er ums Telefon herumgeschlichen, das sich aber hartnäckig weigerte, auch nur den kleinsten Laut von sich zu geben. Er hatte durchaus damit gerechnet, dass ihm einige Parlamentskollegen gratulieren würden, vielleicht sogar der amerikanische Präsident oder wenigstens seine Tante, aber anscheinend übten sie sich bereits in der neuartigen Zurückhaltung gegenüber einem ehemals Gleichgestellten, der nun ihr Vorgesetzter war; der Präsident der Vereinigten Staaten würde erst anrufen, wenn er als Premierminister bestätigt war, und seine betagte Tante dachte anscheinend, sein Telefon wäre in den kommenden Tagen sowieso durchgehend besetzt. Händeringend bemüht, ihre Freude mit irgendwem zu teilen, ließen sich Mortima und er schließlich von unzähligen Fotografen vor der Haustür ablichten und plauderten draußen auf dem Gehsteig mit den Journalisten.

Urquhart – oder FU, wie man ihn häufig nannte – war an sich kein geselliger Typ. Von frühester Kindheit an, die er meist damit verbracht hatte, nur in Begleitung eines Hundes und mit einem Schulranzen voller Bücher durch die Heidewiesen des Familiensitzes in Schottland zu streifen, war er es gewohnt, mit sich selbst vorliebzunehmen – doch das hatte ihm nie gereicht. Er brauchte andere – nicht allein, um ihm Gesellschaft zu leisten, auch, um sich mit ihnen zu messen. Dies war der Grund, weshalb er gen Süden gezogen war, dies und die Geldnöte der Familie in den schottischen Highlands. Ein Großvater, der gestorben war, ohne auch nur im Geringsten zu wissen, wie man sich den Fiskus vom Hals hielt; ein Vater, der das Stammgut der Familie mit seinem rührseligen Festhalten an Traditionen in Grund und Boden gewirtschaftet hatte. Wie Apfelblüten im Schnee hatte er das Vermögen seiner Eltern und deren gesellschaftliches Ansehen dahinwelken sehen und sich schließlich aus dem Staub gemacht, solange die mit Hypotheken überhäufte Moorlandschaft noch irgendetwas abwarf – ungeachtet des väterlichen Drängens und dessen verzweifelter Beschwörung der Familienehre, die sich bald zu einer tränenreichen Anklage gesteigert hatte. In Oxford war es ihm kaum besser ergangen. Seine Liebe zu Büchern hatte ihm eine brillante Universitätslaufbahn und eine Dozentur für Volkswirtschaft beschert, doch konnte er sich für das akademische Leben nie recht erwärmen. Die zerknitterten Cord-Uniformen und die zerstreute Rechthaberei, mit denen sich so viele seiner Kollegen ein Leben lang kleideten, waren ihm mit der Zeit zuwider geworden, wie auch der nasskalte Flussnebel, der täglich vom Cherwell aufstieg, und das kleingeistige universitätspolitische Gezänk am Professorentisch. Eines Abends war ein hochrangiger Vertreter des Finanzministeriums zu Gast gewesen. Die versammelte Professorenschaft hatte sich in einem gemeinschaftlichen intellektuellen Orgasmus ergangen, wobei sie dem Politiker so hart zusetzten, dass dieser beinahe seine Fassung verlor; die meisten der Anwesenden fühlten sich dadurch nur in ihren Ansichten über die Unzulänglichkeiten Westminsters bestätigt, Urquhart jedoch witterte hier seine Chance. Also hatte er dem verregneten Moor wie auch dem Elfenbeinturm den Rücken gekehrt und einen kometenhaften politischen Aufstieg hingelegt, jedoch stets bedacht, seinen Ruf als Wissenschaftler zu wahren. Andere fühlten sich ihm deshalb unterlegen. Und in der Politik war das schon die halbe Miete.

Erst nach seinem zweiten Auftritt vor den Fotografen, gegen halb neun abends, regte sich das Telefon wieder. Ein Anruf aus dem Palast, der Privatsekretär. Würde es ihm passen, morgen früh so gegen neun Uhr vorbeizukommen? Ja, das würde ihm sogar ausgesprochen gut passen, vielen Dank. Dann ließen allmählich auch die anderen Gratulanten von sich hören. Parlamentskollegen, die ihre Hoffnungen und Ängste nicht länger in Schach halten konnten und endlich wissen wollten, welchen Posten er ihnen am kommenden Morgen womöglich anbieten oder entziehen würde. Zeitungsredakteure, die noch unentschlossen waren, ob sie sich das begehrte erste Exklusivinterview mit Drohungen oder Schleimerei sichern sollten. Dienstbeflissene Apparatschiks, peinlichst darauf bedacht, ja keines der administrativen Details dem Zufall zu überlassen. Der Geschäftsführer der für die Partei tätigen Werbeagentur, der zu viel getrunken hatte und kein Ende fand. Und Ben Landless. Es war keine richtige Unterhaltung gewesen, nur derbes Gelächter in der Leitung und das unverkennbare Geräusch eines knallenden Champagnerkorkens. Urquhart glaubte, eine Frau im Hintergrund kichern zu hören, mindestens eine. Landless feierte – und das zu Recht. Er war Urquharts erster und tatkräftigster Unterstützer gewesen, und mithilfe geschickter Schachzüge, die von leichter Nötigung bis zu wahrer Folter reichten, hatten sie Henry Collingridge gemeinsam in den vorzeitigen Ruhestand manövriert. Urquhart stand tief in seiner Schuld, mehr als er zu bemessen vermochte, während der Zeitungsmagnat wie immer wenig Skrupel zeigte, ihm das passende Maß zu nennen.

Seine Gedanken waren noch immer bei Landless, als der Jaguar durch den rechten Torbogen des Palasts brauste und auf dem zentralen Innenhof anhielt. Der Fahrer bremste äußerst behutsam, was nicht allein der königlichen Umgebung geschuldet war, sondern ebenso der Tatsache, dass man mit einem über vier Tonnen schweren gepanzerten Jaguar keine Vollbremsung hinlegen kann, ohne dass es für die Insassen äußerst ungemütlich wird, und obendrein riskiert, die Panikautomatik auszulösen, die umgehend einen Notruf an die Einsatzzentrale von Scotland Yard übermittelt. Der Wagen kam indes nicht unter den dorischen Säulen des Haupteingangs zum Stehen, den die meisten Besucher benutzten, sondern vor einer seitlich im Hof gelegenen, viel kleineren Tür, wo ihn der Privatsekretär schon lächelnd begrüßte. Blitzschnell, doch ohne sichtliche Eile, hatte er die Tür geöffnet und einen Kammerherrn zum Vorschein gebracht, der Mortima Urquhart zu Kaffee und etwas höflicher Plauderei entführte, während er selbst Urquhart eine schmale, aber aufwendig vergoldete Treppe hoch in einen winzigen Warteraum begleitete, der ihm ebenso breit wie hoch erschien. Eine Minute verharrten sie dort, umgeben von Ölgemälden viktorianischer Pferderennen, und bewunderten eine kleine, aber ausgesprochen freizügige Marmorstatue zweier Liebender aus der Renaissance. Dann tat der Privatsekretär ohne einen merklichen Blick auf seine Armbanduhr kund, dass es nun Zeit sei, trat auf ein Paar deckenhohe Flügeltüren zu, klopfte dreimal behutsam an und öffnete sie, wobei er Urquhart bedeutete hineinzugehen.

»Mr Urquhart. Herzlich willkommen!«

Vor einem schweren purpurroten Damastvorhang, der eines der bodentiefen Fenster seines Wohngemachs verdeckte, stand der König. Er quittierte Urquharts ehrerbietige Verneigung mit einem respektvollen Nicken und hieß ihn mit einer Geste näher zu kommen. Der Politiker marschierte quer durchs Zimmer, und erst kurz bevor er beim Monarchen angekommen war, machte dieser einen kleinen Schritt vor und reichte ihm die Hand.

Hinter Urquhart hatten sich die Türen bereits wieder geschlossen; die beiden Männer, der eine Herrscher aufgrund seines Erbrechts, der andere aufgrund politischer Winkelzüge, waren allein. Urquhart dachte bei sich, wie kalt es doch in diesem Raum war, gut zwei oder drei Grad kälter als das, was andere als angenehm empfinden würden, und wie überraschend schlaff sich der königliche Händedruck anfühlte. Als sie sich gegenüberstanden, schien keiner der Männer zu wissen, wie er beginnen sollte. Der König zupfte nervös an seinen Manschetten und lachte kurz auf.

»Nur keine Sorge, Mr Urquhart. Bedenken Sie, dass dies auch für mich das erste Mal ist.« Der König, sein halbes Leben Thronfolger und keine vier Monate Herrscher, geleitete ihn zu zwei Stühlen, die sich zu beiden Seiten eines meisterlich gemeißelten Kaminsimses aus weißem Stein gruppierten. An den Wänden ragten polierte Marmorsäulen auf, die eine mit raffinierten klassizistischen Musenreliefs geschmückte Gewölbedecke stützten, während in den von den Steinsäulen gebildeten Alkoven übergroße, schwere Ölgemälde königlicher Vorfahren hingen, geschaffen von einigen der größten Künstler ihrer Zeit. Handgeschnitzte Möbelstücke umringten einen gewaltigen, mit grazilen roten und goldenen Blumenmustern verzierten Axminsterteppich, der sich von einem Ende des riesigen Raumes bis zum anderen erstreckte. Dies war ein Wohnzimmer, doch eindeutig das eines Königs oder Kaisers, und es hatte sich womöglich in hundert Jahren nicht verändert. Die einzige informelle Note stellte ein Schreibtisch dar, der in einer entfernten Ecke stand, um das vom Park her einfallende Licht zu nutzen, und auf dem sich ein Wust aus Papieren, Broschüren und Büchern türmte, darunter, halb begraben, ein einsames Telefon. Dem König eilte der Ruf eines gewissenhaften Lesers voraus – und vom Zustand seines Schreibtischs zu urteilen nicht zu Unrecht.

»Ich bin mir nicht sicher, wo wir anfangen sollen, Mr Urquhart«, begann der König, als beide Platz genommen hatten. »Wir sollen hier Geschichte schreiben, aber scheinbar existiert für diese Treffen kein formelles Protokoll. Ich habe Ihnen nichts zu geben, keine vollmundigen Ratschläge, noch nicht einmal ein Amtssiegel, das ich Ihnen aushändigen könnte. Ich muss Sie nicht bitten, meine Hand zu küssen oder irgendeinen Eid zu schwören. Alles, was ich tun muss, ist, Sie darum zu ersuchen, eine Regierung zu bilden. Das werden Sie wohl tun, oder?«

Die übermäßige Ernsthaftigkeit seines Souveräns entlockte dem Gast ein Lächeln. Urquhart war Anfang sechzig, zehn Jahre älter als der König, obwohl der Unterschied geringer erschien; das Gesicht des Jüngeren wirkte für sein Alter über die Maßen abgespannt und hager, tiefe Geheimratsecken fraßen sich ins lichte Haar, den Rücken hielt er bereits leicht gebeugt. Es hieß, der König habe die materielle Sorglosigkeit seiner Existenz durch Jahre quälender Sinnsuche kompensiert, und diese Anstrengung hatte unverkennbare Spuren hinterlassen. Während Urquhart über das geübte Lächeln und den Smalltalk des Politikers verfügte, die intellektuelle Unnahbarkeit eines Wissenschaftlers und die Lockerheit eines Mannes, der es gewohnt war zu heucheln und, wenn nötig, zu täuschen, besaß der König nichts dergleichen. Urquhart verspürte keine Nervosität, nur Kälte; ja, er bemitleidete den Jüngeren gar um dessen feierlichen Ernst. Er neigte sich vor.

»Ja, Eure Majestät. Es wird mir eine Ehre sein, mich in Ihrem Namen um eine Regierung zu bemühen. Ich kann nur hoffen, dass es sich meine Kollegen seit gestern nicht anders überlegt haben.«

Dem König entging der sanfte Humor, so sehr hing er schon wieder seinen eigenen Gedanken nach, und eine tiefe Furche durchzog die Stirn jenes Antlitzes, das Millionen von Gedenktassen, Tellern, Teebrettern, T-Shirts, Aschenbechern und sogar den ein oder anderen Nachttopf zierte, das meiste davon hergestellt in Fernost. »Wissen Sie, ich hoffe so sehr, dass dies ein gutes Omen ist: ein neuer König und ein neuer Premierminister. Es gibt so viel zu tun. Schließlich stehen wir am Rande eines neuen Jahrtausends, neue Horizonte tun sich auf. Sagen Sie, was haben Sie vor?«

Urquhart spreizte seine Finger. »Ich bin ja kaum ... es war ja kaum Zeit, Sir. Ich werde wohl etwa eine Woche brauchen. Das Kabinett umbilden, neue Prioritäten setzen ...« Er geriet ins Schwafeln. Urquhart kannte die Gefahr, sich zu verbindlich zu äußern, und bei seiner Kandidatur hatte er eher mit langjähriger Erfahrung als mit konkreten Lösungen geworben. Jedwede Dogmatik strafte er mit akademisch-distanzierter Verachtung, und es hatte ihn stets mit grimmiger Genugtuung erfüllt, wenn jüngere Widersacher versucht hatten, ihren Mangel an Jahren durch detaillierte Pläne und Versprechen wettzumachen, dabei aber gern unversehens übers Ziel hinausgeschossen und so verhängnisvolle ideologische Angriffsflächen geboten hatten. Urquharts Umgang mit unliebsamen Journalistenfragen bestand darin, ihnen Plattitüden über die nationalen Interessen aufzutischen und später ihre Redakteure anzurufen; so hatte er die zwölf turbulenten Tage seiner Kandidatur zum Parteiführer überstanden, doch fragte er sich, wie lange das noch gutgehen könne. »Vor allem möchte ich den Leuten zuhören.«

Warum nur äußerten Politiker immer wieder solch grässliche Floskeln, die ihnen ihre Zuhörer allzu gern abkauften? Der Monarch nickte in stummer Zustimmung, derweil sich sein angespannter Körper auf der Stuhlkante sanft vor und zurück wiegte. »Während Ihrer Kandidatur sagten Sie, wir stünden an einem Scheideweg, müssten uns den Herausforderungen eines neuen Jahrhunderts stellen und zugleich auf den besten Traditionen des vergangenen aufbauen. ›Veränderung fördern und Kontinuität wahren.‹«

Urquhart quittierte die Formulierung mit einer Kopfbewegung.

»Bravo, Mr Urquhart, nur zu. Eine vortreffliche Zusammenfassung dessen, was auch ich als meine Pflicht betrachte.« Er verschränkte die Hände und ließ eine Kathedrale aus knochigen Fingergelenken aufragen, die Stirn noch immer in Falten gelegt. »Ich hoffe, ich werde einen Weg finden – das müssen Sie mir gestatten –, Sie bei dieser Aufgabe zu unterstützen, und mag der Beitrag auch noch so gering sein.« Eine Spur Beklommenheit lag in seiner Stimme, als hätte er sich daran gewohnt, enttäuscht zu werden.

»Aber selbstverständlich, Sir, es wäre mir eine große Freude ... Haben Sie denn etwas Bestimmtes im Sinn?«

Die Finger des Königs wanderten zum Knoten seiner unmodisch schmalen Krawatte und pfriemelten verlegen daran herum. »Mr Urquhart, die Einzelheiten sind Sache der Parteipolitik, und das ist Ihr Metier. Ich darf damit nichts zu tun haben.«

»Sir, ich wäre dankbar, wenn Sie mich an Ihren Gedanken teilhaben ließen ...«, hörte sich Urquhart plötzlich sagen.

»Wären Sie das? Wären Sie das wirklich?« Ein anschwellender Ton der Begeisterung hatte sich seiner Stimme bemächtigt, den er – wenn auch zu spät – nun rasch mit einem sanften Lachen zu überspielen versuchte. »Aber ich muss vorsichtig sein. Als ich nur Thronfolger war, erlaubte man mir noch den Luxus einer eigenen Meinung, die man mir dann und wann sogar öffentlich zu äußern gestattete; doch Könige dürfen sich nicht in die Parteipolitik hineinziehen lassen. Meine Berater halten mir täglich Vorträge darüber.«

»Sir«, warf Urquhart ein, »wir sind unter uns. Ich wäre für jeden Rat dankbar.«

»Nein, im Augenblick nicht. Sie haben so viel zu tun, und ich darf Sie nicht aufhalten.« Er stand auf, ein Zeichen, dass die Audienz zu Ende war, bewegte sich aber nicht Richtung Tür, sondern hob die turmartig gefalteten Finger an die Spitze seiner knöchernen, leicht schiefen Nase und stand gedankenverloren da, wie tief ins Gebet versunken. »Nun, vielleicht – wenn Sie mir das gestatten – gibt es da doch eine Sache. Ich habe die Presse verfolgt.« Er deutete in Richtung des Durcheinanders auf seinem Schreibtisch. »Die alten Gebäude des Wirtschaftsministeriums an der Victoria Street, die abgerissen werden sollen. Die jetzigen Bauten sind abscheulich, eine ausgesprochen schlechte

Werbung für das 20. Jahrhundert, sie verdienen es zu verschwinden. Nur zu gern würde ich selbst den Bulldozer fahren. Doch das Grundstück ist eines der prominentesten in ganz Westminster, nahe an den Parlamentsgebäuden und unmittelbar an der Abbey gelegen, einem unserer großartigsten geistlichen Bauwerke. Eine seltene Gelegenheit, die wir am Schopf packen sollten, um etwas zu erschaffen, das unserer Ära würdig ist, etwas, das wir zukünftigen Generationen mit Stolz hinterlassen können, meinen Sie nicht auch? Ich hoffe so sehr, dass Sie, dass Ihre Regierung, dafür sorgen wird, dieses Grundstück, wie soll ich sagen –?« In seinem abgehackten Internatsduktus suchte er nach einer angemessenen diplomatischen Formulierung. »*Einfühlsam* zu bebauen.« Er nickte selbstgefällig, und Urquharts konzentrierter Blick schien ihn weiter zu ermutigen. »›Veränderung fördern und Kontinuität wahren‹, wie es ein schlauer Kopf einmal ausgedrückt hat. Ich weiß, der Umweltminister zieht verschiedene Entwürfe in Betracht, und, ehrlich gesagt, einige davon sind derart bizarr, dass man damit selbst eine Strafkolonie verschandeln könnte. Können wir uns nicht einmal in unseren knauserigen Zeiten für etwas entscheiden, das dem heutigen Charakter von Westminster Abbey entspricht, etwas schaffen, das die Errungenschaften unserer Vorfahren respektiert und sie nicht beleidigt, indem wir einem fehlgeleiteten Modernisten erlauben …« – seine Lippen zitterten vor Empörung –, »ein Mausoleum aus rostfreiem Stahl zu errichten, das innen Menschen einpfercht und seine mechanischen Eingeweide außen offen zur Schau stellt?« Die Leidenschaft hatte über seine Befangenheit obsiegt und seine Wangen gerötet.

Urquhart lächelte zustimmend, ein Ausdruck, der ihm so leichtfiel wie das Atmen selbst. »Sir, ich kann Ihnen versichern, dass die Regierung« – er wollte »meine Regierung« sagen, doch die Worte schienen noch immer hinter seiner Zahnprothese zu verkümmern – »Umweltbelangen die allergrößte Priorität einräumen wird.« Mehr Floskeln, aber was sollte er sonst kundtun?

»Oh, das will ich sehr hoffen. Womöglich sollte ich mich dafür entschuldigen, das Thema überhaupt angesprochen zu haben, aber wie ich gehört habe, wird der Umweltminister in Kürze eine endgültige Entscheidung treffen.«

Einen Augenblick spielte Urquhart mit dem Gedanken, den König darauf hinzuweisen, dass es sich um eine quasijuristische Angelegenheit handelte, dass viele Monate und etliche Millionen Pfund in ein offizielles Planungsverfahren geflossen waren, das nun durch ein salomonisches Urteil des zuständigen Ministers sein Ende finden würde. Urquhart hätte andeuten können, seine Einmischung könnte als eine Art Einschüchterung von Geschworenen missverstanden werden. Doch er tat es nicht. »Ich werde der Sache nachgehen. Sie haben mein Wort, Sir.«

Des Königs blaue Augen waren wie immer zu Boden geschlagen, was ihn stets aufrichtig und nicht selten so schwermütig wirken ließ, als wäre er mit einer großen Schuld geschlagen. Doch nun funkelten sie mit unverhohlener Begeisterung. Er griff nach Urquharts Hand. »Mr Urquhart, ich glaube, wir werden vorzüglich miteinander auskommen.«

Scheinbar unaufgefordert stand der Privatsekretär des Königs plötzlich wieder an der geöffneten Flügeltür. Nach einer respektvollen Verbeugung ging Urquhart auf ihn zu. Auf der Schwelle noch vernahm er die Worte, die der König ihm hinterherrief. »Noch einmal herzlichen Dank, Premierminister!«

Premierminister. Da war das Wort. Zum ersten Mal. Er hatte es geschafft.

»Und ... was hat er gesagt?« Sie saßen bereits im Wagen auf dem Weg in die Downing Street, als ihn seine Frau aus seinen Tagträumen riss.

»Was? Oh, nicht viel. Hat mir viel Glück gewünscht. Über die großen Chancen gesprochen, die sich uns bieten. Lag mir mit einer Baustelle nahe Westminster Abbey in den Ohren. Ich soll dafür sorgen, dass es im Pseudotudorstil oder ähnlichem Unsinn bebaut wird.«

»Wirst du ihm den Gefallen tun?«

»Mortima, wenn Lauterkeit Tempel errichten könnte, wäre das ganze Land voll mit seinen törichten Prachtbauten, aber wir leben ja zum Glück nicht mehr im finsteren Mittelalter. Die Aufgabe des Königs ist es, Gartenpartys zu geben und uns die Mühe zu ersparen, irgendjemand anderen zum Präsidenten zu wählen – nicht, sich einzumischen.«

Mortima schnaubte zustimmend, derweil sie ungeduldig in der Handtasche nach ihrem Lippenstift kramte. Sie war eine geborene Colquhoun, gehörte somit einer Familie an, die ihren Stammbaum in direkter Linie zu den alten schottischen Königen zurückverfolgen konnte. Ihre Anwesen und Erbgüter waren sie zwar schon vor Ewigkeiten losgeworden, ihren Sinn für gesellschaftliche Hierarchien hatte Mortima jedoch nie verloren, ebenso wie die Überzeugung, dass es sich bei den meisten heutigen Adelsfamilien um Emporkömmlinge handelte – »die derzeitige Königsfamilie« eingeschlossen, wie sie es auszudrücken pflegte. Die Krone sei lediglich dem Zufall der Geburt geschuldet, sowie Hochzeiten, Todesfällen, der ein oder anderen Hinrichtung oder heimtückischem Mord; ebenso gut könnte jetzt ein Colquhoun statt eines Windsors auf dem Thron sitzen, und die wären zumindest von edlerer Herkunft. Zuweilen wurde sie bei dem Thema ausgesprochen weitschweifig, und Urquhart beschloss, sie auf andere Gedanken zu bringen.

»Selbstverständlich werde ich ihn bei Laune halten. Ich vermute, ein König mit Gewissen ist besser als einer ohne, und das Letzte, was ich gebrauchen kann, ist, mir den Unmut des Palasts zuzuziehen. Außerdem stehen mir bald ganz andere Auseinandersetzungen bevor, und dazu will ich ihn und seine Beliebtheit sicher an meiner Seite wissen. Ich werde ihn brauchen.« Sein Ton war ernst, und seine Augen nahmen die nahenden Herausforderungen fest in den Blick. »Letzten Endes jedoch, Mortima, bin *ich* der Premierminister, und er ist der König. Er muss tun, was ich ihm sage – nicht andersherum. Sein Job besteht aus Zeremoniell und Scheinheiligkeit, das ist alles. Er ist König, kein verfluchter Architekt.«

Sie passierten den Bankettsaal in Whitehall, rollten mit gedrosselter Geschwindigkeit auf die Straßensperre an der Einfahrt zur Downing Street zu, und Urquhart registrierte erleichtert, dass sich im Vergleich zum Palast deutlich mehr Leute eingefunden hatten, um ihm für die Kameras zuzujubeln. Einige der jüngeren Gesichter kamen ihm bekannt vor, womöglich hatte die Parteizentrale wieder ihre Claqueure in Bewegung gesetzt. Träge glättete ihm seine Frau eine abstehende Haarsträhne, wobei er in Gedanken längst bei der Kabinettsumbildung war – und den Worten, die er auf der Türschwelle sagen und die das Fernsehen in die ganze Welt tragen würde.

»Was wirst du also tun?«, drängte Mortima.

»Im Prinzip ist das völlig gleich«, nuschelte er ihr aus dem Mundwinkel zu, während er für die Kameras lächelte und der Wagen in die Downing Street einbog. »Als neuer König ist der Mann unerfahren und als konstitutioneller Monarch machtlos. Er ist in etwa so gefährlich wie eine Gummiente. Aber zum

Glück bin ich in dieser Angelegenheit zufällig seiner Meinung. Also weg mit dem Modernismus!« Er winkte, als ein Polizist hervortrat, um die schwere Autotür zu öffnen. »Es wird also wirklich keinerlei Folgen haben ...«

Kapitel 3

Loyalität ist ein Laster der niederen Klassen. Ich hoffe,
dass ich über solchen Dingen stehe.

»Leg die Papiere weg, David. Um Himmels willen, nimm doch nur eine Minute unseres gemeinsamen Tages die Nase aus den verdammten Dingern.« Ihre Stimme klang angespannt, eher nervös als aggressiv.

Seine grauen Augen verharrten reglos auf dem Blatt, entfernten sich keinen Millimeter von dem Stoß Dokumente, auf den sie starrten, seit er am Frühstückstisch Platz genommen hatte. Die einzige erkennbare Reaktion, die sein Gesicht verriet, war ein gereiztes Zucken des sorgsam gestutzten Schnurrbarts. »Ich muss in zehn Minuten los, Fiona, ich muss das unbedingt zu Ende lesen. Gerade heute.«

»Da ist noch etwas, das du zu Ende bringen musst. Also leg die verdammten Papiere weg!«

Widerwillig hob David Mycroft den Blick, gerade noch rechtzeitig, um zu sehen, wie die Hand seiner Frau so stark zitterte, dass der Kaffee über den Tassenrand schwappte. »Was in aller Welt ist denn das Problem?«

»Du. Und ich. Das ist das Problem.« Nur mit Mühe behielt sie sich im Griff. »Von unserer Ehe ist nichts mehr übrig, und ich will nicht mehr.«

Der Öffentlichkeitsreferent und oberste Pressesprecher des Königs wechselte automatisch in die Sprache der Diplomatie. »Schau, lass uns nicht streiten, nicht jetzt, ich bin in Eile und …«

»Kapierst du denn nicht, dass wir uns nie streiten? Genau da liegt das Problem!« Die Tasse ging klirrend auf die Untertasse nieder, kippte um, zerbrach und hinterließ einen bedrohlich wuchernden braunen Fleck auf dem Tischtuch. Zum ersten Mal ließ er den Papierstapel sinken, jede seiner Bewegungen so achtsam und bedächtig, wie er jeglichen anderen Aspekt seines Lebens behandelte.

»Vielleicht kann ich mir ja freinehmen. Nicht heute, aber ... Wir könnten zusammen wegfahren. Ich weiß, es ist lange her, seit wir das letzte Mal die Möglichkeit hatten, wirklich zu reden ...«

»Um Zeit geht es doch gar nicht, David. Wir könnten alle Zeit der Welt haben, und es würde trotzdem nichts ändern. Es liegt an dir. Und an mir. Der Grund dafür, dass wir uns nie streiten, ist, dass wir nichts haben, über das wir streiten könnten. Überhaupt nichts. Da ist keine Leidenschaft, gar nichts. Alles, was wir haben, ist eine leere Hülle. Früher habe ich gehofft, dass sich alles ändern würde, sobald die Kinder aus dem Haus wären.« Sie schüttelte den Kopf. »Aber ich bin es leid, mir etwas vorzumachen. Es wird sich nie ändern. Du wirst dich nie ändern. Und ich glaube auch nicht, dass ich es tun werde.« Tiefer Schmerz lag in ihren Worten, und sie betupfte sich die Augen, behielt aber die Fassung. Dies war kein Gefühlsausbruch.

»Geht es dir ... nicht gut, Fiona? Du weißt doch, Frauen in deinem Alter ...«

Seine herablassende Art kränkte sie ebenso wie die schiere Idiotie seiner Bemerkung. »Frauen in ihren Vierzigern, David, haben Bedürfnisse, Gefühle. Aber wie solltest du das wissen? Wann hast du mich zum letzten Mal als Frau wahrgenommen? Wann hast du überhaupt zum letzten Mal irgendeine Frau angesehen?« Sie zahlte ihm die Beleidigung mit gleicher Münze heim, und sie wollte, dass es wehtat. Um zu ihm durchzudringen – so viel war ihr klar –, würde sie die Mauern niederreißen müssen, die er um sich herum errichtet hatte. Er war schon immer verschlossen und zurückhaltend gewesen, ein kleingewachsener Mann, der seine vermeintlichen körperlichen Unzulänglichkeiten durch extreme Förmlichkeit und Pedanterie in allem, was er tat, wettzumachen suchte. Es gab kein Haar auf seinem kleinen und eher jungenhaften Kopf, das nicht da lag, wo es hingehörte; selbst die grauen Strähnen, die schleichend seine dunklen Schläfen erhellten, vermittelten den Eindruck von Eleganz und weniger von Alter. Sogar beim Frühstück trug er sein zugeknöpftes Jackett.

»Hör mal, kann das nicht warten? Du weißt doch, dass ich gleich zum Palast ...«

»Der verfluchte Palast schon wieder. Dein Zuhause, dein Leben, dein Liebhaber. Das Einzige, was dir heutzutage noch Gefühle entlockt, ist dein lächerlicher Job und dein jämmerlicher König.«

»Fiona! Das ist nun völlig deplatziert. Lass ihn aus dem Spiel.« Der Schnurrbart mit seinem leichten Rotschimmer sträubte sich vor Empörung.

»Aber wie denn? Du dienst ihm, nicht mir. Seine Bedürfnisse gehen immer vor. Er hat viel mehr zum Niedergang unserer Ehe beigetragen, als es eine Geliebte je vermocht hätte; erwarte also bitte nicht, dass ich vor ihm buckle und krieche wie alle anderen.«

Er warf einen sorgenvollen Blick auf seine Armbanduhr. »Hör mal, können wir um Gottes willen heute Abend darüber sprechen? Vielleicht kann ich ja früher Schluss machen.«

Hektisch tupfte sie mit einer Serviette am Kaffeefleck herum, sichtlich bemüht, ihm nicht in die Augen zu blicken. Ihre Stimme klang jetzt ruhiger, zu allem entschlossen. »Nein, David, heute Abend werde ich mit jemand anderem zusammen sein.«

»Es gibt einen anderen?«, erwiderte er mit stockender Stimme. Offensichtlich hatte er die Möglichkeit nie in Betracht gezogen. »Seit wann?«

Sie sah vom fleckigen Tischtuch auf, ihr Blick fest und fordernd, jetzt ohne seinem auszuweichen. Sie hatte all dies schon lange kommen sehen und konnte es nicht länger verbergen. »Schon zwei Jahre nach unserer Hochzeit gab es einen anderen. Dann folgte eine ganze Reihe von ›anderen‹. Du konntest mich einfach nie befriedigen. Ich habe dir dafür nie die Schuld gegeben, ganz ehrlich, wir hatten einfach Pech. Aber was ich dir zutiefst verüble, ist, dass du es nicht einmal versucht hast. Ich habe dir nie genug bedeutet, jedenfalls nicht als Frau; war nie mehr als eine Haushälterin, eine Wäschefrau, dein rund um die Uhr verfügbares Dienstmädchen, eine Trophäe, mit der du bei Dinnerpartys angeben konntest. Etwas, das bei Hof Anständigkeit vorgaukelte. Selbst die Kinder waren doch nur zum Vorzeigen.«

»Das ist doch Unsinn!« Aber in seinem Protest lag ebenso wenig Leidenschaft wie in ihrer gesamten Ehe. Sie hatte stets gewusst, dass sie beide sexuell nicht zusammenpassten; nur zu bereitwillig schien er sämtliche körperliche Energie in seinen Job zu stecken, während sie sich anfänglich mit dem gesellschaftlichen Prestige begnügte, das seine Stellung bei Hofe ihnen verlieh. Doch das währte nicht lange. In Wahrheit konnte sie nicht einmal mit Sicherheit sagen, wer der Vater ihres zweiten Kindes war. Doch selbst, wenn er Verdacht geschöpft hatte, schien es ihn nicht zu stören. Er hatte »seine Pflicht getan«, wie er es einmal ausdrückte, und das war's. Selbst jetzt, da sie ihn als Gehörnten mit Hohn und Spott überschüttete, konnte sie ihm kaum eine Regung entlocken. Irgendwo da drin musste doch selbstgerechter Zorn wüten, gewiss, oder war es etwa nicht das, was sein ritterlicher Ehrenkodex von ihm verlangte? Doch er wirkte so leer, so hohl in seinem Inneren. Ihre Ehe war kaum mehr als ein Labyrinth für Laborratten, in dem sie beide ihre getrennten Leben führten und sich wie durch einen Zufall manchmal trafen, nur um gleich wieder ihrer eigenen Wege zu gehen. Jetzt strebte sie Richtung Ausgang.

»Fiona, können wir nicht …?«

»Nein, David. Das können wir nicht.«

Das Telefon hatte zu klingeln begonnen, so beharrlich und drängend wie immer, und rief ihn zur Pflicht, der Aufgabe, der er sein Leben gewidmet hatte und der er jetzt auch noch seine Ehe opfern sollte. Wir hatten doch so viele großartige Jahre, wollte er einwenden, doch fielen ihm nur gute Jahre ein, keine großartigen, und selbst die waren lange, lange her. Unwillentlich hatte er sie stets nur wie die Nummer zwei behandelt, weit abgeschlagen hinter dem König, das wurde ihm jetzt, in ihrer neuen Ehrlichkeit, zweifelsfrei klar. Mit feuchten Augen suchte er ihren Blick, voll Kummer und der Bitte um Vergebung, aber ohne jeden Argwohn. Doch es lag Angst darin. Die Ehe war für ihn wie ein Rettungsanker im stürmischen Meer der Gefühle, der ihn davor bewahrte, von tobenden Winden gebeutelt und aus der Bahn geworfen zu werden – auf Abwege, die schamlos und unverantwortlich gewesen wären. Die Ehe. Sie hatte genau deshalb funktioniert, weil sie eine Form ohne Inhalt darstellte, wie das gebetsmühlenartige Aufsagen von Psalmen, zu dem man ihn während seiner unglücklichen Schulzeit in Ampleforth genötigt hatte. Sie war eine Belastung gewesen, wenn für ihn auch eine unverzichtbare, eine Zerstreuung, ein Ablenkungsmanöver. Selbstverleugnung, aber zugleich Selbstschutz. Und nun wurden die Ankerketten gekappt.

Regungslos saß Fiona ihm gegenüber, der Tisch zwischen ihnen übersät mit Bruchstücken von Eierschalen und Knochenporzellan, dem häuslichen Kehricht und Krimskrams, der ihr gemeinsames Leben ausmachte. Das Telefon verlangte noch immer nach ihm. Ohne ein weiteres Wort stand er auf und hob ab.

Kapitel 4

*Der süße Duft des Sieges macht viele Männer blind.
Doch das Spiel ist erst vorbei, wenn das Bajonett tief
im Körper des Feindes steckt – und gedreht wurde.*

»Kommen Sie doch herein, Tim, und schließen Sie die Tür.«

Urquhart saß im Kabinettszimmer, abgesehen von seinem Gast völlig allein, auf dem einzigen Stuhl am sargförmigen Tisch, der über Armlehnen verfügte. Vor ihm eine einfache Ledermappe und ein Telefon. Ansonsten war der Tisch leer.

»Nicht gerade luxuriös, oder? Aber so langsam gefällt es mir hier«, lachte Urquhart in sich hinein.

Tim Stamper sah sich um, überrascht, niemanden sonst vorzufinden. Er war Urquharts treu ergebener Stellvertreter – oder war es zumindest bis vor einer halben Stunde gewesen, als sein Chef den Fraktionsvorsitz gegen das Amt des Premierministers eingetauscht hatte. Die Rolle des Fraktionsführers ist geheimnisumwittert, die seines Stellvertreters nahezu unsichtbar, doch gemeinsam hatten sie sich zu einer ungemein einflussreichen politischen Kraft zusammengeschlossen. Das Büro des Fraktionschefs war schließlich der Ort, an dem die Parteidisziplin gewahrt wurde, und das mit einer ausgewogenen Mischung aus Teamgeist, Druck und unverblümter Erpressung. Stamper besaß die idealen Voraussetzungen für diese Tätigkeit: ein hageres, verhärmtes Gesicht mit einer markanten Nase und dunklen, scharf funkelnden Augen, die ihm das Aussehen eines Frettchens verliehen, und ein ausgesprochenes Talent dafür, in den Schmuddelecken der Privatsphäre seiner Kollegen herumzuwühlen und deren persönliche und politische Schwächen zutage zu fördern.

In dem Job ging es vor allem um Verwundbarkeit, die eigene galt es zu schützen, die anderer auszunutzen. Seit Jahren schon war der fünfzehn Jahre jüngere, ehemalige Immobilienmakler aus Essex Urquharts Günstling – zwei Gegensätze, die sich anzogen. Urquhart weltgewandt, elegant, akademisch, hochverfeinert, Stamper nichts dergleichen. Er trug sogar Kaufhausanzüge von der Stange. Doch umso wichtiger schienen die Dinge, die sie verbanden: Ehrgeiz, eine Arroganz, die sich beim einen auf Intellekt, beim anderen auf Instinkt gründete, und ein Verständnis von Macht. Diese Kombination hatte sich als äußerst effektiv erwiesen, als es darum gegangen war, jene Ränke zu schmieden, die Urquhart nun in die Downing Street gebracht hatten. Stampers Zeit würde kommen, so lautete das stillschweigende Versprechen ihrer Zusammenarbeit. Jetzt saß er hier, um seine Belohnung einzustreichen.

»Herr Premierminister.« Er entbot eine theatralisch-respektvolle Verbeugung. »Herr Premierminister«, wiederholte er versuchsweise in einem anderen Tonfall, als würde er das Amt wie ein Grundstück feilbieten. Sein ungezwungenes, fast schon manieriertes Auftreten verbarg die darunterliegende Härte, und beide begannen, auf eine Weise zu lachen, die sowohl spöttisch wie verschwörerisch klang, zwei Einbrecher nach einem geglückten Coup. Penibel achtete Stamper darauf, als Erster aufzuhören; schließlich schickte es sich nicht, einen Premierminister auszulachen. In den vergangenen Monaten hatten sie vieles geteilt, doch er wusste, dass Premierminister dazu neigten, sich vor ihren Kollegen zurückzuhalten, selbst vor ihren Mitverschwörern, und kurz darauf versiegte auch Urquharts Gelächter.

»Tim, ich wollte Sie ganz *entre nous* sprechen.«

»Heißt wohl, ich krieg 'nen Riesenanschiss. Was hab ich verbrochen?« Sein Ton war locker, doch Urquhart bemerkte

Stampers nervös herabgezogene Mundwinkel und ertappte sich dabei, wie er das vom Unbehagen seines Mitarbeiters heraufbeschworene Gefühl der Überlegenheit genoss.

»Setzen Sie sich doch, Tim. Mir gegenüber.«

Stamper nahm Platz und blickte seinen alten Freund über den Tisch hinweg an. Urquhart saß vor einem großen Ölporträt, das Robert Walpole zeigte, den ersten modernen und wohl großartigsten Premierminister aller Zeiten, der seit zwei Jahrhunderten über die Beratungen in diesem Raum wachte – die der Mächtigen und Verlogenen, der Bedauernswerten und elendig Schwachen. Urquhart war sein Nachfolger, von seinesgleichen erwählt, von seinem Herrscher gesalbt und nun tatsächlich in Amt und Würden. Mit dem Telefon vor ihm konnte er das Schicksal von Staatsmännern besiegeln und das Land zu den Waffen rufen. Niemand im ganzen Königreich verfügte über so viel Macht; ja, er war längst kein normaler Mensch mehr, sondern – im Guten wie im Schlechten – der Stoff von Geschichtsbüchern. Ob ihm darin nur eine Fußnote oder ein ganzes Kapitel zuteilwürde, würde die Zukunft zeigen müssen.

Urquhart witterte die Unruhe des anderen, das Wechselbad der Gefühle. »Das ist was anderes, nicht, Tim? Und wir werden die Uhr nie wieder zurückdrehen können. Das ist mir gerade eben erst schlagartig klar geworden – nicht, als ich im Palast war, nicht mit den Medienleuten hier vor der Haustür, noch nicht einmal beim Reingehen. Da kam mir noch alles vor wie ein großes Theaterstück, in dem ich lediglich eine der Rollen zu spielen hatte. Doch als ich über die Schwelle trat, waren sämtliche Mitarbeiter der Downing Street im Flur versammelt, vom höchsten Staatsbeamten bis zu den Putzfrauen und Telefonistinnen, vielleicht zweihundert Leute. Sie haben mich mit solcher Begeisterung begrüßt, dass ich schon dachte, sie würden gleich Blumensträuße werfen. Der Rausch des Beifalls«, seufzte er. »Fast wäre er mir zu Kopf gestiegen, bis ich mich daran erinnerte, dass sie gerade mal eine Stunde zuvor die gleiche Nummer für meinen Vorgänger abgespult hatten, als er in Richtung Versenkung entschwand. Diese Leute klatschen wahrscheinlich selbst bei ihrer eigenen Beerdigung.« Er befeuchtete seine Lippen, was er beim Nachdenken stets zu tun pflegte. »Dann brachten sie mich hierher, ins Kabinettszimmer, und ließen mich allein. Es war vollkommen still, als wäre ich in einer Zeitkapsel gefangen. Alles lag penibel an seinem Platz, bis ins kleinste Detail geordnet, nur der Stuhl des Premierministers war nach hinten gerückt. Für mich! Erst als ich ihn berührte, meine Finger über die Lehne gleiten ließ, begriff ich, dass ich mich einfach setzen konnte, ohne Ärger zu bekommen. Erst jetzt dämmerte es mir schließlich. Es ist zwar nur ein neuer Stuhl und ein neuer Job, aber der einzige seiner Art. Sie wissen ja, ich bin weiß Gott keine bescheidene Seele, doch, verdammt, einen Augenblick lang ist mir ganz anders geworden.« Es folgte ein Moment anhaltender Stille, bis seine Handfläche klatschend auf die Tischplatte niederging. »Aber keine Sorge, ich habe mich erholt.«

Abermals ließ Urquhart sein Verschwörerlachen erschallen, wohingegen Stamper nur ein verkrampftes Lächeln zustande brachte und darauf wartete, dass Urquhart seine Rückschau beenden und endlich Stampers Schicksal verkünden würde.

»Zum Dienstlichen, Tim. Es gibt viel zu tun, und ich möchte Sie, wie immer, fest an meiner Seite wissen.«

»Sie werden mein Parteivorsitzender.«

Das Lächeln wich schlagartig aus seinem Gesicht. Stamper konnte seine Verwirrung und Enttäuschung kaum verbergen.

»Keine Bange, wir werden später schon irgendwelche ministerialen Pfründe für Sie finden, um Ihnen einen Platz am Kabinettstisch zu verschaffen – Kanzler des Herzogtums Lancaster oder ähnlichen Quatsch. Aber zunächst will ich, dass Sie den Parteiapparat fest in den Griff nehmen.«

Stampers Kiefer mahlten wütend, während er verzweifelt seine Gegenargumente zusammentrug. »Aber die letzte Wahl ist nicht einmal sechs Monate her und die nächste noch unglaublich lange hin. Drei, vielleicht vier Jahre. Büroklammern zählen und Kabbeleien zwischen Wahlkreisvorsitzenden schlichten ist wirklich nicht meine Stärke, Francis. Das sollten Sie wissen, nach allem, was wir gemeinsam durchgemacht haben«, appellierte er an ihre alte Freundschaft.

»Denken Sie das doch zu Ende, Tim. Wir haben eine parlamentarische Mehrheit von zweiundzwanzig Sitzen und eine vom jüngsten Führungsstreit völlig zerrissene Partei. Und wir sind kurz davor, von einer fiesen Rezession gebeutelt zu werden. Wir stehen genauso schlecht da, wie es die miserablen Umfragen zeigen, und unsere Mehrheit wird keine drei oder vier Jahre halten. Jede der bevorstehenden Nachwahlen wird uns um die Ohren fliegen, und wenn wir gerade mal ein Dutzend Sitze verlieren, ist diese Regierung am Ende. Es sei denn, Sie können mir garantieren, dass es keine Nachwahlen geben wird. Oder haben Sie vielleicht irgendein Wundermittel gefunden, um sicherzustellen, dass sich keiner unserer geschätzten Kollegen erwischen lässt, wie er im Puff um Stimmen wirbt, Kirchengelder veruntreut oder einfach nur Senilität und Altersschwäche zum Opfer fällt?«

»Hört sich für einen Parteivorsitzenden nicht sonderlich verlockend an.«

»Tim, die kommenden Jahre werden grässlich, und mit unserer knappen Mehrheit halten wir nicht lange genug durch, bis die Rezession ein Ende hat. Für den Parteivorsitzenden mag das hart sein, für den Premierminister wird es die verfluchte Hölle.«

Stamper schwieg, kaum überzeugt, aber unsicher, was er antworten sollte. Seine noch vor wenigen Augenblicken gehegten Hoffnungen und Träume waren binnen Sekunden zerplatzt.

»Unser beider Zukunft lässt sich fast auf die Sekunde genau vorhersehen«, fuhr Urquhart fort. »In meinen ersten Wochen werden wir einen kleinen Popularitätsschub erleben, eine Art Schonzeit, in der die Leute mir noch einen Vertrauensvorschuss einräumen. Doch der ist spätestens im März aufgebraucht.«

»Da haben Sie recht.«

»Das habe ich in der Tat. Denn im März muss der Haushalt stehen. Der wird verdammt haarig. Wir haben es auf den Märkten richtig krachen lassen, um den letzten Wahlkampf zu bezahlen, und jetzt steht diesen Herren der Tag der Abrechnungen ins Haus. Haben uns bei den einen verschuldet, um den anderen Wahlgeschenke zu machen, und jetzt müssen wir beiden gehörig in die Taschen greifen. Das wird ihnen kaum gefallen.« Er überlegte kurz, blinzelte ein paarmal hektisch, während er seine Gedanken ordnete. »Aber das ist längst nicht alles. Wir bekommen auch aus Brunei eins auf die Nase.«

»Was?«

»Der Sultan dieses winzigen ölverseuchten Staates ist ein Anglophiler vor dem Herrn und hält mit die größten Pfundreserven der Welt. Ein treuer Freund. Leider weiß er nur zu gut, in welchem Schlamassel wir gerade stecken – und er hat seine eigenen Probleme. Er wird also einen Teil seiner Sterling-Vorräte abstoßen – mindestens drei Milliarden verwaiste Pfund, die den Markt überschwemmen und sich eine neue Heimat suchen müssen. Das heißt, die Währung geht den Bach runter, und die Rezession verlängert sich womöglich um ein weiteres Jahr. Um der alten Zeiten willen bietet er an, Zeitpunkt und Konditionen des Verkaufs mit uns abzustimmen, solange alles vor dem nächsten Haushalt passiert.«

Stamper vermochte kaum zu schlucken, so trocken war sein Mund geworden.

Urquhart begann zu lachen, wenn auch ohne den geringsten Funken Humor. »Und da ist noch mehr, Tim, noch mehr! Um dem Ganzen die Krone aufzusetzen, hat der Generalstaatsanwalt in aller Verschwiegenheit wissen lassen, dass er das Verfahren gegen Sir Jasper Harrod unmittelbar nach Ostern eröffnen will. Damit Sie's nicht nachschauen müssen: Das ist der 24. März. Was wissen Sie über Sir Jasper?«

»Nur, was die meisten wissen, schätze ich. Selfmade-Multimillionär, Vorsitzender des größten Computer-Leasing-Unternehmens im Land. Arbeitet viel mit Ministerien und örtlichen Behörden zusammen und steht jetzt im Verdacht, mit Schmiergeld nur so um sich geworfen zu haben, damit er Aufträge erhält. Spielt gerne den Wohltäter, wenn ich mich recht entsinne, was ihm auch seinen Titel eingebracht hat.«

»Geadelt wurde er, lieber Tim, weil er einer der größten Spender unserer Partei ist. Viele Jahre lang, äußerst treu und diskret.«

»Wo liegt das Problem?«

»Nachdem er uns stets zu Hilfe geeilt ist, wann immer wir ihn darum baten, erwartet er nun von uns dasselbe. Will, dass wir bei der Staatsanwaltschaft ein paar Fäden ziehen. Was wir freilich nicht können – aber er weigert sich, das einzusehen.«

»Da steckt sicher noch mehr dahinter, ich weiß ...«

»Und wenn es tatsächlich zu einem Verfahren kommen sollte, droht er, seine beträchtlichen Spenden offenzulegen.«

»Na und?«

»Die allesamt in bar gezahlt und in Handkoffern übergeben wurden.«

»Oh, Scheiße.«

»Genug davon, um uns allen üble Hämorrhoiden zu bescheren. Er hat nämlich nicht nur an die Parteizentrale gespendet, sondern auch die Wahlkreiskampagnen fast aller Kabinettsmitglieder unterstützt.«

»Sagen Sie es nicht! Geld für Dinge, die nicht in den Wahlkampfspesen auftauchen sollten.«

»In meinem Fall ist alles fein säuberlich verbucht und hält jeder Überprüfung stand. In anderen Fällen jedoch ...« Er hob eine Augenbraue. »Wie mir zu Ohren kam, entledigte sich der Wirtschaftsminister – der sich heute Nachmittag übrigens zu unseren glorreichen Hinterbänklern gesellen wird – mit diesem Geld einer lästigen Geliebten, die mit der Veröffentlichung kompromittierender Briefe gedroht hatte. Es ging direkt an sie, und der annullierte Scheck befindet sich noch immer in Harrods Besitz.«

Stamper schob seinen Stuhl so weit vom Tisch weg, dass er nur noch auf den Hinterbeinen balancierte, als wolle er so viel Abstand wie möglich von all dem Irrsinn gewinnen. »Himmel, Francis, und bei der ganzen Scheiße, die uns bald mit hundert Sachen um die Ohren fliegt, wollen Sie allen Ernstes, dass ich Parteivorsitzender werde? Wenn das so ist, beantrage ich lieber Asyl in Libyen. Bis Ostern, sagen Sie? Um jemanden zu retten, der da drinsteckt, braucht es schon weit mehr als 'ne verdammte Wiederauferstehung.«

Er ruderte verloren mit den Armen, aller Kraft und Gegenwehr beraubt, doch Urquhart redete mit großem Ernst weiter auf ihn ein, sein Körper steif vor Anspannung.

»Ostern. Genau. Was bedeutet, dass wir bis dahin unbedingt

handeln müssen, Tim. Die Schonzeit nutzen, die Opposition aufmischen, der Rezession zuvorkommen und uns eine Mehrheit verschaffen, die uns reicht, bis wir den ganzen Beschuss sicher überstanden haben.«

»Meinen Sie etwa Neuwahlen?«, hauchte Stamper mit atemloser Stimme.

»Bis Mitte März. Was uns exakt vierzehn Wochen Zeit gibt, bis ich sie verkünde, sogar nur noch zehn, und ich will, dass Sie als Parteivorsitzender die Wahlkampfmaschine bis dahin so gut schmieren, wie es nur geht. Pläne müssen geschmiedet, Geld beschafft, Gegner denunziert werden. Und all das, ohne dass die Leute auch nur den geringsten Verdacht schöpfen, welche Überraschung wir für sie im Sack haben.«

Stampers Stuhl schaukelte polternd an den Tisch zurück, während er versuchte, seine Fassung wiederzugewinnen. »Verdammter Parteivorsitzender.«

»Keine Sorge. Es sind nur vierzehn Wochen. Wenn alles glattläuft, können Sie sich danach jedes Ministerium aussuchen, das sie wollen. Und wenn nicht ... nun, dann wird sich keiner von uns jemals wieder Gedanken über ein politisches Amt machen müssen.«

Kapitel 5

Ein Politiker hat keine Freunde.

»Das ist ja wirklich scheußlich.« Als Mortima Urquhart den Raum betrachtete, rümpfte sie mit ungemeiner Vehemenz die Nase. Es war schon einige Tage her, seit die Collingridges ihre letzten Habseligkeiten aus der kleinen Wohnung über den Amtsräumen der Downing Street Nummer zehn entfernt hatten, die Premierministern zur Verfügung steht, und das Wohnzimmer versprühte den Charme eines billigen Dreisternehotels. Jede persönliche Note war mit den Umzugskisten abtransportiert worden, und was übrig blieb, war zwar gut in Schuss, besaß aber die Ästhetik eines Bahnhofswarteraums. »Einfach widerlich. Das geht so nicht«, grollte sie und musterte dabei die Tapete so eindringlich, als erwarte sie, dort die verblassten Abdrücke einer Reihe chinesischer Flugenten zu entdecken. Für einen Augenblick war sie abgelenkt, als sie an einem langen Wandspiegel vorüberging und verstohlen den unübersehbaren Rotstich beäugte, den ihr Friseur ihr Anfang der Woche verpasst hatte, als sie noch auf den Ausgang der Parteiabstimmung wartete. Eine »feierliche Zugabe« hatte er es genannt, doch jetzt würde es niemand mehr für ihre natürliche Haarfarbe halten, und immer öfter ertappte sie sich dabei, wie sie an der Fernbedienung herumpfriemelte und die Farbsättigung änderte und sich dabei ernsthaft fragte, ob sie sich einen neuen Fernseher oder einen neuen Friseur zulegen sollte.

»Was für ... *außergewöhnliche* Leute sie doch gewesen sein müssen«, zischte sie missmutig und zupfte sich eine imaginäre

Staubfluse von ihrem Chanelkostüm, während die sie begleitende Parlamentssekretärin ihres Mannes ihr Gesicht hinter einem Notizbuch versteckte. Letztere hatte die Collingridges, soweit sie sie kannte, recht gern gehabt; ihre Meinung war eindeutiger, wenn es um Mortima Urquhart ging, deren kalte Augen wie die eines Raubtieres blitzten und deren ständige Diäten, dazu gedacht, ihren kostspielig verhüllten Körper vor der beginnenden Cellulitis zu bewahren, sie in einen Zustand permanenter Launenhaftigkeit versetzten – zumindest anderen Frauen gegenüber, vor allem, wenn sie jünger waren als sie selbst.

»Finden Sie heraus, wie wir das alles loswerden können und wie hoch das Budget für eine Renovierung ist«, raunte sie und marschierte zügig den kurzen Flur hinunter, der weiter ins düstere Innere der Wohnung führte. Tadelnd kniffen ihre Fingerspitzen beim Gehen in die Haut unterhalb des Kinns. Ein Aufschrei des Entsetzens entfuhr ihr, als sie zu ihrer Linken eine Tür entdeckte, hinter der sich eine winzige Küchenzeile verbarg: mit Edelstahlspüle, roten und schwarzen Kunststoffbodenfliesen und ohne Mikrowelle. Doch erst nachdem Mortima das beengte Esszimmer mit dem Ambiente eines vernagelten Sargs und dem Ausblick auf eine verdreckte Mansarde samt Dach in Augenschein genommen hatte, war ihre Stimmung endgültig im Keller. Sie saß wieder im Wohnzimmer, versunken in einem der mit elefantenfußgroßen Rosen bedruckten Sessel, und schüttelte vor Enttäuschung den Kopf, als sie aus der Empfangshalle ein Klopfen vernahm.

»Herein!«, rief sie verzweifelt, bis ihr einfiel, dass die Haustür weder ein Schloss noch eine Türklinke besaß – aus Sicherheitsgründen, wie man ihr mitgeteilt hatte, doch, so vermutete sie, wohl vor allem zugunsten der vielen Beamten, die mit Akten und Depeschen beladen hin und her laufen mussten. »Und das soll mein Zuhause sein«, klagte Mortima und vergrub ihr Gesicht theatralisch in den Händen.

Als sie den neuen Gast erblickte, besserte sich ihre Laune. Er war Ende dreißig, schlank und hatte kurzgeschorene Haare.

»Mrs Urquhart, mein Name ist Inspektor Robert Insall, Sicherheitspolizei«, verkündete er mit breitem Londoner Akzent. »Ich habe schon während der Wahl zum Parteiführer den Personenschutz Ihres Mannes geleitet, und jetzt haben die mich tatsächlich zum Sicherheitschef hier in der Downing Street befördert.« Er besaß ein spitzbübisches Grinsen und einen natürlichen Charme, dem sich Mortima Urquhart nicht entziehen konnte – und eine Statur, die ihr Bewunderung abrang.

»Ich bin mir sicher, dass wir bei Ihnen in guten Händen sind, Inspektor.«

»Wir tun unser Bestes. Aber für Sie wird sich eine Menge ändern, jetzt wo Sie hier sind«, fuhr er fort. »Es gibt da einige Dinge, die ich Ihnen erklären muss, wenn Sie einen Augenblick erübrigen können.«

»Kommen Sie rein und decken Sie ein paar dieser grässlichen Möbel ab, Inspektor, und dann lassen Sie mal hören ...«

Landless winkte der applaudierenden Menge zu. Die Zuschauer hatten zwar keine Ahnung, wer hinter den abgedunkelten Scheiben des Rolls-Royce Silver Spur saß, aber es war ein historischer Tag, und sie wollten daran teilhaben. Die schweren Eisentore an der Einfahrt zur Downing Street wichen ehrfürchtig zurück, die diensthabenden Polizisten entboten einen zackigen Salut. Landless fühlte sich prächtig. Seine Stimmung hob sich weiter, als er sah, dass sich auf dem Gehsteig gegenüber seines Fahrtziels die Kameraleute und Reporter nur so drängten.

»Wird er Ihnen einen Job anbieten, Ben?«, schallte es ihm aus dem Sprechchor entgegen, während er sich mühsam aus dem Rücksitz des Wagens schälte.

»'nen Job hab ich doch längst«, knurrte er zurück, strafte sie mit seinem berühmt-berüchtigten raumgreifenden Blick und genoss jeden Augenblick davon. Im Gehen knöpfte er das zeltartige Jackett zu, das um die Hüften herum schlackerte.

»Einen Adelstitel vielleicht? Einen Sitz im Oberhaus?«

»Baron Ben von Bethnal Green, oder was?« Sein fleischiges Gesicht sackte missbilligend in sich zusammen. »Hört sich eher nach 'ner Varieténummer an als nach 'nem Adelstitel.«

Alle lachten, und Landless wandte sich in Richtung der glänzend schwarzen Tür, um in die Empfangshalle zu gehen, wurde vor der Schwelle aber von einem mit Blumen beladenen Boten eingeholt. In der Diele häuften sich bereits die Blumensträuße und -körbe, alle noch eingepackt, und minütlich wurden es mehr. Die Londoner Floristen konnten die Rezession, zumindest vorübergehend, getrost vergessen. Man führte Landless den dicken roten Teppich entlang, der vom Eingang direkt zum Kabinettszimmer auf der anderen Seite des schmalen Gebäudes verlief, und er ertappte sich dabei, wie er hetzte. Er zwang sich, langsamer zu gehen, jeden Schritt genüsslich auszukosten. Landless konnte sich nicht erinnern, wann er zum letzten Mal so aufgeregt gewesen war. Ein eifriger und bescheidener Beamter geleitete ihn geradewegs ins Kabinettszimmer und schloss hinter ihm leise die Tür.

»Ben, herzlich willkommen. Treten Sie ein.« Urquhart winkte ihm zur Begrüßung zu, jedoch ohne sich zu erheben. Mit einer Handbewegung wies er ihm einen Stuhl auf der anderen Tischseite zu.

»Großer Tag, Francis. Großer Tag für uns alle.« Landless

nickte Stamper zu, der am Heizkörper lehnte und wie ein Prätorianer über Urquhart zu wachen schien, und er spürte, wie sehr ihm die Anwesenheit eines Dritten missfiel. All seine bisherigen Absprachen mit Urquhart hatte er unter vier Augen getroffen; sie hätten sich ja schwerlich Publikum einladen können, als sie geplant hatten, den gewählten Regierungschef zu demontieren und zu Fall zu bringen. Bei diesen früheren Gelegenheiten war Urquhart immer der Bittsteller gewesen, Landless hatte den Ton angegeben, doch als er nun über den Tisch blickte, musste er feststellen, dass sich einiges geändert hatte, die Rollen vertauscht waren. Plötzlich fühlte er sich unbehaglich und streckte die Hand aus, um Urquhart zu gratulieren. Doch die Geste wirkte unbeholfen. Urquhart sah sich gezwungen, seinen Füller aus der Hand zu legen, den schweren Stuhl zurückzuschieben, aufzustehen und sich hinüberzubeugen – nur um festzustellen, dass der Tisch zu breit war, und sie sich gerade mal an den Fingerspitzen berühren konnten.

»Gut gemacht, Francis«, grummelte Landless verlegen und setzte sich wieder hin. »Bedeutet mir wirklich viel, dass Sie mich hier empfangen, an Ihrem ersten Tag als Premierminister. Besonders auf diese Art. Dachte schon, ich müsste mich zur Hintertür neben den Mülltonnen reinschleichen, aber ich muss schon sagen, hat sich toll angefühlt, an all diesen Kameras und Fernsehscheinwerfern vorbeizuflanieren. Ich weiß dieses öffentliche Zeichen Ihres Vertrauens zu schätzen, Francis.«

Urquhart spreizte seine Hände weit, eine Geste, um die Worte zu ersetzen, die ihm nicht recht einfallen wollten. Stamper eilte ihm zu Hilfe.

»*Herr Premierminister*«, warf dieser nachdrücklich ein. Was als Rüffel für die allzu große Vertraulichkeit des Zeitungsmannes gedacht war, prallte von Landless ab, ohne auch nur eine Delle zu hinterlassen.»Entschuldigen Sie bitte, aber der neue Schatzkanzler wird in fünf Minuten hier sein.«

»Verzeihen Sie, Ben. Wie ich bereits schmerzlich feststellen musste, ist der Premierminister kein Gebieter, sondern nur ein Sklave. Vor allem der seiner Terminpläne. Aber jetzt zum Geschäftlichen, wenn es Ihnen nichts ausmacht.«

»Genau so hab ich's gern.« Landless rutschte erwartungsvoll auf seinem Stuhl nach vorne.

»Sie kontrollieren die *Chronicle*-Gruppe und haben ein Übernahmeangebot für United Newspapers unterbreitet, und nun liegt es an der Regierung zu entscheiden, ob eine solche Übernahme im öffentlichen Interesse ist.« Urquhart starrte gebannt auf seine Kladde, als würde er aus einem Drehbuch ablesen, fast wie ein Richter bei der Urteilsverkündung. Landless störte sich nicht an der unerwarteten Förmlichkeit, wenn ihre vorherigen Gespräche auch völlig anders verlaufen waren.

Urquhart spreizte abermals die Hände, als bemühe er sich wieder, die flüchtigen Worte zu erhaschen. Schließlich ballte er seine Fäuste.»Tut mir leid, Ben. Das kann ich Ihnen nicht erlauben.«

Die drei Männer versteinerten, derweil Urquharts Worte noch im Zimmer zu kreisen schienen und sich dann wie Raubvögel niederließen.

»Was zum Teufel wollen Sie damit sagen: ›Das kann ich Ihnen verdammt nochmal nicht erlauben‹?« Sein Akzent kam jetzt wieder geradewegs aus der Gosse, die Fassade war gefallen.

»Die Regierung glaubt nicht, dass es im allgemeinen Interesse wäre.«

»Unsinn, Francis. Wir waren uns einig.«

»Der Premierminister hat während seiner gesamten Wahlkampagne sorgfältig darauf geachtet, keinerlei verbindliche Zusagen bezüglich der Übernahme zu machen. Seine öffentlichen Aussagen dazu sind mehr als deutlich«, schaltete sich Stamper ein. Landless ignorierte ihn, die Augen unverwandt auf Urquhart gerichtet.

»Wir hatten eine Absprache! Das wissen Sie ebenso gut wie ich.«

»Wie schon gesagt, Ben, ein Premierminister ist nicht immer sein eigener Herr. Die Argumente gegen die Übernahme sind einfach bestechend. Sie besitzen bereits über dreißig Prozent der Zeitungen dieses Landes; mit United wären es annähernd vierzig.«

»Diese dreißig Prozent haben Sie auf ganzer Linie unterstützt, und meine vierzig Prozent werden das ebenso tun. Das war der Deal.«

»Was immer noch knapp über sechzig Prozent übrig lässt, die mir das niemals vergeben oder vergessen würden. Sehen Sie, Ben, das alles rechnet sich einfach nicht. Nicht wenn man das öffentliche Interesse im Blick hat. Nicht für eine neue Regierung, die an den Wettbewerb glaubt, die den Verbrauchern dienen will und nicht den großen Konzernen.«

»Das ist doch alles Bockmist. Wir hatten einen Deal!« Seine massige Faust schlug krachend auf den leeren Tisch.

»Ben, es ist unmöglich. Das müssten Sie doch selbst wissen. In meiner ersten Amtshandlung als Premierminister kann ich mir kaum erlauben, die britische Zeitungslandschaft ans Messer zu liefern. Das ist kein gutes Geschäft. Das ist keine gute Politik. Offen gesagt, würde es auf allen anderen Titelseiten für ziemlich grässliche Schlagzeilen sorgen.«

»Aber mich ans Messer zu liefern sorgt für verdammt großartige Schlagzeilen, ist es das?« Landless reckte seinen Kopf vor wie ein wilder, angriffslustiger Stier, seine Wangen erzitterten vor Wut. »Also deshalb haben Sie mich zur Vordertür bestellt, Sie Mistkerl. Damit alle sehen, wie ich reingehe und wie ich wieder rauskomme. Mit den Füßen zuerst. Sie haben hier für die Kameras aus aller Welt eine öffentliche Hinrichtung veranstaltet. Fettes Kapitalistenschwein als Opferlamm. Ich warne Sie, Frankie. Das werde ich Ihnen heimzahlen, koste es, was es wolle.«

»Womit nur noch siebzig Prozent der Zeitungen sowie sämtliche Fernseh- und Radiostationen verbleiben, die einem Premierminister applaudieren, der sich standhaft für das Gemeinwohl einsetzt«, warf Stamper herablassend ein und begutachtete derweil seine Fingernägel. »Schreckt nicht davor zurück, seine engsten Freunde zu enttäuschen, so es das nationale Interesse verlangt. Großartige Story.«

Landless stand jetzt von beiden Seiten unter Beschuss, und das aus vollen Rohren. Am ganzen Körper vor Wut bebend, nahm sein rotes Gesicht einen noch dunkleren Ton an. Ihm fehlten die Worte, um zu feilschen oder Urquhart zu überreden. Er vermochte weder mit ihm zu handeln noch ihn einzuschüchtern, und am Ende blieb ihm nichts anderes übrig, als mit geballten Fäusten auf den Tisch zu hämmern. »Sie erbärmlicher kleiner Sch…«

Plötzlich öffnete sich die Tür, und Mortima Urquhart platzte in voller Fahrt herein. »Francis, das ist unmöglich, einfach unmöglich. Die Wohnung ist entsetzlich, die Einrichtung widerwärtig, und sie sagen, es sei nicht mehr genug Budget vorhanden, um …« Sie verstummte, als sie Landless' Fäuste erblickte, die etwa fünfzehn Zentimeter über der Tischplatte zitternd verharrten.

»Sehen Sie, Ben, ein Premierminister ist nicht einmal Herr in seinem eigenen Haus.«

»Ersparen Sie mir das Gewäsch.«

»Ben, denken Sie doch mal nach. Vergessen Sie die Sache. Es wird andere Abmachungen geben, andere Interessen, die Sie verfolgen möchten und bei denen ich Ihnen helfen kann. Es kann nützlich sein, einen Freund in der Downing Street zu haben.«

»Das hatte ich damals auch gedacht, als ich Sie bei der Wahl zum Premier unterstützt habe. Mein Fehler.« Landless hatte sich jetzt wieder unter Kontrolle, die Hände ruhig, sein eisiger Blick starr auf Urquhart gerichtet, nur die bebenden Wangen verrieten noch die innere Spannung.

»Entschuldigung, ich wollte nicht stören...«, begann Mortima unbeholfen.

»Mr Landless wollte gerade gehen, glaube ich«, fiel Stamper ihr von seinem Wachposten an der Heizung her ins Wort.

»Entschuldigung«, wiederholte Mortima.

»Macht nichts«, erwiderte Landless, fixierte aber noch immer ihren Mann. »Ich kann sowieso nicht bleiben. Habe gerade von einer Beerdigung gehört, zu der ich muss.«

Kapitel 6

Ein Monarch lebt in einem goldenen Käfig. Sein Glück hängt davon ab, ob er mehr Zeit damit verbringt, auf die Dicke des Goldes oder auf die Größe der Stäbe zu schauen.

»Ich möchte nichts mehr davon hören, David.«

Wie lächerlich. Mycroft war völlig aufgewühlt; da waren so viele halbgare Zweifel, Befürchtungen, die er weder begreifen konnte noch wollte und über die er einfach mit dem König sprechen musste, um ihrer beider willen. Doch es gelang ihm gerade einmal, ein paar halb vom verschluckten Chlorwasser entstellte Worte zu erhaschen, während sie im palasteigenen Schwimmbecken ihre Bahnen zogen. Das einzige Zugeständnis zur Störung seines täglichen Fitnessprogramms bestand darin, vom Kraulen ins Rückenschwimmen zu wechseln, damit Mycroft leichter hinterherkam. Diese strenge Disziplin war es, der der König seine noch immer exzellente körperliche Verfassung verdankte und die es allen, die ihm dienten, so schwer machte, mit ihm Schritt zu halten.

Der König war ein eiserner Verfechter der Ehe – das brachte der Job nun mal mit sich, wie er zu sagen pflegte –, und Mycroft hatte sich zu dem Angebot verpflichtet gefühlt. »Es ist besser so, Sir«, beharrte er. »Ich kann nicht zulassen, dass Sie in meine persönlichen Schwierigkeiten hereingezogen werden. Ich brauche etwas Zeit, um mich wieder in den Griff zu bekommen. Es ist besser für uns alle, wenn ich kündige.«

»Der Meinung bin ich nicht.« Nun doch entschlossen, das Gespräch im Trockenen fortzusetzen, spuckte der König einen

Mundvoll Wasser aus und schwamm in Richtung des marmornen Beckenrands. »Wir kennen uns seit der Uni, und ich werde nicht die letzten dreißig Jahre einfach so fortwerfen, nur weil irgendein heimtückischer Klatschreporter etwas über Ihre privaten Probleme erfahren könnte. Ich bin überrascht, dass Sie glauben, ich könnte es überhaupt in Erwägung ziehen.« Er tauchte seinen glänzenden Schädel ein letztes Mal unter Wasser und griff nach der Leiter. »Sie sind Teil des Vorstands dieser Firma, und das wird auch so bleiben.«

Um wieder klarer sehen zu können, schüttelte Mycroft den Kopf wie ein Hund. Es war nicht nur seine Ehe, gewiss, da gab es auch ein Menge anderer Dinge, die auf ihm lasteten und wegen derer er sich so ängstlich und elend fühlte. Wenn er noch nicht einmal zu sich selbst ehrlich sein konnte, wie sollte ihn dann der König verstehen? Aber er musste es versuchen.

»Auf einmal sieht alles anders aus. Das Haus. Die Straße. Meine Freunde. Sogar ich selbst komme mir anders vor. Als sei meine Ehe eine Art Linse gewesen, durch die ich die Welt all die Jahre betrachtet habe, und nun, wo sie fort ist, sieht nichts mehr so aus, wie es war. Das macht mir ein wenig Angst…«

»Das mit Fiona tut mir wirklich leid. Schließlich bin ich Patenonkel Ihres Ältesten, ich stecke da mit drin.« Der König griff nach dem Handtuch. »Aber, zum Teufel, Frauen haben ihre ganz absonderlichen Eigenheiten, und ich kann nicht behaupten, dass ich sie verstehe. Ich weiß allerdings, David, dass Sie keinesfalls versuchen sollten, Ihre Probleme ganz allein durchzustehen. Es wäre falsch, dass Sie sich nach Ihrer Ehe auch noch von allem lossagen, was Sie hier haben.« Er legte seine Hand auf Mycrofts tropfnasse Schulter. Sie saßen eng beieinander, er klang tief besorgt. »Sie verstehen mich, David, haben es schon immer getan. Ich bin in der ganzen Welt bekannt, werde aber von so wenigen verstanden. Ich brauche Sie. Ich werde Ihnen nicht erlauben zu kündigen.«

Mycroft blickte in das kantige Gesicht seines Freundes. Er ertappte sich beim Gedanken, dass diese Hagerkeit den König so viel abgehärmter und älter wirken ließ, als er tatsächlich war, insbesondere seit sich sein Haar so auffällig lichtete. Es schien, als zehrten die Flammen eines Ofens den König von innen heraus auf, viel zu rasch. Als verglühe er. Vielleicht nahm er sich alles einfach zu sehr zu Herzen.

Zu viel Mitgefühl – war das möglich? Fiona hatte Mycroft zurück ins Becken gestoßen. Nun strampelte er im tiefen Wasser und bekam keinen Fuß mehr auf den Boden. Und plötzlich wurde ihm klar, dass er eigentlich noch nie auf dem Boden der Tatsachen gestanden hatte, nicht ein einziges Mal in seinem Leben. Anstatt zu viel Mitgefühl zu zeigen, das verstand er nun, war ihm immer alles gleichgültig gewesen, und diese jähe Einsicht machte ihm panische Angst, ließ ihn flüchten, bevor er unterging. Sein Gefühlsleben besaß keinerlei Form und weder Inhalt noch Ursprung. Nur hier im Palast hatte er sich stets sicher gefühlt, jetzt war er sein letzter fester Halt. Der Mann, den er einst voll bekleidet durch das Eis des College-Brunnens gestoßen hatte, der nach dem Auftauchen Windenkraut gespuckt und einen Toilettensitz umklammert hatte, dieser Mann sagte – auf die einzige Art, die ihm sein von Selbstbeherrschung bestimmtes Leben erlaubte –, dass er ihm etwas bedeutete. Auf einmal war ihm das wichtig, sehr sogar.

»Danke, Sir.«

»Ich kenne nicht eine einzige Ehe, ob unter Adligen, Bürgerlichen oder in den niedersten Kreisen, die nicht mal schwere Zeiten erlebt hat; es ist so leicht, zu glauben, dass man völlig allein sei, zu vergessen, dass praktisch jeder, den man kennt, schon etwas Ähnliches durchgemacht hat.«

Mycroft dachte daran, wie viele Nächte ihrer Ehe Fiona und er getrennt verbracht hatten, und er fragte sich, was sie in jeder einzelnen dieser Nächte wohl getrieben hatte. Selbst das machte ihm nichts aus. Was bedeutete ihm denn überhaupt etwas?

»Ich brauche Sie, David. Mein ganzes Leben lang wollte ich schon immer da sein, wo ich jetzt bin. Erinnern Sie sich nicht mehr an die endlosen Nächte an der Uni, in denen wir dasaßen und uns über einer Flasche College-Portwein ausgemalt haben, was wir alles tun würden, wenn wir nur die Chance dazu hätten? *Wir beide*, David, Sie und ich. Jetzt ist diese Chance gekommen, wir können sie nicht einfach vergeuden.« Er hielt kurz inne, als ein livrierter Diener eintrat und ein Silbertablett mit zwei Tassen Kräutertee auf dem Tisch am Beckenrand abstellte. »Wenn es mit Fiona wirklich aus ist, müssen Sie versuchen, damit abzuschließen. Blicken Sie nach vorn, mit mir. Ich kann nicht die wichtigste Phase meines Lebens in Angriff nehmen, wenn ich einen meiner ältesten und zuverlässigsten Freunde verliere. Es gibt so viel zu tun, für uns beide.« Er begann sich so energisch abzutrocknen, als habe er sich entschlossen, noch in dieser Minute loszulegen. »Treffen Sie jetzt keine Entscheidung. Halten Sie noch ein paar Monate durch, und wenn Sie dann immer noch glauben, dass Sie eine Auszeit brauchen, kümmern wir uns darum. Aber vertrauen Sie mir, bleiben Sie bei mir. Alles wird gut werden, versprochen.«

Mycroft war nicht überzeugt. Er wollte nur noch davonrennen, doch er wusste nicht, zu wem – oder wohin. Und der Gedanke daran, was er wohl finden würde, wenn er zu weit lief, ließ ihn schaudern. Nach so vielen Jahren war er endlich frei und wusste dennoch nicht, ob er mit dieser Freiheit würde umgehen können. Er stand auf, Wasser rann ihm von der Nasenspitze und den Schnurrbart hinab, und wog seine Zweifel gegen die Gewissheit des Souveräns ab. Er fand zu keinerlei Entscheidung, da war nur sein Pflichtgefühl.

»Nun, woran denken Sie, alter Freund?«

»Dass es hier verdammt kalt ist, Sir.« Er rang sich ein müdes Lächeln ab. »Und wir rasch unter die Dusche verschwinden sollten.«

Kapitel 7

Natürlich habe ich Prinzipien. Ich staube sie sogar regelmäßig ab. Mit einem Spachtel.

»Misch dich unter die Leute, Francis. Und lächle. Das hier ist schließlich eine Feier.«

Urquhart beherzigte die Weisung seiner Frau und bahnte sich mühsam einen Weg durch den überfüllten Raum. Er hasste solche Anlässe. Ursprünglich war es als kleine Party für all jene geplant gewesen, die ihm zum Posten in der Downing Street verholfen hatten, doch wie immer hatte Mortima interveniert und den Abend als Gelegenheit genutzt, sämtliche Berühmtheiten aus den Klatschkolumnen einzuladen, die sie schon immer einmal kennenlernen wollte. »Die Wähler haben gern ein bisschen Glamour«, argumentierte sie, und wie jeder aus dem Colquhoun-Clan, der etwas auf sich hielt, stand sie gern ihrem eigenen Hofstaat vor. Statt eines kleinen Haufens enger Kollegen sah er sich nun also mit einer alles verschlingenden Masse aus Schauspielerinnen, Opernstars, Redakteuren, Geschäftsleuten und anderen Prominenten konfrontiert, und er wusste, dass sein Fundus an Smalltalk nicht für den gesamten Abend reichen würde.

Die Gäste, die durch die dunkle Dezembernacht in die Downing Street gestiefelt waren, um in ihren beengten Räumlichkeiten zu feiern, hatten vor der Tür der Nummer zehn zunächst einen Weihnachtsbaum vorgefunden. Es war Mortimas Idee gewesen. Er sollte die Fernsehzuschauer glauben lassen, sie wären eine ganz normale Familie, die es kaum erwarten konnte, Weihnachten zu feiern. Dann war die Hautevolee in die Nummer zehn hereinflaniert, nicht ahnend, dass sie bereits von allerhand verborgenen Apparaten auf Waffen und Sprengstoff durchleuchtet worden waren. Sie tauschten ihre Mäntel gegen ein Lächeln und einen Garderobenschein und warteten geduldig in Reih und Glied auf der Treppe, die hinauf zum Grünen Zimmer führte, wo die Urquharts sie empfingen. Gemächlich schlängelten sie sich die Treppe empor und an den mit Porträts ehemaliger Premierminister behangenen Wänden entlang, sichtlich bemüht, ihre Umgebung und die anderen Gäste nicht mit großen Augen zu begaffen. Schließlich hätte dies bedeutet, dass sie all das nicht schon hundertmal durchexerziert hatten. Die meisten hatten wenig mit Politik zu tun, einige waren noch nicht einmal Regierungsanhänger, doch der Enthusiasmus, mit dem Mortima Urquhart sie begrüßte, beeindruckte sie alle. Die Atmosphäre fing sie ein, machte sie zu Ehrenmitgliedern des Teams. Wenn die Macht eine Verschwörung war, dann wollten nun auch sie dazugehören.

Zehn Minuten lang mühte sich Urquhart im Durcheinander der Gäste ab, sein unruhiger Blick huschte von einem Fixpunkt zum anderen, als müsse er beständig auf der Hut sein oder bereit zum Angriff, und sah sich zugleich gezwungen, dem Gejammer von Geschäftsleuten oder den halbgaren gesellschaftspolitischen Belehrungen von Talkmastern zu lauschen. Am Ende packte er dankbar Tim Stampers Arm und zog ihn in eine Ecke.

»Haben Sie etwas auf dem Herzen, Francis?«

»Mir ging gerade durch den Kopf, wie erleichtert Henry sein dürfte, all das hier nicht mehr ertragen zu müssen. Ist es das wirklich wert?«

»›Die Herrschsucht soll aus festem Stoff bestehn‹.«

»Wenn Sie schon Shakespeare bemühen, dann wenigstens

richtig. Außerdem hätte ich es bevorzugt, wenn Sie sich nicht gerade für *Julius Cäsar* entschieden hätten. Wie Sie sich gewiss erinnern, wird er schon weit vor der Pause niedergemetzelt.«

»Sie tadeln mich völlig zu Recht, Sir. In Zukunft werde ich in Ihrer Gegenwart nur noch aus *Macbeth* zitieren.«

Der beißende Humor rang Urquhart ein grimmiges Lächeln ab, und er wünschte, er könnte den restlichen Abend mit Stamper die Klingen kreuzen und Pläne für die nächste Wahl schmieden. In weniger als einer Woche hatten sie in den Umfragen bereits drei Prozentpunkte zugelegt, wie erwartet reagierten die Wähler positiv auf die neuen Gesichter, die Aufbruchsstimmung in Whitehall und den öffentlichen Rausschmiss einiger unbeliebter Regierungsmitglieder. »Sie mögen nun mal die Farbe der Flitterwochenbettwäsche«, hatte Stamper befunden. »Taufrisch, blütenweiß und mit genau der richtigen Menge Blut, um allen zu beweisen, dass man seinen Job macht.« Stamper hatte eben seinen eigenen unnachahmlichen Stil.

Selbst über das dröhnende Stimmengewirr im überfüllten Raum war Mortimas Lachen zu vernehmen. Sie plauderte angeregt mit einem italienischen Tenor, einem der kompetenteren seiner Sorte und der wohl angesagteste Opernstar, den es in den letzten Jahren nach London verschlagen hatte. Mit einer Mischung aus Schmeichelei und weiblichem Charme war sie gerade im Begriff, ihn zu einer Kostprobe seiner Kunst zu überreden, etwas später am Abend. Mortima ging zwar auf die fünfzig zu, hatte sich aber gut gehalten und makellos herausgeputzt, sodass der Italiener rasch einlenkte. Sie eilte davon, um herauszufinden, ob es in der Downing Street irgendwo ein Klavier gab.

»Ah, Dickie«, flötete Urquhart und griff nach dem Arm eines kleingewachsenen, schmächtigen Mannes mit einem unverhältnismäßig großen Kopf und ernsten Augen, der sich zielstrebig durch die Menge auf ihn zuschob. Dickie war der frisch ernannte Umweltminister, das jüngste Mitglied des neuen Kabinetts, ein Marathonläufer, ein Enthusiast, der sich gern einmischte und noch immer zutiefst dankbar war, dass Urquhart ihn zum grünen Aushängeschild seiner Regierung gemacht hatte. Alle bis auf die militantesten Aktivistengruppen hatten seine Berufung begeistert aufgenommen, doch jetzt wirkte er sichtlich bedrückt. Schweißtropfen standen ihm auf der Stirn; irgendetwas beunruhigte ihn.

»Wie passend. Könnte ich kurz mit Ihnen reden, Dickie?«, fragte Urquhart, bevor der andere Gelegenheit hatte, ihm sein Herz auszuschütten. »Was ist mit diesem Baugelände in der Victoria Street? Schon Zeit, sich das anzusehen? Wollen Sie es mit Betonkästen zupflastern, oder hatten Sie andere Pläne?«

»Himmel, nein, Herr Premierminister. Ich habe alle Optionen eingehend geprüft, und ich denke, es wäre am besten, wenn wir auf die ausgefalleneren Varianten verzichten und uns stattdessen für etwas Traditionelleres entscheiden würden. Keine dieser Klimaanlagen-Container aus Stahl und Glas.«

»Und wird das auch die modernste Büroumgebung gewährleisten?«, schaltete sich Stamper ein.

»Es wird in die Umgebung von Westminster passen«, fuhr Dickie leicht verunsichert fort.

»Was wohl kaum das Gleiche ist«, ätzte der Parteivorsitzende.

»Die Denkmalschutz-Lobby wird uns die Hölle heißmachen, wenn wir versuchen, Westminster in Downtown Chicago zu verwandeln«, verteidigte sich Dickie.

»Ich verstehe, jetzt übernehmen die Lobbyisten also die Planung«, schmunzelte Stamper zynisch.

Der unerwartete Angriff des Parteivorsitzenden brachte den Umweltminister merklich aus der Fassung, doch rasch eilte ihm

Urquhart zu Hilfe. »Lassen Sie sich von Stamper nicht kirre machen, Dickie. Er ist gerade mal eine Woche in der Parteizentrale und kann noch an keinem Lobbyisten vorübergehen, ohne ihm zur Begrüßung das Knie in den Bauch zu rammen.« Er lächelte. Das hier machte deutlich mehr Spaß als die drohenden Moralpredigten der zwei dicken Frauen von einer Wohltätigkeitsorganisation, die sich hinter Dickie herumdrückten und nur darauf warteten, sich auf ihn zu stürzen. Zum Schutz zog er Dickie noch näher an sich. »Was haben Sie denn sonst noch auf dem Herzen?«

»Da ist dieses mysteriöse Virus an der Nordseeküste, an dem all die Robben verendet sind. Die Wissenschaftsheinis hatten geglaubt, es sei verschwunden, doch jetzt hat man mir gerade mitgeteilt, dass in Norfolk überall Robbenkadaver angeschwemmt werden. Das Virus ist zurück. Morgen früh werden sich massenweise Kamerateams und Schmierfinken an den Stränden tummeln, und die Nachrichten werden gepflastert sein mit Bildern von sterbenden Robben.«

Urquhart verzog das Gesicht. »Schmierfinken!« Das Wort hatte er seit Jahren nicht mehr gehört. Dickie war ausgesprochen gewissenhaft und humorlos, sprich genau die richtige Sorte Mensch, um sich mit Umweltschützern herumzuschlagen. So konnten sie sich monatelange mit ihrer Gewissenhaftigkeit gegenseitig langweilen. Solange er sie nur bis Ende März bei der Stange hielt ... »Ich sage Ihnen jetzt, was Sie tun werden. Wenn die Presseleute morgen über die Strände herfallen, möchte ich, dass Sie ebenfalls vor Ort sind. Die Betroffenheit der Regierung demonstrieren, da sein, um die Fragen der ... Schmierfinken ... zu beantworten.« Aus dem Augenwinkel vermochte er bereits Stampers Grinsen auszumachen. »Ich möchte Ihr Gesicht morgen in den Mittagsnachrichten sehen. Neben all diesen toten

Robben.« Krampfhaft ein Lachen unterdrückend, verbarg Stamper den Mund hinter einem Taschentuch. Aber Dickie nickte nur eifrig mit dem Kopf.

»Habe ich Ihre Erlaubnis, eine offizielle Regierungsuntersuchung anzukündigen, falls das nötig sein sollte?«

»Die haben Sie. Aber natürlich haben Sie die, Dickie. Geben Sie ihnen alles, was sie haben wollen – außer Geld, selbstverständlich.«

»Wenn ich bei Tagesanbruch vor Ort sein will, sollte ich mich besser gleich aufmachen. Wenn Sie mich entschuldigen wollen, Herr Premierminister.«

Als der Umweltminister wichtigtuerisch in Richtung Tür entschwunden war, konnte Stamper nicht mehr an sich halten. Seine Schultern bebten vor Lachen.

»Machen Sie sich nicht über ihn lustig«, rügte ihn Urquhart, eine Augenbraue tadelnd hochgezogen. »Robben sind eine ernsthafte Angelegenheit. Sie fressen uns den ganzen verdammten Lachs weg, wie Sie wissen.«

Gerade als die Wohltätigkeitsdamen tief eingeatmet hatten und über ihn herfallen wollten, brachen die beiden Männer in schallendes Gelächter aus. Beim Anblick ihrer wogenden Brüste wandte sich Urquhart jäh ab und stand unversehens einer jungen Frau gegenüber – attraktiv, sehr elegant gekleidet, mit großen, fordernden Augen. Eine ungleich reizvollere Aufgabe als die beiden ältlichen Matronen. Er reichte ihr die Hand.

»Guten Abend. Ich bin Francis Urquhart.«

»Sally Quine.« Sie wirkte kühler, weniger überschwänglich als die meisten Gäste.

»Wie schön, dass Sie kommen konnten. Und Ihr Mann ist ...?«

»Begraben unter einem tonnenschweren Betonsockel, das hoffe ich zumindest.«

Jetzt erst bemerkte er den leicht näselnden Akzent und warf einen raschen, aber bewundernden Blick auf ihr Regency-Jackett. Es war rot mit großen Manschetten, und als einziges schmückendes Detail dienten kleine, aber kunstvoll verzierte Metallknöpfe, die seine Trägerin sowohl apart wie auch geschäftsmäßig erscheinen ließen. Ihr rabenschwarzes Haar glänzte spektakulär im Schein der Kronleuchter.

»Es freut mich, Sie kennenzulernen, Mrs ...? Miss Quine.« Er nahm ihre intensive Körpersprache wahr, ihre Unabhängigkeit, doch auch der angespannte Zug um den Mund war ihm nicht entgangen; irgendetwas ärgerte sie. »Hoffentlich amüsieren Sie sich gut.«

»Ehrlich gesagt, nicht sonderlich. Ich werde überaus ungehalten, wenn Männer versuchen, mich zu befummeln und abzuschleppen, nur weil ich eine ungebundene Frau bin.«

Das störte sie also. »Ich verstehe. Welcher Mann war es denn?«

»Herr Premierminister, ich bin Geschäftsfrau. Als Petze würde ich es sicher nicht weit bringen.«

»Nun, lassen Sie mich raten. Klingt, als sei er ohne Ehefrau hier. Ein Wichtigtuer. Höchstwahrscheinlich Politiker, wenn er sich vertraut genug fühlt, hier sein Glück zu versuchen. Macht gern auf Charmeur, möglicherweise?«

»Der Widerling hatte so wenig Charme, dass er es noch nicht einmal für nötig erachtete, Bitte zu sagen. Ich glaube, das hat mich mehr geärgert als alles andere. Hat erwartet, dass ich ihm in die Arme falle, ohne wenigstens den Anstand zu besitzen, vorher nett zu fragen. Und ich dachte immer, ihr Engländer wärt Gentlemen.«

»Also … ohne Frau hier. Wichtigtuer. Politiker. Schlechte Manieren.« Urquhart sah sich im Zimmer um, noch immer bemüht, den Blicken der Matronen auszuweichen, die zunehmend grimmiger dreinschauten. »Der Gentleman in dem schrillen Nadelstreifen-Dreiteiler womöglich?« Er zeigte auf einen fetten, schwitzenden Mann mittleren Alters, der sich ob der rasant ansteigenden Hitze im berstend vollen Raum hektisch mit einem gepunkteten Taschentuch über die Stirn fuhr.

»Sie kennen ihn?«, lachte sie ebenso überrascht wie anerkennend.

»Das sollte ich. Er ist schließlich mein neuer Wohnungsbauminister.«

»Sie scheinen Ihre Leute wirklich gut zu kennen, Mr Urquhart.«

»Das ist mein größtes politisches Kapital.«

»Dann hoffe ich, dass Sie Ihre Frauen ebenso gut verstehen, und viel besser als dieser Rüpel von Wohnungsbauminister … Weniger im privaten als im politischen Sinne, meine ich«, fügte sie mit einem frechen Grinsen hinzu.

»Ich bin mir nicht sicher, ob ich Ihnen folgen kann.«

»Frauen. Sie wissen schon, zweiundfünfzig Prozent der Wahlberechtigten? Diese seltsamen Wesen, die Sie für gut genug halten, um sie mit ins Bett zu nehmen, aber nicht in Ihre Clubs, und die Ihre Regierung für etwa so nützlich und hilfreich erachten wie die ausgeleierten Gummibündchen an ihren Schlüpfern?«

Bei einer Engländerin hätte man eine derartige Schroffheit für unverschämt gehalten, doch Amerikanerinnen ließ man für gewöhnlich deutlich mehr durchgehen. Sie sprachen anders, aßen anders, kleideten sich anders und waren sogar anders im Bett, wie Urquhart gehört hatte, wenngleich er über keinerlei persönliche Erfahrungen auf diesem Gebiet verfügte. Vielleicht sollte er den Wohnungsbauminister fragen. »Ganz so schlimm ist es doch sicher nicht ...«

»In den vergangenen zwei Monaten hat sich Ihre Partei im Zuge des Führungsstreits selbst zerlegt. Nicht einer der Kandidaten war eine Frau. Und weiblichen Wählern zufolge besaß nicht eines der Themen, über die Sie gestritten haben, für sie größere Relevanz. Insbesondere für jüngere Frauen. Sie behandeln sie wie hirnlose Anhängsel ihrer Ehemänner. Das gefällt ihnen nicht, und dafür wird Ihre Regierung bald die Quittung bekommen. Eine ziemlich saftige sogar.«

Urquhart bemerkte, dass ihm die Kontrolle über das Gespräch entglitten war; sie bearbeitete ihn weitaus effektiver, als er es von den Wohltätigkeitstanten hätte erwarten können, die sich mittlerweile tief enttäuscht abgewandt und in der Menge verloren hatten.

Er versuchte, sich zu entsinnen, wann er das letzte Mal eine Meinungsumfrage wirklich auf Herz und Nieren geprüft hatte, vermochte es aber nicht. Seine Sporen hatte sich Urquhart in einer Zeit verdient, als noch Instinkt und Ideen die politische Landschaft beherrschten, nicht die Wahlforscher mit ihren Computern, und sein Instinkt hatte ihn noch nie im Stich gelassen. Bis jetzt. Aber nun sorgte diese Frau dafür, dass er sich altmodisch und rückständig vorkam. Und er konnte sehen, wie ein Flügel in die hinterste Ecke des riesigen Empfangszimmers gerollt wurde.

»Miss Quine, ich würde liebend gern mehr von Ihren Ansichten erfahren, doch ich fürchte, mich rufen alsbald andere Pflichten.« Seine Frau geleitete den Tenor schon an der Hand zum Flügel, und Urquhart wusste, dass sie jeden Augenblick nach ihm suchen würde, damit er ihn gebührend vorstellte.

»Vielleicht haben Sie ja ein andermal Zeit? Es scheint, als wüsste ich viel weniger über Frauen, als ich immer gedacht habe.«

»Offenbar bin ich bei Regierungsmitgliedern heute äußerst gefragt«, sinnierte sie schelmisch. Ihre Jacke hatte sich einen Spalt weit geöffnet und offenbarte ein schickes, aber schmuckloses Kleid, das an der Hüfte von einer monströsen Gürtelschnalle zusammengehalten wurde, die ihm erstmals eine Aussicht auf ihre Figur gewährte. Sie folgte seinem Blick und vermerkte wohlwollend, dass ihm gefiel, was er sah. »Ich hoffe, dass zumindest Sie in der Lage sein werden, Bitte zu sagen.«

»Aber gewiss doch«, erwiderte er lächelnd, derweil ihn seine Frau mit einer Handbewegung bat, vor die Menge zu treten.

Kapitel 8

Königliche Paläste sind gefährliche Orte. Hüten Sie sich, dort zu schlafen oder zu dienen. Sie haben viel zu viele Fenster.

Dezember: Die zweite Woche

Die vorweihnachtliche Festlichkeit wirkte dieses Jahr gedämpft. Mycroft, der nun, da die Journalisten ihre Plätze vor den Computerbildschirmen zunehmend gegen das Gedränge der Spielwarenläden und Karaoke-Bars eintauschten, etwas weniger zu tun hatte, stapfte ziellos durch die klammen Straßen auf der Suche nach ... er wusste es nicht. Etwas, irgendetwas, das ihn von der Grabesstille seines Hauses fernhielt. Der Schlussverkauf hatte früh begonnen, sogar noch vor Weihnachten, doch statt Kunden standen in den Eingängen der Geschäfte junge Leute mit nordenglischem Akzent und schmutzigen Händen, die um Geld bettelten. Oder waren die ihm zuvor nur nie aufgefallen? Eine Weile marschierte er die King's Road entlang und tat so, als würde er Weihnachtseinkäufe erledigen, gab aber rasch auf. Er hatte nicht die leiseste Ahnung, was seinen Kindern gefallen könnte, für was sie sich interessierten, und ohnehin würden sie Weihnachten bei ihrer Mutter verbringen. »Ihrer Mutter«, nicht »Fiona«. Mycroft bemerkte, wie er unversehens ins Vokabular der Ungeliebten glitt. Er starrte gerade ins Schaufenster eines Ladens für aufreizende Damenunterwäsche und fragte sich, ob seine Tochter so etwas tatsächlich trug, als seine Überlegungen jäh von einem Mädchen unterbrochen wurden, die trotz Make-up und Lippenstift nicht älter als sechzehn sein konnte. Ungeachtet der Kälte und des Nieselregens stand ihr Kunststoffmantel weit offen.

»Na, Süßer, frohe Weihnachten. Brauchst du noch was, um's dir oben auf den Baum zu stecken?« Sie zupfte an ihrem Regenmantel und entblößte einen erklecklichen Teil ihres drallen jungen Busens. »Weihnachtssonderangebot. Nur dreißig Mäuse.« Eine Weile starrte er sie unverwandt an, streifte ihr in Gedanken auch noch den Rest des Mantels vom Leib und entdeckte eine Frau, die unter Plastik, Kunstleder und Grundierung dennoch über die ganze Vitalität und verführerische Straffheit der Jugend verfügte, ja sogar über weiße Zähne und ein Lächeln, das er beinahe für echt gehalten hätte. Mehr als drei Tage schon hatte er mit niemandem mehr über etwas anderes als seine Arbeit gesprochen, und er sehnte sich verzweifelt nach Gesellschaft. Selbst das andauernde Gezänk mit seiner Frau über die richtige Zahnpastamarke war besser als diese Leere, dieses Nichts. Er brauchte menschliche Nähe, eine Berührung, und er würde sich nicht schuldig fühlen, nicht nach Fionas Eskapaden. Eine Chance, es ihr auf irgendeine Weise heimzuzahlen, etwas anderes zu sein als nur der arglose gehörnte Ehemann. Wieder fiel sein Blick auf das Mädchen, doch obwohl er auf Rache sann, verspürte er plötzlich Ekel. Der Gedanke an ihre Nacktheit, ihre Brustwarzen, ihre Körperbehaarung, die kratzigen Stellen unter ihren Achseln, ja allein schon ihr Geruch verursachten ihm auf einmal Übelkeit. Panik ergriff ihn, wohl aus der Verlegenheit heraus, von einer Hure angesprochen zu werden – was, wenn ihn jemand beobachtet hatte? –, doch mehr noch aus Verwunderung über seine eigenen heftigen Gefühle. Ja, er fand sie körperlich abstoßend – etwa, weil sie das gleiche Geschlecht wie Fiona besaß? Unversehens hielt er eine Fünfpfundnote in der Hand, warf sie ihr hin und zischte: »Hau ab! Um Gottes willen ... hau ab!« Doch beim Gedanken, jemand könnte ihn gesehen haben, wie er dem Flittchen Geld zugesteckt hatte, geriet er nur noch mehr in Panik. Er wandte sich um und rannte davon. Laut kreischend lief sie ihm hinterher, verzweifelt bemüht, sich ja keinen Freier entgehen zu lassen – insbesondere keinen, der umsonst Fünfer verteilte. Erst nach etwa sechzig Metern wurde Mycroft klar, dass er sich noch immer auf offener Straße zum Narren machte. Er entdeckte den Eingang einer Bar und stürzte völlig außer Puste und mit bebender Brust hinein.

Geflissentlich ignorierte er den süffisanten Blick des Mannes, der ihm den Mantel abnahm, ging geradewegs an die Theke und bestellte sich einen großen Whisky. Eine Weile verging, bis er seine Fassung wiedererlangt hatte und so weit durchatmen konnte, um sich umzusehen und zu riskieren, jemandes Aufmerksamkeit zu erregen. Die Bar selbst war kaum mehr als ein umgebauter Pub mit schwarzen Wänden, massenweise Spiegeln und unzähligen Discoscheinwerfern. In einer Ecke befand sich eine erhöhte Tanzfläche, doch weder die Lichter noch die Jukebox schienen in Betrieb zu sein. Der Abend war noch jung, gerade mal eine Handvoll Gäste saß herum und starrte gedankenverloren auf einen der vielen Bildschirme, auf denen ein früher Marlon-Brando-Film lief, jedoch ohne Ton, um ja nicht der weihnachtlichen Hintergrundmusik in die Quere zu kommen, die die Bedienungen zur eigenen Belustigung aufgelegt hatten. Auch an den Wänden hingen großformatige Bilder von Brando aus einem seiner ersten Filme, in Ledermontur, daneben Poster von Presley, Jack Nicholson und einer Reihe jüngerer Filmstars, deren Namen er nicht kannte. Ein ungewöhnlicher Ort, anders, ganz anders als die noblen Gentlemen's Clubs in der Pall Mall, in denen Mycroft gewöhnlich verkehrte. Es gab keinerlei Sitzgelegenheiten; dies war eine Kneipe, in der man stand, sich bewegte und nicht den ganzen Abend in der Ecke über seinem kleinen Bier hockte. Die Bar gefiel ihm.

»Sie waren aber ganz schön in Eile, als Sie reinkamen.« Neben ihm stand ein gepflegt wirkender Mann in den Dreißigern, seinem Akzent nach zu urteilen aus Birmingham. »Was dagegen, wenn ich Ihnen Gesellschaft leiste?«

Mycroft zuckte mit den Achseln. Von der Begegnung mit der Hure noch immer wie benommen, brachte er einfach nicht den Mut auf, eine freundliche Stimme zurückzuweisen. Der Fremde war leger, aber adrett gekleidet, die Stonewashed-Jeans ebenso wie das weißes Hemd wirkten makellos gebügelt, die Ärmel ordentlich und weit bis über den Bizeps hochgekrempelt. Offensichtlich war er gut in Form, unter dem eng anliegenden Stoff traten seine Muskeln deutlich hervor.

»Sah fast so aus, als würden Sie vor etwas davonrennen.«

Allmählich wärmte ihn der Whisky auf, er hatte etwas Entspannung bitter nötig. Mycroft lachte. »Vor einer Frau, ob Sie's glauben oder nicht. Hat versucht, mich abzuschleppen!«

Nun lachten beide, und Mycroft bemerkte, wie ihn der andere sorgfältig musterte. Er hatte nichts dagegen; die Augen des Fremden waren warmherzig, mitfühlend, interessiert. Und interessant. Ein golden schimmernder Braunton.

»Normalerweise ist es ja andersherum. Da laufen die Frauen vor mir weg«, fuhr er fort.

»Klingt ja, als wären Sie ein richtiger Weiberheld.«

»Nein, so habe ich das nicht gemeint ...« Mycroft biss sich auf die Lippe, jäh ergriffen von dem Schmerz und der Demütigung, die es bedeutete, an Weihnachten allein zu sein. »Meine Frau hat mich verlassen. Nach dreiundzwanzig Jahren.«

»Das tut mir leid.«

»Warum sollte es das? Sie kennen doch weder mich noch meine Frau ...« Aufs Neue überkam ihn tiefe Verwirrung. »Verzeihen Sie bitte. Wie unhöflich von mir.«

»Nicht so schlimm. Schreien Sie's raus, wenn Ihnen das hilft. Macht mir nichts aus.«

»Danke. Vielleicht sollte ich das wirklich mal versuchen.« Er reichte ihm die Hand. »David.«

»Kenny. Und denken Sie immer daran, David, dass Sie nicht allein sind. Glauben Sie mir, es gibt Tausende, denen es genauso geht wie Ihnen. Die sich an Weihnachten einsam fühlen, obwohl sie es nicht müssten. Wenn sich eine Tür schließt, öffnet sich eine andere. Betrachten Sie es als einen Neuanfang.«

»Jemand, den ich kenne, hat gerade erst etwas ganz Ähnliches gesagt.«

»Dann muss wohl was dran sein.« Er hatte ein strahlendes, unbeschwertes Lächeln voller Leben, und er trank exotisches mexikanisches Bier direkt aus einer Flasche, in deren Hals eine Limettenscheibe steckte. Mycroft beäugte seinen Whisky und fragte sich, ob auch er nicht mal etwas Neues ausprobieren sollte, kam aber zu dem Schluss, dass er womöglich längst zu alt war, um seine Gewohnheiten zu ändern. Er versuchte, sich zu erinnern, wie lange es her war, dass er jenseits seiner Arbeit mal irgendetwas Neues ausprobiert oder jemand Neuen kennengelernt hatte.

»Was machen Sie beruflich, Kenny?«

»Flugbegleiter. Saftschubse bei der BA. Und Sie?«

»Beamter.«

»Klingt furchtbar öde. Dagegen muss sich mein Job ziemlich glamourös anhören, ist er aber nicht. Sich mit Filmdiven in der ersten Klasse rumzustreiten geht einem schon bald ziemlich auf die Nerven. Reisen Sie viel?«

Mycroft wollte gerade antworten, als das kitschig rieselnde »Jingle Bells« dem tiefen Wummern der Jukebox wich. Der Abend nahm langsam Fahrt auf. Er musste sich weit hinüberbeugen, um zu verstehen, was Kenny sagte, oder um sich selbst Gehör zu verschaffen. Kenny roch wie frisch gebadet – mit einem leichten Hauch Aftershave. Damit Mycroft ihn überhaupt hören konnte, musste Kenny ihm ins Ohr brüllen, weshalb Letzterer vorschlug, dem Krach zu entfliehen und gemeinsam etwas essen zu gehen.

Mycroft erbebte abermals vor Aufregung. Es war nicht allein die Aussicht, wieder hinaus auf die kalte Straße zu müssen, womöglich direkt in die Arme der aufdringlichen Nutte, oder wieder in sein leeres Haus zurückzukehren. Es lag auch nicht daran, dass sich seit Jahren erstmals wieder jemand für ihn interessierte, für ihn selbst, nicht nur für jemanden, der dem König nahestand. Es lag noch nicht einmal daran, dass ihn Kennys unbeschwertes Lächeln mit solcher Wärme erfüllte und er sich schon jetzt besser fühlte, als er es die gesamte vergangene Woche getan hatte. Wie sehr er sich auch bemühte, es zu leugnen oder schönzureden: Es lag daran, dass er Kenny unbedingt besser kennenlernen wollte. Sehr viel besser.

Kapitel 9

Das Denken des Königs besteht lediglich aus einer Reihe von Nachgedanken. Mit der blinden Zielstrebigkeit einer Sardine balanciert er auf der Grenze zwischen der Verfassung und seinem Gewissen.

Die beiden Männer machten einen Spaziergang um den See, der eine in einer warmen Reitjacke und Gummistiefeln, der andere schlotternd in seinem dünnen Kaschmirmantel und verzweifelt bemüht, in seinen handgenähten Lederschuhen nicht auf dem nassen Rasen auszurutschen. Ganz in der Nähe pflügte ein Traktor aus einheimischer Produktion gerade einen mit Seilen markierten, nicht unbeträchtlichen Teil des gepflegten Rasens um, während zwei Arbeiter Setzlinge und junge Bäume in Löcher beförderten, was die einst herrschaftliche Grünanlage, so sie nicht bereits von den Reifenspuren der Erdbaumaschinen ruiniert war, nur noch weiter verunstaltete. Folglich war alles mit winterlichem dunklem Matsch übersät, und selbst der Enthusiasmus des Königs vermochte Urquhart nicht davon zu überzeugen, dass die Gärten des Buckingham Palace je wieder in ihrer einstigen Pracht erstrahlen würden.

Der König hatte den Spaziergang vorgeschlagen. Zu Beginn ihrer ersten wöchentlichen Audienz zur Erörterung wichtiger Staatsangelegenheiten hatte er Urquhart mit beiden Händen begeistert die Hand gedrückt und ihm innig für die soeben bekannt gewordene Entscheidung bezüglich des Grundstücks nahe Westminster Abbey gedankt, die von Denkmalschützern bereits ebenso heftig begrüßt wie von den Koryphäen der Architektenzunft attackiert worden war. Doch wie Urquhart schon im Kabinettsausschuss gesagt hatte: Wie viele Wählerstimmen hatten schon die Architekten? Der König neigte zur Ansicht, sein Einschreiten könnte hilfreich, ja womöglich sogar entscheidend gewesen sein, und Urquhart beschloss, ihn in dem Glauben zu lassen. Premierminister mussten sich ständig die Mäkeleien der Enttäuschten anhören, und es war erfrischend, zur Abwechslung einmal mit originärer, ungekünstelter Begeisterung begrüßt zu werden.

Der König war überschwänglich und hatte – in seiner gewohnt spartanischen Art, die ihn das Unbehagen anderer oftmals vergessen ließ – darauf bestanden, Urquhart die gerade begonnenen Arbeiten zur Umgestaltung der Palastgärten zu zeigen. »So viele Morgen unfruchtbarer, kurz gemähter Rasen, Mr Urquhart, und kein Nistplatz weit und breit. Ich möchte, dass hier ein Schutzgebiet entsteht, mitten im Herzen der Stadt, den natürlichen Lebensraum wiedererschaffen, der London einst war, bevor wir es zubetoniert haben.«

Urquhart manövrierte beschwerlich um die frisch gepflügten Furchen herum, vergeblich bestrebt, klebrige Erdklumpen und Grassoden zu umschiffen, während ihm der König von diesem schlickigen Acker vorschwärmte. »Hier möchte ich einen Wildblumen-Garten pflanzen. Ich werde alles selbst einsäen. Sie können sich gar nicht vorstellen, mit welch tiefer Befriedigung es mich erfüllt, einen Eimer Erde herumzuschleppen oder einen Baum mit der bloßen Hand zu packen.«

Aus reiner Höflichkeit verkniff sich Urquhart die Bemerkung, dass es sich beim letzten dokumentierten Fall eines Monarchen, der einen Baum mit bloßen Händen gepackt hatte, um seinen entfernten Vorfahren Georg III. handelte, der in einem Anfall pathologischen Irrsinns im Windsor Great Park aus seiner Kutsche gestiegen war und eine Eiche geadelt hatte. Zudem war er für den Verlust der amerikanischen Kolonien verantwortlich, und am Ende hatte man ihn für den Rest seines Lebens weggesperrt.

»Ich möchte die Tiere zurück in den Park locken. Es ist so einfach, mehr dafür zu tun. Etwa die richtige Mischung von Bäumen finden, einige Grasflächen wieder bis auf ihre natürliche Länge wachsen lassen, damit sie Tieren Schutz bieten. Sehen Sie, ich lasse diese Nistkästen aufstellen.« Er wies auf einen Arbeiter, der auf der mittleren Sprosse einer Leiter stand und Holzkästen an der hohen Backsteinmauer befestigte, die den Park auf ganzer Länge umschloss.

Der König schritt mit gesenktem Kopf und aneinandergelegten Fingerspitzen voran, jener gebetsähnlichen Haltung, die er so oft einnahm, wenn er tief in Gedanken war. »Das ließe sich in jedem Park und jedem großen Garten Londons machen, wissen Sie. Es würde die Tierwelt unserer Stadt völlig verändern oder die anderer Städte im ganzen Land. In der Vergangenheit haben wir so viele Chancen vertan ...« Er wandte sich zu Urquhart um. »Ich möchte Ihnen etwas vorschlagen. Ich würde unsere wöchentlichen Treffen gern als Gelegenheit nutzen, um zu besprechen, wie die Regierung solche Dinge fördern kann. Und wie ich dabei zu helfen vermag.«

»Ich verstehe«, grübelte Urquhart, während ihm ein Krampf ins linke Bein fuhr und sich ein Entenpaar mit klatschendem Flügelschlag vom See aus in die Luft erhob. Ideal zum Jagen, dachte er. »Wie überaus freundlich von Ihnen, Sir. Aber ich würde dem geschätzten Umweltminister höchst ungern den Eindruck vermitteln, wir hätten vor, seine Autorität zu untergraben. Ich muss meine Mannschaft bei Laune halten ...«

»Völlig richtig, da stimme ich Ihnen zu. Deshalb habe ich vorsichtshalber schon selbst mit dem Umweltminister gesprochen. Ich wollte Ihnen nichts vorschlagen, was ihn womöglich in Verlegenheit bringt. Er war hocherfreut, bot sogar an, mich eigenhändig über die Fortschritte zu unterrichten.«

Dickie, dieser Hohlkopf. Verstand keinen Spaß, so viel war klar, doch jetzt schien es, als verstünde er auch sonst nicht viel.

»Heute ist das hier nur ein schlammiges Feld«, fuhr der König fort, »doch in der Zukunft könnte dies für uns alle eine neue Art zu leben bedeuten. Verstehen Sie?«

Urquhart verstand es nicht. Alles, was er sah, waren verstreute Erdhaufen, die aussahen wie frisch ausgehobene Gräber. Die Feuchtigkeit kroch allmählich durch die Nähte seiner Schuhe, und er fühlte sich zutiefst unwohl. »Sie müssen sich vorsehen, Sir. Umweltbelange werden zunehmend zu Fragen der Parteipolitik. Sie sollten über solch triviale Dinge erhaben sein.«

Der König lachte. »Keine Angst, Herr Premierminister. Wenn ich die Absicht hätte, mich in die Parteipolitik einzumischen, dann müsste mir die Verfassung zumindest eine Stimme zugestehen! Nein, solche Dinge sind nichts für mich; in der Öffentlichkeit werde ich mich strikt daran halten, nur über Fragen von allgemeiner Bedeutung zu sprechen. Menschen einfach Mut zu machen, sie daran zu erinnern, dass es einen besseren Weg in die Zukunft gibt.«

Urquhart wurde zunehmend gereizter. Seine Socken triefen vor Nässe, und die Vorstellung, die Öffentlichkeit könne von höchster Stelle erfahren, dass es einen besseren Weg in die Zukunft als den derzeit beschrittenen gebe, ganz gleich wie behutsam ausgedrückt, klang wie Wasser auf die Mühlen der Opposition und erfüllte ihn mit Besorgnis. Doch er schwieg, in der Hoffnung, dies würde dem Gespräch bald ein Ende bereiten. Er wollte nur noch ein warmes Bad und einen großen Whisky –

und keine königlichen Ratschläge, wie er seine Arbeit zu tun hatte.

»Wo wir gerade davon sprechen, ich dachte, ich könnte diesen Punkt in einer Rede ansprechen, die ich in zehn Tagen bei der Versammlung der Wohltätigkeitsstiftungen halten werde ...«

»Umweltschutz?« Die Ungeduld und Gereiztheit in Urquharts Ton war allmählich unverkennbar, was der König jedoch nicht zu bemerken schien.

»Nein, nein, Mr Urquhart. Eine Ansprache, die dazu gedacht ist, Menschen zusammenzubringen, sie daran zu erinnern, wie viel wir schon erreicht haben und noch in Zukunft erreichen können, als geeinte Nation. Allgemeine Prinzipien, nichts Spezifisches.«

Urquhart war erleichtert. Ein Aufruf zur Brüderlichkeit.

»Die Stiftungen leisten Erstaunliches, und das, obwohl so viele Kräfte in der Gesellschaft versuchen, uns zu spalten«, setzte der König nach. »Erfolgreiche und Minderbemittelte. Reicher Süden und keltischer Rand. Vororte und Innenstädte. Es schadet schließlich nichts, die Familien in ihren molligen Eigenheimen an Weihnachten an all jene zu erinnern, die draußen auf der Straße schlafen müssen. In unseren hektischen Zeiten scheinen so viele auf der Strecke geblieben zu sein, und zu dieser Jahreszeit sollte man versuchen, sich um die zu kümmern, denen es weniger gut geht, oder etwa nicht? Uns alle ermahnen, dass wir uns darum bemühen müssen, wirklich eine Nation zu werden.«

»Und *das* wollen Sie sagen?«

»Etwas in der Art.«

»Unmöglich!«

Es war ein Fehler gewesen, ein unbedachter Gefühlsausbruch, Frust und zunehmender Kälte geschuldet. Da kein offizieller

Leitfaden existierte, keinerlei schriftliche Vorgaben, die ihren Umgang miteinander regelten, mussten sie den Schein des Einvernehmens unter allen Umständen wahren, mochten ihre Differenzen auch noch so gravierend sein. Denn in einem Kartenhaus, in dem jede Karte auf der anderen lastet, hat jede ihren Platz. Ein König darf einem Premierminister nicht offen widersprechen, ebenso wenig wie ein Premierminister einem König. Doch jetzt war es geschehen. Ein einziges unbedachtes Wort hatte die Autorität des Souveräns untergraben und bedrohte sie nun beide.

Binnen Sekunden stieg dem König die Zornesröte ins Gesicht; Widerspruch war er nicht gewohnt. Die Narbe an seinem linken Wangenknochen, die er sich beim Sturz von einem Pferd zugezogen hatte, stach plötzlich klar und violett hervor, aus seinen Augen sprach unverhohlener Verdruss. Urquhart flüchtete sich in Rechtfertigungen.

»Sie können es nicht so darstellen, als existiere keine geeinte Nation. Das hieße doch, es gäbe zwei Nationen, zwei Klassen mit einem tiefen Graben dazwischen, die, die das Sagen haben, und die unterdrückte Masse. Das alles riecht nach Ungerechtigkeit und Ungleichheit. Das geht so nicht! Sir.«

»Aber, Herr Premierminister, Sie übertreiben. Ich gebe doch lediglich eine Leitlinie vor – genau dieselbe Leitlinie, die Ihre Regierung in meiner Weihnachtsansprache an das Commonwealth gutgeheißen hat. Nord und Süd, Erste und Dritte Welt, die Notwendigkeit, den Armen bessere Aufstiegschancen zu bieten, die unterschiedlichen Völker der Weltgemeinschaft enger zusammenzubringen.«

»Das ist etwas anderes.«

»Warum?«

»Weil ...«

»Weil sie schwarz sind? In entlegenen Ecken der Welt leben? Keine Wählerstimmen haben, Herr Premierminister?«

»Sie unterschätzen die Macht Ihrer Worte. Es geht nicht darum, was Sie sagen, sondern wie andere es interpretieren werden.« Verzweifelt gestikulierte er mit den Armen, in der Hoffnung, so zugleich wieder etwas Blut in seine eingefrorenen Gliedmaßen zu befördern. »Ihre Worte würden dazu missbraucht werden, die Regierung in jedem umkämpften Wahlkreis des Landes zu attackieren.«

»Aus ein paar barmherzigen Botschaften zur Weihnachtszeit eine Kritik an der Regierung herauszulesen wäre doch lächerlich. Weihnachten ist doch nicht nur etwas für Leute mit Bankkonto. Jede Kirche des Landes wird das Lied vom guten König Wenzeslaus anstimmen und Nächstenliebe predigen. Wollen Sie etwa auch das verbieten lassen, weil es politisch umstritten ist?«

Es war Zeit einzulenken, das wusste Urquhart. Seine Pläne für Neuwahlen konnte er unmöglich nicht preisgeben – die Hofbediensteten waren berüchtigt für ihre Klatschsucht –, und er hatte wenig Lust auf ein weiteres Zerwürfnis mit dem König. Urquhart witterte das Unheil, das darin lag. »Verzeihen Sie mir, Sir, womöglich hat mich die Kälte etwas dünnhäutig gemacht. Ich wollte nur zum Ausdruck bringen, welche Gefahren ein so emotionales und komplexes Thema wie dieses bergen kann. Wären Sie vielleicht damit einverstanden, uns einen Entwurf der Rede zukommen zu lassen, damit meine Leute Ihnen mit gewissen Details helfen können? Nur um zu überprüfen, ob die Statistiken korrekt sind, und sicherzugehen, dass einige Formulierungen nicht doch missverstanden werden könnten. Meines Wissens ist das durchaus üblich.«

»Meine Rede durchsehen? Wollen Sie mich zensieren, Mr Urquhart?«

»Um Himmels willen, nein. Ich bin mir sicher, Sie werden unsere Ratschläge ausnahmslos nützlich finden. Ich garantiere Ihnen, dass wir Ihre Rede absolut wohlwollend behandeln.« Sein Politikerlächeln war zurück und versuchte, die frostige Atmosphäre wieder etwas aufzutauen, doch Schmeichelei allein würde wohl nicht genügen. Der König war ein Mann mit ehernen Prinzipien, die er sich in langen Jahren mühsam erarbeitet hatte, und ein Lächeln und das Versprechen eines Politikers würden ihn kaum dazu bringen, sie über Bord zu werfen.

»Lassen Sie es mich anders ausdrücken«, fuhr Urquhart fort, während ihm ein weiterer Krampf durchs Bein fuhr. »Sehr bald, innerhalb der nächsten paar Wochen, muss das Unterhaus über die Zivilliste abstimmen. Wie Sie wissen, hat sich die Summe, die man der Königsfamilie gewährt, zu einem ziemlich heiklen Thema entwickelt. Es würde weder Ihnen noch mir helfen, wenn Sie sich just zu einer Zeit, in der das Parlament Ihre Finanzen sachlich und konstruktiv zu überprüfen gedenkt, in politisch kontroverse Angelegenheiten verstricken würden.«

»Versuchen Sie etwa, mein Schweigen zu erkaufen?«, blaffte ihn der König unwirsch an. Keiner der beiden war für seine Geduld bekannt, und jetzt stachelten sie sich gegenseitig auf.

»Falls Sie eine semantische Grundsatzdebatte wünschen, muss ich Ihnen sagen, dass das gesamte Konzept der konstitutionellen Monarchie und der Zivilliste genau darauf hinausläuft: Wir erkaufen uns Ihr Schweigen und Ihre aktive Zusammenarbeit. Das ist Teil des Jobs. Aber natürlich ...« Der Premierminister war sichtlich verbittert. »Alles, was ich Ihnen anbiete, ist eine annehmbare Lösung, die uns beiden ein potenzielles Problem erspart. Sie wissen, dass dies vernünftig ist.«

Der König wandte sich von ihm ab, ließ den Blick stattdessen über den verdreckten Rasen schweifen. Die Hände hinter dem Rücken verschränkt, spielte er nervös mit dem Siegelring an seinem kleinen Finger. »Was ist nur mit uns geschehen, Mr Urquhart? Noch vor wenigen Augenblicken haben wir über eine glänzende Zukunft gesprochen, und jetzt feilschen wir um Geld und die Bedeutung von Wörtern.« Mit schmerzerfülltem Blick wandte er sich Urquhart zu. »Ich bin ein zutiefst leidenschaftlicher Mensch, und zuweilen prescht meine Leidenschaft der Vernunft ein Stück weit voraus.« Das würde ihm als Entschuldigung wohl genügen müssen. »Natürlich bekommen Sie die Rede zu sehen, so wie alle Regierungen die Reden des Königs erhalten haben. Und natürlich werde ich sämtliche Vorschläge berücksichtigen, die Sie glauben, machen zu müssen. Nur um eines würde ich Sie gerne bitten: Erlauben Sie mir, einen Beitrag zu leisten, wie klein und unauffällig er auch sein mag, um die Ideale, die mir so lieb und teuer sind, voranzubringen. Im Rahmen der üblichen Gepflogenheiten. Ich hoffe, das ist nicht zu viel verlangt.«

»Sir, und ich hoffe, dass Sie und ich, als Monarch und Premierminister, in einigen Jahren auf das heutige Missverständnis zurückblicken und gemeinsam darüber lachen können.«

»Gesprochen wie ein wahrer Politiker.«

Urquhart war sich nicht sicher, ob er das als Kompliment oder als Tadel verstehen sollte. »Auch wir haben unsere Prinzipien.«

»Ebenso wie ich. Sie können mich zum Schweigen verpflichten, Herr Premierminister, das ist Ihr gutes Recht. Aber Sie werden mich nie dazu bringen, meine Prinzipien zu verleugnen.«

»Jeder Mensch darf seine Prinzipien haben, sogar ein König.«

Der Monarch lächelte müde. »Klingt nach einem interessanten neuen staatsrechtlichen Konzept. Ich freue mich darauf, es mit Ihnen bald eingehender zu diskutieren.« Die Audienz war vorüber.

Urquhart saß auf dem Rücksitz seines gepanzerten Jaguars und mühte sich vergebens, den Schlamm von seinen Schuhen zu kratzen. Er entsann sich, dass Georg III., nachdem er mit der Eiche fertig war, auch noch sein Pferd zum General ernannt hatte. In seinen Kopf traten Bilder von ländlichen Äckern, die wieder mit Joch und Ochsen gepflügt wurden, und von mit faulendem Pferdemist übersäten Straßen – alles auf königliche Anordnung. Seine Füße fühlten sich an wie Eisklumpen, er glaubte, sich eine Erkältung geholt zu haben, sein Umweltminister war ein Vollidiot, und in weniger als neun Wochen wollte er Neuwahlen ausrufen. Er konnte das nicht aufs Spiel setzen, und für Patzer war keine Zeit. Eine Debatte über die Spaltung des Landes, die am Ende nur der Regierung schadete, durfte es nicht geben. Völlig unmöglich; das Risiko konnte er nicht eingehen. Der König musste gestoppt werden.

Kapitel 10

Politische Prinzipien sind wie die Frauen eines Harems. Man muss sie hübsch anziehen, sie regelmäßig herzeigen und gelegentlich einer von ihnen besondere Aufmerksamkeit widmen. Verschwenden Sie aber nie zu viel Zeit oder Geld auf sie, sonst könnten sie von Ihnen Besitz ergreifen.

Das Taxi, das sie von zu Hause abholte, kam sieben Minuten zu spät, was sie stinksauer machte. Es würde das letzte Mal gewesen sein, dachte Sally. Sie waren schon zum dritten Mal in dieser Woche unpünktlich. Sally Quine wollte nicht wie andere Frauen sein, die Sorte, die zu Meetings chronisch zu spät kam, als Entschuldigung ein bisschen Bein zeigte und zu viel lachte. Es machte ihr nichts aus, ihre Beine zu zeigen, aber sie hasste es, sich entschuldigen zu müssen, und war stets darauf bedacht, überall fünf Minuten vor den anderen zu erscheinen, um gut vorbereitet zu sein und die Verhandlungen jederzeit unter Kontrolle zu haben. Der frühe Vogel macht die Tagesordnung. Morgen früh würde sie als Erstes dem Fahrdienst kündigen.

Sie schloss hinter sich die Tür – ein Reihenhaus in einem schwer angesagten Teil Islingtons mit kleinen Zimmern und bezahlbaren Nebenkosten. Es war alles, was sie aus dem Trümmerhaufen, den sie in Boston zurückgelassen hatte, zu retten vermocht hatte, doch den Banken reichte es als Sicherheit für die Firmenkredite – und im Moment war das wichtiger, als die Mischung aus Hochglanzkaschemme und Freizeitlounge, die sich die meisten ihrer Konkurrenten leisteten. Es gab zwei Schlafzimmer, von denen eines bei ihrem Einzug als Kinderzimmer eingerichtet war und das sie sofort komplett renovierte – den Anblick von über die Tapete hüpfenden Bären und die Erinnerungen, die sie weckten, konnte sie einfach nicht ertragen. Statt Babypuder und Vaselinedöschen standen hier nun unpersönliche Aktenschränke und mit Stapeln von Computerausdrucken beladene Regale. Sie dachte nicht mehr allzu oft an ihr Baby, das konnte sie sich nicht leisten. Es war nicht ihr Fehler gewesen, niemandes Fehler eigentlich, aber das hatte die Woge der Schuld, die über sie hereingebrochen war, nicht stoppen können. Sie hatte dagesessen und zugeschaut, wie die winzige Hand sich an ihren kleinen Finger klammerte, den einzigen Teil ihres Körpers, der mickrig genug war, dass es sich daran festhalten konnte, mit geschlossenen Augen, um jeden Atemzug ringend, kaum noch zu erkennen unter all den sterilen Schläuchen und anderem medizinischem Brimborium. Stunde um Stunde hatte sie gesessen und mit ansehen müssen, wie der Kampf langsam verloren ging, wie dem winzigen Bündel Mensch allmählich Kraft und Wille ausgingen, bis nichts mehr von ihm übrig war. Nicht ihre Schuld, alle hatten das gesagt. Alle bis auf einen – dieses Ekel von Ehemann.

»Downing Street, haben Sie gesagt?«, erkundigte sich der Taxifahrer, die spitze Bemerkung über seine Unpünktlichkeit geflissentlich ignorierend. »Arbeiten Sie da?« Er schien erleichtert, dass sie sich als normalsterbliche Schicksalsgefährtin erwies, und hob sogleich zu einem langatmigen Monolog voller Klagen und Beschwerden über ihre politischen Gebieter an. Nicht dass er prinzipiell etwas gegen die Regierung habe, von der er im täglichen Leben kaum etwas mitbekam, da er seine Einnahmen stets in bar abrechnete und somit praktisch keine Einkommenssteuer zahle. »Sieht nur alles so trostlos aus auf den Straßen, wissen Sie. Noch eine Woche bis Weihnachten, und trotzdem nix los. Die Geschäfte halb leer, immer weniger Leute fahren Taxi, und die, die noch einsteigen, knausern mit dem Trinkgeld. Keine Ahnung, was Ihre Kumpels in der Downing Street sagen, aber richten Sie ihnen von mir aus, dass harte Zeiten vor der Tür stehen. Der gute alte Francis Urquhart sollte sich rasch am Riemen reißen, sonst geht's ihm bald wie ... wie hieß er noch gleich? ... ähm, Collingridge.«

Weniger als ein Monat aus dem Amt, und schon begann die Erinnerung an ihn unerbittlich zu verblassen.

Sie schenkte seinem Geschwätz keine Beachtung, während sie sich durch die dunklen regnerischen Straßen von Covent Garden schlängelten, vorbei an der frisch restaurierten Säule von Seven Dials, einst Wahrzeichen eines der schlimmsten Elendsviertel des Dickens'schen London, typhusverseucht und voller Straßenräuber, und heute mitten im Herzen des Theaterviertels gelegen. Sie fuhren an einem Theater vorüber, das düster und verlassen dastand; das Stück war abgesetzt worden, wenngleich dies doch die lukrativste Zeit des Jahres sein müsste. Ein schlechtes Omen, dachte sie und erinnerte sich an Landless' warnende Worte. Vielleicht sogar eine ganze Reihe mieser Vorzeichen.

Der Taxifahrer ließ sie am oberen Ende der Downing Street raus, und trotz seiner plumpen Andeutungen weigerte sie sich konsequent, Trinkgeld zu geben. Der Polizist am gusseisernen Tor brachte unter seinem Regencape ein Funkgerät zum Vorschein, sprach kurz hinein, und nachdem er eine krachende Antwort erhalten hatte, ließ er sie gewähren. In knapp hundert Metern Entfernung zeichnete sich die schwarze Tür ab, die sich bereits öffnete, bevor sie einen Fuß auf die Treppe gesetzt hatte. Im bis auf zwei Polizisten völlig verlassenen Eingangsbereich schrieb sie sich in ein Gästebuch ein. Keine Spur von der erwarteten Hektik und Betriebsamkeit; auch von den Menschenmassen des Abends, an dem sie Urquhart hier getroffen hatte, keine Spur. Fast schien es, als befänden sich alle schon verfrüht in den Weihnachtsferien.

Binnen drei Minuten war sie durch die Obhut zweier Regierungsbeamter gegangen, die sich gegenseitig an Wichtigtuerei überboten und sie, vorbei an Vitrinen voll edlem Porzellan, diverse Treppen und Gänge entlang bis zu einem Büro tief im Inneren des Gebäudes führten. Dann schloss sich hinter ihr die Tür. Sie waren allein.

»Miss Quine. Wie schön, dass Sie kommen konnten.« Francis Urquhart drückte seine Zigarette aus und reichte ihr die Hand, dann führte er sie zu den gemütlichen Ledersesseln in der Sitzecke dieses Arbeitszimmers im ersten Stock. Der Raum war dunkel, sehr männlich, die Wände voller Bücher. Es gab keinerlei Deckenbeleuchtung, das Licht kam allein von einer Schreibtisch- und zwei Stehlampen. Alles hier erinnerte sie an die zeitlose, rauchige Atmosphäre des vornehmen Clubs auf der Pall Mall, den sie zur Ladies' Night einmal besucht hatte.

Als er ihr einen Drink anbot, musterte sie ihn eingehend. Die markanten grauen Schläfen, die müden, aber fordernden Augen, die nie zu ruhen schienen. Er war dreißig Jahre älter als sie. Wieso hatte er sie herbestellt? An welcher Art von Zusammenarbeit war er tatsächlich interessiert? Als er mit den zwei Whiskygläsern hantierte, fielen ihr seine sanften Hände auf, perfekt geformt, mit schlanken Fingern und gewissenhaft manikürten Nägeln. So ganz anders als die ihres Exmannes. Diese hier konnte sie sich schwerlich zur Faust geballt vorstellen, wie sie ihr ins Gesicht schlugen oder so auf ihren Bauch einprügelten, dass sie eine Fehlgeburt erlitt – der letzte Akt ihres ehelichen Wahnsinns. Zum Teufel mit den Männern!

Noch immer in quälenden Erinnerungen versunken, nahm sie das kristallene Whiskyglas entgegen und nippte daran. Angewidert verzog sie das Gesicht. »Haben Sie Eis und Sodawasser?«

»Das ist ein Single Malt«, protestierte er.

»Und ich bin ebenfalls Single. Meine Mutter hat mir immer geraten, selbst in Begleitung ja nichts pur zu trinken.«

Ihre Unverblümtheit schien ihn zu amüsieren. »Gewiss doch, aber dürfte ich Sie bitten, noch einen Moment zu warten, nur ganz kurz. Dies ist wirklich ein sehr besonderer Whisky aus der Nähe meines Geburtsorts in den Highlands, der von jedweder Beigabe – außer vielleicht ein wenig Wasser – vollkommen ruiniert würde. Nehmen Sie noch ein paar Schlucke, um sich an das Aroma zu gewöhnen, und wenn es Ihnen nicht gelingt, bekommen Sie so viel Sodawasser und Eis, wie ich auftreiben kann.«

Sie nippte erneut. Jetzt brannte es nicht mehr ganz so schlimm. Sie nickte. »Noch etwas, das ich heute Abend gelernt habe.«

»Einer der vielen Vorzüge meines fortgeschrittenen Alters ist, dass ich eine Menge von Whisky und Männern verstehe. Was Frauen betrifft, scheine ich dagegen noch immer recht unwissend zu sein. Ihnen zufolge jedenfalls.«

»Ich habe ein paar Zahlen mitgebracht...« Sie bückte sich hinab zu ihrer Handtasche.

»Bevor wir uns das anschauen, würde ich gerne noch auf ein anderes Thema zu sprechen kommen.« Beide Hände am Whiskyglas, lehnte er sich im Sessel zurück und blickte sie nachdenklich an. Wie ein Dozent, kurz davor, seinem Prüfling auf den Zahn zu fühlen. »Sagen Sie, hegen Sie großen Respekt vor der königlichen Familie?«

Sie rümpfte die Nase und ließ die unerwartete Frage kurz auf sich wirken. »Beruflich bin ich da völlig leidenschaftslos. Ich werde nicht dafür bezahlt, irgendwen oder irgendwas zu respektieren, nur zu analysieren. Und persönlich ...?« Sie zuckte die Achseln. »Ich komme aus Amerika, dem Land Paul Reveres. Es gab Zeiten, da haben wir allen Königstreuen, die sich blicken ließen, eine Kugel verpasst. Heute ist die Monarchie ja nur noch Showbusiness, wie alles andere auch. Schockiert Sie das?«

Er wich der Frage aus. »Der König hat es sich in den Kopf gesetzt, eine Rede über die Einheit der Nation zu halten, darüber, dass wir der Spaltung entgegenwirken und die verschiedenen Teile des Landes zusammenhalten müssen. Ein beliebtes Thema, was meinen Sie?«

»Gewiss. Eine Rührseligkeit, wie man sie von einem Staatsoberhaupt erwartet.«

»Und damit auch ein bedeutendes Thema, was glauben Sie?«

»Das hängt davon ab. Wenn man als Erzbischof von Canterbury kandidiert, könnte es durchaus hilfreich sein. Das moralische Gewissen der Nation und so weiter.« Sie hielt inne, hoffte auf ein Zeichen, dass sie sich auf dem richtigen Weg befand. Alles, was sie erhielt, waren die erhobenen Augenbrauen eines Professors, der in seiner Ecke auf einen Fehler lauerte; bei dieser Nummer würde sie sich ganz auf ihren Instinkt verlassen müssen. »Aber in der Politik liegt die Sache völlig anders. Von Politikern erwartet man so etwas auch, aber eher so, wie man im Fahrstuhl Hintergrundmusik erwartet. Was die Wähler interessiert, ist nicht die Musik, sondern, ob der Fahrstuhl, in dem sie sich gerade befinden, hoch- oder runterfährt – oder, genauer gesagt, ob sie *den Eindruck haben*, dass es aufwärts oder abwärts geht.«

»Erzählen Sie weiter über diese Art von Wahrnehmung.« Der Blick, mit dem er sie musterte, verriet mehr als rein akademisches Interesse. Ihm gefiel, was er hörte – und was er sah.

Wenn sie sprach, vor allem, wenn sie etwas lebhaft ausführte, wippte ihre Nasenspitze auf und ab, als dirigiere sie ein ganzes Orchester unterschiedlicher Gedanken. Er fand es faszinierend, fast schon hypnotisch.

»Wenn Sie in einer Straße aufgewachsen sind, wo sich niemand Schuhe leisten konnte, und jetzt haben Sie zwar einen Sack voll Schuhe, sind aber die einzige Familie in der Straße ohne Auto und Urlaub im Ausland, dann werden Sie das Gefühl haben, ärmer geworden zu sein. Sie betrachten Ihre Kindheit als gute alte Zeit, erinnern sich, wie schön es doch war, barfuß zur Schule zu rennen, während Sie sauer sind, dass Sie nicht mit dem Auto zur Arbeit fahren können wie alle anderen.«

»Und Schuld hat immer die Regierung.«

»Natürlich. Politisch relevant ist aber lediglich, wie viele andere Leute in der Straße das ähnlich sehen. Hinter verschlossenen Türen oder in einer Wahlkabine, wenn man so will, spielen die Gefühle dem Nachbarn gegenüber eine weit geringere Rolle als die Frage, wie neu das eigene Auto ist. Mit Moral und einem guten Gewissen lässt sich weder die Familie ernähren noch ein Benzintank füllen.«

»Das habe ich noch nie probiert«, sinnierte er. »Und was ist mit den anderen Gegensätzen? Keltischer Rand und reicher Süden? Eigenheimbesitzer und Obdachlose?«

»Offen gesagt, unterstützen Sie sowieso nur noch weniger als zwanzig Prozent der Schotten, dort haben Sie kaum noch Sitze, die sie verlieren könnten. Und was die Obdachlosen betrifft: Mit einer Adresse wie ›Karton 3, Reihe D, Cardboard City‹ kommt man wohl kaum ins Wählerverzeichnis. Die haben schwerlich Priorität.«

»Man könnte das für etwas zynisch halten.«

»Wenn Sie moralische Wertungen hören wollen, fragen Sie

einen Pfarrer. Ich analysiere, ich werte nicht. Unterschiede gibt es in jeder Gesellschaft. Sie werden es nie allen und jedem recht machen können – und es zu versuchen, ist reine Zeitverschwendung.« Ihre Nasenspitze zuckte angriffslustig. »Wichtig ist, es der Mehrheit recht zu machen, ihr das Gefühl zu vermitteln, sie stehe auf der richtigen Seite des Grabens.«

»Und wie sieht es im Augenblick und in den kommenden Wochen aus? Auf welcher Seite wird sich die Mehrheit wähnen?«

Sie musste kurz überlegen, ihre Gespräche mit Landless und dem Taxifahrer kamen ihr in den Sinn, das geschlossene Theater. »In den Umfragen legen Sie gerade zu, haben einen hauchdünnen Vorsprung. Doch das kann sich rasch ändern. Die Leute kennen Sie noch nicht gut genug. Die Debatte könnte sich in beide Richtungen entwickeln.«

Über den Rand seines Glases hinweg sah er ihr direkt in die Augen.

»Vergessen Sie die Debatte. Lassen Sie uns über offenen Krieg reden. Können Ihre Umfragen vorhersagen, wer einen solchen Krieg gewinnen würde?«

Sie beugte sich im Sessel nach vorn, als wolle sie ihm etwas Vertrauliches mitteilen. »Meinungsumfragen sind wie eine trübe Glaskugel. Sie können einem helfen, in die Zukunft zu sehen, aber es hängt alles davon ab, welche Fragen man ihr stellt. Und ob man ein guter Wahrsager ist.«

Seine Augen funkelten anerkennend.

»Ich kann Ihnen nicht sagen, wer einen solchen Krieg gewinnen würde. Aber ich könnte Ihnen dabei helfen, ihn zu führen. Umfragen sind Waffen, zuweilen sogar sehr mächtige, effektive Waffen. Die richtigen Fragen stellen, die richtigen Antworten bekommen, sie an die Presse durchsickern lassen … Sie wissen schon. Wenn Sie den Angriff raffiniert genug planen, können Sie Ihren Gegner für tot erklären lassen, bevor der überhaupt kapiert, dass Krieg herrscht.«

»Sagen Sie mir, o Wahrsagerin, warum erzählen mir andere Demoskopen nichts davon?«

»Erstens, weil die meisten Meinungsforscher sich nur damit befassen, was die Leute heute denken, zum jetzigen Zeitpunkt. Worüber wir gerade sprechen, ist jedoch, die heutige Stimmung so zu verändern, wie wir sie in Zukunft haben wollen. Das nennt sich politische Führung – eine äußerst seltene Qualität.«

Er wusste, dass sie ihm damit schmeicheln wollte, und es gefiel ihm. »Und der zweite Grund?«

Sie nippte an ihrem Glas. Dann schlug sie die Beine erneut übereinander, nahm die Brille ab und schüttelte dabei ihr dunkles Haar. »Weil ich besser bin als alle anderen.«

Urquhart quittierte dies mit einem Lächeln. Er hatte gern mit ihr zu tun, als Geschäftspartnerin wie auch als Frau. Downing Street konnte ein sehr einsamer Ort sein. Er hatte ein ganzes Kabinett vermeintlich äußerst kompetenter Minister, deren Aufgabe es war, die meisten Entscheidungen zu treffen, sodass er nur noch im Hintergrund die Fäden ziehen musste – und den Kopf hinhalten, falls einer von ihnen Mist baute. Wenn er nicht ausdrücklich danach verlangte, landeten nur wenige Regierungsakten auf seinem Schreibtisch. Hochprofessionelle Mitarbeiter, eine ganze Armee von Wachleuten, granatensichere Fenster und massive Eisentore schotteten ihn von der Außenwelt ab. Und Mortima war ständig unterwegs bei ihren verdammten Abendkursen ... Er brauchte jemanden, dem er sich anvertrauen konnte, der seine Ideen aufnahm und sie in eine stimmige Reihenfolge brachte, der selbstbewusst war, ihm nicht seinen Job verdankte, der gut aussah. Jemanden wie sie, die sich für die Beste hielt.

»Und vermutlich sind Sie das auch.«

Ihre Blicke trafen sich. Beide genossen den Moment.

»Sie glauben also, dass es Krieg geben wird, Francis? Über die Einheit des Landes? Mit der Opposition?«

Er ließ sich zurück in den Sessel fallen und starrte blicklos in die Ferne, als bemühe er sich, dort die Zukunft zu eruieren. Dies war längst kein akademischer Ideenaustausch mehr, ebenso wenig wie die intellektuelle Selbstbefriedigung zynischer alter Männer am Esstisch des Professorenzimmers. Der grässliche Gestank der Realität erfüllte seine Nase. Er antwortete mit bedächtigen, sorgsam gewählten Worten. »Nicht allein mit der Opposition. Vielleicht sogar mit dem König – wenn ich ihn seine Rede halten lasse.« Ihre Augen verrieten keine Spur von Angst, wie er wohlwollend feststellte, nur intensives Interesse.

»Krieg mit dem König...?«

»Nein, nein... nicht um jeden Preis. Natürlich ist mir daran gelegen, jegliche Konfrontation mit dem Hof zu vermeiden, das können Sie mir glauben. Ich muss mich mit genügend anderen Leuten herumschlagen, ohne es auch noch mit der Königsfamilie und allen alten blauhaarigen Royalistinnen des Landes aufzunehmen. Aber...« Er stockte. »Nehmen wir einmal an, es würde doch dazu kommen. Dann bräuchte ich eine Menge Wahrsagerei, Sally.«

Sie schürzte die Lippen, antwortete ebenso bedächtig wie er. »Wenn es das ist, was Sie wollen, denken Sie daran: Sie müssen nur höflich Bitte sagen. Und bei allem anderen kann ich Ihnen helfen.«

Ihre Nasenspitze rotierte nun auf eine fast schon animalische – und für Urquhart ausgesprochen sinnliche – Weise. Für einen langen Augenblick sahen sie einander schweigend an, beide sorgsam bemüht, ja kein Wort zu sagen, das die Magie jener Zweideutigkeit zerstören könnte, die sie gerade genossen. Erst ein einziges Mal – nein, zweimal – war es in seinen Tutorien zu Sex gekommen. Hätte man ihn erwischt, wäre er hochkant rausgeflogen, doch genau dieses Risiko hatte die Treffen mit zum besten Sex seines Lebens gemacht. Als er sich über die geschmeidigen Körper seiner Studentinnen erhoben hatte, triumphierte er zugleich über die Banalität und Kleingeistigkeit der universitären Institutionen. Er war anders, besser, hatte es schon immer gewusst, und nie war ihm das klarer gewesen als auf dem dick gepolsterten Chesterfieldsofa in seinem Collegebüro mit Blick auf den Park.

Mit dem Sex hatte er sich aber auch über die quälende Erinnerung an seinen deutlich älteren Bruder erhoben, der im Zweiten Weltkrieg beim Versuch gefallen war, die letzten zerfransten Stücke Frankreichs zu verteidigen. Danach hatte Urquhart stets im Schatten des toten Alistair gelebt. Folglich musste er nicht nur seinem eigenen beträchtlichen Potenzial gerecht werden, sondern, wenn es nach der trauernden Mutter ging, auch noch dem des verlorenen Erstgeborenen, den Zeit und Schmerz mit geradezu mythischen Kräften ausgestattet hatten. Wenn Francis Prüfungen bestand, erinnerte ihn seine Mutter, dass Alistair Schulsprecher gewesen war. Als Francis die Karriereleiter der Universität so rasch erklomm wie kaum ein Zweiter, war Alistair in den Augen der Mutter schon längst oben angelangt. Auf der Suche nach Wärme und Geborgenheit war er als kleiner Junge ins mütterliche Bett geklettert, fand dort aber nur stumme Tränen, die ihr die Wange herabbrannten. Das Gefühl von Zurückweisung und Unzulänglichkeit war alles, an das er sich zu erinnern vermochte. Auch in seinem späteren Leben verfolgte ihn immerzu der bekümmerte, verständnislose Blick seiner Mutter – sogar bis ins Schlafzimmer. Als Teenager hatte er es nie mit einem Mädchen im Bett getrieben, was ihn lediglich daran erinnert hätte, dass er der ungeliebte Zweitgeborene war, die zweite Wahl. Mädchen hatte er gehabt, gewiss, aber eben nie im Bett – auf dem Boden, im Zelt, stehend an der Mauer eines verlassenen Landhauses. Und schließlich auch auf dem Sofa während seiner Tutorien. Wie damals.

»Danke«, sprach er leise, ließ den Whisky im Glas kreisen, leerte ihn in einem Zug und bereite dem sinnlichen Moment und seinen schmutzigen Reminiszenzen ein Ende. »Aber ich muss mich um diese Rede kümmern.« Von einem Couchtisch nahm er einen Stapel Papiere und hielt ihn ihr hin. »Wir müssen ihn abfangen, bevor er über den Pass ist, sagt man das nicht so bei Ihnen?«

»Reden verfassen ist nicht gerade meine Stärke, Francis.«

»Aber meine. Und ich werde sie mit dem größten Respekt behandeln. Wie ein Chirurg. Es wird noch immer ein aufrechter und großartiger Text sein, voll edler Gefühle und klingender Formulierungen. Er wird nur keine Eier mehr haben, wenn ich ihn zurückschicke…«

Kapitel 11

Die drei destruktivsten Kräfte im Leben eines Politikers sind Konsens, Kompromiss und Kopulation.

Dezember: Die dritte Woche
Der Detective Constable räkelte sich auf dem Autositz, in der vagen Hoffnung, damit wieder etwas Gefühl in seine eingeschlafenen Gliedmaßen zu befördern. Seit vier Stunden saß er nun schon im Auto fest, der Sprühregen ließ ihn noch nicht einmal eine Runde um den Wagen drehen, und von all den Zigaretten fühlte sich sein Mund so pelzig an wie ein Nest junger Mäuse. Er würde die Glimmstängel aufgeben. Diesmal wirklich. Morgen, das schwor er sich. So, wie er es immer tat. *Mañana.* Er griff nach einer frischen Thermosflasche und goss sich und dem Fahrer neben ihm einen Kaffee ein.

Sie saßen da und beobachteten das kleine Haus in der Gasse mit dem exotischen Namen Adam and Eve Mews. Obwohl sie sich unmittelbar hinter einer der mondänsten Einkaufsmeilen Londons befanden, lagen diese ehemaligen Stallungen dennoch ruhig und versteckt abseits des Hauptstadttrubels, den Betrachtern kamen sie sterbenslangweilig vor.

»Himmel, man sollte glauben, ihr Italienisch müsste langsam perfekt sein«, murrte der Fahrer stumpfsinnig. Auf allen fünf Fahrten, die sie in den vergangenen zwei Wochen hierhergeführt hatten, waren ihre Gespräche ähnlich verlaufen, und der DC der Sicherheitspolizei und sein Fahrer bemerkten, wie sich ihre Unterhaltung langsam im Kreis drehte.

Statt zu antworten, ließ der Polizist einen fahren. Die Unmengen an Kaffee setzten ihm zu, und er musste dringend schiffen. In der Grundausbildung hatte man ihm beigebracht, unauffällig neben den Wagen zu pinkeln, während man so tat, als führe man kleinere Reparaturen aus. So konnte man stets in der Nähe des Autos und des Funkgeräts bleiben. Doch der Sprühregen würde ihn binnen Sekunden durchnässen. Und beim letzten Versuch war der Fahrer einfach abgehauen, sodass er mitten im Pissen plötzlich allein auf der verfluchten Straße hockte. Was für ein Scherzkeks.

Als sie ihm die Stelle als Personenschützer in der Downing Street anboten, war er zunächst begeistert gewesen. Niemand hatte ihm damals gesagt, dass er für Mortima Urquhart zuständig sein würde – sie und ihr nicht enden wollendes Programm aus Einkaufsbummeln, Kaffeekränzchen und anderen gesellschaftlichen Verpflichtungen. Und ihre Italienischstunden. Er zündete sich eine weitere Zigarette an, öffnete einen Spaltbreit das Fenster, um etwas Luft hereinzulassen, und quittierte den ersten Zug, der seine Lungen erreichte, mit einem Husten. »Nee«, erwiderte er. »Wahrscheinlich geht das noch Wochen so weiter. Ich wette, ihr Lehrer ist einer von der langsamen, methodischen Sorte.«

Dann saßen sie wieder da und starrten auf das niedrige Haus mit den kahlen Efeuranken an den Wänden, der ordentlich in die Mauernische geschobenen Mülltonne und dem Mini-Weihnachtsbaum im vorderen Fenster, den es komplett mit Lichtern und Schmuck für 44,95 Pfund bei Harrods gab. Innen, hinter den zugezogenen Vorhängen, lag Mortima Urquhart nackt und verschwitzt auf dem Bett und genoss eine weitere langsame, methodische Unterrichtsstunde bei ihrem italienischen Opernstar mit der herrlichen Tenorstimme.

Es war noch immer dunkel, als Mycroft vom Scheppern der Flaschen erwachte, die der Milchmann gerade vor die Tür gestellt hatte. Draußen brach ein neuer Tag an, zog ihn beharrlich hin zu etwas, das im Entferntesten der Wirklichkeit ähnelte. Er kam sich vor wie ein Gefangener, wenn auch aus freien Stücken. Kenny schlief noch immer, ein Plüschbär aus seiner umfangreichen Sammlung war wacklig ans Kopfkissen gelehnt, der Rest war auf den Boden gepurzelt und lag dort im Wust der verstreuten Papiertaschentücher, Hinterlassenschaften einer langen Liebesnacht. Jede Stelle seines Körpers schmerzte und verlangte doch nach mehr. Und irgendwie würde er es sich holen, bevor er wieder in die Wirklichkeit zurückkehren musste, die vor Kennys Haustür auf ihn wartete. Die vergangenen paar Tage waren für ihn wie ein neues Leben gewesen. Genau so hatte es sich angefühlt, Kenny besser kennenzulernen, sich selbst besser kennenzulernen, sich in den Geheimnissen und Riten einer Welt zu verlieren, die er kaum kannte. Natürlich war da die Zeit in Eton und an der Universität gewesen, damals in den haschischumnebelten Sechzigern mit ihrem Jeder-mit-jedem-freie-Liebe-alles-ist-erlaubt-Credo. Doch diese Art der Selbstfindung hatte ihre Grenzen gehabt, war viel zu ausschweifend und richtungslos gewesen, um je erschöpfend zu sein. Er hatte sich nie wirklich verliebt, nie die Gelegenheit dazu gehabt, dafür waren seine Affären allzu kurz und hedonistisch gewesen. Mit der Zeit hätte er sich womöglich besser kennengelernt, doch dann war er dem Ruf des Hofes gefolgt, eine Stelle, die keinerlei Platz für ausgiebige, damals gar noch illegale sexuelle Experimente ließ. Und so hatte er sich und allen anderen über zwanzig Jahre etwas vorgemacht. So getan, als würde er Männer nur als Kollegen betrachten. So getan, als wäre er glücklich mit Fiona. So getan, als wäre er nicht der, der er war, wenngleich er es nur zu gut wusste. Es war ein Opfer gewesen, das gebracht werden musste. Doch nun, zum ersten Mal in seinem Leben, hatte er begonnen, sich selbst gegenüber absolut ehrlich, ja wirklich er selbst zu sein. Endlich hatten seine Füße den Boden berührt. Er war im kalten Wasser gelandet, wusste nicht einmal, ob aus freien Stücken oder weil Fiona ihn gestoßen hatte, aber das war ihm gleich. Jetzt war er hier. Er wusste, dass er untergehen und ertrinken konnte, doch das war allemal besser als ein Leben in geheuchelter Anständigkeit.

Er wünschte, Fiona könnte ihn jetzt sehen, und hoffte, dass es sie verletzte, ja womöglich sogar anekelte; es war, als würde er ihre ganze Ehe und alles, wofür sie stand, in den Dreck ziehen. Aber wahrscheinlich war es ihr scheißegal. In den letzten Tagen hatte er mehr Leidenschaft empfunden als während ihrer gesamten Ehe, vielleicht sogar genug für ein ganzes Leben, doch er hoffte, noch mehr davon zu bekommen. Viel mehr.

Draußen wartete die Wirklichkeit auf ihn, und er wusste, er würde bald dorthin zurückkehren müssen. Kenny verlassen, den er gerade erst gefunden hatte – womöglich für immer. Er gab sich keinerlei Illusionen hin, was seinen neuen Liebhaber betraf, der in jeder größeren Stadt einen Teddybären »und einen Franky und einen Miguel dazu« besaß, wie er vollmundig geprahlt hatte. War der anfängliche Adrenalinstoß erst einmal vorüber, würde sein Stehvermögen wohl kaum reichen, um einen zwanzig Jahre Jüngeren dauerhaft zu halten, jemanden mit solch samtener Haut und einer ebenso unersättlichen wie gänzlich schamlosen Zunge. Aber es würde sicher Spaß machen, es zu versuchen. Bevor er in die Wirklichkeit zurückkehrte …

Würde ein unverbesserlicher Steward mit den Hemmungen eines bengalischen Straßenköters neben den Aufgaben und Verpflichtungen seines anderen Lebens existieren können? Er wünschte, es wäre so, doch ihm war klar, dass andere das nicht zulassen würden, nicht wenn sie davon erfuhren, ihn hier sahen, inmitten dieses Durcheinanders aus Teddybären, Unterwäsche und schmutzigen Taschentüchern. Sie würden ihm vorwerfen, er enttäusche den König. Aber wenn er jetzt davonlief, würde er sich selbst enttäuschen, und wäre das nicht viel schlimmer?

Er war noch immer zutiefst verwirrt, aber glücklich und vermochte sich nicht zu entsinnen, wann er je besserer Laune gewesen wäre – und das sollte auch so bleiben, solange er hier unter der Bettdecke blieb und sich nicht vor die Haustür wagte. Endlich rührte sich Kenny, dessen großflächige Bräune sich von den Bartstoppeln am Kinn bis zur messerscharfen Bräunungslinie über seinen weißen Pobacken erstreckte. Zur Hölle damit! Soll Kenny doch entscheiden. Er neigte sich hinüber, liebkoste mit seinen Lippen Kennys Nacken, dort, wo die Halswirbel hervorstanden, und begann langsam, aber beharrlich, sich nach unten vorzuarbeiten.

Während er wartete, sah Benjamin Landless zur von sechs Kronleuchtern erhellten Gewölbedecke empor, auf der Gipsputten im italienischen Stil durch ein Meer flauschiger Wolken, vergoldeter Sterne und anderer kunstvoller Gipsornamente trollten. Seit mehr als dreißig Jahren hatte er nicht mehr in einem Weihnachtsgottesdienst gesessen, und im Inneren von St. Martin-in-The-Fields war er noch nie gewesen, aber, wie er gern zu sagen pflegte, es ist nie zu spät für neue Erfahrungen. Oder zumindest neue Opfer.

Sie stand im Ruf, zu allem zu spät zu kommen, außer zu Mahlzeiten, und auch dieser Abend machte da keine Ausnahme. Mit dem Wagen, Motoradstaffel inklusive, waren es weniger als fünf Kilometer vom Kensington-Palast bis zum eleganten Gotteshaus am Trafalgar Square, der Hauskirche der Königsfamilie, doch vermutlich würde sie sich irgendeine idiotische Ausrede einfallen lassen, etwa, sie sei im Verkehr steckengeblieben. Aber vielleicht machte sie sich als Kronprinzessin auch gar nicht mehr die Mühe einer Ausrede.

Landless kannte Ihre Königliche Hoheit Prinzessin Charlotte nicht besonders gut. Sie waren sich zuvor erst zweimal bei öffentlichen Anlässen begegnet, und nun wollte er sie in einem zwangloseren Rahmen treffen. Für gewöhnlich tolerierte er weder Verspätungen noch Entschuldigungen, schon gar nicht von dem verweichlichten und mittellosen Sprössling des niederen Adels, dem er zwanzig Riesen im Jahr für »Beratungsleistungen« zahlte – sprich dafür, ihr private Mittag- oder Abendessen mit allen Leuten zu verschaffen, die sie gerne treffen wollte. Doch diesmal musste sogar Landless Kompromisse machen; der vorweihnachtliche Terminkalender der Prinzessin war derart vollgepackt mit jahreszeitlich bedingten Festivitäten – und den Vorbereitungen aufs Skifahren in Österreich –, dass er sich mit einer gemeinsamen Privatloge beim Weihnachtsgottesdienst begnügen musste, und selbst das hatte ihn eine saftige Spende an das von der Prinzessin favorisierte Kinderhilfswerk gekostet. Allerdings erledigte er wohltätige Spenden aus einem von seinen Finanzberatern eigens dafür eingerichteten Fonds, was sich steuerlich auszahlte, und ein paar wohlplatzierte Zuwendungen, das hatte er herausgefunden, bescherten ihm, wenn nicht gar gesellschaftliche Akzeptanz, dann doch zumindest ein paar offene Türen und so manche Einladung. Es lohnte sich also, insbesondere für einen Jungen aus Bethnal Green.

Endlich war sie da; der Organist stimmte die ersten Töne von Händels *Messias* an, und die Prozession aus Geistlichen, Chorsängern und Ministranten setzte sich den Gang entlang in

Bewegung. Als sie sich schließlich auflöste und alle die ihnen zugewiesenen Positionen einnahmen, nickte Landless in der königlichen Loge über ihren Köpfen der Prinzessin respektvoll zu, die ihn unter der breiten Krempe ihres Torero-Hutes daraufhin kurz anlächelte, und der Gottesdienst begann. Auf ihren Plätzen waren sie tatsächlich unter sich, auf Höhe der Empore und unter einem filigran geschnitzten Baldachin aus dem 18. Jahrhundert, was ihnen eine gute Sicht auf den Chor und dennoch genügend Abstand vom Rest der Kirchengemeinde verschaffte, die vor allem aus Weihnachtstouristen und vor der Kälte hierher geflüchteten Einkäufern bestand. Als der Chor seine Fassung von »O Come O Come Emmanuel« anstimmte, beugte sie sich flüsternd zu ihm herüber.

»Ich muss so dringend pinkeln, dass ich mir gleich in die Hose mache. Bin direkt vom Lunch hierher gehetzt.«

Landless musste nicht auf seine Armbanduhr schauen, um zu wissen, dass es bereits nach halb sechs war. Schönes Mittagessen. Er konnte schalen Wein an ihrem Atem riechen. Die Prinzessin war berühmt für ihre Direktheit: ihre Art, anderen die Befangenheit zu nehmen, wie ihre Bewunderer argumentierten; ihren weit zahlreicheren Kritikern zufolge hingegen ein Zeichen ihrer grundsätzlichen Verderbtheit und angeborenen Stillosigkeit. Sie war nur angeheiratet, stammte aus einer wenig vornehmen Familie, in deren Reihen es mehr Aktuare als Aristokraten gab – eine Tatsache, welche die weniger ehrfürchtigen Pressevertreter auch nicht müde wurden, ihren Lesern unter die Nase zu reiben. Dennoch hatte sie ihre Pflicht erfüllt, ihren Namen für unzählige Stiftungen hergegeben, neue Krankenhausflügel eingeweiht, haufenweise Bänder durchgeschnitten, die Klatschkolumnen bedient und dem Land eine Tochter und zwei Söhne geschenkt, von denen der ältere sogar Aussichten auf den Thron besäße, falls ein knappes Dutzend seiner ranghöheren Verwandten schlagartig dahingerafft würden. »Eine Katastrophe, die auf eine Katastrophe wartet«, wie die *Daily Mail* sie einmal wenig schmeichelhaft tituliert hatte, nachdem man sie während eines Dinners sagen hörte, ihr Sohn würde einen vorzüglichen Monarchen abgeben.

Sie blickte Landless fragend an. In den Winkeln und unterhalb ihrer schiefergrünen Augen zeichneten sich zarte, kleine Fältchen ab, die tiefer wurden, wenn sie die Stirn runzelte, und die Haut an ihrem Hals verlor, wie bei Frauen ihres Alters üblich, allmählich an Halt. Trotz alledem hatte sie sich viel von der Attraktivität und Anziehungskraft bewahrt, wegen derer der Prinz sie einst geheiratet hatte – wenn auch gegen den Rat seiner engsten Freunde.

»Sie sind ja wohl nicht hergekommen, um irgendeinen hanebüchenen Unsinn über mich zu schreiben, oder?«, fragte sie unverhohlen.

»Es gibt da unten in der Gosse schon genügend Reporter, die sich an Ihrer Familie schadlos halten, ohne dass ich auch noch mitmache.«

Sie nickte zustimmend, wobei die Hutkrempe vor ihrem Gesicht auf und ab wippte. »Berufsrisiko. Aber was soll man machen? Man kann ja keine ganze Familie einsperren, noch nicht mal eine königliche, jedenfalls heute nicht mehr. Man muss uns erlauben, am öffentlichen Leben teilzunehmen wie jeder andere.«

Es war ihre endlose Litanei aus Gejammer und Rechtfertigungen: Lasst uns doch einfach eine ganz normale Familie sein. Doch dieser Wunsch nach Normalität hatte sie nie davon abgehalten, die Paparazzi zu hofieren, sämtlichen Pressefrauen von Ruf Einblicke hinter die königlichen Kulissen zu gewähren, damit sie Lobeshymnen auf sie verfassten, sich beim Essen in den schicksten Londoner Restaurants blicken zu lassen und unentwegt sicherzustellen, dass sie mehr Zeilen in den Klatschspalten erhielt als die meisten anderen Mitglieder des Königshauses, ihr Ehemann inbegriffen. Mit jedem weiteren Jahr war ihr Bedürfnis, ja nicht aus dem Rampenlicht zu geraten, offensichtlicher geworden. In einer modernen Monarchie, so hatte sie stets argumentiert, durfte man sich nicht abkapseln, musste teilhaben dürfen. Das Argument stammte ursprünglich vom König, noch bevor er den Thron bestiegen hatte, doch hatte sie es nie wirklich begriffen. Er war auf der Suche nach einer konkreten, aber verfassungskonformen Rolle für sein königliches Erbe gewesen, wohingegen sie es als Rechtfertigung für Selbstverwirklichung und privates Vergnügen ansah, als Ersatz für ein Familienleben, das in dieser Form größtenteils nicht mehr existierte.

Beim Gebet nickten sie ehrfürchtig und setzten ihr Gespräch erst bei der Schriftlesung aus dem Buch Jesaja fort – »Denn uns ist ein Kind geboren, ein Sohn ist uns gegeben, und die Herrschaft ist auf seiner Schulter; er heißt ...«

»Genau darüber wollte ich mit Ihnen sprechen, die Revolverpresse.«

Sie beugte sich näher zu ihm herüber, und auch er versuchte, mit seinem massigen Körper auf dem engen Sitz in ihre Richtung zu rutschen, es war ein ungleicher Kampf.

»Da kursiert eine Geschichte, die Ihnen erheblich schaden könnte, wie ich fürchte.«

»Hat etwa wieder jemand die leeren Schnapsflaschen in meiner Mülltonne gezählt?«

»Ein Gerücht, Sie hätten von führenden Modehäusern Designerkleider im Wert von mehreren Tausend Pfund erhalten und irgendwie vergessen, dafür zu bezahlen.«

»Ach, der alte Hut! Den Mist hör ich schon seit Jahren. Schauen Sie, ich bin die beste Reklame, die diese Modeheinis kriegen können. Warum sonst schicken sie mir die Sachen denn immer noch? Die bekommen so viel Gratiswerbung, dass sie eigentlich *mir* was dafür zahlen sollten.«

»*Die da brachten selt'ne Gaben, Deiner Krippe, Dich zu laben*«, erschallte es aus dem Chor.

»Das ist nur die halbe Geschichte, Ma'am. Das Gerücht besagt, Sie würden diese Kleider, die Sie, sagen wir mal ... *geschenkt* bekommen haben, nehmen und für Geld an Ihre Freundinnen verkaufen.«

Es folgte ein Augenblick schuldbewusster Stille. Dann antwortete sie, nun schon sichtlich verunsichert: »Was wissen die denn schon? Das ist Unsinn. Die können unmöglich irgendwelche Beweise besitzen. Wer denn, sagen Sie es mir? Wer soll denn angeblich diese verdammten Kleider haben?«

»Amanda Braithwaite, Ihre ehemalige Mitbewohnerin Serena Chiselhurst, Lady Olga Wickham-Fumess und die Ehrenwerte Mrs Pamela Orpington, um nur vier zu nennen. Letztere erhielt von Ihnen ein exklusives Abendkleid von Oldfield und ein Yves-Saint-Laurent-Kostüm, komplett mit allen Accessoires. Dafür erhielten Sie eintausend Pfund. Heißt es zumindest.«

»Für diese Anschuldigungen gibt es nicht den geringsten Beweis«, schimpfte die Prinzessin mit erstickter Stimme. »Diese Frauen würden nie im Leben ...«

»Das müssen sie gar nicht. Diese Kleider sind dazu da, um getragen zu werden, um mit ihnen anzugeben. Als Beweisstücke genügt eine Fotoserie von Ihnen und den anderen Ladys, alle völlig legal in den vergangenen paar Monaten an öffentlichen Plätzen aufgenommen.« Er hielt kurz inne. »Und es gibt einen Scheckabschnitt.«

Einen Augenblick überlegte sie schweigend, wirkte aber wenig zuversichtlich, derweil der Chor den »finstren tiefen Winter« und dessen »eisige Winde« besang.

»Sieht nicht gut aus, oder? Wird 'nen hässlichen Skandal geben.« Die Prinzessin klang ernüchtert, ihr vormaliges Selbstbewusstsein schwer angeschlagen. Für einen Moment musterte sie angespannt ihre Handschuhe, glättete fahrig ein paar Falten im Leder. »Man erwartet von mir, täglich an fünf verschiedenen Orten zu sein und dabei nie zweimal dasselbe zu tragen. Ich arbeite verdammt hart, um andere Leute glücklich zu machen, ein bisschen königlichen Glanz in ihr Leben zu bringen. Ich helfe mit, jedes Jahr Millionen an Spendengeldern zu sammeln, buchstäblich Millionen. Für andere. Und das alles soll ich von diesem mickrigen Taschengeld bestreiten, das ich über die Zivilliste bekomme? Das ist utopisch.« Ihre Stimme war zu einem Flüstern verkümmert, als ihr die Auswegslosigkeit ihrer Lage bewusst wurde. »Oh, zur Hölle mit dem ganzen Scheiß«, seufzte sie.

»Keine Sorge, Ma'am. Ich denke, dass es mir möglich sein wird, die Fotografien zu erwerben und dafür zu sorgen, dass sie nie das Licht der Welt erblicken.«

Sie sah von ihren Handschuhen auf, ein Blick voller Erleichterung und Dankbarkeit. Nicht einen Moment ahnte sie, dass Landless die Bilder längst besaß, ja, sie auf einen vertraulichen Hinweis hin sogar explizit in Auftrag gegeben hatte. Das erboste spanische Au-pair-Mädchen einer der Damen hatte ein Telefongespräch mitgehört und daraufhin den Scheckabschnitt gestohlen.

»Aber darum geht es im Grunde gar nicht«, fuhr Landless fort. »Wir müssen einen Weg finden, um sicherzugehen, dass Sie nie wieder in diese Art von Schwierigkeiten geraten. Ich weiß, wie es sich anfühlt, wenn die Presse andauernd über einen herzieht. Wenn Sie mich fragen, sitzen wir da im selben Boot. Ich bin Brite, hier geboren, aufgewachsen und verdammt stolz drauf, und ich habe nichts übrig für diese ausländischen Mistkerle, die mittlerweile die Hälfte unserer Zeitungen besitzen, aber keinen Deut davon verstehen oder sich drum scheren, was dieses Land so großartig macht.«

Tief geschmeichelt von seinem schwülstigen Gefasel warf sie die Schultern zurück, während der Pfarrer um Beistand für Obdachlose bat und dabei auf plumpeste Weise biblische Motive herzloser Gastwirte sowie Zitate aus dem Jahresbericht einer Stiftung gegen Wohnungsnot bemühte.

»Ich würde Ihnen gern eine Beratertätigkeit in einer meiner Firmen anbieten. Streng vertraulich, nur Sie und ich wissen davon. Sie erhalten ein angemessenes Honorar, und im Gegenzug schenken Sie mir ein paar Tage Ihrer wertvollen Zeit. Eröffnen ein oder zwei meiner neuen Büros, treffen einige meiner wichtigen ausländischen Geschäftspartner zum Lunch. Richten vielleicht dann und wann ein Dinner im Palast aus. Und ich würde gern ein Essen auf der königlichen Jacht veranstalten, wenn das möglich wäre. Aber das müssen Sie mir sagen. Nur ein paarmal, nicht viel öfter.«

»Wie viel?«

»Ach, ein Dutzend Mal im Jahr vielleicht.«

»Nein, wie viel Geld?«

»Hunderttausend. Plus einer garantiert wohlwollenden Berichterstattung und exklusiven Interviews in meinen Zeitungen.«

»Was haben Sie davon?«

»Die Chance, Sie besser kennenzulernen. Dem König zu begegnen. Fantastische PR für mich und mein Unternehmen. Die

Art von vertraulicher Hofberichterstattung, die Zeitungen verkauft. Brauchen Sie mehr?«

»Nein, Mr Landless. Ich mache mir nicht besonders viel aus meinem Job, er hat mir persönlich wenig Glück beschert, aber wenn ich etwas tue, dann will ich es auch ordentlich tun. Ohne der Sache zu viel Bedeutung zuzumessen, benötige ich einfach mehr Geld, als die Zivilliste vorsieht. Unter diesen Umständen, solange die Absprache absolut unter uns bleibt und nichts von mir verlangt, was dem Ruf meiner Familie schadet, nehme ich Ihr Angebot mit Vergnügen an. Vielen Dank dafür.«

Natürlich steckte mehr dahinter. Hätte sie Landless besser gekannt, wäre ihr bewusst gewesen, dass bei ihm immer mehr dahintersteckte. Ein Kontakt zum Königshaus würde sicherlich von Nutzen sein, um die Lücke zu schließen, die sein gekappter Draht in die Downing Street hinterlassen hatte, und als Mittel, um all jene zu beeindrucken, die der Monarchie noch immer Bedeutung beimaßen. Doch die Verbindung war für ihn ausgesprochen facettenreich. Er wusste, dass die Prinzessin für gewöhnlich indiskret, zuweilen töricht, oft zügellos war – und untreu. Eine tickende Zeitbombe mitten in der königlichen Familie, die nur darauf wartete, hochzugehen. Und wenn ihre Eskapaden nicht mehr unter den Teppich zu kehren waren, was mit Sicherheit irgendwann der Fall sein würde, wären seine Blätter ganz vorn in der Meute mit dabei, bewaffnet mit ihren exklusiven Einblicken, jederzeit bereit, sie in Stücke zu reißen.

Kapitel 12

Ein Chefredakteur nimmt für gewöhnlich die Dinge selbst in die Hand, insbesondere das Gesetz und den Ruf anderer Leute Ehefrauen.

Im Raum herrschte eine gedämpfte, fast schon ehrfürchtige Atmosphäre. Ein Ort der Besinnung, des Rückzugs von der Außenwelt mit ihren ständig klingelnden Telefonen und Störungen, ein stiller Hafen, in den Geschäftsleute nach einem schweren Mittagessen einlaufen konnten, um ihre Gedanken zu ordnen. Das zumindest war es, was sie ihren Sekretärinnen erzählten, es sei denn natürlich, ihre Sekretärin wartete in einem der schlichten Schlafzimmer im Obergeschoss. Das türkische Bad im Royal Automobile Club an der Pall Mall ist eine der vielen Londoner Institutionen, die ihre Vorzüge nie öffentlich bewerben. Das ist weniger der englischen Bescheidenheit als der Tatsache geschuldet, dass sich der Ruf einer derart exzellenten Einrichtung auch so hinreichend verbreitet, und das, ohne die »falschen Leute« anzuziehen, wie es gerne heißt. Was genau mit den »falschen Leuten« gemeint ist, lässt sich unmöglich beschreiben, doch Gentlemen's Clubs haben jahrhundertelange Erfahrung darin, sie zu erkennen, sobald sie zur Tür hereinkommen – und ebenso darin, sie umgehend wieder hinauszukomplimentieren. Politiker und Chefredakteure großer Zeitungen gehören in der Regel nicht dazu.

Der Politiker, Tim Stamper, und der Zeitungsredakteur, Bryan Brynford-Jones, saßen in einer Ecke des Dampfbads. Es war noch Vormittag, und der übliche Ansturm nach dem Lunch hatte noch nicht eingesetzt; jedenfalls war der feuchtheiße

Dunst dermaßen dicht, dass die Sicht keine anderthalb Meter betrug. Er trübte die schwache Wandbeleuchtung wie der legendäre Londoner Nebel und dämpfte jedes Geräusch. Niemand würde sie sehen oder belauschen können. Ein guter Ort für vertrauliche Gespräche. Die beiden Männer hockten vorgebeugt auf einer Holzbank, während der Schweiß ihnen in schweren Tropfen von der Nase fiel und ihre Körper herabrann. Stamper hatte sich ein kleines knallrotes Handtuch um die Hüften geschlungen, während BBJ, wie er gern genannt wurde, splitternackt dasaß. Ebenso korpulent und übergewichtig wie Stamper hager, bedeckte sein Bauch in dieser Haltung praktischerweise seine Genitalien fast vollends. Brynford-Jones war extrovertiert, rechthaberisch, unsicher, Mitte vierzig und steckte in einer ausgewachsenen Midlife-Crisis, auf jener heiklen Schwelle zwischen männlicher Reife und körperlichem Verfall.

Obendrein war er stocksauer. Stamper hatte ihm gerade einen Vorgeschmack auf die in Kürze publik werdende Neujahrs-Ehrenliste gegeben, und sein Name stand nicht drauf. Schlimmer noch: Einer seiner erbittertsten Feinde unter den Chefredakteuren des Landes würde geadelt werden, der nunmehr dritte unter den Fleet-Street-Größen.

»Es ist ja nicht so, dass ich glaube, es unbedingt zu verdienen«, hatte er erklärt. »Aber wenn all deine Konkurrenten im Club sind, fangen die Leute an, mit dem Finger auf dich zu zeigen und so zu tun, als gehöre man zur zweiten Garnitur. Ich weiß schon gar nicht mehr, was zum Teufel ich noch tun muss, um mir bei dieser Regierung einen guten Stand zu verschaffen. Schließlich habe ich die *Times* zu ihrem größten Unterstützer in der Qualitätspresse gemacht. Wahrscheinlich hättet ihr bei der letzten Wahl die Kurve gar nicht mehr gekriegt, wenn ich auch noch abgesprungen wäre – wie einige der anderen.«

»Ich verstehe das nur zu gut, das können Sie mir glauben«, erwiderte der Parteivorsitzende, wenn sein Beileid auch wenig aufrichtig klang, da er nebenbei den *Independent* durchblätterte. »Aber wie Sie wissen, liegen diese Dinge nicht allein in unserer Hand.«

»Unsinn.«

»Wir müssen unparteiisch sein, Sie wissen doch ...«

»Der Tag, an dem die Regierung beginnt, unparteiisch zu sein und ihre Freunde und Feinde gleich zu behandeln, ist der Tag, an dem sie keine Freunde mehr hat.«

»Alle Vorschläge kommen vor den zuständigen Prüfungsausschuss. Sie wissen doch, gegenseitige Kontrolle und so weiter, damit alles rosig und gerecht aussieht. Wir haben keinerlei Einfluss auf die Beratungen. Sie entscheiden sich oft gegen ...«

»Nicht diesen uralten Scheiß schon wieder, Tim.« Brynford-Jones wurde zunehmend aufgebracht, da Stamper es nicht einmal für nötig hielt, von der Zeitung aufzublicken, als er seine Ambitionen zunichtemachte. »Wie oft soll ich es Ihnen noch sagen? Das ist Jahre her. Eine Bagatelle. Ich hab mich nur schuldig bekannt, um mir die Sache vom Hals zu schaffen. Hätte ich widersprochen, wäre die ganze Angelegenheit vor Gericht breitgetreten und mein Ruf noch viel schlimmer beschädigt worden.«

Stamper sah gemächlich von seiner Zeitung auf. »Sich schuldig zu bekennen, in der Öffentlichkeit vor einer Frau seine Geschlechtsteile entblößt zu haben, ist keine sonderlich gute Empfehlung für die ehrenwerten Herrschaften im Prüfungsausschuss, Bryan.«

»Herrgott nochmal, es war gar kein öffentlicher Ort. Ich stand am Fenster meines Badezimmers. Ich wusste nicht, dass ich von der Straße aus zu sehen war. Die Frau hat gelogen, als sie sagte, ich hätte obszöne Gesten gemacht. Das war alles ein widerliches abgekartetes Spiel, Tim.«

»Sie haben sich schuldig bekannt.«

»Meine Anwälte hatten mir dazu geraten. Mein Wort stand gegen ihres. Ich hätte den Fall ein Jahr lang vor Gericht durchfechten und trotzdem verlieren können; und jede Zeitung des Landes hätte auf meine Kosten einen Mordsspaß gehabt. So waren es gerade mal ein paar Zeilen in irgendeinem Käseblatt. Der Bericht war nur ein paar Zentimeter lang. Himmel, ein paar Zentimeter von was ganz anderem waren es wahrscheinlich, worauf es die neugierige alte Schachtel abgesehen hatte. Vielleicht hätte ich sie ihr geben sollen.«

Stamper mühte sich verzweifelt, die Seiten seines völlig durchweichten *Independent* zu falten, derweil solch demonstrative Teilnahmslosigkeit Brynford-Jones nur noch mehr auf die Palme brachte.

»Man hat mich geleimt! Ich bin das Opfer der fünfzehn Jahre alten Lügen einer hutzeligen alten Frau. Seitdem habe ich mir den Arsch abgearbeitet, um das alles vergessen zu machen, endlich damit abzuschließen. Aber jetzt scheint es, als könnte ich noch nicht einmal auf die Unterstützung meiner Freunde zählen. Vielleicht sollte ich endlich aufwachen und einsehen, dass sie überhaupt nicht meine Freunde sind. Nicht die, für die ich sie all die Jahre gehalten habe.«

Die Verbitterung und die implizite Drohung, der Partei seine journalistische Schützenhilfe zu entziehen, waren kaum zu überhören, trotzdem reagierte Stamper nicht umgehend, sondern versuchte zunächst noch immer, seine Zeitung zusammenzufalten. Doch vergebens, der *Independent* fiel in der dampfumnebelten Luft allmählich auseinander, und Stamper legte das durchnässte Stück Papier zur Seite.

»Eine gewöhnliche Freundschaft reicht da nicht aus, Bryan. Jemand, der sich über die Einwände des Prüfungsausschusses hinwegsetzt und das resultierende Trommelfeuer über sich ergehen lässt, müsste schon ein sehr guter Freund sein. Ehrlich gesagt war Henry Collingridge nie diese Sorte Freund. Der hätte gleich den Schwanz eingezogen.« Er machte eine Pause. »Francis Urquhart dagegen gehört zu einer ganz anderen Hunderasse. Hat viel mehr von einem Terrier. Und gerade jetzt, wo eine Rezession vor der Tür steht, sind ihm seine Freunde eine Menge wert.«

Sie hielten kurz inne, als die Tür aufging und sich durch die Nebelschwaden eine schemenhafte Gestalt abzeichnete, doch die drückende Schwüle war anscheinend zu viel für ihn, und nach zwei tiefen Atemzügen verließ er keuchend wieder den Raum.

»Erzählen Sie weiter.«

»Lassen Sie uns Klartext reden, Bryan. Sie haben nicht den Hauch einer Chance auf einen Von-und-zu-Titel – es sei denn, Sie finden einen Premierminister, der gewillt ist, für Sie bis zum letzten Blutstropfen zu kämpfen. Doch ein Premierminister wird das nur tun, wenn Sie sich ihm erkenntlich zeigen.« Er wischte sich mit der Hand über die Stirn, um wieder besser sehen zu können. »Ihre uneingeschränkte Unterstützung und Zusammenarbeit bis zur nächsten Wahl. Im Austausch gegen vertrauliche Unterlagen, exklusive Einblicke, das Recht, als Erster über die besten Storys zu berichten. Und am Ende einen Adelstitel. Das ist Ihre Gelegenheit, ganz von vorne anzufangen, Bryan, die Vergangenheit hinter sich zu lassen. Mit einem Geadelten legt sich keiner mehr an.«

Die Ellbogen auf die Knie gestützt, saß Brynford-Jones mit seinen aufgetürmten Speckfalten da und starrte unverwandt ins

Leere. Langsam, ganz langsam erhellte ein Lächeln sein tropfnasses Gesicht, wie ein Lichtstrahl in dieser trüben, nebelverhangenen Welt der eingesunkenen Brustkörbe und schlaffen Hodensäcke.

»Wissen Sie, was ich glaube, Tim?«

»Was denn?«

»Ich glaube, Sie haben mir gerade meinen Glauben zurückgegeben.«

Kapitel 13

Das Königtum ist eine Institution, die letzten Endes auf kaum mehr beruht als Sperma und Speichelleckerei.

Buckingham Palace
16. Dezember

Mein lieber Sohn,

schon bald werden wir uns wiedersehen, wenn Du über Weihnachten zurückkehrst, dennoch hege ich das tiefe Bedürfnis, mich jemandem anzuvertrauen. Es gibt so wenige, auf die ich mich verlassen kann.

Mein derzeitiges Leben, so wie Dein zukünftiges, kann äußerst frustrierend sein. Man erwartet, dass wir uns wie Vorbilder verhalten – doch Vorbilder für was? Für Unterwürfigkeit, wie es scheint. Manchmal ist es wahrlich zum Verzweifeln.

Wie ich Dir bei Deinem letzten Besuch aus Eton bereits erzählte, hatte ich vor, eine Rede zu halten, um die Bürger auf die wachsende Kluft zwischen Arm und Reich in unserem Land hinzuweisen. Doch die Politiker haben einige meiner Gedanken »überarbeitet«, sodass ich sie nicht länger als meine eigenen wiedererkenne. Sie versuchen, mich zum Eunuchen zu machen, und zwingen mich, meine Mannhaftigkeit zu leugnen.

Ist es Aufgabe des Königs, stumm über ein Land zu herrschen, das dem Zerfall und der Spaltung preisgegeben wird? Mir scheint, als gäbe es hierzu kaum klare Vorschriften – außer der der Zurückhaltung. Meine Verärgerung über den Umgang der Regierung mit meiner Rede darf nicht öffentlich werden. Dennoch scheint es mir *unmöglich, Monarch zu sein, ohne auch meine Selbstachtung als Mann zu wahren – was auch Du feststellen wirst, sobald Deine Zeit gekommen ist.*

Wenn wir schon nicht die Freiheit besitzen, die Dinge zu verteidigen, an die wir leidenschaftlich glauben, dann können wir doch zumindest vermeiden, an Maßnahmen mitzuwirken, die wir ablehnen, für gefährlich oder unangemessen halten. Lass nie zu, dass sie Dir Worte in den Mund legen! Ich habe einfach große Teile der Regierungsfassung weggelassen.

Meine Aufgabe, die auch die Deine sein wird, ist eine schwere Bürde. Wir sollen Galionsfiguren sein, die Tugenden einer Nation verkörpern. Doch dies wird zunehmend schwieriger in einer modernen Welt, die uns mit vielerlei Versuchungen lockt, uns aber immer weniger zu tun gibt. Wenn unsere Rolle überhaupt von Bedeutung sein soll, dann muss sie uns zumindest unser Gewissen zugestehen. Ich würde morgen schon ein Gesetz unterschreiben, das die Republik ausruft, sofern beide Kammern dies beschlossen hätten, doch ich werde nicht den Unsinn der Politiker verbreiten und ihn als meinen eigenen ausgeben.

Alles, was ich tue, jeder meiner Fehltritte, jeder Krumen Respekt, den ich mir verdiene, wird früher oder später auf Dich übergehen. Nicht immer konnte ich der Vater sein, der ich gerne sein wollte. Förmlichkeit, Konventionen, Reserviertheit stehen allzu oft zwischen einem König und seinem Sohn – zwischen mir und Dir, so wie sie auch schon mich und meinen Vater trennten. Doch werde ich Dich und alles, was Du einmal erben wirst, nie verraten. Darauf hast Du mein Wort. In früheren Zeiten haben sie unsere Vorfahren an einen öffentlichen Ort gekarrt und ihnen den Kopf abgeschlagen! Wenigstens ließ man ihnen die Würde, mit intaktem Gewissen zu sterben.

Die Welt erscheint mir gerade düster und leer. Ich erwarte sehn-

lichst das Licht, das Deine Rückkehr über die Feiertage in mein Leben bringen wird.

Mit den wärmsten Grüßen an Dich, mein Sohn
Vater

Kapitel 14

Er besitzt zwei gute Eigenschaften. Die erste fällt mir gerade nicht ein, und der zweiten ist er schon sehr lange nicht mehr begegnet.

Um sich irgendwie abzulenken, war Mycroft schon den ganzen Abend deprimiert durch sein kaltes leeres Haus gestreift. Es war ein grässlicher Tag gewesen. Kenny hatte kurzfristig für zehn Tage nach Fernost fliegen müssen und war über die Feiertage fort. Als sein Anruf kam, war Mycroft gerade beim König, sodass ihm der Sekretär lediglich einen Weihnachtsgruß übermitteln konnte. Während Mycroft nun seine vier Wände anstarrte, stellte er sich vor, wie Kenny an einem sonnigen Strand herumtollte und sich vergnügte – womöglich mit jemand anderem.

Der König hatte kaum zur Besserung seiner Laune beigetragen, spie Gift und Galle wegen der Überarbeitung seiner Rede durch die Regierung. Aus irgendeinem Grund gab Mycroft sich die Schuld daran. War es nicht seine Aufgabe, die Ansichten des Königs öffentlich zu machen? Er fühlte sich wie ein Versager. Ein weiterer Grund für die Gewissensbisse, die ihn plagten, wann immer er nicht bei Kenny war, nicht in dessen Bann stand.

Das Haus war so schrecklich sauber, aufgeräumt und unpersönlich, dass er sich sogar nach Fionas Unordnung sehnte, doch er fand nicht einmal einen schmutzigen Teller in der Spüle. Den ganzen Abend war er rastlos umhergestrichen, ohne zur Ruhe zu kommen, hatte sich zunehmend einsamer gefühlt und dann, vergeblich um Vergessen bemüht, zu viel getrunken. Er drohte erneut im tiefen Wasser zu versinken. Jeder Gedanke an Kenny schürte nur seine Eifersucht. Und sobald er versuchte, sich zu zerstreuen, indem er an sein anderes Leben dachte, kam ihm nur wieder die Leidenschaft in den Sinn, mit der der König für seine Ideale einstand – und dessen Groll gegen den Premierminister. »Wäre ich ihm gegenüber doch nur nicht so offen gewesen, hätte ihn für anders gehalten als die anderen. Es ist mein Fehler«, hatte er gesagt. Doch Mycroft gab sich selbst die Schuld.

Er saß an seinem Schreibtisch, vor ihm die verwässerte Rede des Königs, das noch immer nicht verbannte Foto von Fiona im silbernen Rahmen, sein offener Terminkalender mit dem Kringel um den Tag von Kennys Rückkehr und sein frisch gefülltes Glas, das feuchte Ringe auf der lederbezogenen Tischplatte hinterließ. O Gott, wie er jemanden zum Reden brauchte, jemanden, der ihn daran erinnerte, dass da draußen noch eine andere Welt existierte, der die alles erdrückende Stille um ihn herum durchbrach, seine Gefühle von Schuld und Versagen irgendwie zerstreute. Er fühlte sich verwirrt und verletzlich, und auch der Alkohol schien kaum zu helfen. Er befand sich noch immer in diesem Zustand, als das Telefon klingelte.

»Hallo, Trevor«, grüßte er den Hofberichterstatter des *Chronicle*. »Ich hatte gehofft, dass jemand anrufen würde. Was kann ich für Sie tun? Guter Gott, was haben Sie gehört?«

»Das gefällt mir nicht. Das gefällt mir verdammt nochmal überhaupt nicht.« Der Chefredakteur der *Sun*, ein zu kurz geratener, drahtiger Mann aus den Tälern Yorkshires, fluchte leise vor sich hin, als er den morgendlichen Aufmacher des *Chronicle* las. Die Obszönitäten wurden immer lauter und drastischer, je weiter er in dem Artikel kam, bis er seinen Ärger nicht länger unterdrücken konnte. »Sally! Schaff mir diesen Mistkerl Inzest her!«

»Der ist im Krankenhaus. Hat gerade den Blinddarm rausgenommen bekommen«, drang eine weibliche Stimme durch seine geöffnete Tür.

»Meinetwegen kann er in seinem verdammten Sarg liegen – mach ihn ausfindig und hol ihn an die Strippe.«

Roderick Motherup, in der Zeitungswelt nur »Inzest« genannt, war der Hofkorrespondent des Blattes, der Mann, der dafür bezahlt wurde, zu wissen, wer was mit wem hinter den diskreten Fassaden der königlichen Anwesen trieb. Selbst während er flachlag.

»Inzest? Wie zum Teufel konnten Sie sich diese Story entgehen lassen?«

»Welche Story?«, erklang eine matte Stimme in der Leitung.

»Ich gebe Ihnen einen Arsch voll Geld, um es unter den Palastdienern, Chauffeuren und sonstigen Spitzeln zu verteilen, damit wir immer wissen, was Sache ist. Und trotzdem haben Sie's nicht mitbekommen!«

»Welche Story?«, hakte die Stimme nach, diesmal noch kraftloser.

Der Redakteur begann, die zentralen Abschnitte zu zitieren: die von der Regierung aus der ursprünglichen Rede des Königs gestrichenen Passagen; die von Wirtschaftsdaten und Optimismus nur so strotzenden Absätze, die sie ersetzen sollten und die der König sich geweigert hatte vorzutragen; und schließlich das Fazit, der unlängst gehaltenen Ansprache des Königs beim Verband der Wohltätigkeitsstiftungen sei ein Riesenkrach vorausgegangen.

»Ich will die Story, Inzest. Wer wen aufs Kreuz gelegt hat und so weiter und so fort ... Und ich will sie für unsere nächste Ausgabe in vierzig Minuten.« Dabei kritzelte er bereits probehalber einige Schlagzeilen auf ein Blatt.

»Aber ich hab den Artikel noch nicht mal gesehen«, entgegnete der Korrespondent.

»Haben Sie ein Faxgerät?«

»Ich bin im Krankenhaus!«, protestierte die leidende Stimme.

»Ich schick Ihnen 'nen Fahrradkurier. Hängen Sie sich in der Zwischenzeit ans Telefon und rufen Sie mich in zehn Minuten mit einer Geschichte zurück.«

»Sind Sie sicher, dass da was dran ist?«

»Scheißegal, ob was dran ist. Es ist eine Knallerstory, und ich will sie in vierzig Minuten auf unserer Titelseite sehen!«

In vielen anderen Londoner Redaktionen mussten sich arg gebeutelte Adelskundler ähnlich motivierende Ansprachen anhören. Der Hauch eines Abschwungs lag in der Luft, die Werbeeinnahmen gingen zurück, was die Verleger nervös machte, die lieber ihre Chefredakteure opferten als ihre Profite. Die Fleet Street brauchte dringend eine gute auflagesteigernde Story. Die hier würde die morgigen Verkaufszahlen um viele Zehntausend Exemplare hochschrauben und hatte das Zeug zu einem wahren Dauerbrenner.

Kapitel 15

Sein gesamtes Luxusleben ist eine Lüge. Ich dagegen lüge im Parlament nur gelegentlich – zumindest gehe ich mit der Wahrheit etwas großzügig um. Dies gibt mir eine bessere Vorstellung davon, wo sich meine verwundbaren Stellen befinden.

Vor langer Zeit, verborgen im Nebel der Geschichte, kam es während eines Krieges zwischen Engländern und Franzosen in Kanada zu einem Zwischenfall. Ja, es muss wohl in Kanada gewesen sein, wenn sich die Ereignisse auch an jedem beliebigen anderen Ort der Erde hätten zutragen können, wo sich die beiden erbittert um Vorherrschaft ringenden Imperialmächte gegenseitig herausforderten – wenn sich die Geschichte überhaupt zugetragen hat. Dem Vernehmen nach marschierten zwei Armeen, eine britische und eine französische, die gegenüberliegenden Flanken eines Hügels empor, bis sie auf der Kuppe unerwartet aufeinanderstießen. Eng gestaffelte Reihen von Infanteristen standen sich nun plötzlich gegenüber und machten sich gefechtsbereit, in einem tödlichen Wettstreit fieberhaft bemüht, ihre Musketen zu laden, um das erste Blut zu vergießen.

Doch die Offiziere der Soldaten waren beide Gentlemen. Als er seinen Widerpart in nur wenigen Metern Entfernung erblickte, sah der englische Offizier sogleich, was die Regeln des Anstands geboten, zog mit einer ausladenden Bewegung vor dem anderen den Hut und ersuchte die Franzosen höflich, doch bitte als Erste zu schießen.

Der Franzose wollte seinem englischen Gegner in Galanterie

in nichts nachstehen und erwiderte mit einer noch tieferen Verbeugung: »Aber nein, Sir. Ich bestehe darauf. Nach Ihnen.«

Woraufhin die englischen Schützen feuerten und die Franzosen in Stücke schossen.

Die Fragestunde des Premierministers im britischen Unterhaus ist diesem Ereignis in Kanada recht ähnlich. Alle Abgeordneten werden als »ehrenwert« angesprochen und alle, die Hosen tragen, zudem als »Gentlemen«, selbst von ihren erbittertsten Feinden. Sie stehen sich in dichten Reihen gegenüber, nur zwei Schwertlängen voneinander entfernt, und obwohl der Sinn vordergründig darin besteht, Fragen zu stellen und Auskünfte zu erhalten, geht es in Wahrheit einzig darum, so viele Gegner wie nur irgend möglich niederzustrecken und den Boden des ehrenwerten Hauses mit ihrem Blut zu tränken. Dennoch gibt es zwei entscheidende Unterschiede zu dem historischen Zusammenstoß auf der Anhöhe: Im Vorteil ist hier in der Regel der, der als Zweiter zuschlägt, und das letzte Wort hat stets der Premierminister. Und zweitens: Die Kombattanten auf allen Seiten haben gelernt, dass eine Schlacht kaum der richtige Ort ist, sich wie ein Gentleman zu verhalten.

Die Nachricht vom Streit über die königliche Rede erreichte die Schlagzeilen am letzten vollen Sitzungstag des Parlaments vor der Weihnachtspause. Doch von weihnachtlicher Barmherzigkeit war kaum etwas zu spüren, als die getreue Opposition Ihrer Majestät die Gelegenheit witterte, das Stehvermögen des neuen Premiers erstmals gehörig auf die Probe zu stellen. Um fünfzehn Uhr fünfzehn, der festgesetzten Zeit, zu der der Premierminister Rede und Antwort zu stehen hatte, platzte das House of Commons aus allen Nähten. Die Oppositionsbänke waren übersät von den morgendlichen Zeitungen und deren drastischen Überschriften. Im Laufe der vergangenen Nacht hatten sich die Redakteure mit ihren Dichtkünsten förmlich überboten, weshalb Überschriften wie »Mordskrach mit Majestät« bald solchen wie »Royale Rede doof, findet Premier« wichen, um am Ende schlicht »König von Pappschachtelhausen« zu lauten. Alles las sich äußerst amüsant, war aber zum Großteil völlig ungesichert.

Der Oppositionsführer, Gordon McKillin, erhob sich, um inmitten des erwartungsvollen Papiergeraschels seine Frage zu stellen. Wie Urquhart war McKillin nördlich der Grenze geboren, doch hier endeten auch schon die Gemeinsamkeiten. Er war erheblich jünger, seine Taille dicker, sein Haar dunkler, seine Politik ideologischer und sein schottischer Akzent um einiges breiter. McKillin galt zwar nicht als Charismatiker, verfügte aber über den Scharfsinn eines Anwalts, wählte seine Worte stets mit äußerster Präzision und hatte den ganzen Morgen mit seinen Beratern überlegt, wie sich die Vorschriften des Hauses, die jegliche kontroverse Erwähnung der königlichen Familie strikt untersagten, am geschicktesten umgehen ließen. Wie nur sollte man die Rede des Königs ansprechen, ohne den König selbst zu nennen?

Lächelnd streckte er die Hand aus und stützte sich auf den polierten hölzernen Depeschenkasten, eine Art Aktentruhe, die keine zwei Meter von seinem Widersacher entfernt stand und in dieser Parlamentskammer als Rednerpult diente. »Möchte uns der Premierminister vielleicht sagen, ob er der Meinung ist ... « – dabei blickte er theatralisch auf seine Notizen –, »dass es Zeit sei, der Tatsache ins Auge zu sehen, dass mehr Menschen denn je mit unserer Gesellschaft unzufrieden sind und der zunehmende Eindruck sozialer Ungleichheit im höchsten Grade Anlass zur Sorge gibt?«

Jeder wusste, dass es sich dabei um ein direktes Zitat aus dem zensierten Entwurf des Königs handelte.

»Da es sich um eine sehr simple Frage handelt, die selbst er in der Lage sein wird zu verstehen, sollte ein einfaches Ja oder Nein genügen.« Sehr simpel, in der Tat. Aus dieser Nummer würde er sich nicht herauslavieren können.

Begleitet von lautstarken Beifallsbekundungen seiner Hinterbänkler und einer mit Zeitungen herumwedelnden Masse sank McKillin zurück auf seinen Platz. Als Urquhart sich erhob, um zu antworten, trug auch er ein entspanntes Lächeln zur Schau, doch einige glaubten, eine deutliche Rötung seines Ohres wahrgenommen zu haben. Nur kein Lavieren. Das einzig vernünftige Vorgehen war eine direkte Vermeidungstaktik, eine Kakophonie von Fragen über Ansichten des Königs konnte er nicht riskieren. Doch zugleich durfte es nicht so aussehen, als würde er davonlaufen. Aber was sollte er sonst tun?

»Wie dem sehr ehrenwerten Gentleman bewusst sein dürfte, ist es in diesem Hause nicht üblich, Angelegenheiten zu erörtern, die den König betreffen. Und ich werde es mir auch nicht zur Gewohnheit machen, durchgesickerte Dokumente zu kommentieren.«

Als er sich wieder setzte, brandete auf den gegenüberliegenden Bänken eine Welle gespielter Entrüstung auf. Die Dreckskerle genossen das alles sichtlich. Schon war der Oppositionsführer wieder auf den Beinen, sein Lächeln nun noch breiter.

»Der Premierminister muss geglaubt haben, ich hätte eine andere Frage gestellt. Ich kann mich nicht entsinnen, Seine Majestät überhaupt erwähnt zu haben. Es geht allein ihn und den König etwas an, wenn der Premierminister glaubt, die Äußerungen Seiner Majestät zensieren und zerhackstücken zu müssen. Mir würde nicht im Traum einfallen, solche Dinge an diesem Ort anzusprechen.« Wildes Spottgeschrei schlug Urquhart aus den Oppositionsreihen entgegen. Die Parlamentsvorsitzende schüttelte unter ihrer langen Richterperücke missbilligend den Kopf, entschied sich jedoch trotz dieser eklatanten Umgehung der Hausregeln, nicht einzugreifen. »Könnte also der Premierminister bitte zu der Frage zurückkommen, die tatsächlich gestellt wurde – anstatt zu der, von der er wünschte, dass sie gestellt worden wäre –, und würde er eine einfache Frage bitte ebenso einfach beantworten?«

Einige Oppositionsabgeordnete zeigten mit dem Finger auf Urquhart, in der Absicht, ihn zu verunsichern. »Angsthase! Er nimmt Reißaus!«, rief einer. »Der weicht doch aus! Stell dich wie ein Mann!«, blökte ein anderer. »Frohe Weihnachten, Francis«, spottete ein Dritter. Die meisten jedoch schunkelten aus Freude über die missliche Lage des Premierministers nur auf den Lederbänken hin und her. Urquhart warf einen Seitenblick auf die Vorsitzende, in der Hoffnung, diese würde ein solches Verhalten und damit die gesamte Diskussion unterbinden, doch Madam Speaker schien plötzlich etwas unglaublich Wichtiges auf der Sitzungsordnung gefunden zu haben, das es gerade jetzt aufmerksam zu studieren galt. Urquhart war auf sich allein gestellt.

»Der Zweck der Frage ist eindeutig. Meine Antwort bleibt dieselbe.«

Ein Höllenlärm brach los, während sich der Oppositionsführer ein drittes Mal erhob. McKillin lehnte eine gefühlte Ewigkeit schweigend mit dem Ellbogen auf dem Depeschenkasten, kostete die Gefühlswallungen seines Publikums in vollen Zügen aus und wartete seelenruhig, bis sich der Krawall gelegt hatte. Unverhohlen genoss er Urquharts Anblick, der wie ein aufgespießter Regenwurm am Haken zappelte.

»Ich kann unmöglich wissen, was zwischen dem Premierminister und dem König vorgefallen ist. Ich weiß nur, was ich in den Zeitungen gelesen habe« – für die Fernsehkameras wedelte er mit einem Exemplar der *Sun* – »und ich habe schon lange aufgehört, irgendetwas zu glauben, was ich dort lese. Aber die Frage ist denkbar einfach. Derartige Befürchtungen über eine zunehmende Spaltung unserer Gesellschaft werden von Millionen gewöhnlicher Leute gehegt, ganz gleich, ob einige, sagen wir mal, *nicht ganz* gewöhnliche Menschen sie ebenso teilen. Wenn der Premierminister jedoch Probleme mit der Frage hat, lassen Sie es mich anders formulieren. Ist er der Ansicht« – McKillin blickte hinab, in seiner Hand nun eine Ausgabe des *Chronicle* –, »dass wir uns nicht zufriedengeben können, solange Zehntausende unserer Mitbürger ohne eigenes Verschulden auf der Straße schlafen müssen? Stimmt er zu, dass in einem wahrhaft Vereinten Königreich das Zugehörigkeitsgefühl arbeitsloser Kleinbauern in Schottland ebenso wichtig ist wie das der Eigenheimbesitzer in den Vorstädten des Südens? Ist er auch der Ansicht, dass es uns eher beunruhigen als erfreuen sollte, wenn immer mehr Menschen auf unseren Straßen in Rolls-Royce-Karossen herumfahren, während die Behinderten in ihren Rollstühlen in der Gosse zurückbleiben und es nicht einmal schaffen, den 57er-Bus zu erreichen?« Jeder erkannte die Passagen wieder, die Urquhart aus der ursprünglichen Rede gestrichen hatte. »Und wenn ihm diese Fragen nicht behagen, habe ich noch etliche mehr auf Lager.«

Jetzt versuchten sie, Urquhart zu ködern. Sie wollten Blut sehen, keine Antworten, und im politischen Sinne bekamen sie es auch. Denn Urquhart war klar, dass, sobald er auch nur auf einen Punkt der königlichen Rede einging, er jegliche Kontrolle über die Diskussion verlieren und allen Attacken eine kaum mehr zu schützende Angriffsfläche bieten würde.

»Ich werde mich nicht nötigen lassen. Schon gar nicht von einer Meute Schakale.«

Aus den hinteren Regierungsreihen, die während des Schlagabtauschs zunehmend stiller geworden waren, erhob sich zustimmendes Knurren. Dies glich nun wieder mehr den Wortgefechten, die sie gewohnt waren, und man fing an, sich nach Herzenslust zu beleidigen, derweilen Urquhart schreiend fortfuhr, um sich trotz des Tumults Gehör zu verschaffen. »Bevor er sein geheucheltes Mitgefühl für die Nöte der Obdach- und Erwerbslosen zu weit treibt, sollte der sehr ehrenwerte Gentleman vielleicht ein Wörtchen mit seinen Zahlmeistern bei den Gewerkschaften reden und sie davon abbringen, inflationäre Gehaltsforderungen durchzudrücken, die anständige Bürger um ihre Jobs und ihre Häuser bringen.« Der Lärm wurde ohrenbetäubend. »Er weidet sich so genüsslich an den Sorgen anderer wie ein Totengräber!«

Es war ein geschickter Versuch der Selbsterhaltung. Endlich hatten die Beleidigungen alle Aufmerksamkeit von den ursprünglichen Fragen abgelenkt, und eine Woge des Protests schwappte durch die Kammer, Schmährufe und Wellen erhobener Arme brandeten auf, die sich wie Gischt an beiden Seiten des Saales brachen. Der Oppositionsführer war abermals auf den Beinen, um es ein viertes Mal zu versuchen, doch Madam Speaker, die langsam zu ahnen schien, dass sie die Fragen längst hätte unterbinden und den Premierminister schützen müssen, entschied, dass das Maß nun voll sei, und übergab das Wort an Tony Marples, einen ehemaligen Gefängniswärter, der bei der letzten Wahl zum Abgeordneten des entlegenen Bezirks Dagenham gewählt worden war, sich gern als Retter des kleinen Mannes aufspielte und aus seinen Ambitionen auf einen Ministerposten keinen Hehl machte. Natürlich würde er keinen bekommen – was aber weder daran lag, dass er sich wohl nicht lange genug im Parlament halten würde, noch an seiner Homosexualität, sondern an der Tatsache, dass ein erboster Exfreund sich unlängst an ihm gerächt und seine Abgeordnetenwohnung in Westminster zerlegt hatte, bevor ihn die Polizei abtransportieren konnte. Enttäuschte Geliebte hatten schon größere Männer als Marples zu Fall gebracht, und kein Premierminister würde ihm die Chance geben, ihnen nachzufolgen, so ausgetreten diese Pfade auch sein mochten. In den Augen der Vorsitzenden schien der ehrgeizige Marples jedoch genau der Richtige zu sein, um dem Premier eine Steilvorlage und der Parlamentskammer die Möglichkeit zu geben, endlich wieder zur Ruhe zu kommen.

»Würde mir der Premierminister nicht zustimmen«, setzte Marples in breiter Cockney-Färbung an (er hatte seine Frage nicht vorbereitet, glaubte aber genau zu wissen, wie er seinem angeschlagenen Parteichef helfen konnte), »dass diese Partei wie keine andere die Institutionen dieses Landes respektiert, insbesondere was den Respekt, die tiefe Zuneigung und Liebe zu unserer großartigen königlichen Familie betrifft?«

Er stockte. Einmal aufgestanden, war er sich plötzlich nicht mehr sicher, wie er die Frage beenden sollte. Er hustete, zauderte, etwas zu lang, was eine Lücke entstehen ließ, die aufklaffte wie ein Spalt in einer Ritterrüstung. Die Opposition schlug sofort in die Bresche. Ein Schwall von Zwischenrufen ging von der anderen Seite des Saales auf ihn nieder, was ihn nur noch mehr aus dem Konzept brachte, bis sein Gehirn schließlich vollends blockierte. Marples' Kinnlade fiel herab, die Augen angstgeweitet wie ein Schläfer, der jäh erwacht, um festzustellen, dass sein Albtraum Wirklichkeit geworden ist und er splitternackt auf offener Straße steht. »Zu unserer großartigen königlichen Familie...«, war alles, was er mit matter Stimme zu wiederholen imstande war.

Den Gnadenstoß versetzte ihm schließlich ein Oppositionsabgeordneter mit einem gekonnten Bühnenflüstern, das in jeder Ecke des Saales zu vernehmen war.

»Vor allem zu den Rosettenkönigen.«

Selbst in Marples' eigenem Lager konnten sich viele ein süffisantes Lächeln nicht verkneifen. Marples sah noch, wie ihm ein Oppositionspolitiker spöttisch eine Kusshand zuwarf, und sank niedergeschlagen zurück auf seinen Platz, derweil seine Gegner erneut in Hochstimmung gerieten.

Verzweifelt schloss Urquhart die Augen. Er hatte gehofft, den Blutfluss einigermaßen gestillt zu haben. Jetzt würde er eine Aderpresse brauchen. Am liebsten hätte er sie um Marples' Hals gelegt – und zugedrückt.

Kapitel 16

Ein König kann seine Prinzipien nicht im Supermarkt kaufen. Wie soll sein Herz für die einfachen Leute bluten, wenn er dabei goldbestickte Pantoffeln trägt?

Der König stand wie immer am Fenster seines Empfangszimmers. Verlegen spielte er an seinem Siegelring mit dem königlichen Wappen herum, den er an der linken Hand trug, und ging keinen Schritt auf Urquhart zu. Man hatte den Premierminister länger als üblich warten lassen, nicht so, dass es tatsächlich unhöflich gewesen wäre, aber immerhin deutlich länger als sonst. Nun war er gezwungen, die gesamte Länge des Raumes abzuschreiten, bevor der König seine Hand ausstreckte. Wieder überraschte ihn der lasche Händedruck des Monarchen, ungewöhnlich für jemanden, der sich derart seiner körperlichen Fitness rühmte. Ein Zeichen innerer Schwäche womöglich? Oder eine berufsbedingte Verletzung? Auf eine stumme Geste des Königs hin nahmen sie in den beiden Sesseln am Kamin Platz.

»Eure Majestät, wir müssen diese offene Wunde unbedingt schließen.«

»Da bin ich ganz Ihrer Meinung, Herr Premierminister.«

Die Zwanglosigkeit ihrer früheren Treffen war einer fast schon theatralischen Präzision gewichen, wie die zweier Schachspieler, die geduldig nacheinander ihre Figuren zogen. Mit zusammengepressten Knien saßen sie kaum einen Meter voneinander entfernt und warteten darauf, dass der andere den ersten Zug machte. Am Ende sah sich Urquhart gezwungen, die Partie zu eröffnen.

»Ich muss darum bitten, dass so etwas nie wieder geschieht. Wenn solche Dokumente aus dem Palast an die Öffentlichkeit gelangen, macht das meine Aufgaben unmöglich. Und falls ein Palastdiener für die undichte Stelle verantwortlich ist, sollte er als Exempel für andere in der Zukunft gemaßregelt werden…«

»Was für eine bodenlose Unverfrorenheit!«

»Verzeihen Sie…«

»Sie kommen hierher, stellen meine Integrität infrage und gehen einfach davon aus, dass ich oder einer meiner Mitarbeiter diese vermaledeiten Papiere weitergegeben hat!«

»Sie können doch nicht für einen Moment glauben, dass *ich* sie der Presse zugespielt habe, nicht bei all dem Schaden, den sie angerichtet haben…«

»Das, Mr Urquhart, ist Politik, und dabei handelt es sich um Ihr Metier, *nicht* meines. Die Downing Street ist berüchtigt dafür, Dokumente durchsickern zu lassen, wenn es im Interesse der Regierung ist. Ich spiele dieses Spiel nicht!«

Der Kopf des Königs war nach vorn gereckt, die sich lichtenden Schläfen glühten vor Empörung, der knochige Rücken seiner langen und oft gebrochenen Nase stach prominent hervor, wie bei einem wütenden Stier kurz vor dem Angriff. Der lasche Händedruck hatte getäuscht. Urquhart musste erkennen, wie ernst es dem König war und dass er die Situation falsch eingeschätzt hatte. Er errötete und schluckte schwer.

»Ich … bitte um Verzeihung, Sir. Ich kann Ihnen versichern, dass ich mit der Weitergabe dieser Dokumente nicht das Geringste zu tun habe, und ich hatte angenommen, ein Palastdiener könnte…? Ich muss mich geirrt haben.« Die Knöchel seiner geballten Fäuste knackten vor Zorn, während der König wiederholt durch die Nase schnaubte, sich mit der Hand aufs rechte Knie schlug, als versuche er, sich daran abzureagieren und wieder Herr seiner Gefühle zu werden. Einige Augenblicke saßen sie wortlos beieinander und sammelten sich.

»Sir, ich habe keinen Schimmer, welcher Teufel für das Leck und unser Missverständnis verantwortlich ist.«

»Herr Premierminister, ich bin mir meiner verfassungsmäßigen Aufgaben und Beschränkungen vollends bewusst. Ich habe sie eingehend studiert. Zu einer offenen Auseinandersetzung mit dem Premierminister bin ich weder befugt, noch wünsche ich sie. Ein solcher Konflikt kann nur überaus schädliche, womöglich sogar desaströse Folgen zeitigen. Für uns beide.«

»Die Regierung hat bereits großen Schaden genommen. Nach der Fragestunde heute Nachmittag werden die Leitartikel der morgigen Zeitungen zweifellos Ihre Ansichten, oder was sie dafür halten, in Gänze befürworten und all jenes attackieren, was sie als gefühlloses und unbarmherziges Regieren ansehen. Und mich werden sie der Zensur beschuldigen.«

Der König quittierte Urquharts Gewichtung der allgemeinen Stimmungslage mit einem grimmigen Lächeln.

»Eine derartige Berichterstattung wird uns beiden schaden, Sir. Sie wird einen Keil zwischen uns treiben, die Bereiche unserer Verfassung offenlegen, die nichts im Lichte der Öffentlichkeit verloren haben. Es wäre ein schwerwiegender Fehler.«

»Wessen Fehler denn?«

»Unser aller Fehler. Wir müssen alles tun, um dies zu vermeiden.« Urquhart ließ die Aussage in der Luft hängen, versuchte unterdessen aber, die Reaktion des anderen einzuschätzen. Doch alles, was er sehen konnte, war die auch jetzt noch vor Erregung geschwollene Augenpartie seines Gegenübers. »Wir müssen verhindern, dass die Zeitungen unser Verhältnis ruinieren.«

»Nun, und was erwarten Sie jetzt von mir? Was soll ich denn

tun? Wie Sie wissen, habe ich diesen öffentlichen Streit nicht vom Zaun gebrochen.«

Urquhart atmete tief ein, damit seine Antwort weniger bissig ausfiel. »Das weiß ich, Sir. Ich weiß, dass Sie ihn nicht begonnen haben. Aber Sie können ihn beenden.«

»Ich? Wie denn?«

»Sie können ihn beenden oder zumindest den Schaden begrenzen, hier vom Palast aus. Ihr Pressesprecher muss noch heute Nachmittag bei sämtlichen Redaktionen anrufen und ihnen sagen, dass es zwischen uns keinerlei Meinungsverschiedenheiten gibt.«

Der König nickte, während er über den Vorschlag nachdachte. »Und so die konstitutionelle Fiktion aufrechterhalten, der König und seine Regierung seien einer Meinung?«

»Genau. Und er muss andeuten, die der Presse zugespielten Papiere seien gar nicht echt, die im Manuskript geäußerten Ansichten seien gar nicht die Ihrigen. Vielleicht könnte er ja nahelegen, der Entwurf stamme von einem Ihrer Berater?«

»Ich soll meine Worte leugnen?«

»Nur leugnen, dass wir uns uneinig sind.«

»Verstehe ich Sie richtig? Sie wollen, dass ich meinen Überzeugungen abschwöre.« Er stockte kurz. »Sie wollen, dass ich lüge.«

»Es geht eher darum, die Wogen zu glätten, den Schaden wieder auszubügeln ...«

»Einen Schaden, den ich nicht verursacht habe. Ich habe öffentlich nichts von mir gegeben, was Sie diskreditiert, und das werde ich auch nicht tun. Meine Anschauungen sind reine Privatsache.«

»Sie sind nicht Ihre Privatsache, wenn sie auf den Titelseiten sämtlicher Zeitungen stehen!« Urquhart vermochte seine Erbitterung nicht länger in Schach halten; es war entscheidend, dass er sich hier durchsetzte.

»Das ist Ihr Problem, nicht meines. Ich habe meine Anschauungen lediglich im engsten Familienkreis besprochen, am Esstisch. Nicht mit Palastdienern oder Journalisten. Und schon gar nicht mit Politikern.«

»Dann haben Sie sie also besprochen.«

»Absolut vertraulich. Was auch notwendig ist, wenn meine Ratschläge an die Regierung von irgendwelchem Nutzen sein sollen.«

»Es gibt auch Ratschläge, auf die die Regierung gut verzichten kann. Schließlich sind wir gewählt worden, um dieses Land zu regieren.«

»Mr Urquhart!« Seine blauen Augen funkelten vor Entrüstung, seine Finger hielten die Stuhllehne so fest umklammert, dass die Handknöchel weiß hervorstanden. »Darf ich Sie daran erinnern, dass auch *Sie* nie zum Premierminister gewählt worden sind, jedenfalls nicht vom Volk. Sie verfügen über keinerlei Mandat. Bis zur nächsten Wahl sind Sie nicht mehr als ein verfassungsmäßiger Verwalter. Ich dagegen bin der Monarch, und die Tradition sowie sämtliche verdammten staatsrechtlichen Gesetzbücher, die je geschrieben wurden, geben mir das verbürgte Recht, von Ihnen gehört zu werden und Sie zu beraten.«

»Streng vertraulich.«

»Die Verfassung verpflichtet mich mit keinem Wort, öffentlich zu lügen, um die Haut der Regierung zu retten.«

»Sie müssen mir mit den Zeitungsleuten helfen.«

»Wieso?«

»Weil ...« Weil Urquhart ansonsten aufgeschmissen war und eine Reihe von Nachwahlen ihm nach und nach den Garaus machen würde.

»Weil Sie nicht den Anschein erwecken dürfen, die Politik der Regierung zu kritisieren.«

»Ich werde meine Überzeugungen nicht widerrufen. Nicht allein als Herrscher wäre mir dies unerträglich, auch als Mann. Und Sie besitzen verdammt nochmal kein Recht, dies von mir zu verlangen.«

»In Ihrer Funktion als König stehen Ihnen keinerlei persönliche Überzeugungen zu, nicht wenn es politisch brisante Fragen betrifft.«

»Sie sprechen mir mein Recht als Mann ab? Als Vater? Wie können Sie Ihren Kindern ins Gesicht blicken ...«

»In dieser Angelegenheit sind Sie kein Mann, sondern ein verfassungsrechtliches Instrument ...«

»Ein Erfüllungsgehilfe für Ihre Torheiten? Niemals!«

»... das die gewählte Regierung offiziell in allen Fragen zu unterstützen hat.«

»Dann schlage ich vor, Mr Urquhart, Sie lassen sich wählen – und diesmal vom Volk. Sagen Sie den Leuten, dass Ihnen ihre Zukunft egal ist. Sagen Sie ihnen, dass es Ihnen nichts ausmacht, wenn die Schotten sich frustriert und verzweifelt von uns abwenden. Dass Sie es nicht für obszön halten, dass Tausende von Engländern kein anderes Zuhause kennen als einen Pappkarton in irgendeiner stinkenden Straßenunterführung. Dass große Teile unserer Innenstädte zu rechtlosen Räumen verkommen sind, in die sich weder Sozialarbeiter noch Polizei mehr wagen. Sagen Sie ihnen, dass Sie sich um nichts einen feuchten Dreck scheren, außer, die Taschen Ihrer eigenen Unterstützer zu füllen. Sagen Sie ihnen all das, lassen Sie sich wählen und kommen Sie dann hierher zurück und erteilen mir Ihre Befehle. Aber bis dahin werde ich nicht für Sie lügen!«

Der König war wieder auf den Beinen, mehr von der Energie

seiner unbändigen Wut emporgetragen als vom bewussten Wunsch, die Audienz zu beenden. Doch Urquhart wusste, dass es sinnlos war weiterzureden. Der König schien fest entschlossen und würde sich nicht zum Einlenken bewegen lassen, zumindest nicht, bis Urquhart aus eigener Kraft zum Premierminister gewählt worden war. Und während Urquhart langsam aus dem Zimmer schritt, wurde ihm ebenso klar, dass die Unbeugsamkeit des Königs jede Chance zunichtegemacht hatte, diese vorgezogenen Wahlen auszurufen – und zu gewinnen.

Kapitel 17

Wer auf einer Prinzessin reiten will, braucht lange Zügel.

In den Privatgemächern des Kensington-Palasts klingelte das Telefon. Es war nach acht Uhr abends, und Landless hatte kaum damit gerechnet, dass die Prinzessin zu Hause war. Ihr Ehemann weilte in Birkenhead, um ein Gaswerk zu eröffnen, und der Medienmogul wähnte sie entweder an seiner Seite oder irgendwo in der Stadt, um zu feiern und ihre Freiheit zu genießen. Doch jetzt nahm sie höchstpersönlich ab.

»Guten Abend, Eure Königliche Hoheit. Ich bin hocherfreut, Sie zu Hause zu erreichen.«

»Benjamin, welch freudige Überraschung.« Sie klang reserviert, ein wenig abgelenkt, so als hielte sie etwas vor ihm zurück. »Ich erhole mich von den Strapazen eines Tages mit zweitausend Mitgliedern der Organisation für Frauenrechte. Sie können sich kaum vorstellen, wie erschöpft man nach dem ganzen Händeschütteln und ernsthaften Gerede ist. Ich lasse mich gerade massieren.«

»Dann verzeihen Sie bitte die Störung, aber ich habe gute Neuigkeiten.«

Den ganzen Nachmittag hatte er sich gefragt, wie sie wohl auf den Aufruhr reagieren würde, den die Rede ausgelöst hatte, die sie ihm zugesteckt hatte – die erste Frucht ihrer neuen Zusammenarbeit. Sie hatte damit lediglich die Rechtschaffenheit und tiefe Besorgnis des Königs als Privatmensch verdeutlichen wollen und kaum mit einer Veröffentlichung gerechnet, geschweige denn geahnt, welche Lawine sie damit lostreten würde.

Nun könnte ihr sogar eine öffentliche Untersuchung ins Haus stehen. Hatte sie es womöglich mit der Angst zu tun bekommen?

»Ich wollte Ihnen nur mitteilen, dass die morgigen Zeitungen sich mit Lob für den König geradezu überschlagen werden. Wirklich bemerkenswert, hat ihm einen Menge Sympathien eingebracht. Und dass alles nur, weil wir die Sache richtig angepackt haben. Sie haben das sehr gut gemacht!«

Sie streckte sich auf dem Massagetisch aus und langte nach ihrem Champagnerglas. »Wir sind ein großartiges Team, nicht, Benjamin?«

»Ja, Ma'am. Ein großartiges Team.« Sie klang noch immer abweisend; hatte er es sich schon mit ihr verdorben? »Und ich habe nachgedacht, ein wenig nachgerechnet. Wissen Sie, jetzt, wo ich die Gelegenheit hatte, Sic kennenzulernen und zu sehen, wie kompetent Sie sind, könnte mir Ihre Hilfe sogar noch etwas mehr wert sein, als ich ursprünglich dachte. Weitere 50 000 Pfund. Wie hört sich das an?«

»Benjamin, kein Scheiß? Echt abgefahren!«

Ihre saloppe Ausdrucksweise ließ ihn zusammenzucken – das kulturelle Resultat jahrzehntelanger Lektüre von Klatschkolumnen, Modemagazinen und Erwachsenencomics. Er hatte die Schule mit fünfzehn verlassen und sich trotz all seiner ungeschliffenen Kanten, seiner ungehobelten Sprache und dem noch raueren Dialekt durchgeboxt, dies aber stets als Belastung empfunden. Es hatte ihm ein immenses Ego beschert, war aber gleichwohl eine knallharte Schule gewesen, die er seinen drei Töchtern lieber ersparen wollte, deren eigener Weg mit den besten Bildungseinrichtungen gepflastert war, die sich nur denken ließen. Als er nun der Prinzessin lauschte, konnte er es weder verstehen noch ertragen, dass Menschen, die von Geburt aus mit allen Vorteilen ausgestattet waren, es dennoch vorzogen, diese mit Füßen zu treten. Trotzdem wusste er, was er an ihr hatte. Gutherzig kicherte er ins Telefon.

Nachdem sie aufgelegt hatte, nahm Charlotte einen weiteren Schluck aus ihrem Glas und fragte sich, ob sie sich womöglich zu weit in die Sache hineinziehen ließ. Schon vor langer Zeit hatte sie gelernt, dass es für Mitglieder der königlichen Firma nichts umsonst gab, schon gar nicht 50 000 Pfund. Irgendwo war immer ein Haken, und sie ahnte, dass Benjamin Landless seine Rechte kompromisslos einfordern würde.

»Sie verkrampfen, Ma'am.«

Sie drehte sich auf den Rücken, sodass ihr das Handtuch vom Körper rutschte, und musterte ihre frisch gestrafften Brüste.

»Vergiss die Schultermuskulatur, Brent. Zeit, sich um die inneren Werte zu kümmern.«

Lieutenant Brentwood Albery-Hunt, eins neunzig groß, Gardeoffizier und als persönlicher Stallmeister der Prinzessin in den Palast abgeordnet, stand stramm und salutierte zackig, als sein eigenes Handtuch ebenfalls zu Boden fiel, die Prinzessin ihn eingehend inspizierte und ihre Augen ebenso verspielt wie kritisch über seinen Körper gleiten ließ. Von vorherigen Übungen dieser Art wusste er, dass sie als Befehlshaberin ein strenges Regiment führte und der Nachtdienst unter ihrem Kommando ihm alles abverlangen würde.

Kapitel 18

Wahlen sind dazu gedacht, die Schwachköpfe auszusortieren. Das gelingt nicht immer. Doch eine Erbmonarchie gibt sich nicht mal die Mühe, es zu versuchen.

Dezember: Die Weihnachtswoche

»Das ist unmöglich, Francis.«

Ich ernenne keine Minister, damit sie mir sagen, dass etwas unmöglich ist, tobte Urquhart innerlich. Doch der Schatzkanzler blieb hartnäckig, und Urquhart wusste, dass er recht hatte.

Sie standen dicht gedrängt in einer Ecke des Empfangssaals der Parteizentrale, wo sich die Granden der Partei versammelt hatten und, um Geld und Zeit zu sparen, zugleich Weihnachten und den Abschied einer altgedienten Funktionärin feierten. Die Bezahlung solcher Parteifunktionäre war miserabel, ihre Arbeitsbedingungen in der Regel erbärmlich, und der Job verlangte weder unabhängiges Denken noch Handeln. Im Gegenzug erwarteten sie nach all den Jahren eine gewisse Anerkennung, etwa in Form einer Einladung zur Gartenparty im Buckingham Palace, eine bescheidene Erwähnung in der Ehrenliste – oder eben einen Abschiedsempfang, bei dem geschäftig wirkende Minister zusammenkamen, um süßen deutschen Wein zu trinken und Cocktailwürstchen zu mümmeln, während der angehende Pensionär und häufig völlig unbekannte Mitarbeiter geehrt wurde. Urquhart war der Einladung zur Abschiedsfeier für eine ältliche, aber bestens gelaunte Kaffeefee namens Mrs Stagg indes gerne nachgekommen. Niemand außer ihm war alt genug, um zu wissen, wie lange sie schon in Diensten der Partei stand. Ihr Tee war ungenießbar und ihr Kaffee von ihrem Tee kaum zu unterscheiden, doch ihr Humor hatte die unter Politikern verbreitete Blasiertheit oft wohltuend entblößt, und mit ihrer lebensfrohen Art war es ihr stets gelungen, selbst die düsterste Stimmung in einem Raum aufzuhellen. Urquhart hatte sie bereits als aufstrebender Abgeordneter vor über dreißig Jahren ins Herz geschlossen: Fasziniert war er damals Zeuge geworden, wie sie einen losen Knopf an Ted Heaths Anzug entdeckt und darauf bestanden hatte, dem unverheirateten Parteichef stante pede das Jackett auszuziehen, um den Schaden an Ort und Stelle zu beheben. Urquhart wusste, dass dies ihr dritter Versuch war, in den Ruhestand zu gehen, doch mit zweiundsiebzig könnte es durchaus ihr letzter sein, und er hatte sich darauf gefreut, seinen offiziellen Pflichten eine Weile zu entfliehen. Aber das sollte nicht lange währen.

»Das ist schlichtweg unmöglich«, wiederholte der Schatzkanzler. »Das Weihnachtsgeschäft ist so gut wie ausgefallen, und die Rezession erwischt uns früher, als wir gedacht hatten. Gewiss, wir können die Statistiken ein bisschen frisieren, sie ein oder zwei Monate schönreden und zu Ausreißern erklären, aber wie sollen wir die Schulabgänger wegrechnen, die an Ostern auf den Arbeitsmarkt strömen? Die meisten von denen werden direkt von der Schulbank zum Arbeitsamt marschieren, und es gibt nicht das Geringste, was Sie oder ich daran ändern können.«

Die vier Männer, die mit gesenkten Köpfen zusammenstanden, rückten noch näher zusammen, als gelte es, ein großes Geheimnis zu hüten. Urquhart hatte den Finanzminister gefragt, ob es möglich sei, die Auswirkungen des Abschwungs noch ein oder zwei Monate hinauszuschieben, um mehr Zeit herauszuschlagen. Doch der Finanzminister bestätigte lediglich, was er schon wusste.

Als Nächstes war Stamper an der Reihe, fasste sich aber kurz. Schließlich brachte es nichts, schlechte Nachrichten auch noch breitzutreten. »Vier Prozentpunkte, Francis.«

»In Führung?«

»Hinter den anderen. Dieser Ärger mit dem König hat uns den Vorsprung vollkommen vermasselt. Vier Punkte, Tendenz steigend. In die falsche Richtung.«

Urquhart fuhr mit der Zunge über seine dünnen Lippen. »Und was meinen Sie, Algy? Welches Fass voller Sorgen möchten Sie über mir ausschütten?«

Als Urquhart sich dem Schatzmeister zuwandte, mussten alle noch näher zusammenrücken – der Kassenwart der Partei maß nur knapp über einen Meter fünfzig, und ihm in einem Raum voller Gesprächslärm zu lauschen gestaltete sich als überaus schwierig. Im Gegensatz zu Stamper und dem Schatzkanzler hatte man ihn nicht in die Pläne für Neuwahlen eingeweiht, doch er war nicht dumm. Wenn der Schatzmeister gefragt wird, wie eine ohnehin tief verschuldete Partei in Windeseile zehn Millionen Pfund aufbringen könnte, weiß er, was die Stunde geschlagen hat. Er reckte sein wohlgenährtes, gerötetes Gesicht in die Höhe, um die anderen anzusehen.

»Unmöglich. So kurz nach einer Wahl, direkt nach Weihnachten und mit einer Rezession vor der Tür ... Ich könnte im ganzen Jahr keine zehn Millionen auftreiben, geschweige denn in diesem Monat. Seien wir realistisch: Warum sollte uns irgendwer eine solche Summe leihen? Einer Partei mit einer hauchdünnen Mehrheit, die wohl bald noch dünner wird ...«

»Was wollen Sie damit sagen?«, fragte Urquhart nach.

»Tut mir leid, Francis«, erklärte Stamper. »Die Nachricht muss wohl auf Ihrem Schreibtisch auf Sie warten. Freddie Bancroft ist heute Morgen gestorben.«

Urquhart ließ sich diese Neuigkeit über einen seiner Hinterbänkler aus den Grafschaften durch den Kopf gehen. Es kam nicht völlig unerwartet. Politisch gesehen war Bancroft schon eine Ewigkeit mausetot gewesen, und es war an der Zeit, dass der Rest von ihm nachzog. »Welch ein Jammer, wie groß ist seine Mehrheit?« Urquhart musste sich zwingen, beide Gedanken auch nur durch ein Mindestmaß pietätvoller Interpunktion oder eine kleine Pause zu trennen. Sie kannten seine Sorgen nur zu gut, wussten, dass die reißerischen Schlagzeilen einer Nachwahlkampagne allzu oft für eine neue politische Stimmungslage sorgten, normalerweise zu Ungunsten der Regierung, deren Kandidat fast schon rituell niedergemetzelt wurde.

»Nicht groß genug.«

»Mist.«

»Wir werden verlieren. Und je länger wir es hinauszögern, desto schlimmer wird es werden.«

»Die erste Nachwahl mit mir als Premierminister. Keine sonderlich gute Werbung, nicht? Ich hatte eigentlich gehofft, auf einer Welle der Beliebtheit zu schwimmen, nicht darin zu ersaufen.«

Ihre Beratungen wurden jäh von einem blässlichen jungen Mann in zerknittertem Anzug und schief sitzender Krawatte unterbrochen, dessen Kühnheit, dieses offenkundig hochvertrauliche Gespräch zu stören, ebenso der Liebfrauenmilch wie einer Wette mit jener bezaubernden Sekretärin geschuldet war, die ihm für den Fall, dass er seine Schüchternheit überwand, einen Platz in ihrem Bett versprochen hatte. »Verzeihen Sie bitte, ich bin neu in der Forschungsabteilung der Partei. Würden Sie mir Autogramme geben?« Er streckte ihnen ein Stück Papier und einen schmuddeligen Kuli entgegen.

Die anderen warteten umgehend auf Urquharts Reaktion, in

der Annahme, er würde den Jungen zunächst für seine Dreistigkeit zusammenstauchen und dann für seine Taktlosigkeit feuern lassen. Doch Urquhart lächelte nur, dankbar für die Unterbrechung. »Sehen Sie, Tim, wenigstens einer hier will mich noch!« Er kritzelte etwas auf das Blatt. »Und, was wollen Sie einmal werden, junger Mann?«

»Ich möchte Schatzkanzler werden, Mr Urquhart.«

»Schon vergeben!«, fuhr der Finanzminister dazwischen.

»Im Moment noch …«, scherzte der Premier warnend.

»Versuchen Sie's mal in Brunei«, fügte Stamper etwas ernsthafter hinzu.

Mehr allgemeine Heiterkeit war die Folge, während das Blatt kursierte, doch als das Gelächter langsam erstarb und der junge Mann in Richtung der tief erröteten Sekretärin abgezogen war, blickte Urquhart direkt in Stampers humorlose, unnachgiebige Augen. Im Gegensatz zu den anderen wussten sie beide um die Wichtigkeit vorgezogener Wahlen. Wenn Rezession und Schulden das Kratzen der Schlinge um ihren Hals darstellten, dann war die Nachricht der Nachwahl das Knirschen des Falltürriegels kurz vor seiner letzten Drehung. Es musste einen Ausweg geben, andernfalls …

»Frohe Weihnachten, Tim?«

Stampers Seufzen klang so düster wie eine immerwährende Polarnacht. »Nicht dieses Jahr, Francis. Es ist unmöglich. Das müssen Sie einsehen. Nicht jetzt, nicht nach der Sache mit dem König. Einfach unmöglich.«

Teil 2

Kapitel 19

Silvester

Buckingham Palace
31. Dezember

Mein lieber Sohn,

morgen beginnt mein erstes ganzes Jahr als König, und ich hege düstere Vorahnungen.
Letzte Nacht hatte ich einen Traum. Ich befand mich in einem weißen Raum, alles war unscharf, wie man es in Träumen häufig erlebt, womöglich ein Krankenhaus. Ich stand neben einer Wanne, weiß wie alles andere auch, in der zwei Pflegerinnen meinen Vater badeten, er wirkte alt und gebrechlich, so wie er kurz vor seinem Tod gewesen war. Sie behandelten ihn mit solcher Zärtlichkeit und Fürsorge, ließen ihn im warmen Wasser dahingleiten, er wirkte so glücklich und zufrieden, und ich war es ebenso. Ich empfand eine Ruhe, eine Klarheit, die ich seit Monaten nicht mehr gekannt habe.
Dann erschien eine weitere Krankenschwester. Sie hielt ein Bündel im Arm. Ein Baby. Dich! Gewickelt in ein weißes Tuch. Plötzlich waren die Krankenschwestern verschwunden, Deine und die meines Vaters ebenso. Ich versuchte, Dich zu packen, doch ohne ihre Hilfe schwamm mein Vater nicht mehr, sondern versank plötzlich im Bad, Wasser überspülte sein Gesicht, die geschlossenen Augen. Ich streckte einen Arm nach ihm aus, aber dabei glittest Du mir langsam vom anderen. Um ihm zu helfen, ihn zu retten, war ich gezwungen, Dich fallen zu lassen. Ich vermochte nicht, euch beide zu

retten, durfte aber keinen Moment länger zögern, er war am Ertrinken, und Du fielst mir aus den Armen ... Dann erwachte ich. Die Bedeutung des Traumes erscheint mir sonnenklar. Die Aufgabe des Königshauses ist es, eine Kontinuität zwischen Vergangenheit und Zukunft herzustellen; ich glaube nicht länger, dass dies möglich ist. Ein König kann sich an die Vergangenheit klammern, die Traditionen, den Verfall. Oder aber er greift nach der Zukunft, mit all ihren Ungewissheiten, Gefahren und Hoffnungen. Wir müssen uns entscheiden.

Ich stehe an einem Scheideweg, als Herrscher wie als Mann. Ich weiß, dass ich beliebt bin, doch dies bereitet mir derzeit wenig Freude. Wenn ich diese Beliebtheit zumindest teilweise auf Kosten des Premierministers genieße, kann dies für keinen von uns von Vorteil sein. Mr Urquhart ist ein Mann mit großer Entschlossenheit und, wie ich glaube, wenig Skrupeln. Er beansprucht das alleinige Recht auf die Zukunft – wie wohl ein jeder Premierminister –, doch tut er dies ohne jegliche Zurückhaltung. Wenn er mir jedoch keinerlei Mitsprache bei der Gestaltung dieser Zukunft zugesteht, weder als Mann noch als Monarch, dann habe ich keine Männlichkeit, keine Seele, nichts.

Ich werde die Auseinandersetzung nicht suchen, denn ich werde sie am Ende verlieren. Doch ich weigere mich, als stumme Marionette einer rücksichtslosen und unklugen Regierung herzuhalten. Beobachte genau, wie sich dieser folgenschwere Disput entwickelt. Und lerne daraus, denn auch Deine Zeit wird kommen.

Dein Dir treu ergebener
Vater

Kapitel 20

In der Politik ist es nicht unbedingt wichtig, jeden zu erkennen. Wichtig ist, dass man dich erkennt.

Eigentlich hätte er verkleidet kommen sollen – schließlich war es ein großer Maskenball zum Jahreswechsel –, aber Stamper weigerte sich, mitzuspielen. Zum ersten Mal in seiner politischen Karriere hatten die Leute begonnen, von ihm Notiz zu nehmen, all die kriecherischen Gebärden zu vollführen, die ihn wissen ließen, dass er wichtig war, und allein sich selbst die Schuld dafür zu geben, wenn sie sich in seiner Gegenwart langweilten. Er würde einen Teufel tun und all das, nur um seiner Gastgeberin zu gefallen, mit irgendeiner lächerlichen Kopfbedeckung zunichtemachen. Lady Susan »Deccy« Kassar war die Frau des Verwaltungsratsvorsitzenden der BBC. Er brachte sein Jahr damit zu, das immer dürftigere Budget der Rundfunkanstalt so zu strecken, dass sie ihren Aufgaben gerecht werden konnte, während sie die gleiche Zeit damit verbrachte, sich zu überlegen, wie sich sein halbes Jahresgehalt mit ihrer ebenso berühmten wie monumentalen Silvesterparty auf einen Streich verpulvern ließ. Die Bewirtung war ebenso erlesen wie die Gästeliste, die das ganze Jahr über auf dem Computer der Gastgeberin aktualisiert wurde, um sicherzugehen, dass wirklich nur die wichtigsten oder skandalumwittertsten Prominenten darauf Platz fanden. Wie es hieß, genügte es mitnichten, Meisterspion oder Bankräuber zu sein, um eine der begehrten Einladungen zu erhalten, man müsse obendrein als solcher überführt und höchst öffentlich gebrandmarkt worden sein – bevorzugt von der BBC. Stamper war erst beim zweiten Nachzählen auf der

Liste gelandet. »Deccy« – benannt nach ihrem Dekolleté, das sie schon berühmt gemacht hatte, als sie noch als Teenager den ersten ihrer drei Gatten ehelichte – erkannte sofort, dass die Einladung ein Fehler gewesen war, sobald sie Stamper eintreffen sah, dessen wenig raffinierte Kostümierung nur in einem Smoking bestand. Sie hatte eine Schwäche für Maskenbälle, die es ihr aufgrund der verhüllten Augen gestatteten, jederzeit nach noch schillernderen Opfern Ausschau zu halten und die ungeteilte Aufmerksamkeit der Gäste obendrein ganz auf ihren Ausschnitt zu lenken. Sie mochte es nicht, wenn jemand bei ihren Partys aus der Reihe tanzte, schon gar nicht jemand mit zu viel Pomade im Haar. Mit voller Absicht und so laut es ging hatte sie Stamper mit dem Star einer TV-Soap verwechselt, der unlängst aus einer Entzugsklinik zurückgekehrt war, sich insgeheim aber bereits geschworen, ihn nur wieder einzuladen, wenn er es nächstes Jahr mindestens zum Innenminister gebracht hatte. Bald schon hatte sie ihn stehen lassen und sich, mit ihrer Maske kämpferisch vor sich her wedelnd, auf der Suche nach einträglicherer Beute eine Bresche durch die Menge gebahnt.

Es war kurz vor Mitternacht, als Stamper die üppige Gestalt von Bryan Brynford-Jones erspähte, der in einem an Frans Hals' *Lachenden Kavalier* erinnernden Barockkostüm gerade lauthals vor sich hin schwadronierte. Er stellte sich einfach vor ihn.

»Tim! Wie schön, Sie zu sehen!«

»Hallo, BBJ. Ich habe Sie gar nicht erkannt.«

»Na, den Tag muss ich mir rot im Kalender anstreichen: Der Parteivorsitzende kommt verkleidet als menschliches Wesen.«

»Sollte zumindest eine Notiz auf der Titelseite wert sein.«

»Nur wenn Sie mir die Story heimlich zuspielen, alter Knabe. Oh, pardon. Hatte vergessen, dass undichte Stellen in Regierungskreisen gerade nicht hoch im Kurs stehen.«

Die umstehenden Gäste schien die Stichelei sichtlich zu amüsieren, doch Stamper beschlich das untrügliche Gefühl, den Kürzeren gezogen zu haben. Eine Empfindung, die ihm ganz und gar nicht behagte. Er nahm den Chefredakteur beiseite.

»Wo wir gerade von undichten Stellen sprechen, alter Freund. Wer war eigentlich der Mistkerl, der euch die Rede des Königs zugesteckt hat? Frage ich mich schon länger.«

»Und das dürfen Sie auch gern weiter tun. Sie wissen doch, dass ich Ihnen unmöglich meine journalistischen Quellen nennen kann.« Brynford-Jones lachte spitzbübisch in sich hinein, doch lag Nervosität in seinem Lächeln.

»Ja, gewiss. Aber unsere inoffiziellen Nachforschungen sind im Sande verlaufen, kein Wunder über Weihnachten, da hatten wir nie eine Chance. Also, ganz unter Freunden. Sehr engen Freunden, Sie erinnern sich. Nun, wer war's?«

»Niemals! Geschäftsgeheimnis, Sie wissen schon.«

»Geschäftsgeheimnisse sind bei mir gut aufgehoben. Oder haben Sie das etwa vergessen?«

Der Chefredakteur schaute entgeistert drein. »Hören Sie, Tim, ich unterstütze Sie auf jede erdenkliche Art, das wissen Sie doch. Aber wenn es Quellen betrifft ... Das sind die Kronjuwelen. Da geht es um unsere journalistische Integrität und all den Kram.«

Stampers dunkle Augen funkelten hell, die Pupillen fast unnatürlich klein. Brynford-Jones erschien es, als versetzten sie ihm kleine Stiche.

»Nur damit wir uns nicht missverstehen, BBJ...« Der Tumult um sie herum war einer erwartungsvollen Stille gewichen, eine Radiostimme kündigte an, die Glocken von Big Ben könnten nun jederzeit läuten. Stamper musste flüstern, jedoch nicht leise genug, dass Brynford-Jones sicher sein konnte, dass andere sie nicht würden verstehen können. »Integrität gibt es in vielen Formen und Größen, aber nicht in Ihrer und nicht am offenen Badezimmerfenster. Hören Sie jetzt endlich auf, sich zu zieren!«

Totenstille herrschte, als sich das Räderwerk der großen Uhr in Bewegung setzte. Der Zeitungsmann wand sich unbehaglich.

»Die Wahrheit ist, dass ich es auch nicht genau weiß. Im Ernst. Der *Chronicle* war zuerst. Wir haben uns nur in den späteren Ausgaben drangehängt.«

»Aber ...«

Nervös und rastlos huschten Brynford-Jones' Augen durch den Raum. Das einsetzende Geläut gab ihm etwas Deckung. Der Bastard würde nicht lockerlassen. »Allerdings, die Story stammt von ihrem Hofberichterstatter mit guten Kontakten zum Buckingham Palace. Alles, was wir bei unseren Nachfragen in der Downing Street und bei anderen Regierungsstellen bekamen, waren Aufschreie der Empörung und große Bestürzung.«

»Und aus dem Palast?«

»Nichts. Kein Dementi, keine Entrüstung. Aber auch keine Bestätigung. Ich habe selbst mit Mycroft, dem Pressemann des Königs, gesprochen. Meinte, er würde der Sache nachgehen und sich melden, sobald es ginge, hat es aber nie getan. Dem war klar, dass wir es ohne ein klares Dementi bringen mussten.«

»Also?«

»Also kam es aus dem Palast. Vom König selbst oder einem seiner fröhlichen Gesellen. Muss so gewesen sein. Sie hätten es ja unterbinden können, haben es aber nicht.« Er schwitzte und wischte seine rosige Stirn mit dem Einstecktuch, das er unter den Spitzenrüschen seines Kavalierkostüms hervorzog. »Gütiger Himmel, Tim. Ich weiß es doch auch nicht genau.«

Big Ben schlug, und im Raum machte sich erneut lärmende Ausgelassenheit breit. Stamper neigte sich weit vor, nun gezwungen, dem anderen ins Ohr zu brüllen. »Na, geht doch. Sie haben mir lediglich ein paar Gerüchte erzählt, und Ihre Integrität ist gewahrt. Sehen Sie, wie einfach das ist, alter Freund?« Stamper packte den Redakteur fest am Arm, überraschend kraftvoll für jemanden, dessen Gestalt so schmal und ausgemergelt wirkte.

»Na klar, Friede auf Erden und für alle nur das Beste, Tim, nicht wahr?«

»Sie mich auch, Bryan. Sie mich auch.«

In einer Bar, keine zwei Meilen von Lady Susans Party entfernt, feierte auch Mycroft Silvester. Natürlich hätte er allen Grund gehabt, zu Hause Trübsal zu blasen: Zu dieser Jahreszeit allein zu sein war schon schwer genug. In einem leeren, trostlosen Haus. Und nun auch noch ohne Kenny. Doch Mycroft erging sich nicht in Selbstmitleid. Das wäre zu einfach gewesen. Ganz im Gegenteil, er fühlte sich besser, zufriedener, ja, auf gewisse Weise »reiner« als je zuvor. Diese Empfindung hatte ihn überrascht. Doch was konnte es Schmutzigeres geben, als lustlosen Gewohnheitssex und dabei so zu tun, als wäre es Liebe, wenn davon in Wahrheit längst nichts mehr übrig war? Und ihm wurde klar, wie schmutzig er sich in all den Jahren seiner Ehe gefühlt hatte. Mit Kenny war das anders: Wenn ihn viele Dinge, die er von ihm verlangte, auch verblüfften und erstaunten, so fühlte er sich völlig unbefleckt. Den ganzen Nachmittag hatte er in Kennys Wohnung herumgelungert, seine Postkarten gelesen, seine Platten aufgelegt, es sich in Kennys Pantoffeln und einem seiner Lieblingspullis gemütlich gemacht, versucht, ihm auf jede erdenkliche Weise nah zu sein. Er war noch nie verliebt gewesen und viel zu alt, um blauäugig zu sein, aber was er für Kenny empfand, hatte er noch nie zuvor für einen Menschen empfunden. Keine Ahnung, ob das nun Liebe war, doch was tat das schon zur Sache? Zumindest empfand er tiefe Dankbarkeit – Dankbarkeit für alles, was Kenny mit ihm teilte, sein Verständnis, dafür, dass er ihm den richtigen Weg gezeigt hatte. Richtig? War andersrum jetzt richtig rum? Mycroft musste über seinen eigenen Witz lächeln.

Dieser Wunsch, am Silvesterabend etwas mit Kenny zu teilen, hatte ihn an den Ort ihrer ersten Begegnung zurückgeführt. Diesmal war der Club brechend voll, die Lichter flackerten wild, und ein DJ, der eine Seite seines Schnurrbarts lila gefärbt hatte, pflasterte einen strammen Discobeat auf die Tanzfläche. Mycroft hatte sich unauffällig in einer Ecke postiert und genoss von dort aus das Spektakel. Drei ausnehmend athletische junge Männer vollführten gerade eine Tanznummer, taten etwas mit Ballons, das irgendwie erforderte, sich fast sämtlicher Kleidungsstücke zu entledigen, was jedoch »längst noch nicht alles« gewesen sei, wie der DJ spannungsheischend kundtat. Mycroft hatte sich zuerst Sorgen gemacht, jemand könne ihn belästigen, versuchen, ihn abzuschleppen – »diese Schwulen sind ja solche Schlampen«, hatte Kenny einmal gewitzelt. Er wusste nicht, ob er damit würde umgehen können, doch niemand versuchte es. Er war wunschlos glücklich mit sich und seiner Flasche mexikanischem Bier mit Limettenscheibe, und außerdem, dachte Mycroft, war er wahrscheinlich sowieso zehn Jahre älter als jeder andere in der Bar. Der Opa hatte etwas Ruhe verdient.

Im Laufe des Abends war der Lärmpegel weiter angestiegen, und die Gäste wurden immer ungestümer. Männer standen Schlange, um sich mit einem der Künstler in aufreizenden Posen fotografieren zu lassen – einer bekannten Dragqueen, die in der Cabaret-Show nach Mitternacht auftreten sollte. In der gegenüberliegenden Ecke des Raumes, fast außer Sichtweite, verschwanden Männer im Gedränge der Tanzfläche, nur um etliche Minuten später mit erhitzten Gesichtern und derangierter Kleidung wieder aufzutauchen. Er begnügte sich mit der Ahnung, dass ihn all das, was sich unter den pulsierenden Scheinwerfern der Laseranlage abspielen mochte, sowieso nicht interessierte, und gab sich mit seinem Unwissen zufrieden. Durch einige Türen war er noch immer nicht bereit zu gehen.

Mitternacht rückte näher. Es wurde immer enger. Alle drängelten, tanzten, vergaben freizügig Küsse, warteten. Der DJ hatte das Radio angestellt. Big Ben. Ein Gast schien bereits von seinen Gefühlen überwältigt, Tränen rannen in Strömen über seine Wangen und auf sein T-Shirt, Freudentränen offensichtlich. Die Stimmung war herzlich und gefühlsgeladen, um ihn herum standen händchenhaltende Paare. Er malte sich aus, wie es wohl wäre, jetzt Kennys Hand zu halten. Dann schlug es zur vollen Stunde. Jubel brandete auf, die ganze Bar verwandelte sich zur Melodie von *Auld Lang Syne* in ein Meer aus Ballons, Luftschlangen und innigen Umarmungen. Er grinste zufrieden. Rasch wurden die Umarmungen weniger leidenschaftlich, dafür aber umso freimütiger, als alle Anwesenden anfingen, sich wie bei einem riesigen Ringelpiez gegenseitig zu küssen. Ein oder zwei versuchten auch bei Mycroft ihr Glück, doch er wies sie mit einer schüchternen Handbewegung lächelnd ab. Neben ihm tauchte ein weiterer Schatten auf, der sich zum Kuss hinabbeugte, ein korpulenter Mann in Lederweste, dessen eine Hand bereits auf Mycrofts Schulter lag. Die andere umfasste einen ungesund aussehenden Jüngling mit schlimmem Rasurbrand im Gesicht.

»Kenne ich dich nicht irgendwoher?«

Mycroft erstarrte. Wer zum Teufel sollte ihn hier kennen?

»Keine Sorge, alter Knabe. Kein Grund, so erschrocken dreinzuschauen. Marples. Tony Marples. Für meine Freunde Lady Clarissa. Wir haben uns auf der königlichen Gartenparty im Sommer gesehen. Offensichtlich erkennst du mich nicht in meinem Ausgehfummel.«

Langsam kehrte die Erinnerung zurück. Das Gesicht. Die borstigen Stoppeln oben an der Wange, die er beim Rasieren regelmäßig übersah. Die wulstigen Lippen und der schiefe Schneidezahn, der Schweiß, der sich entlang der Kinnfalte sammelte. Endlich fiel der Groschen. »Sind Sie nicht ...«

»Parlamentsabgeordneter für Dagenham. Und du bist Mycroft, der Pressesprecher des Königs. Wusste gar nicht, dass du auch eins von den Mädels bist ...«

Der picklige Jugendliche wirkte kaum älter als sechzehn und hatte unappetitliche gelbe Flecken zwischen den Zähnen. Mycroft wurde übel.

»Keine Bange, altes Haus. Ich gehör schließlich nicht zu den Tratschtanten von der Arsch-und-Titten-Presse oder so. Wenn's keiner wissen soll, ist dein dunkles, schreckliches Geheimnis bei mir gut aufgehoben. Wir Mädchen müssen doch zusammenhalten, nicht wahr? Frohes Neues!« Aus Marples' Rachen drang ein seltsames Gurgeln, das wohl als Lachen gedacht war, dann beugte er sich vor, um Mycroft zu küssen. Als die dicken feuchten Lippen immer näher kamen, wusste er, dass er kurz davorstand, sich zu übergeben. Verzweifelt ergriff er die Flucht, schob den Abgeordneten beiseite und hechtete in Richtung Tür.

Draußen goss es in Strömen, und er hatte seinen Mohairmantel drinnen vergessen. Er fror bitterlich, bald würde er pitschnass sein. Doch es war ihm egal. Während er versuchte, den Geschmack von Galle im Mund loszuwerden und frische Luft durch seine Lungen zu pusten, kam ihm die Erkenntnis, dass der Mantel nun wohl das Geringste seiner Probleme war. Mit Typen wie Marples da drinnen würde er lieber an Lungenentzündung sterben, als wieder reinzugehen und ihn zu holen.

Kapitel 21

Seine Hoheit ist ein Mann, dessen einzige geistige Betätigung darin besteht, von einem fehlgeleiteten Gedanken zum anderen zu springen. Ein Leben voller Gebrabbel und Gartenpartys. Doch wenn wir ihn endlich loswürden, wessen Gesicht sollten wir auf all die Becher drucken?

Sie studierte minuziös sein Gesicht. Alle Strahlkraft, jegliche Energie waren daraus gewichen. Seine Augen wirkten müde, ließen ihn älter aussehen, seine hohe Stirn gefurcht, die Lippen spröde und unelastisch, der Kiefer starr. Die Luft schwer vor Zigarettenrauch.

»Man kommt hier an und glaubt, man könne die Welt nach seinem Willen formen. Doch alles, was dieser Ort mit einem macht, ist, einen so weit in die Enge zu treiben, bis man keinen Ausweg mehr sieht. Erinnert einen daran, wie sterblich man doch ist.«

Da saß kein Premierminister mehr, keine erhabene Persönlichkeit, die den Rest überragte. Alles, was sie sah, war ein Mann wie jeder andere mit einem Haufen von Problemen auf dem Buckel.

»Mrs Urquhart ist wohl nicht zu Hause?«

»Nein«, erwiderte er grüblerisch, bis er zu bemerken schien, dass er ihr womöglich einen falschen Eindruck vermittelt hatte. Er blickte sie über sein Whiskyglas hinweg an. »Nein, Sally. So schlimm ist es nicht. So schlimm ist es nie.«

»Und was ist es dann?«

Er zuckte langsam die Achseln, als schmerzten seine Muskeln

unter der unsichtbaren Last. »Normalerweise neige ich nicht zu Selbstzweifeln. Aber es gibt Zeiten, wo einem alles, was man geplant hat, wie Sand durch die Finger zu rinnen scheint, und je verbissener man es zu packen versucht, desto schlüpfriger und weniger greifbar wird es.« Er zündete sich eine weitere Zigarette an, zog den herben Rauch hungrig in seine Lungen. »Es ist, wie man so schön sagt, einer dieser Tage gewesen – genauer gesagt, dauerte er ganze zwei Wochen.«

Einen langen Augenblick sah er sie stumm durch den blauen Dunst hindurch an, der im Raum hing wie Weihrauch in einer Kathedrale. Sie saßen in seinem Büro, in den beiden Ledersesseln, es war nach zehn Uhr abends, und das Zimmer lag fast schon im Dunkeln, nur erhellt vom Schein zweier Stehlampen, der sich nach ihnen zu strecken und sie zu umarmen schien, eine eigene kleine Welt schuf und sie so von allem, was jenseits der Tür in der Finsternis lag, vollkommen abschnitt. Er musste bereits den einen oder anderen Whisky getrunken haben, das schien ihr offensichtlich.

»Ich bin dankbar für die Ablenkung.«

»Ablenkung von was?«

»Noch immer Geschäftsfrau?«

»Oder Wahrsagerin. Was beunruhigt Sie, Francis?«

Seine rot geränderten Augen nahmen sie fest in den Blick, fragten sich, wie weit er ihr trauen sollte, versuchten, bis in ihr Innerstes vorzudringen und herauszufinden, was sich wohl hinter ihrer Zurückhaltung verbarg. Er fand dort keinerlei weibliche Sentimentalität, sondern Zähigkeit, Härte. Sie war gut, sogar sehr gut darin, den Kern ihres Wesens zu verstecken. Aus demselben Holz geschnitzt, ja, das waren sie. Er nahm einen tiefen Zug Nikotin. Und überhaupt, was hatte er schon zu verlieren? »Ich hatte überlegt, im März Neuwahlen abzuhalten.

Jetzt nicht mehr. Ich kann nicht. Wahrscheinlich wird alles in einem Desaster enden. Und Gott schütze den König.«

Die Bitterkeit, ja der aufrichtige Kummer, der in dieser Einschätzung lag, trat unverhohlen zutage. Er hatte erwartet, sie mit seinen Plänen zu überraschen, gar zu schockieren, doch sie reagierte ebenso emotionslos, als habe sie gerade von einem neuen Kochrezept erfahren.

»Der König steht nicht zur Wahl, Francis.«

»Nein, aber die Opposition lauert in seinem Schatten, und der erweist sich als ausgesprochen lang. Wie weit liegen wir hinten? Acht Prozentpunkte? Und das alles wegen eines naiven Grüßaugusts.«

»Und Sie können nicht gegen die Opposition vorgehen, ohne sich mit dem König anzulegen?«

Er nickte.

»Wo liegt dann das Problem? Sie waren doch schon vor Weihnachten bereit, ihm eins auszuwischen.«

Ein reumütiger Blick trat in sein Gesicht. »Ich wollte ihn zum Schweigen bringen, nicht niedermetzeln. Und ich habe verloren. Erinnern Sie sich? Und das wegen einer simplen, albernen Rede. Jetzt sind seine Worte zu Waffen auf dem parlamentarischen Schlachtfeld geworden, und ich kann sie nicht angreifen, ohne zugleich den König zu diskreditieren.«

»Sie müssen ihn ja nicht gleich umbringen, machen Sie einfach nur seiner Popularität den Garaus. Eine öffentliche Person ist nur so beliebt wie ihre Umfragewerte, und die lassen sich frisieren. Zumindest zeitweise. Würde das nicht reichen?«

Er stürzte einen weiteren Whisky hinunter und starrte unverwandt auf ihren Körper. »O Wahrsagerin, da lodert Feuer in Ihrer Brust! Aber ich habe mich schon einmal mit ihm angelegt und verloren. Eine weitere Niederlage kann ich mir nicht leisten.«

»Wenn das, was Sie mir über die Wahl erzählt haben, wahr ist, dann scheint es, als könnten Sie es sich gar nicht leisten, sich *nicht* mit ihm anzulegen. Er ist auch nur ein Mann«, beharrte sie.

»Sie verstehen das nicht. In einer Erbmonarchie ist der Mann alles. Ihr seid doch alle George Washingtons, ihr Amerikaner«, erwiderte er abschätzig, tief in sein Glas hinein.

Sie ignorierte seinen Sarkasmus. »Meinen Sie etwa denselben George Washington, der alt, mächtig und reich wurde – und in seinem Bett starb?«

»Ein König ist wie eine große Eiche, unter der wir alle Schutz suchen ...«

»Als Washington ein kleiner Junge war, fällte er gerne Bäume.«

»Ein Angriff auf die Monarchie würde das Wahlvolk in einen Lynchmob verwandeln. Bald würden Leichen an den Ästen baumeln – meine inbegriffen.«

»Es sei denn, Sie würden die Äste abhacken.«

Sie fochten in einem Duell der Worte – Stoß und Parade, Parade und Stoß, reflexartige Reaktionen, ausgeführt mit den geschliffenen Klingen ihres Intellekts. Erst jetzt machte Urquhart eine Pause, um nachzudenken, und als seine Augen über ihren Körper glitten, konnte sie spüren, wie die Spannung allmählich aus ihm wich, der Whisky die Glasscherben, die in seinem Inneren knirschten, zum Schmelzen brachte. Sie spürte förmlich, wie sein Blick von ihren Knöcheln hinauf über ihre Knie wanderte, ihre Hüften bewunderte und dann auf ihren Brüsten verweilte, oh, und wie lange er dort verweilte, sie Schicht um Schicht entblößte, und sie wusste, dass seine vermeintliche Ruhe bereits einer erneuten inneren Anspannung Platz gemacht hatte. Aus Opfer wurde Jäger. Sie gab ihm seine Kühnheit zurück, ein Gefühl von Macht, als die neue Energie, neue Ideen durch seine Adern schossen wie eine Droge und die Sorgenfalten, die sich um seine Augen gelegt hatten, wegradierten. In ihrer kleinen Welt der Ledersessel begann er, wieder über seine Nöte zu triumphieren, sich einmal mehr als Herr der Lage zu fühlen. Ganz so, als wäre er wieder auf seinem Chesterfieldsofa. Als seine Augen schließlich ihren ganzen Körper emporgewandert waren und sich ihre Blicke trafen, lächelte sie, leicht spöttisch, etwas tadelnd, aber nicht entmutigend. Ihr Körper hatte sich von seiner Fantasie streicheln lassen und die Liebkosung erwidert. Seine Miene hellte sich auf.

»Ein Kampf mit dem Monarchen wäre ...«

»Verfassungsrechtlich unzulässig«, hänselte sie ihn.

»Schlechte Politik. Wie ich bereits lernen musste, zu meinen Ungunsten. Die Rede des Königs hat ihm die moralische Überlegenheit gesichert, und ich kann es mir nicht noch einmal erlauben, ihm öffentlich zu widersprechen ...« Elegant hob er eine Augenbraue. Nie hätte sie für möglich gehalten, dass eine einzige Braue so viel Leidenschaft ausdrücken konnte. »Aber vielleicht haben Sie ja recht. Wenn man mir die hohen moralischen Ansprüche verwehrt, bleiben mir immer noch die Niederungen.« Jetzt war er wieder lebendig, bebte vor Energie, sie konnte seine Kraft und neu geschöpfte Hoffnung förmlich spüren. »Eine konstitutionelle Monarchie ist eine Institution, die jedweder Logik widerspricht. Ein Opiat, mit dem wir die Massen von Zeit zu Zeit berieseln, um sie zu beschwichtigen, sie mit Stolz und Respekt zu erfüllen, uns ihrer Gefolgschaft zu versichern, ohne dass sie allzu viele Fragen stellen.«

»Ist das nicht Sinn und Zweck von Traditionen?«

»Aber sobald sie beginnen, das Erbsystem zu hinterfragen, bleiben kaum schlüssige Argumente übrig, die dafür sprechen.

Nur Inzucht und Isolation, Paläste und Privilegien. Nichts davon passt noch in unsere moderne Welt. Oder zu einer Debatte über die gesellschaftlich Benachteiligten. Natürlich darf man mich unmöglich hinter einem solchen Feldzug vermuten. Aber wenn ein solcher Feldzug geführt würde ...«

»Der König ist tot! Lang lebe der Premierminister!«

»Nein, nein, Sie gehen zu weit! Sie reden von Revolution. Wenn Sie anfangen, auf den größten Baum im Wald einzuhacken, ließe sich kaum absehen, wie viele andere mit ihm zu Boden gingen.«

»Vielleicht ist das ja gar nicht notwendig«, nahm sie seinen Gedanken auf und fuhr fort. »Womöglich müsste man ihn nur auf die richtige Größe zurechtstutzen. Dann hätte er keine Äste mehr, unter denen sich die Opposition verstecken könnte.«

»Oder, um mich daran aufzuknüpfen.«

»Keine königlichen Eichen mehr?« Sie lächelte.

»Das könnte man so sagen«, nickte er zustimmend.

»Also nicht unbedingt ›Kopf ab!‹, sondern ›Äste ab!‹?«

»*Ihnen* ist es unbenommen, das so zu sagen, Sally. Aber als Premierminister könnte ich es unmöglich kommentieren.«

Er streckte die Hände weit von sich, und beide fingen an zu lachen. Sie glaubte zu vernehmen, wie irgendwo eine Axt geschliffen wurde.

»An welche Äste hatten Sie denn im Besonderen gedacht?«

»Unsere heißgeliebte Königsfamilie verfügt bekanntlich über viele Zweige, einige davon leichter zu erreichen als andere.«

»Der König und die Seinen blamiert, gehetzt und in der Defensive. Ein Skandal, der ein entlarvendes Licht in die dunkleren Ecken des Palasts wirft, seinen Heiligenschein ankratzt, seine Worte und Motive diskreditiert. Und das alles untermauert von ein oder zwei Umfragen? Mit den richtigen Fragen, versteht sich.«

Plötzlich versteinerte sich sein Gesicht. Er beugte sich zu ihr hinüber, legte eine Hand schwer auf ihr Bein, oberhalb des Knies. Deutlich höher über dem Knie, als notwendig gewesen wäre, seine Finger steif vor Anspannung. Sie konnte den Whisky in seinem Atem riechen. »Beim Allmächtigen, aber es wäre gefährlich. Wir würden es mit einer jahrhundertealten Tradition aufnehmen. Ein Zank hinter den Kulissen über eine Rede hat mich blamiert. Sollte sich daraus ein öffentlicher Machtkampf entwickeln, ich gegen den König, gäbe es kein Zurück mehr. Wenn ich verlöre, wäre ich am Ende. Ich und alle, die hinter mir stehen.«

»Aber ohne Neuwahlen im März sind Sie sowieso am Ende.« Sie hieß seine Nähe willkommen, legte ihre Hand auf seine, wärmte sie sanft, massierte sie mit ihrer Handfläche und liebkoste sie mit den Fingern, bis die Spannung daraus gewichen war.

»Ein solches Risiko würden Sie eingehen? Für mich?«

»Sie müssen mich nur darum bitten, Francis. Ich habe es Ihnen schon gesagt, Sie bekommen alles, was Sie wollen. Sie müssen nur höflich Bitte sagen.« Sie wendete seine Hand, sodass die Handfläche nach oben zeigte, und begann, sie mit den Fingerspitzen zu streicheln. Ihre Nase erzitterte vor Erregung. »Und Sie wissen doch, wie man Bitte sagt, oder etwa nicht?«

Er langte mit der anderen Hand herüber, um ihre Zärtlichkeiten zu unterbinden. Ihre Beziehung würde nicht allein beruflicher Natur sein können, nicht wenn er den König mit aller Kraft bekämpfen wollte. Es stand einfach zu viel auf dem Spiel. Er wusste, dass er ihre Bindung tiefer und persönlicher machen, sie enger an sich ketten musste.

»Direkt vor dieser Tür stehen Beamte. Und es gibt kein Schloss...«

Sie nahm die Brille ab und schüttelte ihr Haar. Im Licht der Lampe schimmerte es wie der Nachthimmel. »Das Leben steckt voller Risiken, Francis. Ich bin der Meinung, etwas Risiko macht es umso besser.«

»Risiko macht das Leben besser?«

»Gewisse Teile davon, ja. Welche Risiken sind Sie bereit einzugehen, Francis?«

»Mit dem König? So wenige wie möglich. Mit Ihnen jedoch ...?«

Und schon lag sie in seinen Armen.

Kapitel 22

Wenn ich die Wahl zwischen halsbrecherischem Mut und Feigheit habe, entscheide ich mich stets fürs Geld.

Urquhart machte sich nichts aus der Oper, doch als Premierminister musste er schließlich jede Menge Dinge tun, die ihm nicht gefielen. Zweimal wöchentlich das Gemetzel der Fragestunde über sich ergehen lassen. Zu Präsidenten auf Staatsbesuch freundlich sein, grinsende schwarze Gesichter, die sich koloniale Freiheitskämpfer nannten, ihre verarmten Länder aber unbarmherzig knechteten und in ihren jungen Jahren, wie Urquhart sich noch gut entsinnen konnte, kaum mehr gewesen waren als mordende Banditen. Oder zu lauschen, wie die Haustür seiner sogenannten Privatwohnung in der Downing Street, die Tür ohne Schloss, plötzlich aufschwang, damit ihn Regierungsbeamte mit immer mehr roten Kisten und ministerialen Aktenstapeln überhäufen konnten. Als Premierminister, das hatte er herausgefunden, gab es für ihn keinerlei Zuflucht mehr.

Mortima hatte darauf bestanden, dass er sie zur Premiere einer neuen Oper begleitete, und zwar mit solcher Hartnäckigkeit, dass er schließlich nachgab, wenngleich er kein Ohr für Janáček oder vierzigstimmige Chöre besaß, die sich anhörten, als sänge jeder Sänger ein völlig anderes Stück – und das alle gleichzeitig. Mortima saß fasziniert da und starrte gebannt auf den Tenor, der sich heldenhaft mühte, seine Angebetete von den Toten zurückzuholen. Ganz ähnlich wie der Führer der Liberalen Partei, sinnierte Urquhart.

Auch Stamper hatte ihn gedrängt zu kommen und ihm die Privatloge gesichert. Jeder, der sich einen Parkettplatz für dreihundert Pfund leisten könne, wäre eine einträgliche Bekanntschaft. Mit der Leitung des Hauses hatte er einen Deal gemacht und Urquharts öffentlichkeitswirksame Anwesenheit gegen die Adressliste sämtlicher Operngäste eingetauscht. Im Laufe der Woche würden alle eine Einladung zu einem Downing-Street-Empfang, einen vage formulierten Brief über die »zukünftige Förderung der Künste« und einen Telefonanruf erhalten, in dem man sie um Geld bat.

Und da war Alfredo Mondelli, mit einem Gesicht wie eine Glühbirne, rund, robust, knochig und haarlos, aus dem seine Glupschaugen hervorquollen, als hätte er sich mit der Fliege seines Smokings das Blut abgeschnürt. Der italienische Geschäftsmann saß samt Frau neben Stamper und den Urquharts und langweilte sich seinem unruhigen Gezappel nach zu urteilen ebenso furchtbar wie die anderen Männer. Während das Knarzen von Mondellis Stuhl immer penetranter wurde, versuchte Urquhart, sich eine Weile von der Musik abzulenken, indem er die Prozession goldgetünchter Frauenkörper betrachtete, die an der Kuppeldecke Gipsengeln hinterherjagte. Die Pause kam für alle wie eine Erlösung; Mortima und Signora Mondelli eilten sichtlich beglückt in Richtung Damentoilette, was den drei Herren erlaubte, Zuflucht in einer Flasche Jahrgangschampagner aus dem Hause Bollinger zu suchen.

»Welch ein Jammer, sich die Arbeit immer mit so viel Vergnügen verderben zu müssen, oder etwa nicht, Signor Mondelli?«

Der Italiener rieb sich Hinterbacken und Schenkel, um wieder etwas Blut hineinzubefördern. »Als Gott seine Gaben verteilt 'at und ich an die Reihe kam, war ihm die Wertschätzung für *la musica* wohl gerade ausgegangen, Herr Premierminister.« Sein Englisch war ausgezeichnet, seine Aussprache aber etwas schleppend und hörte sich an wie bei einem Edelitaliener in Soho.

»Dann lassen Sie uns die Pause so gut wie möglich nutzen, bevor eine weitere Wagenladung Kultur auf uns niedergeht. Also zur Sache. Was kann ich für Sie tun?«

Der Italiener nickte dankbar. »Wie Ihnen Mr Stamper sicher erzählt 'at, darf ich mich glücklich schätzen, in meinem Land einer der führenden 'ersteller umweltfreundlicher Produkte zu sein. In 'alb Europa kennt man mich als Mr Öko. Ich beschäftige zehntausende Menschen, viele alte Gemeinden sind von meinen Fabriken ab'ängig. Ein großes Forschungsinstitut in Bologna trägt meinen Namen...«

»Äußerst löblich.« Urquhart war sich der südländischen Angeberei in Mondellis Ausführungen durchaus bewusst. Für italienische Maßstäbe war sein Unternehmen zwar bedeutend, spielte aber mitnichten in der gleichen Liga wie die großen internationalen Multis.

»Doch nun, nun steht alles auf dem Spiel, Eure Exzellenz. Bürokraten, die keine Ahnung vom Geschäft 'aben, nichts vom echten Leben verstehen. Sie bedrohen alles, was ich aufgebaut 'abe.« Champagner schwappte über den Rand seines Glases und auf seine Hose, als die Leidenschaft in seiner Stimme zunahm. »Diese törichten *bambini* von der Europäischen Union mit ihren albernen Vorschriften. Wissen Sie, in zwei Jahren wollen sie uns unsere alte und bewährte Art, chemische Abfälle zu beseitigen, ganz verbieten!«

»Warum kümmert Sie das?«

»Mr Akat...« Es klang, als würde Mondelli sich räuspern. »Es 'andelt sind um genau die Stoffe, die ich schon mein ganzes Leben aus meinen Produkten 'eraushole. Worin man sein Essen einwickelt, sich wäscht, sich kleidet, das Papier, auf dem man schreibt. Ich mache das alles so umweltfreundlich, indem ich diese schlimmen ...« – er gestikulierte wild mit seinen Wurstfingern und verzog theatralisch das Gesicht, als führe er eine Pantomime auf –, »... schlimmen Chemikalien aus ihnen 'erausbefördere. Was zum Teufel soll ich jetzt mit ihnen machen? Ihr Regierungen, ihr betreibt eure Atomkraftwerke und vergrabt euren ganzen Atommüll einfach irgendwo, doch für Geschäftsleute ist das nicht mehr gut genug. Uns will man nicht länger erlauben, unsere Nebenprodukte zu vergraben, sie einfach zu verbrennen oder tief im Meer zu entsorgen. Diese *bastardi* in Brüssel wollen mir sogar verbieten, sie in die Dritte Welt zu exportieren und in der Wüste zu verbuddeln – ganz gleich, ob die Leute dort 'ungern und das Geld dringend brauchen. Afrikaner werden ver'ungern, Italiener werden ver'ungern, meine Familie wird ver'ungern. Es ist blanker Wahnsinn!«, rief er aus und leerte dabei mit einem großen Schluck sein Champagnerglas.

»Verzeihen Sie mir, Signor Mondelli, aber sind Ihre Konkurrenten nicht alle in derselben Lage?«

»Die meisten meiner Konkurrenten kommen aus Deutschland. Die 'aben genug Deutschmark für die immensen Investitionen, die nötig sind, um den Müll so zu entsorgen, wie die Bürokraten es wollen. Ich nicht. Es ist alles ein Komplott der Deutschen, um die Konkurrenz in den Konkurs zu treiben.«

»Aber warum kommen Sie damit zu mir? Warum sprechen Sie nicht mir Ihrer eigenen Regierung?«

»Oh, Mr Akat, kennen Sie etwa die italienische Politik nicht? Meine Regierung will mir nicht 'elfen, weil sie sich mit den Deutschen über den Weinsee geeinigt 'at. Italienische Bauern dürfen wie bisher subventionierten Wein produzieren, den keiner 'aben will, und die Deutschen bekommen dafür die neuen Vorschriften zur Chemieentsorgung. Es gibt drei'underttausend italienische Weinbauern und nur einen Mondelli. Sie sind Politiker, Sie wissen, was solche Zahlen bedeuten.«

Mondelli verschwieg geflissentlich, dass er seine eigene Lage nicht gerade verbessert hatte, als er mit einer jungen Fernsehschauspielerin aus Neapel durchgebrannt war, obwohl er noch mit der Schwester des italienischen Finanzministers verheiratet gewesen war. In Rom empfing man ihn seither ungefähr so warmherzig wie eine Busladung englischer Fußballfans.

»Sehr traurig, Signor Mondelli, mein vollstes Mitgefühl. Aber dies ist gewiss eine italienische Angelegenheit.«

»Es ist eine europäische Angelegenheit, Signor Akat. Die Bürokraten 'andeln im Namen Europas. Sie überschreiten ihre Befugnisse. Und Sie und die Briten gelten als die größten und erbittertsten Gegner dieser Bürokraten in Brüssel, die sich ständig in alles einmischen müssen. Deshalb bitte ich Sie um Rat. Und um 'ilfe. Verhindern Sie diese Richtlinie. Der Umweltkommissar in Brüssel, der ist doch Engländer. Ein Freund von Ihnen womöglich?«

»Das könnte man so sagen ...«

»Ein netter Mann – etwas schwach vielleicht. Lässt sich von seinen Beamten zu leicht beeinflussen. Aber nett.«

»Das könnte man ebenfalls sagen ...«

»Ich denke, dass er gern erneut für den Posten ernannt werden möchte, wenn seine Amtszeit ausläuft. Er wird auf Sie 'ören.«

Natürlich hatte er mit allem, was er sagte, recht.

»Das dürfen Sie gern so sehen, Signor Mondelli, aber ich könnte es unmöglich kommentieren.«

»Herr Premierminister, ich kann gar nicht sagen, wie dankbar ich Ihnen wäre.«

Das stimmte so nicht. Wie Urquhart von seinem Parteivorsitzenden wusste, hatte Mondelli ihm äußerst genau gesagt, wie dankbar er sich zu zeigen gedachte. Seine Dankbarkeit belief sich auf hunderttausend Pfund, direkt in die Parteikasse. »Als Anerkennung für einen großen Internationalisten«, wie er es ausgedrückt hatte. Stamper hatte sich für sehr findig gehalten, der Partei eine solch fette Beute zu bescheren; doch Urquhart würde ihn enttäuschen müssen.

»Ich befürchte, ich werde Ihnen nicht helfen können, Signor Mondelli.«

»Ah, Ihr englischer Sinn für 'umor.« Er schien diesen nicht besonders zu schätzen.

Urquhart zog ein Gesicht, als hätte er saure Gurken gegessen. »Ihre geschäftlichen Probleme sind wirklich Sache der italienischen Behörden. Das müssen Sie verstehen.«

»Es wird mich ruinieren ...«

»Das ist jammerschade.«

»Aber ich dachte ...« Der Italiener warf einen flehenden Blick in Stampers Richtung, der aber nur die Achseln hob. »Ich dachte, Sie könnten mir 'elfen ...«

»Ich kann Ihnen nicht helfen, Signor Mondelli, nicht als italienischer Staatsbürger. Jedenfalls nicht direkt.«

Mondelli zupfte an seiner schwarzen Krawatte, und seine Augen schienen vor Bestürzung noch weiter hervorzuquellen.

»Unter diesen gravierenden Umständen, allerdings, kann ich Ihnen womöglich etwas Beruhigendes mitteilen. Die britische Regierung ist von der Vorlage aus Brüssel ebenfalls wenig angetan. Ganz in unserem eigenen Interesse, wie Sie verstehen. Hätte ich allein zu entscheiden, würde ich bei dem ganzen Vorhaben mein Veto einlegen.« Die Musiker versammelten sich allmählich wieder im Orchestergraben, erwartungsvolle Unruhe machte sich im Opernsaal breit.

»Bedauerlicherweise«, fuhr Urquhart fort, »handelt es sich dabei nur um eine von vielen Fragen, die es mit unseren europäischen Partnern und den Kommissaren auszuhandeln gilt, selbst mit den britischen. Wir werden also Kompromisse machen müssen. Und an der Heimatfront herrscht so viel Unruhe. Wir sehen harten Zeiten entgegen, wie überaus beunruhigend.«

»Mein Lebenswerk steht auf dem Spiel, 'err Premierminister. Entweder die Verordnung wird gekippt – oder ich bin am Ende.«

»Ist es wirklich so schlimm?«

»Ja!«

»Nun, wäre es da nicht ein glücklicher Zufall, wenn die Interessen meiner Regierung mit den Ihrigen übereinstimmen würden?«

»Ich wäre Ihnen so dankbar...«

»In Ihrer Lage, Signor Mondelli, im Angesicht des Ruins...« Er machte eine kurze Pause und sog die Luft ein wie ein umherstreifender Wolf. »Dann wäre ich womöglich, sagen wir, zehnmal so dankbar.«

Urquhart lachte flüchtig auf, bemüht, möglichst unbeschwert zu klingen, doch der Italiener hatte verstanden. Urquhart hatte ihn an den Rand des Abgrunds geführt und über die Klippe blicken lassen; jetzt warf er ihm eine Rettungsleine zu. Mondelli überlegte einige Augenblicke, und als er wieder zu sprechen begann, war die Besorgnis aus seiner Stimme gewichen. Jetzt redeten sie nicht mehr über seine Rettung, sondern über Geld. Die Summe entsprach rund zwei Prozent seines Jahresgewinns – beträchtlich, aber verkraftbar. Und seine Buchhalter würden vielleicht sogar einen Weg finden, den Betrag als Auslandsinvestition von der Steuer abzusetzen. Er nickte bedächtig.

»Wie Sie bereits gesagt haben, Signor Akat, ich wäre Ihnen in der Tat äußerst dankbar. Zehnmal so dankbar.«

Urquhart tat, als hätte er ihn nicht gehört, als verfolgte er ungeachtet ihres Gesprächs seine ganz eigenen Gedanken. »Wissen Sie, es ist wirklich an der Zeit, Brüssel mal wieder in die Schranken zu weisen. Dies könnte genau der richtige Anlass dafür sein. Es gibt einige britische Firmen, die darunter ebenso leiden würden...«

»Ich würde Ihre Kampagne gerne unterstützen.«

»Ach, wirklich? Reden Sie mit Stamper, er ist der Mann dafür. Damit habe ich nichts zu tun.«

»Ich 'abe ihm bereits gesagt, dass ich Sie für einen großen Internationalisten 'alte.«

»Wie schmeichelhaft von Ihnen. Was für ein gelungener Abend.«

»Ja. Leider bin ich kein großer Opernliebhaber, 'err Premierminister«, sagte er und rieb sich wieder die Oberschenkel. »Würden Sie mich für die zweite 'älfte entschuldigen?«

»Doch unser Freund Stamper hier hat die Karten bezahlt...«

»Er 'at die Karten bezahlt, doch ich glaube, auch ich habe mir meine Freiheit einiges kosten lassen.« Seine Fliege baumelte ihm schlaff vor der Brust.

»Dann wünsche ich Ihnen noch einen guten Abend, Signor Mondelli. Es war mir ein Vergnügen.«

Stamper stammelte einige kleinlaute Worte der Bewunderung, während sich der füllige Körper ihres italienischen Wohltäters aus der Tür schob. Dann gesellte sich auch Mortima Urquhart wieder zu ihnen, verbreitete eine Parfümwolke und sagte etwas über einen Empfang, der nach der Aufführung für die Künstler gegeben würde und den sie unbedingt besuchen sollten. Urquhart hörte kaum zu. Seine Kriegskasse füllte sich langsam, und der Wind schien wieder in seine Richtung zu wehen. Doch selbst, als ihn ein Gefühl tiefer Befriedigung überkam, gemahnte er sich zur Vorsicht: In der Politik waren günstige Winde selten von Dauer. Er durfte sie nicht außer Kontrolle geraten lassen, ansonsten könnten sie sich zu einem verheerenden Wirbelsturm auswachsen, der auch ihn davonfegen würde. Doch wenn der Wind stark und lange genug blies, könnte es vielleicht gelingen. Bis März. Als ein scheppernder Beckenschlag den Beginn des zweiten Akts einläutete, lehnte er sich zurück und starrte abermals an die Decke. Die nackten Hinterteile der Putten erinnerten ihn an jemanden. Eine seiner Studentinnen. Auf einem Chesterfieldsofa. Er wusste nicht mal mehr ihren Namen.

Kapitel 23

Man muss gar nicht schneller rennen als der Löwe. Alles, was man tun muss, um zu überleben, ist, schneller zu rennen als seine Freunde.

Der Oppositionsführer war ein ernsthafter Mann, der Spross einer Kleinbauernfamilie von den Äußeren Hebriden vor der Küste Schottlands. Humor zählte bekanntermaßen nicht zu seinen Stärken, dafür war das Leben in den torfigen Mooren der Inseln wohl zu verdrießlich, doch selbst seine Widersacher schätzten ihn für seinen Fleiß und seine Hingabe. Die Minister der Regierung hielten ihn insgeheim für einen ausgezeichneten Oppositionsführer, selbst wenn sie öffentlich alles dafür taten, dass er just in dieser Position verblieb, die er schließlich so formidabel ausfüllte. Zuweilen schien es, als käme der Druck, der zwangsläufig auf ihm lastete, mehr aus den eigenen als aus den Reihen seiner politischen Gegner; in den letzten Tagen hatte die Presse gemutmaßt, infolge der knappen Wahlniederlage des letzten Jahres und dem Erscheinen eines neuen Gesichts in der Downing Street würde seine Partei allmählich ungeduldig werden, und sein Stuhl begänne zu wackeln. Wenngleich die Storys vage und dünn waren, mehr voneinander abgeschrieben als auf harten Fakten beruhend, so schien doch insbesondere die *Times* hartnäckig an der Sache dran zu sein und zitierte eine »Quelle aus Führungskreisen«, der zufolge der Parteivorsitz »kein Ruhestandsposten für Verlierer« sei. Es glich eher einem Rumoren als einer Revolution, die Umfragen sahen die Opposition noch immer vier Punkte vorn, doch politische Parteien tun sich oftmals schwer damit, die brodelnden persönlichen Ambitionen ihrer

Kandidaten aus der zweiten Reihe im Zaum zu halten, und, wie ein Leitartikel es treffend formulierte, es gebe schließlich keinen Rauch, ohne dass irgendwo jemand zündelte. Und so hatte Gordon McKillin die Chance auf einen Befreiungsschlag begrüßt und war der Einladung in eine populäre Politsendung gefolgt, in der ein Politiker gegen drei führende Journalisten antrat.

Ein Großteil der vierzigminütigen Sendung war ereignislos verlaufen, fast schon langweilig, und vom Standpunkt des Produzenten aus recht enttäuschend, da sein Arbeitsplatz schließlich davon abhing, dass es hier allwöchentlich zu politischem Blutvergießen kam. McKillin hatte jeden Angriff gekonnt und geduldig pariert – keiner der angeblichen innerparteilichen Gegner habe sich bisher vorgewagt, und außerdem sei das drängendste Thema nicht seine Parteiführerschaft, sondern die sich anbahnende Rezession, die Millionen von Arbeitsplätzen bedrohe. Der Stuhl des Premierministers sei es, der wackle, nicht sein eigener. Die Geschichten über seine innerparteilichen Probleme seien von der Presse aufgebauscht worden, gab er zu verstehen, wobei er Bryan Brynford-Jones strafend anblickte, in dessen Zeitung der erste und drastischste Artikel darüber erschienen war. »Sind Sie denn in der Lage, auch nur eine einzige Ihrer Quellen für diese Behauptungen zu nennen?«, forderte er ihn heraus. Kaum gewohnt, selbst in die Schusslinie zu geraten, wechselte der Chefredakteur rasch das Thema.

Keine zwei Minuten verblieben bis zum Schluss, und die Diskussion hatte sich, sehr zum Leidwesen des Fernsehproduzenten, im sumpfigen Terrain der oppositionellen Umweltpolitik festgefahren. Jetzt war Brynford-Jones wieder an der Reihe. McKillin lächelte ihn großmütig an, wie ein Bauer, der am Markttag ein prämiertes Schwein beäugt. Er fühlte sich sichtlich wohl.

»Mr McKillin, die kurze Zeit, die uns bleibt, würde ich gern noch für eine persönlichere Frage nutzen.« Brynford-Jones fingerte an irgendeinem Prospekt herum. »Sie sind Kirchenältester der Wee Free Church of Scotland, oder etwa nicht?«

Der Politiker nickte brav.

»Nun hat Ihre Kirche gerade eine neue Broschüre herausgegeben – ich habe sie hier vor mir. Sie trägt den Titel: ›Der Weg ins 21. Jahrhundert: ein moralischer Wegweiser für die Jugend‹. Sie ist sehr breit gefächert und enthält meiner Ansicht nach einige hervorragende Ratschläge. Aber es gibt einen Abschnitt, der mich verwundert hat. Auf Seite ... vierzehn bringt der Text den Standpunkt Ihrer Kirche zur Homosexualität zum Ausdruck, die er als ›verwerfliche Sünde‹ bezeichnet. Halten Sie, Mr McKillin, Homosexualität für eine ›verwerfliche Sünde‹?«

Der Politiker schluckte. »Ich weiß nicht, ob dies der richtige Zeitpunkt ist, eine solch komplexe und schwierige Frage zu diskutieren. Schließlich geht es in dieser Sendung ja um Politik und nicht um kirchliche Angelegen...«

»Aber es ist doch eine relevante Frage«, unterbrach ihn Brynford-Jones. »Und eine einfache obendrein. Halten Sie Homosexualität für eine Sünde?«

Zunächst nur für den geübten Blick des Produzenten erkennbar, hatte sich in einer von McKillins Koteletten ein winziger Schweißtropfen gesammelt. Die Laune des Medienmannes begann sich aufzuhellen.

»Ich wüsste nicht, wie ich auf eine solch umfassende Frage wie diese in einer solchen Sendung...«

»Dann lassen Sie mich Ihnen helfen. Stellen Sie sich vor, Sie sind am Ende Ihrer Wünsche angelangt und Premierminister, stehen am Depeschenkasten, und ich bin der Oppositionsführer. Ich stelle Ihnen eine Frage. Halten Sie Homosexualität für böse, für eine Sünde? Ich glaube, die übliche Parlamentsfloskel lautet wie folgt: ›Da es sich um eine sehr simple Frage handelt, die selbst er in der Lage sein wird zu verstehen, sollte ein einfaches Ja oder Nein genügen.‹«

Alle Anwesenden im Studio sowie etliche Millionen Fernsehzuschauer erkannten die Phrase wieder – es war McKillins eigene, die er bei der Fragestunde nur allzu oft benutzte, um Urquhart zu piesacken. Er hing an seinem eigenen Haken. Der Schweißtropfen rann ihm die Wange hinab.

»Wenn Sie wollen, formuliere ich es anders«, bekundete der Journalist wohlwollend. »Halten Sie die moralischen Leitlinien Ihrer Kirche für falsch?«

McKillin rang mit seinen Worten. Wie konnte er in einer solchen Atmosphäre erklären, dass es das Leitbild seiner Kirche gewesen war, das in ihm von Kindesbeinen an das Verlangen entfacht hatte, anderen zu helfen und für die Schwachen ins Feld zu ziehen? Das ihn mit jenen tiefen persönlichen Überzeugungen ausgestattet hatte, auf denen seine politischen Werte gründeten, die ihn sicher durch den moralischen Sumpf Westminsters geleitet hatten, und dass er als Kirchenältester diesen Lehren mit offenem Herzen, aber ohne Wenn und Aber folgen musste? Er war mit der Sünde vertraut, wusste um die Schwächen anderer und konnte sie akzeptieren, aber sein Glaube ließ es nicht zu, die Ansichten seiner Kirche zu verleugnen.

»Ich bin Kirchenältester, Mr Brynford-Jones. Natürlich schließe ich mich, als einzelner Gläubiger, den Lehren meiner Kirche an. Als Politiker können solche Fragen jedoch viel komplizierter sein…«

»Damit ich Sie richtig verstehe, *vollkommen* richtig. Sie teilen also die von Ihrer Kirche in dieser Frage veröffentlichte Auffassung?«

»Als Individuum muss ich das. Aber gestatten Sie mir zu ...«
Es war zu spät. Der Abspann lief bereits, die ersten Takte der Erkennungsmelodie schallten durchs Studio. Mehrere Millionen Zuschauer mussten sich anstrengen, um Brynford-Jones' Abmoderation überhaupt noch zu verstehen. »Vielen Dank, Mr McKillin. Ich fürchte, dafür bleibt uns keine Zeit mehr. Es waren faszinierende vierzig Minuten.« Er lächelte. »Wir bedanken uns sehr herzlich.«

Wortlos hatten Kenny und Mycroft die Abendnachrichten verfolgt. Sie enthielten eine sachliche Zusammenfassung von McKillins Interview und der heftigen Erschütterungen, die es ausgelöst hatte. Wie es hieß, würde das Büro des Oppositionsführers in Kürze eine Klarstellung veröffentlichen, doch dafür war es offensichtlich längst zu spät. Die Oberhäupter rivalisierender Kirchen hatten sich bereits zu Wort gemeldet, Schwulenaktivisten waren in hellem Aufruhr, sein eigener verkehrspolitischer Sprecher hatte vollmundig erklärt, der Parteichef liege in dieser Frage völlig, kläglich und auf unverzeihliche Weise daneben. »Gibt es eine Führungskrise?«, war er gefragt worden. »Jetzt schon«, hatte seine Antwort gelautet.

Die Zeitungen mussten ihre Quellen nicht länger schützen, die Kritiker überschlugen sich förmlich darin, so rasch wie möglich Bigotterie, mittelalterliche Moralvorstellungen und Scheinheiligkeit anzuprangern. Selbst die, die McKillin zustimmten, waren wenig hilfreich gewesen – wie ein bekennender Anti-Schwulenaktivist, den man aus der Versenkung ins Rampenlicht geschleift hatte, nur um McKillin in seinen gehässigen Tiraden aufzufordern, sämtliche homosexuellen Abgeordneten seiner Partei zu feuern oder selbst als Heuchler dazustehen.

Kenny schaltete den Fernseher aus. Mycroft saß eine Weile

schweigend da, halb vergraben in den rings um die Mattscheibe verteilten Knautschsäcken, während Kenny stumm zwei Tassen Kaffee mit einem Schuss Brandy aus Miniflaschen versah, die er von einer seiner Touren hatte mitgehen lassen. Für ihn war das alles nicht neu: die Empörung, die Ängste, die Beschimpfungen, die Verdächtigungen – alles, was eine solche Debatte zwangsläufig mit sich brachte. Doch er sah, wie sehr es Mycroft zusetzte. Der Ältere kannte bisher nichts davon, zumindest nicht aus diesem Blickwinkel.

»Gott, bin ich durcheinander«, murmelte Mycroft schließlich und biss sich auf die Lippe. Er starrte noch immer gebannt auf den leeren Bildschirm, unfähig, Kenny direkt in die Augen zu blicken. »Dieser ganze Wirbel, das ganze Gerede über Schwulenrechte. Weißt du, mir geht dieser widerliche Marples mit dem Jungen im Schlepptau nicht aus dem Sinn. Hat denn dieser Junge keine Rechte?«

»Was willst du damit sagen? Dass eine Schwuchtel so verdorben ist wie die andere?«

»Nein. Ich frage mich manchmal nur, was zum Teufel ich überhaupt tue. Was bedeutet das alles für meine Arbeit, für mich? Weißt du, ich fühle mich immer noch nicht, als ob ich dazugehöre, als Mitglied des Clubs, nicht wenn ich Typen wie Marples sehe und einige dieser militanten Aktivisten, die da im Fernsehen einen Affentanz aufführen.«

»Ich bin schwul, David. Eine Tunte. Eine Schwuchtel. Ein Homo. Trine, Tucke, warmer Bruder. Nenn es, wie du willst, aber das bin ich nun mal. Und du sagst, dass du nicht zu mir gehören willst?«

»Ich ... ich kann das wohl nicht so gut, nicht? Ich bin nun mal von klein auf dazu erzogen worden, mich anzupassen, zu glauben, solche Dinge seien ... Verdammt, Kenny, ein Teil von mir ist ja sogar McKillins Meinung. Schwul zu sein ist falsch! Und trotzdem, trotzdem ...« Er hob sorgenvoll den Blick und sah seinem Partner direkt in die Augen. »... war ich in den vergangenen Wochen so glücklich, wie ich es mir nie zu träumen gewagt habe.«

»Das heißt, dass du schwul bist, David.«

»Dann muss ich es wohl sein, Kenny. Schwul. Denn ich glaube ... Ich glaube, ich liebe dich.«

»Dann vergiss doch einfach den ganzen Scheiß da«, sagte Kenny mit einer wütenden Handbewegung in Richtung Fernseher. »Sollen doch alle anderen auf ihre Seifenkisten steigen, Sonntagsreden halten und sich Splitter im Schwanz holen. Wir müssen uns doch nicht daran beteiligen, alle anderen schlechtzumachen. Die Liebe sollte doch etwas sein, das tief in uns ist, etwas ganz Privates – und nichts, um das man sich blutige Straßenkämpfe liefert.« Er sah Mycroft ernst an. »Ich will dich nicht verlieren, David. Lass dir ja kein schlechtes Gewissen machen.«

»Wenn McKillin recht hat, kommen wir vielleicht nie in den Himmel.«

»Wenn der Himmel voll jämmerlicher Typen ist, die nicht einmal akzeptieren können, was sie sind oder was sie fühlen, dann glaube ich nicht, dass ich da hinwill. Warum begnügen wir uns nicht einfach mit dem, was wir hier unten haben, du und ich, und sind glücklich?«

»Und wie lange wird das sein, Kenny?«

»So lange, wie es eben geht, Liebster.«

»So lange, wie sie uns in Ruhe lassen, meinst du?«

»Manche Menschen treten an den Rand des Abgrunds, werfen einen Blick nach unten und laufen dann aus Angst davon. Sie werden nie begreifen, dass es möglich ist zu fliegen, sich emporzuschwingen, frei zu sein. Die verbringen ihr gesamtes Leben damit, an Klippen entlangzukriechen, ohne je den Mut aufzubringen, zu springen. Hör auf zu kriechen, David.«

Mycroft schenkte ihm ein müdes Lächeln. »Ich weiß nicht, ob ich dazu schwindelfrei genug bin.«

Kenny stellte den Kaffee beiseite. »Komm her, du dummer Junge. Lass uns von der Klippe springen.«

Kapitel 24

Ein wenig Diebstahl ist in der Politik an der Tagesordnung. Ich reiße mir einen Stimmbezirk oder zwei unter den Nagel. Er aber versucht, mir das ganze Land zu stehlen.

Aus zwanzig Metern Entfernung nahm er sein Ziel ins Visier. McKillin starrte ihm unbeirrt entgegen. Ein Atemzug, ein Augenblick, ein gekrümmter Finger. Mit einem scharfen Knall jagte die Kugel Kaliber .22 aus dem Lauf. Auf dem alten Wahlplakat, genau dort, wo zuvor der Mund des Oppositionsführers gewesen war, erschien ein kreisrundes Loch, dann zerbarst die mit Einschüssen gespickte Zielscheibe und segelte wie ein weggeworfenes Papiertaschentuch zu Boden.

»Die Plakate sind auch nicht mehr das, was sie mal waren.«

»Die Oppositionsführer auch nicht.«

Urquhart und Stamper amüsierten sich köstlich über ihren Witz. In einem niedrigen holzvertäfelten Keller direkt unter dem Speisesaal des Oberhauses, gesäumt von Rohren, Leitungen und anderen architektonischen Innereien des Palasts von Westminster, lagen die beiden Männer Seite an Seite in dem schmalen Schießstand. Ein Ort, an den sich Parlamentarier gern zurückzogen, um ihre Mordgelüste an Papierzielen abzureagieren statt an ihren Kollegen. Schon Churchill hatte hier in Erwartung einer deutschen Invasion seine Schießkünste verfeinert und einstweilen gelobt, die Wehrmacht höchstpersönlich und bis zum letzten Blutstropfen zu bekämpfen – hinter Sandsäcken am oberen Ende der Downing Street. Und dies war auch der Ort, wo Urquhart sich ungehemmt und weitab von Madam

Speakers tadelnden Blicken für die Fragestunde einzuschießen pflegte.

»Was für ein Glückstreffer, dass BBJ gerade jetzt dieses Kirchenpamphlet in die Hände fällt«, räumte Stamper eher widerwillig ein, während er die Lederschlaufe am Handgelenk justierte, die das schwere Repetier-Präzisionsgewehr in Stellung hielt. Er war ein weitaus unerfahrener Schütze als Urquhart und hatte ihn noch nie geschlagen.

»Die Colquhouns sind eine recht kuriose Sippschaft. Einige davon suchen Mortima von Zeit zu Zeit heim und bringen befremdliche Geschenke mit. Einer von ihnen dachte gar, ich würde mich für die Moral unserer Jugend interessieren, merkwürdiger Mann. Das hatte nichts mit Glück zu tun, Tim. Nur mit guter Kinderstube.«

Der ehemalige Makler blickte finster drein. »Möchten Sie weiterschießen?«, fragte er und legte eine weitere Kugel in die Kammer.

»Tim, ich möchte einen veritablen Krieg.« Urquhart legte die Waffe erneut an seine gut gepolsterte Schulter und spähte unverwandt durchs Visier. »Ich habe mich entschieden. Wir gehen die Sache an.«

»Wieder einer Ihrer Oxfordwitze.«

Nachdem Urquhart ein weiteres der Papiergesichter ausradiert hatte, drehte er sich wieder Stamper zu. Das Lächeln wich von seinem Gesicht.

»McKillin steckt in Schwierigkeiten. Er hat sich auf einen dünnen Ast gewagt, und der ist abgebrochen. Wie schade.«

»Wir sind noch nicht bereit, Francis. Es ist zu früh«, widersprach Stamper, ganz und gar nicht überzeugt.

»Die Opposition trifft es doch noch viel unvorbereiteter. Parteien vor einer Wahl sind wie Touristen, die vor einem menschenfressenden Löwen davonrennen. Man muss gar nicht schneller rennen als der Löwe – das ist unmöglich. Alles, was man tun muss, ist, schneller zu rennen als das arme Schwein neben einem.«

»Zu der Jahreszeit könnte das ganze Land unter einem halben Meter Schnee begraben sein.«

»Großartig! Wir haben mehr Autos mit Vierradantrieb als die.«

»Aber wir liegen in den Umfragen immer noch vier Punkte hinten«, protestierte der Parteivorsitzende.

»Dann haben wir keine Zeit zu verlieren. Sechs Wochen, Tim. Wir müssen sie tüchtig in die Mangel nehmen. Jede Woche eine wichtige Regierungserklärung. Eine hochkarätige Auslandsreise – der Premier erobert Moskau oder Washington im Sturm oder Ähnliches. Oder wir legen uns mit den Europäern an, fordern etwas Geld zurück. Ich möchte mit jedem Chefredakteur aus der Fleet Street zu Abend essen, ganz *entre nous*, während Sie sich an die politischen Korrespondenten ranmachen. Falls wir damit durchkommen, hätte ich gern eine Zinssenkung. Und dann kastrieren wir noch ein paar Kriminelle. Genau so bringt man Kampagnen ins Rollen. McKillin liegt am Boden, wir sollten ihm die Hölle aus dem Leib treten, solange er noch unten ist. Keine Gefangenen, Tim. Nicht in den nächsten sechs Wochen.«

»Bleibt zu hoffen, dass sich Seine Majestät diesmal etwas kooperativer zeigt.« Stamper konnte seine Skepsis nicht verbergen.

»Sie haben recht. Ich habe es mir überlegt: Wir sollten unsere Beziehungen zum Hof auf eine andere Grundlage stellen. Ein paar Brücken bauen. Hören Sie sich mal ein wenig um, lauschen Sie, was die Gerüchteküche sagt. Was in den Schmuddelecken des Buckingham Palace so vor sich geht.«

Stamper spitzte die Ohren, als hörte er ein Beutetier durch den Wald trampeln.

»Und wir brauchen Fußsoldaten, Tim. Treu, ergeben. Nicht zu helle. Männer, die nur zu gern über diese Brücken stürmen, sollte das notwendig werden.«

»Das klingt nach Krieg.«

»Und den sollten wir lieber gewinnen, alter Knabe. Oder die hängen *uns* bald als Zielscheiben da vorne hin. Und damit meine ich nicht unsere Gesichter auf Papier.«

Kapitel 25

Abgeordneter im Unterhaus zu sein ist oft, wie lebendig begraben zu werden. Im Oberhaus haben sie wenigstens die Güte, so lange damit zu warten, bis man halb tot ist.

Januar: Die zweite Woche

Der Kies auf der langen Zufahrt von der Pförtnerloge zum Gutshaus prasselte gegen die Karosserie des Wagens, als er neben den anderen Autos zum Stehen kam. Neben den ramponierten Landrovers und schlammbespritzten Kombis wirkte der glänzende dunkelblaue Rolls-Royce fehl am Platz, und Landless wusste schon jetzt, dass er nicht hierherpasste. Nicht dass es ihm etwas ausmachen würde, er hatte sich längst daran gewöhnt. Das Gutshaus war der Familiensitz von Mickey, Viscount Quillington, und es gewährte einen herrlichen Blick über die sanft wogende Landschaft Oxfordshires, wenn auch ein grauer Januarnachmittag nicht unbedingt die ideale Zeit dafür war. Die Bausubstanz des Gebäudes spiegelte den chaotischen Werdegang einer uralten Adelsfamilie wider und stammte vor allem aus der Zeit des Königspaares William und Mary oder Königin Viktorias – mit einem Schuss Tudor in dem Flügel, der an die winzige Kapelle grenzte. An das 20. Jahrhundert indes erinnerte hier so gut wie nichts.

Die Feuchtigkeit von draußen schien ihm in die stattliche Empfangshalle zu folgen, wo ein wildes Durcheinander herrschte – ein Wirrwarr aus zerzausten Jagdhunden, matschigen Gummistiefeln und einer Vielzahl vergeblich zum Trocknen ausgebreiteter Anoraks, Regenjacken und anderer wetterfester

Oberbekleidung. Die Fußbodenplatten waren arg angeschlagen, und von einer Zentralheizung keine Spur. Dies war die Art von Gebäude, das vielerorts von einer expandierenden japanischen Hotelkette oder einem Golfclub-Investor vor dem drohenden Verfall gerettet wurde. Hier jedoch nicht. Noch nicht. Zum Glück hatte er die Einladung, über Nacht zu bleiben, abgelehnt.

Die Quillingtons konnten ihren Stammbaum bis zur Zeit Oliver Cromwells zurückverfolgen, dem einer ihrer Vorfahren nach Irland gefolgt, der dort für seine blutigen Dienste mit Gütern belohnt worden und rechtzeitig zur Restoration wieder nach England zurückgekehrt war, um sich dort ein zweites Mal zu bereichern. Eine ruhmreiche Geschichte, auf die die heutige Generation der Quillingtons, denen Zeit, Pech und mangelhafte Steuerplanung arg zugesetzt hatten, ehrfürchtig zurückblickte. Ihre Ländereien hatten sie Stück für Stück verloren, die Verbindung nach Irland ebenso, viele der Gemälde waren verkauft, die besten Möbelstücke versteigert, die ehemals große Dienerschaft drastisch reduziert. Alter Geldadel eben, dem das Geld nun langsam, aber sicher ausging.

Der Umgang mit den anderen Gästen erwies sich für den Geschäftsmann als keine leichte Aufgabe. Alle waren alte Freunde, manche kannten sich seit Kindertagen und stellten die Art Privatschul-Cliquengeist zur Schau, der einem Jungen aus Bethnal Green zeitlebens verwehrt bleiben würde. Seine Kleidung war keine Hilfe gewesen. Im Gegenteil. *Country casual* hatte man ihm gesagt, und er war im karierten Zweireiher mit Weste und braunen Schuhen aufgekreuzt; alle anderen trugen Jeans. Erst als Charlotte ihn herzlich begrüßte, begann er, sich etwas weniger fremd zu fühlen.

Das Wochenende war um die Prinzessin herum geplant worden. Quillingtons jüngerer Bruder David hatte es arrangiert, um ihr die Möglichkeit zu geben, sich im Kreis alter Freunde zu entspannen, fernab aller kleinlichen Intrigen der Londoner Gesellschaft und der Klatschreporter. Fast alle hier entstammten alten Adelsfamilien, manche davon älter als die Windsors, und für sie war die Prinzessin nicht mehr als eine Freundin mit einem anstrengenden Job – noch immer die »Beany« ihrer kindlichen Kabbeleien im Swimmingpool oder der von grantigen Gouvernanten ausgerichteten Verkleidungspartys.

Sie hatte darauf bestanden, abseits der anderen Gäste zu nächtigen, und David war all ihren Wünschen nachgekommen. Die beiden Polizeibeamten und den Chauffeur des königlichen Sicherheitsdienstes hatte er weitab im hinteren Teil des Hauses untergebracht. Die Prinzessin bewohnte das Chinesische Zimmer, bei dem es sich weniger um eine Suite handelte als einen einzigen gewaltigen Raum im ersten Stock des Ostflügels – eine Etage, in dem sich sonst nur noch Davids Schlafzimmer befand. Ihre Privatsphäre war somit gewahrt.

Der Anblick des Hauses hatte etwas Trauriges, mit seiner vorsintflutlichen Elektrik, den abgestoßenen Kanten, den nassfeuchten Nischen und einem fast vollständig stillgelegten Flügel, doch es besaß Charakter, atmete aus jedem Stein Geschichte, und der Speisesaal war überwältigend. Fünfzehn Meter lang, eichenvertäfelt, beschienen von zwei Lüstern, die wie Juwelen funkelten und ihr Licht warm auf einen blank polierten Esstisch warfen, den Gefangene der napoleonischen Marine einst aus dem Holz eines alten Kriegsschiffs getischlert hatten. Das alte Tafelsilber war mit Monogramm versehen, die kristallenen Gläser erlesen, der Gesamteffekt absolut zeitlos. Selbst wenn das Geld knapper wurde – der alte Geldadel wusste noch immer standesgemäß zu speisen. Quillington präsidierte am Kopfende des Tisches, die Prinzessin saß zu seiner Rechten, Landless zur

Linken. Die restlichen entlang der Tafel verteilten Gäste lauschten artig den Geschichten, die der Verleger über das Stadtleben zum Besten gab, wie ihre Vorfahren weitgereisten Entdeckern und deren Abenteuern auf entlegenen Südseeinseln.

Nach dem Dinner nahmen sie ihren Portwein und Cognac mit in die alte Bibliothek mit der himmelhohen Decke, wo sich ledergebundene Bücher entlang endloser Regalreihen stapelten und die Winterkälte beharrlich in den hinteren Ecken hing. Rußgeschwärzte Ölgemälde zierten die einzige freie Wand. Landless glaubte, Flecken im Mauerwerk zu entdecken, wo Bilder entfernt und die verbliebenen etwas großzügiger verteilt worden waren – womöglich eine Folge der Versteigerungen. Die Möbel wirkten ebenso alt wie alles andere im Haus. Eines der zwei großen, um das lodernde Kaminfeuer gruppierten Sofas war mit einem Überwurf bedeckt, um die Spuren der Zeit zu übertünchen, während das andere ramponiert und entblößt dastand, der dunkelgrüne Stoff vom jahrelangen Kratzen der Hunde zerschlissen und mit einer Pferdehaarfüllung, die unter einem der Kissen herausquoll wie Kerzenwachs. Die innige Umarmung dieses heimeligen Ortes vermittelte Dinnergästen beinahe das Gefühl, zur Familie zu gehören, und die Gespräche wurden zunehmend unbefangener und entspannter.

»Jammerschade um die Jagd heute«, murrte Quillington und trat mit dem Absatz seines Lederstiefels ins Feuer. Die Flammen fauchten zurück und sandten einen Funkenregen den breiten Kamin empor. Er war ein großgewachsener, sehniger Mann, der gern in eng geschnittenen Jeans, hohen Stiefeln und einem breitkrempigen Hut aus Känguruleder herumlief, was bei einem Fünfzigjährigen exzentrisch, wenn nicht sogar ein wenig lächerlich aussah. Exzentrik galt in diesen Kreisen als probater Deckmantel für schleichende Verarmung. »Verdammte Jagdsaboteure, schwirren wie Schmeißfliegen um Pferdescheiße. Stehen da, auf meinem Grund und Boden, und die Polizei weigert sich, sie festzunehmen oder wenigstens fortzuschaffen. Jedenfalls nicht, solange sie nicht jemanden angreifen. Gott weiß, wie es mit diesem Land weitergehen soll, wenn man nicht mal mehr Rumtreiber wie die davon abhalten kann, auf dem eigenen Besitz zu randalieren. Ist mein Haus nicht meine verdammte Burg, wie es so schön heißt ...?«

Es war kein guter Jagdtag gewesen. Die Tierschützer hatten ihre Spruchbänder geschwenkt, Pfeffer und Anissamen verstreut, die Pferde scheu gemacht, die Hunde irritiert und die Jäger gegen sich aufgebracht. Die Erde war nach einem verregneten Morgen aufgeweicht und kaum geeignet, Fährten aufzunehmen. Frustriert waren sie über den schweren, lehmigen Boden gestapft und hatten nichts Spannenderes aufgespürt als den Kadaver einer toten Katze.

»Sie können sie nicht von Ihrem Land vertreiben?«, hakte Landless nach.

»Ist so gut wie unmöglich. Unbefugtes Betreten ist nicht strafbar, die Polizei kümmert das einen Scheiß. Man darf die Spinner nur höflich darum bitten wegzugehen, und die sagen: Verpiss dich! Und sobald man einen auch nur anfasst, hat man eine Klage wegen Körperverletzung am Hals. Nur weil man sein eigenen gottverdammten Grundbesitz verteidigt hat.«

»Einem von diesen Halbstarken hab ich's richtig gegeben«, schaltete sich die Prinzessin freudig ein. »Hab gesehen, wie er sich direkt hinter meinem Pferd rumtrieb, also bin ich ein paar Schritte rückwärts geritten. Hat einen Mordsschreck bekommen, als das ein Meter sechzig hohe Ungetüm plötzlich auf ihn zukam. Ist zurückgesprungen, gestolpert und mitten in einem frischen Scheißhaufen gelandet!«

»Ausgezeichnet, Beany. Hat sich hoffentlich ordentlich in die Hosen gemacht«, warf David Quillington ein. »Jagen Sie auch, Mr Landless?«

»Nur in der City.«

»Sie sollten es einmal probieren. Die beste Art, die großartige Landschaft zu erkunden.« Landless bezweifelte das. Er war rechtzeitig angekommen, um mitzuerleben, wie die Nachzügler von der Jagd heimgekehrt waren, mit roten und fleckigen Gesichtern, von Matsch übersät und bis auf die Knochen durchnässt. Nahm man den Anblick eines zerfleischten und unter den Hufen eines Pferdes zertrampelten Fuchses mit über den Boden verstreuten Eingeweiden hinzu, so würde er auf ein solches Vergnügen liebend gern verzichten können. Zudem neigen Jungs, die in Betonklötzen, umgeben von kaputten Straßenlaternen und herrenlosen Autowracks, aufgewachsen sind, zu einer naiven Verklärung der Natur und all ihrer Geschöpfe. Die grünen und erquicklichen Auen des ländlichen Englands hatte er erst mit dreizehn zum ersten Mal erblickt, auf einer Klassenfahrt, und um ehrlich zu sein lagen seine Sympathien und seine Bewunderung eher auf Seiten des Fuchses.

»Füchse sind Schädlinge«, fuhr der jüngere Quillington fort. »Reißen Hühner, Enten, neugeborene Lämmer, sogar kranke Kälber. Fressen Aas von städtischen Müllkippen und verbreiten Krankheiten. Die Gutsbesitzer runterzumachen ist ja so einfach, aber ich sage Ihnen, ohne deren Beitrag zum Naturschutz – das Land von Ungeziefer wie Füchsen befreien, Mauern und Hecken erhalten und Wälder aufforsten, in denen sich Füchse und Fasane verstecken können, alles auf eigene Kosten – hätten diese Demonstranten viel weniger Natur, für die sie demonstrieren könnten.«

Landless fiel auf, dass sich der jüngere Quillington, der neben der Prinzessin auf dem Sofa saß, auffallend zurückhielt, in seiner Wortwahl wie auch beim Trinken. Was man von seinem Bruder indes nicht behaupten konnte, der mit einem Glas in der Hand am neoklassizistischen, von den Gebrüdern Adam entworfenen Kamin lehnte. »Unter Androhung. Alles passiert heute nur noch unter Androhung, wissen Sie. Sie zertrampeln deinen Grund und Boden, brüllen, schreien wie Verrückte, schwingen ihre Plakate, tröten mit ihren verdammten Hupen und versuchen, die Hunde auf befahrene Straßen und Bahnlinien zu treiben. Selbst wenn sie ausnahmsweise mal verhaftet werden, hat irgend so ein Vollidiot von Richter Mitleid mit ihnen. Doch ich – nur weil ich Land besitze, weil meine Familie es seit Generationen bewirtschaftet, ihr Leben der Gemeinde geopfert und im Oberhaus ihren Dienst am Mutterland versehen hat, weil ich mir solche Mühe gegeben und jetzt kein verdammtes Geld mehr übrig habe und nur noch Rechnungen und Briefe von der Bank auf dem Schreibtisch –, ich soll ein Schmarotzer sein!«

»Keinerlei Verhältnismäßigkeit mehr«, pflichtete ihm die Prinzessin bei. »Sehen Sie sich meine Familie an. Früher hatten die Leute Achtung vor uns. Heute interessieren sich die Reporter mehr für unsere Schlafzimmer als für unsere Prunksäle.«

Landless bemerkte, wie die Prinzessin und der jüngere Quillington vielsagende Blicke wechselten. Nicht zum ersten Mal. Zu Beginn des Abends hatten sie noch weit entfernt voneinander an gegenüberliegenden Seiten des Sofas gesessen, schienen aber immer näher zusammenzurücken, wie Magnete.

»Ganz richtig, Beany. Sie wissen, dass du dich nicht verteidigen darfst, also ziehen sie erbarmungslos über dich her«, fuhr Mickey vom Kamin her fort. »Wir haben uns das wenige, was wir noch besitzen, verdammt hart erarbeitet. Und trotzdem machen sie uns die Fuchsjagd madig, beschimpfen die Gutsbesitzer, stellen unser Erbrecht infrage, und ehe wir es uns versehen, sind wir eine Scheißrepublik. Es wird langsam Zeit, uns zu wehren, aufzuhören, immer nur einzustecken und die andere Wange hinzuhalten.«

Charlotte hatte ihr Glas geleert und hielt es dem jüngeren Quillington hin, um es erneut zu füllen. »Aber Mickey, das können wir nicht, keiner von meinen Leuten kann das. Aufgabe unserer Familie ist es, stumm zu dienen.« Sie wandte sich Landless zu. »Was meinen Sie, Benjamin?«

»Ich bin Geschäftsmann, kein Politiker«, kokettierte er, nahm sich dann aber ein Herz. Sie hatte ihm eine Tür zum engsten Kreis und dessen Sorgen und Nöten geöffnet, und es wäre töricht gewesen, sie wieder zuzuschlagen. »Nun gut, schauen wir doch einfach mal, wie Politiker so etwas machen. Wenn ein Minister will, dass etwas gesagt wird, es aber für unklug erachtet, dies selbst zu tun, sorgt er dafür, dass jemand anderes das Reden übernimmt. Ein befreundeter Abgeordneter, ein Wirtschaftsführer, womöglich gar ein Zeitungsredakteur. Sie haben doch Freunde. Einflussreiche Freunde, wie Lord Quillington hier, mit einer Stimme und einem Sitz im Oberhaus.«

»Sklaven, dazu verdonnert, auf der Regierungsgaleere zu rudern – das ist alles, wofür sie uns halten«, schnaubte Quillington.

»Und genau das werden Sie auch bleiben, wenn Sie nicht für Ihre Belange einstehen«, warnte Landless.

»Klingt nach Meuterei«, warf sein Bruder vom Getränketisch her ein, »einem Angriff auf die Regierung.«

»Und wenn schon? Sie haben nichts zu verlieren. Es ist immerhin besser, als die Klappe zu halten und sich weiter beleidigen zu lassen. Erinnern Sie sich, was die mit der Rede des

Königs versucht haben? Etwas Ähnliches könnte Ihnen allen blühen.«

»Hatte nie viel für diesen Urquhart übrig«, brummte Quillington in seinen Cognacschwenker hinein.

»Die Zeitungen würden sowieso nicht darüber berichten«, merkte sein Bruder an und reichte der Prinzessin ein volles Glas. Als er sich wieder setzte, registrierte Landless, dass er nun noch enger an sie herangerutscht war. Ihre Hände lagen nebeneinander auf der Autodecke.

»Manche Zeitungen schon«, warf Landless ein.

»Benjamin, gewiss, *Sie* sind natürlich ein Schatz«, säuselte Charlotte besänftigend, »doch der ganze Rest ist an nichts anderem interessiert als an einem Foto, auf dem mir das Kleid über die Ohren weht, um sich darüber das Maul zu zerreißen, wo ich meine Höschen kaufe.«

Das Bild entsprach nicht ganz der Wahrheit, sinnierte Landless. Die Presse interessierte sich vor allem dafür, wo sie ihre Höschen überall zurückließ, nicht, wo sie sie kaufte.

»Man sollte Presseleuten keine Adelstitel verleihen«, fuhr Mickey fort. »Insbesondere keine höheren, die sie ins Oberhaus bringen. Vernebelt ihre Objektivität, macht sie zu blasierten Wichtigtuern.«

Landless fühlte sich nicht angegriffen; er hatte vielmehr den Eindruck, dass sie langsam begannen, ihn zu akzeptieren, auszublenden, dass er aus einer völlig anderen Welt kam.

»Wissen Sie, vielleicht haben Sie ja recht«, pflichtete ihm Quillington bei. »Zum Teufel nochmal, das einzige Recht, das man uns heute noch zugesteht, ist, im Oberhaus den Mund aufzumachen, und es ist an der Zeit, dass wir es auch nutzen. Also das Oberhaus und unser Erbrecht zur ersten Verteidigungslinie für dich und deine Familie machen, Beany.«

»Wenn es irgendetwas gibt, das mal gesagt werden sollte – ich könnte dafür sorgen, dass es gehört wird«, bot Landless an. »Genau so, wie wir es mit der Weihnachtsrede gemacht haben.«

»Ich glaube, da sind wir auf eine verdammt gute Idee gestoßen, Beany«, sagte Quillington und begann bereits, diese für seine eigene auszugeben. »Alles, was du gesagt haben möchtest, sage ich für dich. Wenn der König keine öffentliche Rede halten darf, dann halte ich sie eben für ihn. Auf den Brettern des Oberhauses, in aller Öffentlichkeit. Wir können, wir dürfen uns keinen Maulkorb verpassen lassen.« Er nickte selbstgefällig. »Wie schade, dass Sie nicht über Nacht bleiben können, Landless«, setzte Quillington hinzu. »Ich hätte da noch eine ganze Reihe mehr Ideen auf Lager.« Die Unterhaltung war beendet. »Ein andermal, nicht?«

Landless verstand den Wink und sah auf seine Armbanduhr. »Wird langsam Zeit, dass ich gehe«, bekundete er und erhob sich, um eine Abschiedsrunde zu drehen.

Er war froh, bald wieder an die frische Luft zu kommen. Hier gehörte er nicht hin, nicht zu diesen Leuten: Ganz gleich, wie höflich sie ihn behandelten oder wie erfolgreich er war, er würde nie dazugehören. Das würden sie nicht zulassen. Er mochte eine Eintrittskarte zum Abendessen erstanden haben, doch mit Geld würde man sich in ihren Club nie einkaufen können. Es machte ihm nichts aus, er wollte gar kein Mitglied werden. Das hier war die Vergangenheit, nicht die Zukunft. Und außerdem: Auf einem Pferd würde er ziemlich lächerlich aussehen. Doch er bedauerte den Besuch nicht. Als er sich in der Tür noch einmal flüchtig umwandte, sah er seinen Gastgeber am Kamin stehen, in Gedanken bereits bei all den ritterlichen Schlachten, die er auf dem Boden des Oberhauses auszufechten gedachte. Und er sah die Prinzessin und den jüngeren Quillington, die in freudiger Erwartung seines Abgangs schon jetzt auf dem Sofa Händchen hielten. Hier lauerten jede Menge Storys. Er musste nur etwas Geduld haben.

Kapitel 26

Das königliche Gewissen ist wie ein Windstoß in einem Kornfeld. Er mag eine leichte Welle verursachen, hinterlässt aber in der Regel keinen bleibenden Eindruck.

Der Saaldiener des Unterhauses betrat hektisch suchend die Herrentoilette. Er hatte eine dringende Nachricht für Tom Worthington, den Labourabgeordneten einer – bis zu den Minenschließungen – traditionellen Bergbaugegend in Derbyshire, der sich unverdrossen seiner proletarischen Herkunft brüstete, wenngleich es schon über zwanzig Jahre her war, dass er sich die Hände mit irgendetwas anderem schmutzig gemacht hatte als Tinte oder Ketchup. Mit seinen edlen alten Fliesen und Porzellanbecken strahlte der Waschraum ein durch und durch viktorianisches Ambiente aus, das lediglich durch jenen elektrischen Handtrockner getrübt wurde, an dem Jeremy Colthorpe, ein alternder und für seine Blasiertheit berüchtigter Abgeordneter aus den protzigen Grafschaften, gerade seine Hände trocknete.

»Haben Sie zufällig Mr Worthington gesehen, Sir?«, erkundigte sich der Bedienstete.

»Ich kann hier nur einen Haufen Scheiße auf einmal ertragen, mein Lieber«, entgegnete Colthorpe näselnd. »Versuchen Sie's in einer der Bars. In irgendeiner Ecke unterm Tisch, ist am wahrscheinlichsten.«

Der Bedienstete stob eilig davon, und die einzige andere Person im Raum gesellte sich zu ihm ans Waschbecken. Tim Stamper.

»Timothy, mein Freund. Wie gefällt es Ihnen in der Parteizentrale? Sie leisten dort ja ganz vorzügliche Arbeit, wenn ich das so sagen darf.«

Stamper wandte sich vom Becken ab und neigte anerkennend den Kopf, wenn auch bar jeder Herzlichkeit. Colthorpe galt als arrogant, und obwohl jeder Penny seines Geldes angeheiratet war, spielte er sich gern als Chef der örtlichen Schickeria auf, was ihn im Umgang mit ehemaligen Immobilienmaklern nur noch überheblicher machte. Das Konzept der Klassenlosigkeit würde Colthorpe nie gutheißen können, hatte er doch den Großteil seines Lebens damit verbracht, den Fängen seiner Klasse zu entfliehen.

»Wie schön, wollte sowieso mal mit Ihnen reden, alter Knabe«, flötete Colthorpe mit einem gekünstelten Lächeln, während er angestrengt in jede Ecke des Spiegels linste, um sicherzugehen, dass sie tatsächlich allein in dem hallenden Raum waren. »Vertraulich, von Mann zu Mann, Sie wissen schon«, fuhr er fort und versuchte, verstohlen unter die Kabinentüren zu schielen.

»Was haben Sie auf dem Herzen, Jeremy?«, fragte Stamper, der nicht vergessen hatte, dass Colthorpe ihn in all seinen Jahren im Parlament nie mehr als nur flüchtig gegrüßt hatte.

»Die Frau Gemahlin. Kommt allmählich in die Jahre, wird nächstes Jahr siebzig. Und dabei nicht mehr die Gesündeste. Tapferes Mädel. Fällt ihr aber immer schwerer, im Wahlkreis mitzuhelfen – ist aber auch verdammt groß, dreiundvierzig Dörfer, wissen Sie, muss man ganz schön rumgurken, kann ich Ihnen sagen.« Colthorpe kam zu Stamper ans Becken herüber und begann, sich abermals die Hände zu waschen, um Vertraulichkeit bemüht, doch mit sichtlichem Unbehagen. »Bin es ihr schuldig, etwas kürzerzutreten, mehr Zeit mir ihr zu verbringen. Kaum zu sagen, wie lange sie noch hat.« Er hielt kurz inne, wobei er solche Unmengen an Seifenschaum produzierte, als wolle er seine gewissenhafte Reinlichkeit demonstrieren und damit die tiefe Sorge um seine Frau zusätzlich unterstreichen. Beides hätte er sich bei Stamper geflissentlich sparen können. Aus seiner Zeit als stellvertretender Fraktionsführer kannte er Colthorpes private Akte nur zu gut und wusste von den regelmäßigen Zahlungen an eine alleinerziehende Mutter, die früher einmal im Pub seines Dorfes hinter der Bar gestanden hatte.

»Um ehrlich zu sein, denke ich darüber nach, meinen Sitz bei der nächsten Wahl aufzugeben. Ihr zuliebe natürlich. Aber es wäre jammerschade, all die Erfahrung, die ich über die Jahre gesammelt habe, einfach so verkommen zu lassen. Würde mich liebend gern weiterhin irgendwie ... einbringen, wissen Sie? Einen Beitrag für mein Land leisten. Und für die Partei auch, natürlich.«

»An was hatten Sie denn gedacht, Jeremy?« Stamper wusste genau, in welche Richtung sich das Gespräch entwickeln würde.

»Da bin ich ganz offen. Aber gewiss würde sich das Oberhaus anbieten. Nicht dass ich mir viel draus mache, nein, wär vor allem für mein kleines Frauchen. Würde ihr 'ne Menge bedeuten, nach all den Jahren. Insbesondere da ... Sie wissen ja, sie es vielleicht nicht mehr allzu lang genießen kann.«

Um so beiläufig wie möglich zu wirken, spritzte Colthorpe noch immer wild mit Wasser um sich und hatte es mittlerweile geschafft, die Vorderseite seiner Hose völlig zu durchnässen. Als ihm klar wurde, dass er sich allmählich zum Idioten machte, drehte er die Hähne mit einem brutalen Ruck zu und wandte sich Stamper zu. Seine Arme hingen schlaff herab, und von seinen durchweichten Manschetten tropfte das Wasser. »Hätte ich dabei Ihre Unterstützung, Tim? Die Rückendeckung der Partei?«

Stamper kehrte sich jäh ab und marschierte stramm in Richtung Handtrockner, dessen schriller Lärm Colthorpe zwang, ihm quer durch den Raum zu folgen. Beide mussten jetzt brüllen, um sich zu verstehen.

»Bei der nächsten Wahl werden ziemlich viele Kollegen in Ruhestand gehen, Jeremy. Womöglich hätte eine ganze Reihe von ihnen gern einen Sitz bei den Lords.«

»Ich würde mich ja nicht so vordrängeln, Tim, wäre da nicht meine Frau. Würde auch hart arbeiten, mich nicht ständig drücken, wie so viele andere.«

»Am Ende liegt die Entscheidung natürlich bei Francis. Er wird es nicht leicht haben, die ganzen Ansprüche gegeneinander abzuwägen.«

»Ich habe für Francis gestimmt ...« – das war gelogen –, »ich wäre absolut loyal.«

»Wären Sie das?«, warf ihm Stamper über die Schulter hinweg zu. »Loyalität ist für Francis wichtiger als alles andere.«

»Absolut. Was Sie beide auch von mir verlangen, Sie können sich auf mich verlassen.«

Plötzlich erstarb das raue Bellen des Handtrockners und wich andächtiger Stille, fast wie in einem Beichtstuhl. Stamper drehte sich abrupt zu Colthorpe um und blickte ihm aus wenigen Zentimetern starr in die Augen.

»Können wir uns wirklich auf Sie verlassen, Jeremy? Loyalität über alles?«

Colthorpe nickte.

»Selbst wenn es den König betrifft?«

»Den König ...?« Verwirrung machte sich breit.

»Ja, Jeremy, den König. Sie haben doch gesehen, welchen Ärger er uns bereitet hat. Und Francis befürchtet, es könnte noch schlimmer werden. Jemand muss den Palast nachdrücklich daran erinnern, wer hier das Sagen hat.«

»Aber ich weiß nicht ...«

»Loyalität, Jeremy. Die wird den Unterschied machen zwischen denen, die von dieser Regierung bekommen, was sie wollen, und denen, die dies nicht tun. Eine äußerst unerfreuliche Angelegenheit, diese Sache mit dem Königshaus, aber irgendjemand muss Stellung beziehen und das konstitutionelle Prinzip verteidigen, das in Gefahr geraten ist. Als Premierminister darf Francis das nicht, wie Sie wissen, jedenfalls nicht ausdrücklich und in der Öffentlichkeit. Das würde eine Verfassungskrise heraufbeschwören, was er unter allen Umständen vermeiden möchte. Die einzige Möglichkeit könnte darin bestehen, dass jemand, der kein Regierungsmitglied ist, jemand mit immenser Erfahrung und Autorität – jemand wie Sie, Jeremy – den Hof und die Bürger daran erinnert, was auf dem Spiel steht. Das ist das Mindeste, was Francis von seinen loyalen Unterstützern erwarten kann.«

»Ja, aber ... Wie soll ich denn ins Oberhaus kommen, wenn ich den König angreife?«

»Nicht angreifen. Nur an die höchsten Verfassungsgrundsätze erinnern.«

»Aber der König ernennt doch die neuen Adligen ...«

»Allein und ausschließlich auf Anraten des Premierministers. Der König darf dessen Vorschläge gar nicht ablehnen.«

»Ist ja ein bisschen wie *Alice im Wunderland* ...«

»Wie auch manches andere, was der König in letzter Zeit von sich gibt ...«

»Ich würde gern darüber nachdenken.«

»Sie müssen über Loyalität nachdenken?« Stampers Ton war schroff, anklagend. Seine Lippen kräuselten sich verächtlich, und seine finsteren Augen glühten. Ohne ein weiteres Wort machte Stamper auf der Hacke kehrt und preschte Richtung

Tür. Seine Hand lag bereits am glänzenden Messingknauf, als Colthorpe verstand, dass das Gespräch beendet war und er seine Ambitionen würde begraben können, sobald sich die Tür schloss.

»Ich tu's!«, rief er. »Tim, ich weiß, wo meine Loyalitäten liegen. Ich tu's.« Er atmete schwer vor Anspannung und Verwirrung. Verzweifelt um Fassung ringend, wischte er sich die Hände an der Hose ab. »Sie können sich auf mich verlassen, alter Freund.«

Stamper hielt seinem fiebrigen Blick stand und spreizte die Lippen zu einem eiskalten Lächeln. Dann schloss er hinter sich die Tür.

Kapitel 27

Es heißt, Guy Fawkes sei der Einzige gewesen, der das englische Parlament je mit ehrlichen Absichten betreten habe. Ich glaube, das ist den Erzbischöfen gegenüber etwas unfair. Einigen von ihnen zumindest.

Das Mittagessen hatte vielversprechend begonnen. Sowohl Mickey Quillington als auch sein Vetter, Lord Chesholm of Kinsale, wussten einen guten Roten zu schätzen, und der Weinkeller im Speisesaal des Oberhauses bot eine vorzügliche Auswahl. Sie hatten sich auf einen Léoville-Barton geeinigt, konnten sich aber nicht zwischen dem 82er- und dem 85er-Jahrgang entscheiden. Am Ende hatten sie einfach beide geordert und waren in der wohligen Geborgenheit der eleganten Mahagonitäfelung und der zuvorkommenden Dienerschaft sanft in den Nachmittag hinübergeglitten. Chesholm war gut zwanzig Jahre älter als Quillington und um einiges wohlhabender, und der minderbemittelte Jüngere hatte vorgehabt, während des Lunchs an die Familiensolidarität zu appellieren und den Verwandten dazu zu bringen, etliche Hundert Morgen seines Landes in Oxfordshire zu einem großzügigen Preis zu pachten, doch sein Plan war leider schiefgegangen. Der Bordeaux überforderte den betagten Adligen und dessen Konzentrationsfähigkeit derart, dass er kaum mehr zustande brachte als die wiederholte Beteuerung, er lebe ja gar nicht in Oxfordshire. Trotz großzügiger Subventionierung schlug sich die Exklusivität des Weins dennoch in der Rechnung nieder, und Quillington fühlte sich entsprechend zerknirscht. Vielleicht würde sich der alte Mistkerl bis zur Teestunde ja wieder berappeln.

Sie weilten heute im Oberhaus, um gegen ein geplantes Gesetz, das ein striktes Verbot der Fuchsjagd vorsah, zu protestieren, und die Debatte war bereits in vollem Gange, als sie auf den mit tiefrotem Saffianleder bezogenen Bänken des gotischen Saals Platz nahmen. Binnen weniger Minuten war Chesholm eingeschlafen, während Quillington eingezwängt dahockte und mit wachsendem Groll einem unlängst für seine Verdienste bei der Erforschung gewerkschaftlicher Strukturen auf Lebenszeit geadelten ehemaligen Fachhochschulprofessor lauschte, der sich über die Dekadenz und Verderbtheit all jener ausließ, die noch immer so taten, als gehöre das ländliche England ihnen wie ein gottgegebenes Recht. Die Debatten im Oberhaus werden mit weit weniger Inbrunst und Streitlust geführt als in der anderen Kammer — wie es sich für die aristokratische und nahezu familiäre Atmosphäre geziemt —, doch auch ohne direkt unhöflich zu werden, gelang es dem Abgeordneten, seinen Standpunkt entschieden und unmissverständlich klarzumachen. Aus allen Ecken des zu diesem Anlass mit Erbadel und blaublütigen Hinterwäldlern aus entlegenen Landesteilen ungewöhnlich gut besetzten Saales drang ein missmutiges Knurren gekränkten Stolzes, das vage an eine Horde in die Enge getriebener Wildschweine erinnerte. Derartige Gefühlsregungen sind in der ersten Parlamentskammer keineswegs alltäglich, doch eine solche Ballung erbadliger Abgeordneter war ebenso außergewöhnlich und in der Regel nur bei Staatsbegräbnissen und königlichen Hochzeiten zu verzeichnen. Das Oberhaus mochte sich hier nicht von seiner üblichen — geschweige denn von seiner besten — Seite zeigen, doch gewiss präsentierten sich Ihre Lordschaften von ihrer nobelsten.

Quillington räusperte sich; diese Debatte drohte das wohlige Gefühl, das der Bordeaux hinterlassen hatte, völlig zu ruinieren.

Der Fachhochschuladlige hatte seine Attacke mittlerweile von den Fuchsjägern im Speziellen auf alle Menschen ausgeweitet, die überhaupt jagten, und Quillington nahm größten Anstoß daran. Er gehörte nicht zu den Leuten, die die Rechte anderer mit Füßen traten – noch nie hatte er einen Landarbeiter aus seinem Häuschen geworfen, und für sämtliche Jagdschäden war er stets anstandslos aufgekommen. Zum Teufel mit dem Burschen, die Quillingtons waren aufopferungsvolle Verwalter ihres Landes. Die Ländereien hatten sie ihr Vermögen gekostet – nicht zu vergessen die Gesundheit seines Vaters – und seiner Mutter nur wenige tränenreiche Jahre als Witwe beschert. Und trotzdem stand da dieser Hornochse, der sein ganzes Arbeitsleben mit einem inflationssicheren Gehalt in irgendeinem überheizten Seminarraum zugebracht hatte, und nannte ihn einen Schnorrer. Jetzt reichte es, verdammt nochmal, jetzt reichte es wirklich. Diese Art von Geschwätz und dreisten Unterstellungen hatte er sich schon viel zu lange anhören müssen – ein Rückfall in die klassenkämpferischen Parolen, die eigentlich schon seit fünfzig Jahren passé waren.

»Wird Zeit, dass wir denen mal einen Dämpfer verpassen, glaubst du nicht, Chesy?« Fast bevor er es selbst begriffen hatte, war Quillington auf den Beinen.

»In dieser Debatte geht es nur vordergründig um die Fuchsjagd, das ist doch alles nur ein Vorwand. Dahinter verbirgt sich ein heimtückischer Angriff auf die Traditionen und Werte, die nicht nur den Zusammenhalt unserer ländlichen Gegenden über Jahrhunderte bewahrt haben, sondern ebenso den dieses Hauses und der Gesellschaft als Ganzes. Es sind Umstürzler am Werk, einige davon womöglich gar in unseren Reihen« – geflissentlich mied er jeden Blickkontakt mit seinem Vorredner, sodass auch jeder wusste, wen er damit meinte –, »die unter dem

Deckmantel der Demokratie anderen ihre eigenen engstirnigen, militanten Ansichten aufdrängen wollen, der schweigenden Mehrheit, die das wahre und ruhmreiche Rückgrat Großbritanniens darstellt.«

Er leckte sich die Lippen, die Wangen gerötet von einer Mischung aus Léoville-Barton und echten Gefühlen, die das Unbehagen, das er für gewöhnlich bei öffentlichen Reden empfand, erheblich minderte; jenes Lampenfieber, das ihn schon mehr als einmal bei der Eröffnung des jährlichen Dorffestes als stammelnder und haspelnder Tölpel hatte dastehen lassen. »Sie wollen nicht weniger als eine Revolution. Sie betreiben die Aufgabe unserer Traditionen, die Auflösung dieser Kammer, sie treten unsere Rechte mit Füßen.« Quillington zeigte mit dem Finger auf den verhüllten Thronsessel, der ein Ende des Saales überragte, nun aber leer und verloren dastand. »Sogar unsere königliche Familie wollen sie zum Schweigen bringen und der Bedeutungslosigkeit preisgeben.«

Etliche Ihrer Lordschaften runzelten kollektiv die Stirn. Die Vorschriften bezüglich der Königsfamilie waren äußerst restriktiv, insbesondere in einer Debatte über Hetzjagden und anderen sogenannten Blutsport. »Zur Sache, *my Lord*«, brummte einer von ihnen drohend.

»Aber, edle Lordschaften, darum geht es doch genau«, protestierte Quillington. »Wir sind nicht dazu da, alles unbesehen abzunicken, was uns aus dem Unterhaus vorgelegt wird. Wir sind hier, um zu beraten, anzuregen und zu warnen. Und wir tun dies, wie übrigens auch unser König, weil wir es sind, die die wahren, die nachhaltigen Interessen dieses Landes repräsentieren. Wir repräsentieren all die Werte, die unsere Nation im Laufe der vergangenen Jahrhunderte groß gemacht haben und die sie auch wohlbehalten ins nächste Jahrhundert führen werden. Wir lassen uns nicht von jeder Mode und Marotte beeinflussen. Wir sind frei von der Korrumpiertheit, die damit einhergeht, sich wählen zu lassen und es stets allen und jedem recht machen zu müssen, Dinge zu versprechen, die man nie wird halten können. Wir stehen für die unveränderlichen und beständigen Dinge in der Gesellschaft.«

»Bravo, richtig!« Aus den überfüllten Sitzreihen rings um Quillington waren erste Zustimmungsbekundungen zu vernehmen. In Perücke und Hermelin saß der prächtig gekleidete Lordkanzler auf seinem Wollsack, dem traditionellen Sitzmöbel des Vorsitzenden, und trommelte ungeduldig mit den Fingern; die Rede war äußerst ungewöhnlich, aber durchaus von der amüsanteren Sorte.

»Von den Machenschaften der Jagdsaboteure bis zu einem Angriff auf den Königspalast scheint es zwar ein weiter Weg, aber was wir von beidem in letzter Zeit gesehen haben, sollte uns gemahnen, unerschütterlich an unseren Überzeugungen festzuhalten und uns nicht wie verängstigtes Gewürm ins Unterholz zu verkriechen.« Er spreizte seine langen dünnen Arme theatralisch vom Körper ab, als versuche er damit, ihre Gunst einzufangen. Er hätte sich die Mühe sparen können. Die Abgeordneten begannen zu nicken und als Zeichen der Zustimmung auf die Knie zu schlagen. »Aufgabe dieses Hohen Hauses wie auch der königlichen Familie ist es, diese zeitlosen Aspekte unseres nationalen Erbes zu verteidigen, frei von der Selbstsucht der anderen Parlamentskammer. Dieses Haus hat keinerlei Grund, vor der Macht und dem Geld der Wirtschaft zu katzbuckeln!« Der Fachhochschuladlige saß nun kerzengerade, kurz davor einzugreifen. Er rechnete damit, dass Quillington gleich zu weit gehen würde. »Da wir gegen die Versuchung immun sind, die Bevölkerung mit ihrem eigenen Geld zu bestechen, kommt es uns zu, die Öffentlichkeit vor Kurzsichtigkeit und Falschheit zu warnen. Und nie ist diese Aufgabe drängender als zu Zeiten eines neuen Kabinetts und eines Premierministers, die noch nicht einmal von den Bürgern gewählt wurden. Soll er doch, so er es sich traut, mit dem Versprechen durchs Land ziehen, den König zu kastrieren und das House of Lords abzuschaffen. Doch bis er dieses Recht und diese Macht kraft einer Wahl errungen hat, sollten wir ihm nicht erlauben, im Stillen genau das zu tun, was ihm öffentlich bisher verwehrt blieb.«

Der Fachhochschuladlige hatte jetzt endgültig die Nase voll. Er wusste zwar nicht genau, welcher Verfehlung Quillington sich schuldig machte, doch die Emotionen in der Kammer kochten hoch, von allen Bänken regten sich Beifallsbekundungen für Quillington, und den FH-Abgeordneten packte plötzlich das klaustrophobische Gefühl, auf der Anklagebank eines Gerichtssaals zu sitzen. »Ordnung! Der edle Lord muss sich zügeln«, rief er dazwischen.

»Wieso ... ?« – »Nein, lasst ihn weitersprechen ...« – »Lasst ihn zu Ende reden ...« Von allen Seiten schlugen Quillington Rat und Zuspruch entgegen, während der Fachhochschuladlige brüllend und vergeblich mit dem erhobenem Zeigefinger drohend aufsprang. Quillington hatte gewonnen, und er wusste es.

»Ich möchte nun enden, edle Lordschaften. Vergessen Sie weder Ihre Pflichten noch Ihre Treue zum König noch die Opfer, die Sie und Ihre Vorfahren gebracht haben, um diese Nation groß zu machen. Nutzen Sie dieses erbärmliche Gesetz, um andere zu gemahnen, dass Sie all das nicht vergessen haben. Und lassen Sie den britischen Löwen wieder brüllen!«

Als er sich setzte, nahmen die Abgeordneten ihre Tagesordnungen und hieben damit als Beifallsbekundung krachend auf die vor ihnen befindlichen Lederbänke ein.

Die rechts und links neben seinem Kopf niedergehenden Papierbögen rissen den betagten Chesholm jäh aus dem Schlaf. »Was denn? Was war das? Habe ich denn was verpasst, Mickey?«

»Eine Frage zur Geschäftsordnung, Madam Speaker.«
»Gestattet, Mr Jeremy Colthorpe.«
Die schrille Stimme der Parlamentsvorsitzenden schnitt durch den Lärm des Unterhauses, während die Abgeordneten nach einer von der Opposition angeregten Debatte über unzulängliche Wohnverhältnisse, die sich über drei zähe Stunden gezogen hatte, hin und her rannten, um ihre Stimme abzugeben. Für gewöhnlich wies Madam Speaker Verfahrensfragen während eines Hammelsprungs scharfzüngig ab, und in der Tat machten die uralten Parlamentsvorschriften solche Störungen umso heikler, da sie den Abgeordneten zwangen, bei der Frage seinen Kopf zu bedecken – offiziell, um inmitten des ganzen Trubels besser gesehen zu werden, in Wahrheit aber wohl eher, um unnütze Zeitverschwender abzuschrecken. Doch Colthorpe war ein langjähriger Abgeordneter und galt keineswegs als Querulant. Trotzig, wenn auch etwas albern mit einem für solche Fälle bereitgehaltenen Klappzylinder kostümiert, stand er nun da. Fragen zur Geschäftsordnung besaßen nicht selten eine komische Note, und die Unruhe ebbte etwas ab, da alle angestrengt zu hören versuchten, was den alten Mann so aufgebracht hatte.

»Madam Speaker, von Zeit zu Zeit kommt eine Frage von solcher Tragweite und Dringlichkeit auf, von solch übergeordneter Bedeutung für die Tätigkeiten dieses Hauses, dass Sie es für notwendig erachten, den zuständigen Minister hierherzuzitieren und um Antworten zu ersuchen. Ich glaube, dies ist ein solcher Fall.« Es war sogar noch mehr. Quillingtons Rede hatte sich bereits bis in die Teestuben und Bars des Unterhauses herumgesprochen, als Colthorpe noch immer an seinem verpatzten Gespräch mit Stamper laborierte; er war es nun mal nicht gewohnt, Immobilienmaklern den Hof zu machen, sagte er sich, und er wusste, dass er es komplett vermasselt hatte. Die Nachricht von der Rede des Oberhausabgeordneten hatte er vernommen wie ein Ertrinkender die Sirene eines nahenden Rettungsschiffs und sich flugs auf die Suche nach Stamper gemacht, in banger Furcht, jemand anderer könne ihm zuvorkommen. Vierzig Minuten später war er zurück im Sitzungssaal und auf den Beinen.

»Etwas früher heute Nachmittag, im anderen Haus dieses Parlaments, hat ein edler Lord diese Kammer der politischen Korrumpiertheit bezichtigt, ihr vorgeworfen, sowohl Ihre Lordschaften wie auch Seine Majestät den König um ihre verfassungsmäßigen Rechte prellen zu wollen, und sich zu der Behauptung verstiegen, Seine Majestät sei auf unlautere Weise zum Schweigen gebracht worden. Eine derartige Infragestellung des Wirkens dieses Hauses sowie des Premierministers und seines Amtes erfordert...«

»Gemach, gemach!«, mahnte die Vorsitzende Colthorpe in ihrem breitem Lancashire-Dialekt zum Schweigen. »Ich habe davon nichts gehört. Völlig unangemessen. Sie wissen, dass es gegen die Regeln dieses Hauses verstößt, persönliche Angelegenheiten des Königs zu erörtern.«

»Dies ist keine persönliche, sondern eine verfassungsrechtliche Angelegenheit von höchstem Rang, Madam Speaker. Die Rechte dieses Hauses sind im Laufe vieler Jahre gewachsen und fest in unserer Tradition verankert. Werden sie angefochten, müssen wir sie verteidigen.«

»Nichtsdestoweniger möchte ich zuerst wissen, was gesagt wurde, bevor ich Ihrem Beitrag weiter stattgebe«, versuchte ihn die Sprecherin zu bremsen, doch er ließ sich nicht beirren.

»Jedes Zaudern, jeder Aufschub ist gefährlich, Madam Speaker. Dies ist nur ein weiteres Beispiel der interventionistischen Tendenzen dieser Pseudomonarchie ...«

»Es reicht!« Jetzt war sie aufgestanden, starrte ihn grimmig über die Ränder ihrer Halbmondbrille an und gebot ihm einzulenken.

»Aber Madam Speaker, es muss uns doch gestattet sein, auf Anfeindungen zu reagieren, ganz gleich, wo diese Attacken ihren Ursprung haben. Die Debatte im anderen Haus, vorgeblich über die Fuchsjagd, wurde zu einem direkten Angriff auf dieses Parlament missbraucht. Nun, Madam Speaker, es liegt mir fern, die Rechtschaffenheit derjenigen in Abrede zu stellen, denen es beliebt, solche Attacken zu führen ...«

Das hörte sie gern und zögerte.

»Gewiss ist es durchaus möglich«, fuhr Colthorpe fort, »sich auch zu Pferde, während man draußen einem Fuchs nachstellt, leidenschaftlich um das Wohlergehen des Landes zu sorgen.« Aus den umliegenden Reihen hob ein amüsiertes Grummeln an. »Es mag ebenso möglich sein, sich in die Nöte von Obdachlosen einzufühlen, auch wenn man selbst im Luxus eines Palastes lebt – nun ja, in mehreren Palästen gar. Es mag sogar möglich sein – und wie sollte ich das leugnen? –, dass die Erfahrung, in Nobelkarossen und Zügen mit vierzig Waggons durchs Land chauffiert zu werden, einem ein singuläres Verständnis für die Probleme derjenigen beschert, die an einen Rollstuhl gefesselt sind ...«

»Vierzig Waggons?«, echauffierte sich eine Stimme. »Was zum Teufel macht er mit vierzig Waggons?«

Madam Speaker hatte sich abermals erhoben, stand, um zusätzliche Zentimeter und Autorität bemüht, gar auf den Zehenspitzen und wedelte zornentbrannt mit ihrer Brille in

Colthorpes Richtung, der zu einer weiteren Tirade anhob und sie vollkommen ignorierte.

»Es mag ebenfalls möglich sein, gänzlich auf Kosten der Steuerzahler zu leben und keinen Penny Steuern zu zahlen und denen, die dies tun, Habgier und Egoismus vorzuwerfen. Möglich ist das alles, Madam Speaker, aber ist es nicht wahrscheinlicher, dass es sich bei alldem um kaum mehr handelt als einen weiteren Haufen jenes organischen Düngemittels, das derzeit großflächig über die Palastgärten verteilt wird?«

Die aufgebrachten Ordnungsrufe der Sprecherin gingen im losbrechenden Getöse unter. »Wenn der ehrenwerte Gentleman nicht sofort wieder Platz nimmt, sehe ich mich gezwungen, ihn zu verwarnen«, deklamierte sie, drohte also, das Verfahren in Gang zu setzen, das ihn für den Rest der Sitzungswoche mit Parlamentsverbot belegen würde. Aber es war längst zu spät. Als Colthorpe einen Blick auf die Pressetribüne warf, sah er, wie die Reporter hektisch auf ihren Notizblöcken herumkritzelten. Sobald er den Saal verließ, würde ihn schon eine ganze Meute von ihnen erwarten. Er hatte seinen Standpunkt klargemacht; sein Name würde in der Morgenausgabe jeder Zeitung stehen.

»Ordnung! Oooordnung!«, rief die Vorsitzende. Mit einer möglichst würdevollen Verbeugung, bei der ihm der Zylinder vom Kopf purzelte und weit über den Boden rollte, setzte er sich wieder auf seinen Platz.

Kapitel 28

Loyalität ist wie das Zölibat – einfach zu geloben, aber verdammt schwer zu leben.

Landless ließ sich gerade die Haare schneiden, als er den Anruf erhielt. In der Regel wollte er dabei nicht gestört werden. Seine Sekretärin hielt diese Marotte für einen Ausdruck von Verlegenheit, da der Herrenfriseur, der den Geschäftsmann alle zwei Wochen in seinem Büro besuchte, »zartbesaitet« war, wie sie es nannte. Doch Landless machte sich nichts daraus. Quentin war der einzige Friseur, dem es je gelungen war, sein drahtiges Haar zu bändigen, ohne es in Tonnen von Pomade zu ertränken, und darüber hinaus war sein eigener Ruf das andere Geschlecht betreffend unzweifelhaft genug, um den Umgang mit einer affektierten Tunte zu überstehen. In Wahrheit war Quentin eine fürchterliche Klatschtante mit einem reichhaltigen Fundus an Geschichten über andere prominente Kunden, die ihn bezüglich ihres Liebeslebens allesamt als eine Art Beichtvater zu betrachten schienen. Landless faszinierte immer wieder, zu welchen Geständnissen oder Fantasien sich die Leute unter dem Einfluss vergleichsweise harmloser Drogen wie Shampoo und einer fachmännischen Kopfmassage hinreißen ließen. Er selbst dagegen hielt den Mund und hörte zu. Gebannt lauschte er gerade einer faszinierenden Schilderung aller Körperstellen, die sich der beliebteste Soapstar des Landes rasieren ließ – und in welchen Mustern –, als das Schrillen des Telefonapparats ihn aus den Gedanken riss.

Es war sein Chefredakteur, der ihn um Rat ersuchte und wie immer auf Nummer sicher gehen wollte. Aber Landless hatte nichts dagegen, jedenfalls diesmal nicht. Schließlich war es seine Story.

»Was werden die anderen draus machen?«

»Niemand weiß es so recht. Die Geschichte ist derart ungewöhnlich.« Die Angelegenheit betraf den König, den Premierminister, das Ober- und Unterhaus – nur der Erzbischof war bisher noch nicht mit von der Partie, aber die *Sun* und der *Mirror* würden sicher bald eine Verbindung finden. Angestoßen hatten das Ganze jedoch zwei absolute Niemands – nur wenige kannten Colthorpe, so gut wie keiner Quillington. Eine heikle Sache, womöglich genügte eine Spalte im Politikteil?

»Irgendein Wink aus der Downing Street?«

»Die sind vorsichtig. Haben angeblich nichts damit zu tun. Wäre aber freilich eine ernste Sache, über die verständlicherweise berichtet werden müsse und so weiter, lassen aber durchklingen, Quillington sei ein Schwachkopf, und Colthorpe habe überreagiert. Sie wollen nicht noch mal das Theater, das vor Weihnachten passiert ist.«

»Raten uns aber auch nicht, die Sache zu begraben, oder?«

»Nein.«

»Colthorpe hat versucht, die Debatte auf ein anderes Gleis zu setzen – von der gespaltenen Nation aufs schnöde Geld. Clever, zu clever für ihn allein. Die lassen Testballons steigen. Probieren es mit Colthorpe aus, um zu sehen, ob die Sache Aufwind bekommt.«

»Und was machen wir jetzt?«

Es ging nicht unbedingt darum, dass er es Quillington versprochen hatte, er folgte vielmehr seinem Instinkt – dem Instinkt eines Mannes, der sich seine ganze Jugend über in der Gosse geprügelt hatte, der es gewohnt war, zwischen Schatten zu unterscheiden, die Schutz boten, und solchen, in denen der

Gegner lauerte. Er verließ sich auf sein Bauchgefühl. Und das sagte ihm, in diesen Schatten verbarg sich Francis Urquhart. Wenn Landless etwas Licht darauf warf, wer weiß, was er zum Vorschein bringen würde? Wie dem auch sei, er hatte einen Haufen Geld in die Königsfamilie investiert, und er würde keine Dividende erhalten, solange die Royals nicht in die Schlagzeilen gerieten. Gute, schlechte, neutrale Schlagzeilen, das war ihm egal – Hauptsache Schlagzeilen.

»Blasen Sie's richtig auf! Seite eins, Aufmacher.«

»Glauben Sie, dass die Story so groß ist?«

»Wir machen sie so groß.«

Aus dem anderen Ende der Leitung drang das aufgewühlte Schnauben des Redakteurs, der hörbar Probleme hatte, mitzukommen und der Logik seines Arbeitgebers zu folgen. »Oberhaus attackiert Urquhart?«, schlug er vor und versuchte sich gleich noch an einer anderen Überschrift: »Premier WEDER gewählt NOCH wählbar, sagen Königstreue.«

»Nein, Sie Vollidiot. Vor sechs Wochen haben wir den Leuten noch erzählt, was für ein großartiger, edler Mensch er ist. Ihn von einem Tag auf den anderen von Roger Rabbit zu Rasputin zu machen, würden selbst unsere Leser nicht schlucken. Machen Sie's ausgewogen, fair, seriös. Aber machen Sie's groß.«

»Sie wollen die anderen mit der Geschichte kalt erwischen.« Es war eine Vermutung, keine Frage: Kein Konkurrenzblatt würde eine solche Titelstory bringen.

»Nein, diesmal nicht«, erwiderte Landless bedächtig. »Erzählen Sie's ruhig in der Redaktion herum.«

»Aber dann weiß es in weniger als einer Stunde die ganze Fleet Street.« Beide waren sich durchaus im Klaren darüber, dass einige ihrer Journalisten die Konkurrenz für Bares über jede Neuigkeit informierten, so wie auch sie im Gegenzug für Tipps aus den anderen Häusern zahlten. »Die werden sich alle dranhängen, glauben, wir wären irgendwas auf der Spur, hätten was spitzgekriegt, das sie nicht wissen. Keiner will auf der Strecke bleiben. Das wird auf jeder Titelseite landen...«

»Genau. Die Geschichte wird ein Renner werden, weil wir ihr Beine gemacht haben... Besonnen, fair, im Interesse des Landes. Bis die Zeit gekommen ist, uns aus der Deckung zu wagen. Und dann wird der Ärger, den wir vom Zaun brechen, unserem lieben Mr Urquhart monatelang Albträume bereiten. Erst dann sorgen wir dafür, dass er nicht nur nicht gewählt, sondern auch nicht wählbar ist.«

Er legte den Hörer wieder auf die Gabel und wandte sich Quentin zu, der, vermeintlich in die Suche nach einer verlorenen Wimper vertieft, an der gegenüberliegenden Wand des riesigen marmorverkleideten Badezimmers herumlungerte.

»Quentin, sagt Ihnen Edward der Zweite was?«

»Meinen Sie den, den sie mit einem glühenden Schürhaken erledigt haben?« Beim Gedanken an die grausige Geschichte und das bestialische Gemetzel, das an dem warmen Bruder verübt wurde, spitzte der Friseur vor Abscheu die Lippen.

»Wenn auch nur ein Sterbenswörtchen dieser Unterhaltung diesen Raum verlässt, dürfen Sie sich Quentin der Erste nennen. Und ich werde mich höchstpersönlich mit dem Schüreisen an Ihnen zu schaffen machen. Kapiert?«

Krampfhaft versuchte Quentin, sich einzureden, der Zeitungsmann habe nur einen Witz gemacht. Er lächelte ermutigend, erhielt im Gegenzug aber nur einen stählernen Blick, der an seinem Ernst keinerlei Zweifel ließ. Quentin fiel ein, dass Landless noch nie gescherzt hatte. Ohne ein weiteres Wort zu sagen, fuhr er mit dem Haareschneiden fort.

Sie hatte die Morgenausgaben selbst hochgetragen und war auf der Treppe zufällig dem Boten begegnet.

»Wie schön, Sie wieder hier zu sehen, Miss.«

Wieder – Sally glaubte, in dem Wort eine pikante Anspielung vernommen zu haben. Vielleicht war es nur ihre Einbildung, oder ihr Schuldgefühl? Nein, kein Schuldgefühl. Sie hatte schon lange aufgehört, ihr Leben nach Normen und Regeln zu führen, die alle andere ebenso ungeniert missachteten. Sie war niemandem etwas schuldig, und wieso sollte sie als verarmte Jungfrau sterben?

Er legte die Zeitungen nebeneinander auf den Boden, beugte sich darüber und stand eine ganze Weile gedankenverloren da.

»Es hat begonnen, Sally«, sagte er schließlich. Sie registrierte den besorgten Unterton in seiner Stimme. »Bald wird es kein Zurück mehr geben.«

»Auf dem Weg zum Sieg.«

»Oder zur Hölle.«

»Komm schon, Francis, das ist es doch, was du wolltest. Dass die Leute beginnen, Fragen zu stellen.«

»Versteh mich nicht falsch. Ich bin nicht niedergeschlagen, nur ein wenig zögerlich. Schließlich bin ich Engländer, und er ist mein König. Und wie es scheint, sind wir nicht die Einzigen, die Fragen stellen. Wer ist dieser Quillington, dieser unbekannte Blaublüter mit Sendungsbewusstsein?«

»Weißt du das nicht? Er ist der Bruder des Mannes, der, wie gemunkelt wird, der Prinzessin nahe genug steht, um sich ihre Erkältungen einzufangen. Taucht andauernd in den Klatschspalten auf.«

»Du liest die Klatschspalten?« Es überraschte ihn; es war eine von Mortimas eher unschönen Frühstücksangewohnheiten. Urquhart musterte Sally eingehend, fragte sich, ob er je die Möglichkeit haben würde, mit ihr zu frühstücken.

»Viele meiner Kunden sind dort Stammgäste. Ärgern sich, wenn sie drinstehen, sind aber tief gekränkt, wenn nicht.«

»Quillington ist also ein Mann des Königs, oder? Die Königstreuen haben den Schlachtruf vernommen und schlagen zurück.« Er stand noch immer über die Zeitungen gebeugt da.

»Apropos Kunden, Francis, du meintest doch, du würdest mich einigen neuen Klienten vorstellen, aber abgesehen von ein paar Botenjungen und Kaffeefeen habe ich bisher noch niemanden gesehen. Aus irgendeinem Grund scheinen wir hier immer allein zu sein.«

»Wir sind nie wirklich allein. Das ist an einem Ort wie diesem unmöglich.«

Sie trat hinter ihn und ließ ihre Hände seine Brust hinabgleiten, vergrub ihr Gesicht im frisch gestärkten, blütenweißen Baumwollstoff seines Hemds. Sie konnte ihn riechen, diesen männlichen Duft, das Moschusartige des Körpers vermischt mit Wäschesteife und dem schwachen Hauch von Rasierwasser, und sie spürte bereits, wie sein Blut in Wallung geriet. Sie wusste, dass er die Gefahr liebte, dass sie ihm das Gefühl gab, nicht nur sie, sondern mit ihr die ganze Welt zu erobern. Die Tatsache, dass jeden Moment ein Bote oder Beamter hereinplatzen könnte, schärfte seine Sinne nur noch mehr, beflügelte seine Triebe; wenn er sie nahm, fühlte er sich unbezwingbar. Irgendwann würde er sich immer so fühlen, alle Vorsicht in den Wind schlagen und keine Regeln außer seinen eigenen mehr gelten lassen – und noch während er dem Höhepunkt seiner Macht entgegenstrebte, würde bereits die Talfahrt einsetzen, dann die Niederlage. So erging es allen. Sie fingen an, sich einzureden, jede neue Herausforderung sei nicht länger neu, sondern nur eine Wiederkehr vergangener, heldenhaft gewonnener Schlachten. Ihr Geist verengt sich, sie verlieren Bodenhaftung und Flexibilität, nehmen die Gefahren, denen sie gegenüberstehen, einfach nicht mehr wahr. Aus Weitblick wird stumpfe Wiederholung. Gewiss, bei Urquhart war es noch nicht so weit. *Noch nicht.* Aber bald. Es machte ihr nichts aus, benutzt zu werden, solange sie ihn ebenso benutzen konnte und solange sie sich klarmachte, dass dies, wie alles andere, nicht ewig währen würde. Sie fuhr ihm mit den Händen die Brust hinab und ließ ihre Finger zwischen die Hemdknöpfe gleiten. Premierminister sind stets getrieben, zuerst von ihrer eigenen Eitel- und scheinbaren Unbezwingbarkeit, am Ende von den Wählern oder ihren Kollegen und politischen Freunden. Doch in der Regel nicht vom König, seit vielen Jahren nicht mehr.

»Mach dir keine Sorgen um deine Kunden, Sally. Ich kümmere mich darum.«

»Danke, Francis.« Sie küsste seinen Nacken, während sich ihre Finger weiter die Knöpfe hinabtasteten, als übte sie eine Tonleiter auf dem Klavier.

»Du bist außerordentlich in deinem Job«, hauchte er.

»Ist Mrs Urquhart nicht zu Hause?«

»Sie besucht ihre Schwester. In Fife.«

»Klingt, als wäre es weit weg.«

»Das ist es.«

»Ich verstehe.«

Sie hatte den letzten Knopf geöffnet. Er stand noch immer, die Zeitungen zu seinen Füßen, und blickte herausfordernd zur Tür wie Horatius auf der Tiberbrücke, jederzeit bereit, alle Eindringlinge zurückzuschlagen, und fühlte sich allmächtig. Ein Teil von ihm wünschte sich gar, dass die Tür aufsprang und die gesamte Downing Street ihn mit dieser viel jüngeren, begehrenswerten Frau sah – sah, wie männlich er war. Womöglich hatte er noch nicht mitbekommen, dass sie längst aufgehört hatten, mit ihren ewigen Depeschen und Kabinettsunterlagen hereinzuplatzen, wenn sie hier war, stets einen Vorwand erfanden, vorher anzurufen, oder sich einfach nicht mehr die Mühe machten, ihn überhaupt zu behelligen. Sie wussten Bescheid, natürlich taten sie das. Aber vielleicht wusste er nicht, dass sie es wussten. Vielleicht verlor er bereits den Boden unter den Füßen.

»Francis«, flüsterte sie ihm ins Ohr. »Ich weiß, es ist spät. Es ist zwar schon dunkel, aber ... Du hast mir immer versprochen, mir einmal das Kabinettszimmer zu zeigen. Deinen ganz besonderen Stuhl.«

Er vermochte nicht zu antworten. Ihre Finger machten ihn sprachlos.

»Francis? Bitte ...«

Kapitel 29

Wenn einem König die Seife herunterfällt, ist er klar im Nachteil. Was soll er tun, wenn kein Diener in der Nähe ist, um sie für ihn aufzuheben?

Er hatte schon wieder nicht geschlafen. Und er wusste, dass er begann, auf Kleinigkeiten völlig unangemessen zu reagieren. Kleinigkeiten wie seinen Zahnputzbecher. Der Kammerdiener hatte ihn einfach so ausgewechselt, im festen Glauben, er wüsste am besten, was gut für ihn sei. Wie alle anderen auch. Er war fuchsteufelswild geworden, hatte einen Mordsstreit vom Zaun gebrochen und schämte sich nun dafür. Seinen Zahnputzbecher hatte er zurückbekommen, über der Sache aber seine Würde und sein inneres Gleichgewicht verloren. Und zu wissen, was mit ihm geschah, schien alles nur noch schlimmer zu machen.

Das Gesicht im Badezimmerspiegel sah verhärmt aus, gealtert, die Krähenfüße um seine Augen groß wie Klauen der Vergeltung, sein inneres Feuer kraftlos und heruntergebrannt. Als er sein Abbild eingehend studierte, blickte ihm jäh das Gesicht seines Vaters entgegen, grimmig, unbeherrscht, unnachgiebig. Ihn fröstelte. Er wurde alt, noch bevor sein Leben richtig begonnen hatte, ein Leben, das er bisher nur damit zugebracht hatte, auf den Tod seiner Eltern zu warten, so wie seine Kinder nun auf den seinigen warteten. Würde er heute sterben, gäbe es ein riesiges Staatsbegräbnis, und Millionen würden um ihn trauern. Doch wie viele würden sich wirklich an ihn erinnern? Nicht an die Galionsfigur, sondern an den Mann?

Als Kind hatte es noch so manche Entschädigung gegeben. Er erinnerte sich an sein Lieblingsspiel, das darin bestand, vor der Palastgarde hin und her zu flitzen und von jeder Wache mit dem befriedigenden Klacken scharrender Stiefel und gereckten Armen begrüßt zu werden, bis sowohl er wie auch die Soldaten völlig außer Puste waren. Nur eine richtige Kindheit hatte er nie gehabt, er war stets einsam gewesen und außerstande, jemandem wirklich nahe zu sein wie andere Kinder, und jetzt wollten sie ihn auch noch seiner Männlichkeit berauben. Wenn er fernsah, verstand er die Hälfte der Werbespots nicht. Die andauernde Berieselung mit Reklame für Hypotheken, Sparpläne, Geldautomaten, Waschmittel, die noch weißer wuschen, und Vorrichtungen, mit denen man Farbe in die schwierigen Ecken und aus den Borsten des Pinsels bekam. Sie hätten genauso gut von einem anderen Planeten kommen können. Er benutzte bereits das weicheste Toilettenpapier, das es gab, hatte aber keinen Schimmer, wo man es kaufte. Morgens musste er noch nicht einmal den Deckel von der Zahnpastatube schrauben oder seine Rasierklingen wechseln. Alles wurde für ihn erledigt, alles. Sein Leben war irreal, und auf eine gewisse Art vollkommen belanglos. Ein elender, jämmerlicher goldener Käfig.

Selbst die Mädchen, die sie aufgetrieben hatten, um ihn in einige grundlegende Dinge einzuweihen, hatten ihn »Sir« genannt, nicht nur beim Kennenlernen und in der Öffentlichkeit, auch später, im Bett, wenn sie allein waren, mit nichts außer dem Schweiß der Erregung zwischen ihnen, während sie ihm zeigten, wie der Rest der Welt seine Nächte verbrachte.

Er hatte sich wirklich alle Mühe gegeben, alles getan, was man von ihm verlangte – und noch mehr. Hatte Walisisch gelernt, die Highlands durchwandert, sein eigenes Schiff befehligt, war Hubschrauber geflogen und aus anderthalb Kilometern Höhe aus Flugzeugen gesprungen, hatte Wohltätigkeitskomitees vorgesessen, Krankenhausflügel eröffnet und deren Gedenktafeln enthüllt, über die Demütigungen und erbärmlichen Imitationen gelacht, die Beleidigungen stoisch ignoriert, sich angesichts der boshaften Lügen über seine Familie auf die Lippe gebissen und die andere Wange hingehalten, war auf dem Bauch durch den Dreck und Unrat der Truppenübungsplätze gerobbt, genau wie man von ihm erwartete, durch den Dreck und Unrat der Fleet Street zu kriechen. Alles, was man von ihm erwartete, hatte er getan, doch es war nie genug. Je mehr er sich abmühte, desto grausamer wurden ihre Späße und ihr Spott. Die Aufgabe, die Erwartungen, sie waren ins Unermessliche gewachsen, es wäre für jeden zu viel gewesen.

Er sah den kantigen, kahl werdenden Schädel, der dem seines Vaters so sehr glich, die hängenden Augen. Er hatte bereits die Morgenzeitungen überflogen, die Debatten, Spekulationen und Andeutungen, die Schulmeisterei der Leitartikler, die entweder über ihn schrieben, als kennten sie ihn so innig, dass sie tief in seine Seele blicken konnten, oder ihn behandelten, als existiere er überhaupt nicht, jedenfalls nicht als Mensch. Er war ihr Eigentum, ein Besitzstück, das sie zur Schau stellten und nach Belieben hervorholten, um ihre Gesetze zu unterschreiben, ihre Bänder durchzuschneiden und ihre Zeitungen zu verkaufen. Sie erlaubten ihm nicht, an der Welt da draußen teilzuhaben, verwehrten ihm zugleich aber den simplen Trost, allein gelassen zu werden.

Seine einst so blauen Augen waren blutunterlaufen vor Zweifeln und Erschöpfung. Irgendwie musste er den Mut aufbringen, einen Ausweg finden, bevor sie ihn brachen. Aber für einen König gab es keinen Ausweg. Während seine Gedanken immer wirrer umeinanderkreisten, begann seine Hand zu zittern, völlig unkontrolliert, und der Zahnputzbecher fing an zu beben. Seine klammen Finger krampften sich vergeblich um das Porzellan, bemüht, die Kontrolle wiederzuerlangen, doch jetzt schien ihm alles zu entgleiten, und der Becher flog ihm wie von einer fremden Macht besessen aus der Hand, streifte den Wannenrand und purzelte auf den Fliesenboden. Gebannt starrte er ihm hinterher, als verfolge er die Aufführung eines tragischen Balletts. Der Becher vollführte einige kleine Pirouetten, der Henkel schnellte mal hier-, mal dorthin, winkte ihm zu, verhöhnte ihn, bis er sich elegant zu einem letzten verzweifelten Sprung emporschwang, sich drehte und in hundert böse scharfe Zähne zerbarst. Um seinen Lieblingszahnputzbecher war es nun doch geschehen. Und es war allein ihre Schuld.

Kapitel 30

Wenn er stirbt, werden sie zu Hunderttausenden die Straßen säumen, um ihren gefallenen König zu ehren. Natürlich werde ich unter ihnen sein, wenn der Sarg vorüberzieht. Ich möchte ja auf Nummer sicher gehen.

Januar: Die dritte Woche

»Hätten wir das nicht beim Pokalfinale machen können, Tim? Sie wissen doch, wie sehr ich Fußball hasse.« Urquhart musste bereits seine Stimme erheben, um gegen die lärmende Menge anzureden. Dabei hatte das Spiel noch nicht einmal begonnen.

»Das Finale ist erst im Mai, und so lange können wir nicht warten.« Stampers funkelnde Augen huschten über das Spielfeld. Er würde sich den Spaß auf keinen Fall verderben lassen, auch nicht vom Genörgel seines Chefs. Seit er selbst kaum größer als ein Fußball gewesen war, liebte er das Spiel. Außerdem gehörte es zu seinem Plan, Urquhart als Mann des Volkes erscheinen zu lassen – ein Premier, der den Kontakt zu den Bürgern suchte und sich mit ihnen vergnügte. Die Medien würden solch plumpe Gängelei früher oder später überhaben, aber, so sein Kalkül, gewiss nicht bis März. Dies war eine einmalige Gelegenheit – ein flutlichtbeschienenes EM-Qualifikationsspiel gegen den Erzrivalen Deutschland, das dank siegreicher Kriege und schmachvoller WM-Niederlagen auf den Rängen und vor den Fernsehern in jedem Wahlkreis große Emotionen heraufbeschwor. Und wie er den widerspenstigen Urquhart etliche Male erinnern musste, mochten Fußballfans zwar nicht so viel Geld haben wie Operngänger, dafür aber ein Vielfaches an Wählerstimmen, und Urquhart war hier, um sich dabei sehen zu lassen, wie er gemeinsam mit ihnen die Ehre des Mutterlandes verteidigte.

Ohrenbetäubendes Grölen hüllte sie ein, während eine La-Ola-Welle hochschlug, rings um die Tribüne wogte, wobei sämtliche Fans von ihren Sitzen aufsprangen wie einst ihre Ahnen aus den Schützengräben an der Somme, in Verdun, Vimy und bei unzähligen anderen blutigen Gefechten mit den Deutschen. Die Ehrenloge war übersät mit einem reichhaltigen Sortiment halbleerer Drinks, übergewichtigen Fußballfunktionären und Zeitschriften voller Neuigkeiten über die jüngsten Bänderdehnungen und noch weit abstruseren Kabinenklatsch und -tratsch. Nichts davon war nach dem Geschmack des Premierministers, und er kauerte missmutig auf seinem Sitz, als suche er Zuflucht im Aufschlag seines Mantels. Doch als Stamper sich aus der hinteren Reihe zu ihm vorbeugte, entdeckte er, dass sein Parteiführer gebannt auf die Mattscheibe eines kaum zehn Zentimeter breiten Mini-Fernsehers starrte. Er verfolgte die Abendnachrichten.

»Sie wird langsam zu alt für einen Bikini, wenn Sie mich fragen«, ätzte Stamper.

Auf dem LCD-Bildschirm erstrahlte ein Paparazzi-Foto, das, wenn auch in der sanften karibischen Dünung und aufgrund des Teleobjektivs leicht verwackelt, zweifelsfrei Prinzessin Charlotte zeigte, die an einem abgelegenen Strand herumtollte. Die tropischen Farben leuchteten brillant.

»Sie tun der Königsfamilie unrecht, lieber Tim. Sie macht doch nichts Verbotenes. Es ist schließlich kein Verbrechen, sich als Prinzessin mit einem gebräunten Begleiter am Strand sehen zu lassen – selbst wenn dieser um einiges jünger und schlanker ist als sie. Und es tut ebenso wenig zur Sache, dass sie erst letzte Woche zum Skilaufen in Gstaad war. Sie wissen es einfach nicht zu schätzen, wie hart das Königshaus arbeitet. Und ich missbillige diese unschöne britische Angewohnheit des Neids, die uns, nur weil wir im Januar hier sitzen und uns die Eier abfrieren, während das Land in eine Rezession schlittert, das Recht zu geben scheint, all jene schlechtzumachen, mit denen es das Schicksal nun mal etwas besser meint.«

»Ich fürchte, andere werden da nicht ganz so großmütig sein wie Sie.«

Urquhart wickelte sich die Decke noch enger um die Beine, griff die Thermosflasche und stärkte sich mit einem heißen Kaffee, den er zuvor mit einem kräftigen Schuss Whisky versehen hatte. Rittlings auf Sally mochte er sich wie ein junger Mann fühlen, doch die kalte Nachtluft belehrte ihn gnadenlos eines Besseren. Beim Ausatmen bildeten sich kleine Wölkchen. »Ich befürchte, da könnten Sie recht haben, Tim. Es wird noch mehr reißerische Geschichten darüber geben, wie oft sie im letzten Jahr im Urlaub war, wie viele Nächte sie in anderen Landesteilen als der Prinz verbracht oder wann sie zum letzten Mal ihre Kinder gesehen hat. Die Skandalpresse kann so ziemlich alles in einen harmlosen Ferienschnappschuss hineindeuten.«

»Okay, Francis. Was zum Teufel haben Sie vor?«

Urquhart wandte sich auf seinem Sitz um, sodass Stamper ihn bei all dem Stadionlärm besser verstehen konnte. Er nahm noch einen Schluck Kaffee. »Ich habe nachgedacht. Die Vereinbarungen über die Zivilliste laufen in Kürze aus, und wir sind gerade dabei, die Bezüge des Königshauses für die kommenden zehn Jahre neu auszuhandeln. Der Palast hat eine ziemlich großzügige Summe veranschlagt, der jedoch eine reichlich übertriebene Inflationserwartung in den kommenden Jahren zugrunde liegt, zumindest sehen das viele so. Es handelt sich freilich nur um ein Eröffnungsgebot – eine Verhandlungsgrundlage, um sicherzugehen, dass wir sie ja nicht zu knapp halten. Aber in Zeiten leerer Kassen wäre es nur zu einfach, sie zu schröpfen, zu argumentieren, dass sie wie alle anderen den Gürtel etwas enger schnallen müssen.« Er hob eine Braue und lächelte. »Aber ich halte das für kurzsichtig, glauben Sie nicht auch?«

»Los, Francis, her damit! Lassen Sie mich wissen, was in Ihrem verschlagenen Hirn vor sich geht, denn Sie sind mir Längen voraus, und ich glaube nicht, dass ich Ihnen folgen kann.«

»Ich nehme das als Kompliment. Lauschen und lernen Sie, Timothy.« Urquhart hatte sichtlich Spaß daran. Stamper war gut, sehr gut sogar, doch hatte er nicht den grandiosen Ausblick auf die politischen Niederungen, den man vom Fenster der Hausnummer zehn besaß. Und er hatte auch keine Sally. »In den Zeitungen heißt es immer wieder, wir steuerten auf einen konstitutionellen, sagen wir mal ... Wettstreit zwischen König und Premierminister zu, wobei der König in weiten, wenn auch schlecht unterrichteten Teilen der Bevölkerung große Sympathien genießt. Setze ich ihn nun mit der Zivilliste unter Druck, wird man mich als ungehobelten Bösewicht hinstellen. Zeige ich mich hingegen großzügig, erweise ich mich als unvoreingenommen und pflichtbewusst.«

»Wie immer«, spottete der Parteivorsitzende.

»Bedauerlicherweise tendieren Presse und Öffentlichkeit bezüglich der Zivilliste zu einer reichlich naiven Sichtweise, betrachten sie als eine Art königliches Gehalt. Den marktüblichen Lohn für den Job. Und es steht zu befürchten, dass die Medien wenig wohlwollend über eine Familie berichten werden, die eine enorme Lohnerhöhung dafür einstreicht, sich auf Skipisten und an sonnigen Stränden zu vergnügen, während der Rest von uns hier bibbert. Selbst verantwortungsbewusste Zeitungsleute wie unser Freund Brynford-Jones könnten das missverstehen.«

»Darauf werde ich bestehen!« Stamper musste brüllen, da der Stadionsprecher gerade die Namen der Spieler verlas.

»Wenn der Eindruck entstehen sollte, das Königshaus nutze die Großzügigkeit des Premierministers aus, wäre das, fürchte ich, wohl eher das Problem des Königs und nicht des Premierministers. Daran kann ich nun mal nichts ändern. Ich hoffe, das verursacht ihm nicht allzu viele Unannehmlichkeiten.«

Der Rasen lag in gleißendem Flutlicht vor ihnen, die Mannschaften standen in Reih und Glied, die offiziellen Fotos waren geschossen, das Stadion erbebte mit dem Gebrüll aus sechzigtausend Kehlen. Plötzlich verebbte der raubeinige Chor heiserer Stimmen zu einem verschwörerischen Grummeln.

»Gott schütze den König, Tim!«

Als Urquhart aufstand und zusammen mit Stamper den Nationalhymnen lauschte, wurde ihm endlich wieder wärmer. Über dem notorischen Gesang der Masse glaubte er kurz, das Geräusch einstürzender Schlösser zu vernehmen.

Auf dem Schreibtisch des Königs herrschte heillose Unordnung: Auf der Vorderkante türmten sich Bücher und Kopien des *Hansard* mit eingelegten Zetteln, die wie Unkraut herauswucherten und als Lesezeichen zum späteren Nachschlagen dienten; das Telefon war unter einem Wust von Computerausdrucken begraben, welche die gesamte Buchhaltung des Herzogtums Lancaster enthielten – und über allem thronte ein arglos abgestellter leerer Teller, auf dem sich einst sein karges Mittagessen befunden hatte. Eine einzige Scheibe Vollkornbrot mit Räucherlachs. Nur das Foto seiner Kinder im schlichten Silberrahmen schien dem zunehmenden Chaos zu trotzen und stand da wie eine einsame Insel in stürmischer See. Als er die Berichte über die Zivilliste las, legte er, wie so oft, die Stirn in Falten.

»Etwas überraschend, meinen Sie nicht auch, David?«

»Wirklich erstaunlich. Wir scheinen bereits die Kriegsbeute einzufahren, obwohl ich mich gar nicht entsinnen kann, überhaupt gekämpft zu haben. Das hatte ich nicht so erwartet.«

»Vielleicht ein Friedensangebot? Es hat viel zu viel Gerede über den Hof und die Downing Street gegeben. Vielleicht ist das die Chance auf einen Neuanfang. Was meinen Sie, David?« Er klang müde und wenig überzeugt.

»Vielleicht«, erwiderte Mycroft.

»Großzügig ist es allemal.«

»Großzügiger, als ich es von ihm erwartet hätte.«

Der König warf Mycroft über den unordentlichen Tisch hinweg einen vorwurfsvollen Blick zu. Er war kein Zyniker, betrachtete sich gern als Brückenbauer, jemand, der das Beste im Menschen sah. Eine seiner ärgerlichsten Eigenschaften, hatte Mycroft stets gedacht. Doch der König widersprach nicht.

»Das gibt uns die Möglichkeit, im Gegenzug ebenso großzügig zu sein.« Der König war von seinem Stuhl aufgestanden und in Richtung Fenster gestiefelt, von wo er den Blick nun über die Gärten schweifen ließ und dabei bedächtig seinen Siegelring drehte. Die Neugestaltung des Parks nahm allmählich klare und markante Formen an, und er fand großen Trost darin, während er die vielen noch fehlenden Teile im Geiste komplettierte und so ein wunderschönes Panorama schuf. »Wissen Sie, David, ich habe es schon immer als ungewöhnlich, ja sogar beschämend erachtet, dass unsere privaten Einkünfte und Zinsen aus dem Herzogtum Lancaster und anderen Ländereien steuerfrei sind. Ich bin der reichste Mann des Landes, zahle aber keine Einkommenssteuer, keine Kapitalertragssteuer, keine Erbschaftssteuer, gar nichts. Und obendrein erhalte ich über die Zivilliste eine Summe von etlichen Millionen, die in Kürze noch um einiges erhöht werden soll.« Er wandte sich um und klatschte in die Hände. »Es wird Zeit, dass wir dem Rest der Welt Gesellschaft leisten. Als Gegenleistung für die neue Zivilliste sollten wir uns bereit erklären, auf unser restliches Einkommen Steuern zu zahlen.«

»Sie meinen einen symbolischen Betrag.«

»Nein, keine leeren Gesten. Den echten derzeitigen Steuersatz, auf alles.«

»Aber dazu besteht doch gar keine Notwendigkeit«, protestierte Mycroft. »Sie sind nicht unter Handlungsdruck, das Thema steht gar nicht zur Debatte. Wenn Sie dem erst einmal zustimmen, werden Sie das nie wieder zurücknehmen können. Sie verpflichten damit Ihre Kinder und Kindeskinder, ganz egal, welche Regierung an der Macht ist oder wie drastisch die Steuersätze steigen mögen.«

»Ich habe überhaupt nicht vor, es zurückzunehmen!« Sein Ton war barsch, die Wangen gerötet. »Ich tue das, weil ich es für richtig halte. Ich bin die Buchhaltung des Herzogtums sehr genau durchgegangen. Himmel, aus diesen Gütern und Beteiligungen ließe sich genug Einkommen für ein halbes Dutzend Königsfamilien erwirtschaften.«

»Ganz wie Sie wollen, Sir. Wenn Sie darauf bestehen.«

Mycroft fühlte sich gescholten. Es war seine Aufgabe, Ratschläge zu erteilen und, falls nötig, warnende Töne anzuschlagen, und er ließ sich nicht gerne ausschimpfen. Selbst nach all den Jahren ihrer Freundschaft vermochte er sich nicht an diese Ungeduldsattacken des Königs gewöhnen; wohl eine Folge des lebenslangen Wartens, und das, wo er es doch stets so eilig hatte. Doch in den wenigen Monaten, die er nun auf dem Thron saß, wurden diese Ausbrüche immer häufiger. »Was ist mit der restlichen Familie? Erwarten Sie von denen auch, dass sie Steuern zahlen?«

»Natürlich. Es wäre doch aberwitzig, wenn der König Steuern zahlen würde, rangniedere Mitglieder der Firma aber nicht. Die Leute würden es nicht verstehen. *Ich* würde es nicht verstehen. Insbesondere nicht, nachdem es ihnen mal wieder gelungen ist, so in die Schlagzeilen zu geraten. Die Medien sind Aasgeier, gewiss, aber müssen wir uns ihnen denn so zum Fraß vorwerfen? Zuweilen würden ein gerüttelt Maß an Kleidung und ein wenig mehr Verstand nicht schaden.« Weiter als das würde er mit offener Kritik an seiner eigenen Familie nie gehen, doch in den Spülküchen und Wäschekammern des Palasts wusste jeder, wie sehr er sich geärgert hatte – sowohl über Prinzessin Charlottes mangelndes Taktgefühl wie auch über die Zügellosigkeit der Medien.

»Wenn Sie sie ... überzeugen ... wollen, auf einen Teil ihrer Einkünfte zu verzichten, muss das direkt von Ihnen kommen. Sie können nicht erwarten, dass ich oder irgendein anderer Berater ihnen einen solchen Vorschlag unterbreitet.« Mycroft klang beunruhigt. Er war schon auf ähnliche Botengänge zu Mitgliedern der Königsfamilie entsandt worden, und je niedriger sie in der Hierarchie standen, desto feindseliger war die Begrüßung ausgefallen.

Der König zwang sich zu einem reuigen Lächeln, das eine Gesichtshälfte hinabzog. »Ich kann Ihre Abneigung nur zu gut verstehen. Vermutlich würden Sie jedem Kurier mit einer solch heiklen Botschaft den Turban an den Kopf nageln. Keine Sorge, David, diesmal muss ich ran. Seien Sie doch so gut und unterrichten Sie meine Verwandten über die Entwicklungen bei der Zivilliste. Und setzen Sie dann für mich ein kurzes Papier mit sämtlichen Argumenten auf und sorgen Sie dafür, dass sie alle hierherkommen. Am besten einzeln, nicht die ganze Bande. Ich möchte vermeiden, dass die ganze Sippe schon wieder an der Dinnertafel über mich herfällt, nicht bei dieser Sache.«

»Einige von ihnen sind gerade außer Landes. Es könnte ein paar Tage dauern.«

»Es hat schon ein paar Jahrhunderte gedauert, David«, seufzte der König. »Ich denke, auf ein paar Tage mehr oder weniger kommt es jetzt auch nicht mehr an.«

Kapitel 31

Der Platz einer Prinzessin ist in einem ihrer Schlösser. Wenn sie auch nur einen Funken Verstand besitzt, sollte sie zuvor die Zugbrücke hochgezogen haben – aber das kommt viel zu selten vor.

Die 747-400 der British Airways aus Kingston setzte zehn Minuten zu spät zur Landung in Heathrow an. Es war ihr nicht geglückt, die durch den Ausstand der jamaikanischen Passkontrolleure entstandene Verspätung wettzumachen, die das Abflugterminal umzingelt und mit ihren Streikposten Teile der Startbahn lahmgelegt hatten. Da die Maschine somit ihren vorgesehenen Landeslot verpasst hatte, hätte sie normalerweise weitere fünfzehn oder zwanzig Minuten in der Warteschleife kreisen müssen, bis die Flugüberwachung ein geeignetes Zeitfenster für sie fand, doch es handelte sich nicht um einen normalen Flug, und der Kapitän hatte sofortige Landeerlaubnis erhalten, während man zwölf andere, pünktlich eingetroffene Maschinen zurück in die Schlange beorderte. Die Prinzessin bestand darauf, von Bord zu gehen, sobald das Fahrwerk den Boden berührt hatte.

Die Boeing war zu einem Terminal in einer ruhigeren Ecke des Flughafens gerollt, und üblicherweise hätten die Prinzessin und ihre Eskorte Heathrow unverzüglich durch eine eigens für diesen Zweck gebaute Ausfahrt verlassen. Noch bevor sich ihre Mitreisenden zum Kopf der Taxischlange gekämpft hätten, wäre sie wieder im lauschigen Kensington-Palast gewesen. Heute allerdings nicht. Zuerst musste sie die Schlüssel ihres neuen Wagens entgegennehmen.

Die Hersteller von Luxusautos hatten einige lausige Monate

hinter sich, und die Aussichten für den Rest des Jahres waren noch lausiger. Das Geschäft lief zäh; mehr Absatz – und Absatzförderung – schien dringend geboten. Die englische Maserati-Niederlassung war somit auf die Idee verfallen, der Prinzessin, in der Hoffnung auf große und anhaltende Publicity, ein Gratismodell ihrer neuesten und sportlichsten Baureihe zu offerieren. Bereitwillig hatte sie das Angebot angenommen. Als das Flugzeug nun neben dem Ankunftsgate zum Stehen kam, wartete der Maserati-Geschäftsführer bereits ungeduldig und besorgt gen Himmel blickend auf der Rollbahn, die kunstvoll mit einer rosa Schleife verschnürten Autoschlüssel baumelten in seinen nervösen Fingern hin und her. Er hätte sich gewiss einen freundlicheren Tag gewünscht – der zwischenzeitliche Nieselregen hatte aufwendige Polierarbeiten an der Karosserie erfordert, um sie blitzblank zu halten –, doch es gab auch gute Nachrichten. Der neuerliche Medienrummel um die Prinzessin hatte sowohl die Größe als auch das Interesse des neben dem Wagen versammelten Presseaufgebots beachtlich gesteigert. Die Werbewirksamkeit der Prinzessin und damit seine Investition in die Aristokratin waren in gleichem Maße gewachsen.

Mit strahlendem Lächeln und einer allen Wettern trotzenden Bräune kam Charlotte auf die regennasse Rollbahn gepresscht. Es würde keine zehn Minuten dauern: ein paar Gruß- und Dankesworte mit dem verdrucksten kleinen Mann im glänzenden Mohairanzug, der mit den Schlüsseln winkte, ein kurzer Fototermin, bei dem die Kameras ihre Kurven mit denen des rassigen roten Maseratis vergleichen konnten, und ein paar Minuten langsam im Kreis fahren, während sie sich mit der Gangschaltung vertraut machte und die Kameraleute ein Werbevideo abdrehten. Ein Klacks und ein angemessener Gegenwert für ihre Zeit – eine knurrende, brandneue, 95 000 Pfund teure, turbogetriebene italienische Bestie mit viereinhalb Litern Hubraum.

Die Reporter hatten sich das freilich anders vorgestellt, erkundigten sich nach ihrem Urlaub, dem Verbleib ihres Ehemannes und ihrer Ferienbegleitung, aber sie blockte alles ab. »Die Prinzessin wird ausschließlich Fragen zum Wagen beantworten, Gentlemen«, hatte einer ihrer Berater zuvor verkündet. Warum kein Jaguar? Weil die Firma in amerikanischem Besitz ist. Wie viele andere Autos sie denn schon hatte? Keins wie diesen Mörderschlitten. Wie hoch ist die Höchstgeschwindigkeit? Siebzig Meilen pro Stunde natürlich, wenn ich fahre. War sie denn nicht letztens auf der M1 mit über hundert Sachen geblitzt worden? Ein verschmitztes Lächeln und weiter zur nächsten Frage. Ob sie sich für die Kameras nicht noch etwas tiefer über die Motorhaube beugen könnte? Ihr macht wohl Witze, Jungs. Der nächste Regenguss zeichnete sich bereits ab, also war es schleunigst Zeit für ein paar schnelle Runden um den Pressetross. So elegant, wie es die tief liegende Karosserie erlaubte, stieg sie ein und kurbelte das Fenster herunter, um der sie umlagernden Meute ein letztes Lächeln zuzuwerfen.

»Ist es nicht erniedrigend für eine Prinzessin, ausländische Autos zu verhökern?«, fragte eine durchdringende Stimme unverblümt.

Wie typisch. Immer die gleiche verdammte Leier. Unter der Bräune röteten sich ihre Wangen. »Ich ›verhökere‹, wie Sie es so verächtlich ausdrücken, schon mein ganzes Leben lang irgendwelche Dinge. Wo immer ich hinkomme, verhökere ich britische Exporte. Ich verhökere übertoute Eintrittskarten für Benefizdinner, um den Hungernden in Afrika zu helfen. Ich verhökere Lottoscheine, damit wir Altenheime für Rentner bauen können. Ich höre nie auf, Dinge zu verhökern.«

»Aber müssen es protzige ausländische Sportwagen sein?«, fuhr die Stimme fort.

»Ihr Jungs seid es doch, die den ganzen Zinnober fordern. Würde ich in Secondhandklamotten oder einem Gebrauchtwagen aufkreuzen, wärt ihr doch die Ersten, die sich beschweren. Ich muss meine Brötchen verdienen wie jeder andere.« Das Lächeln war aus ihrem Gesicht gewichen.

»Was ist mit der Zivilliste?«

»Wenn Sie eine Ahnung hätten, wie schwer es ist, alles, was einem abverlangt wird, von den Bezügen einer Prinzessin zu bestreiten, würden Sie nicht so dämliche Fragen stellen!«

Das reichte. Die Reporter stachelten sie auf, und sie war dabei, die Beherrschung zu verlieren. Zeit, zu verschwinden. Sie ließ die Kupplung kommen, einen Tick zu ungeduldig, sodass der Wagen begann, unbeholfene Kängurusprünge zu vollführen und auf die Fotografen zuzuhüpfen, die verschreckt auseinanderstoben. Geschieht den Mistkerlen recht. Der V-8-Motor erstarb, der Mann im schimmernden Anzug blickte bestürzt drein, und die Kameras klickten wild. Sie startete den Motor erneut, legte einen Gang ein und fuhr davon. Was nahmen die sich eigentlich raus? Nach gerade einmal einer Woche Abwesenheit würde sie im Palast wieder ein ganzer Berg Papierkram erwarten – zahllose Einladungen, noch mehr Anfragen und Bittbriefe von Wohlfahrtsorganisationen und notleidenden Bürgern. Sie würde es ihnen schon zeigen. Würde alle Einladungen beantworten, so viele davon wie möglich annehmen, weiter die Abendessen besuchen und Gelder einwerben, den Alten und Jungen, Kranken und Gebrechlichen ein Lächeln schenken und all jenen Trost spenden, die einfach nur Pech gehabt hatten. Sie würde den Spott an sich abprallen lassen, so hart schuften, wie sie es immer getan hatte, und sich unbeirrt durch den Papier-

wust kämpfen. Was sie indes nicht wissen konnte, war, dass sich ganz oben auf dem ungeöffneten Stapel eine Mitteilung über die neue Zivilliste befand und dass man für die Morgenausgaben schon eifrig missbilligende Artikel über sie verfasste – über die schmollende Prinzessin im brandneuen ausländischen Sportwagen, die sich beschwerte, dass man ihr nicht genug bezahlte.
Mittellos im Maserati.

Die blinkenden Rücklichter des neuen fürstlichen Flitzers verblassten gerade auf dem Bildschirm, als Urquhart den roten Knopf drückte. Die halb geknotete Krawatte lose um den Hals geschlungen, starrte er noch eine ganze Weile auf die leere Mattscheibe.

»Bin ich dir etwa nicht alt genug, Francis? Ziehst du Nymphomaninnen in den mittleren Jahren anständigen jungen Mädchen wie mir vor? Ist es vielleicht das?«

Er blickte sie trübselig an. »Das könnte ich unmöglich kommentieren.«

Sally knuffte ihn scherzhaft in die Rippen; irritiert stieß er sie von sich. »Hör auf damit, oder ich annulliere dein Visum.« Doch die Warnung schien sie nur noch weiter anzustacheln.
»Sally! Wir müssen reden!«

»O Gott, nicht schon wieder eine dieser ernsthaften, bedeutsamen Beziehungen. Und das, wo ich gerade anfing, etwas Spaß zu haben.« Sie strich ihr Kleid glatt und setzte sich ihm gegenüber aufs Sofa. Die Unterwäsche stopfte sie in ihre Handtasche, um das verdrehte Knäuel würde sie sich auch später noch kümmern können.

»Ein Sturm der Empörung wird morgen losbrechen wegen dieser Bilder. Die Schlagzeilen werden furchtbar sein. Leider, leider ist dies auch der Tag, an dem ich gedenke, die Bemessung der neuen Zivilliste bekanntzugeben. Wie überaus unglücklich meine Verlautbarung neben solchen Aufnahmen wirken muss, aber...« – er gab ein breites, theatralisches Lächeln zum Besten, wie Macbeth bei der Begrüßung seiner Dinnergäste – »das lässt sich wohl nicht ändern. Was mich so betrübt, ist, dass dies nicht nur ein schlechtes Licht auf unsere glücklose und einfältige Prinzessin werfen wird, sondern auf die gesamte königliche Familie. Und hier benötige ich deine Hilfe, o Wahrsagerin.«

»Ich bin eine Fremde in Eurem Lande, Sir, und mein Lagerfeuer ärmlich«, höhnte sie in gespieltem Südstaatendialekt.

»Aber du hast die Magie auf deiner Seite. Magie, die eine so fürstliche Familie so gewöhnlich machen kann.«

»Wie gewöhnlich?«

»Soweit es die niederen Familienmitglieder betrifft? So gewöhnlich wie Aufreißer am Strand. Jedoch nicht den König. Das ist kein totaler Krieg. Sorg nur dafür, dass er nicht über alle Kritik erhaben ist. Lass einen Hauch von Enttäuschung durchscheinen. Ist das möglich?«

Sie nickte. »Hängt ganz von den Fragen ab und wie man sie anordnet.«

»Wie würdest du sie denn anordnen?«

»Kann ich vorher noch auf die Toilette gehen?« Ihr Kleid war mittlerweile wieder makellos glatt, doch darunter lag noch einiges im Argen.

»Sag es mir vorher, Sally. Es ist wichtig.«

»Ferkel. Okay, in die Kladde gesprochen. Man beginnt mit etwas wie: ›Haben Sie in den vergangenen Tagen irgendwelche Nachrichten über die Königsfamilie gesehen oder gehört, und wenn ja, welche?‹ Natürlich nur, um ihnen die Fotos ins Gedächtnis zu rufen, aber ohne den Eindruck zu erwecken, sie mit der Nase darauf zu stoßen. Das wäre unprofessionell! Wenn die

Idioten tatsächlich so hinterm Mond wohnen, dass sie gar nichts über die Royals gehört haben, kann man sie als Volltrottel oder Versager rausschmeißen. Dann etwas in der Richtung: ›Halten Sie es für wichtig, dass sich die Mitglieder der Königsfamilie auch in ihrem Privatleben vorbildlich verhalten?‹ Natürlich werden die Leute mit Ja antworten. Also schiebt man eine Frage wie diese nach: ›Glauben Sie, dass die Königsfamilie derzeit ein besseres oder schlechteres öffentliches Vorbild abgibt als in vergangenen Jahren?‹ Ich wette meinen nächsten Monatslohn, dass acht von zehn ›schlechter‹, ›viel schlechter‹ oder etwas antworten werden, das man gar nicht drucken darf.«

»Der Bikini der Prinzessin könnte sich als ebenso gefährlich erweisen wie Davids Steinschleuder.«

»Wenn auch ein paar Körbchengrößen größer ...«, fügte sie schnippisch hinzu.

»Weiter im Tutorium, wenn ich bitten darf.«

»Dann vielleicht: ›Sind Sie der Meinung, die Königsfamilie verdient ihre Gehaltserhöhung, oder glauben Sie, sie sollte bei der derzeitigen Wirtschaftslage Bescheidenheit vorleben?‹ Oder so ähnlich.«

»Womöglich gar: ›Sind Sie der Meinung, die Anzahl der vom Steuerzahler finanzierten Mitglieder der Königsfamilie sollte gleich bleiben, erhöht oder verringert werden?‹«

»Du lernst dazu, Francis. Fügt man unmittelbar davor noch eine Frage ein, in der es darum geht, ob sie glauben, dass sich das Geld lohne, das sie Prinzessin Charlotte und ein paar anderen zwielichtigen oder unbekannten Royals zahlen, werden sie sich schon warmgelaufen haben, und man erhält noch viel krassere Antworten.«

Seine Augen glänzten.

»Erst jetzt kommt man zur Killerfrage: ›Ist die Königsfamilie beliebter oder unbeliebter, macht sie ihre Arbeit besser oder schlechter als noch vor fünf Jahren?‹ Aus dem Stehgreif heraus würden die Leute sagen, sie sind noch immer große Bewunderer des Königs. Also muss man ihre tieferen Gefühle herauskitzeln, die verborgenen Sorgen und Ängste, die Dinge, derer sie sich selbst nicht immer ganz bewusst sind. Stellst du die Frage ganz an den Anfang, wird das Ergebnis womöglich lauten, dass die Royals nur geringfügig an Beliebtheit eingebüßt haben. Frag sie aber, nachdem du ihnen die Möglichkeit gegeben hast, über Sandstrände, Sex und die Zivilliste nachzudenken, und deine treu ergebenen Untertanen verwandeln sich in einen rebellischen Mob, der seine geliebte Prinzessin Charlotte ohne Zögern an den Trägern ihres Bikinis aufknüpfen würde. Ist das genug?«

»Mehr als genug.«

»Wenn es dir nichts ausmacht, verschwinde ich kurz, um mich wieder etwas herzurichten.« Die Hand schon auf dem Türknauf, wandte sie sich noch einmal zu ihm um. »Du magst den König nicht, oder? Ganz persönlich, meine ich.«

»Nein.« Die Antwort kam trocken, direkt, widerwillig, was ihre Neugier umso mehr entfachte.

»Wieso? Sag es mir.« Sie stieß an Türen, die er ihr nicht freiwillig hatte öffnen wollen, doch musste sie ihrer beider Beziehung vertiefen, wenn sie nicht zu leerer Gewohnheit und Langweile verkommen sollte. Es musste mehr sein, als zu vögeln und zwischendurch auch noch die Opposition aufs Kreuz zu legen. Außerdem war sie von Natur aus neugierig.

»Er ist scheinheilig und naiv«, erwiderte er mit gedämpfter Stimme. »Ein erbärmlicher Idealist, der mir dauernd in die Quere kommt.«

»Das kann doch nicht alles sein, oder?«

»Was meinst du damit?«, fragte er mit unverhohlenem Ärger.
»Francis, du bist drauf und dran, das ganze Land gegen ihn aufzuwiegeln. Das alles planst du doch nicht nur, weil er scheinheilig ist.«
»Er versucht, sich einzumischen.«
»Jeder Zeitungsredakteur in London versucht, sich einzumischen, und trotzdem lädst du sie zum Lunch ein, nicht zu ihrer eigenen Hinrichtung.«
»Was geht dich das an? All dieses Geschwätz über seine Kinder und die Zukunft!« Sein Gesicht wirkte gequält, sein Ton scharf, seine übliche Selbstbeherrschung war dahin. »Hält mir andauernd Vorträge darüber, wie viel ihm daran liegt, eine bessere Welt zu schaffen, für seine Kinder. Darüber, dass wir keine Gaspipeline oder kein Atomkraftwerk bauen sollten, ohne zuvor gründlich nachzudenken, über seine Kinder. Dass seine erste Pflicht als zukünftiger König und Herrscher darin bestand, einen Thronfolger zu zeugen – immer wieder seine Kinder!« Die Haut um seine Augen war fahl geworden, Speichel rann ihm von den Lippen, während er sich immer mehr in Rage redete. »Der Mann ist wie besessen von seinen Kindern. Spricht ständig von ihnen, wann immer ich ihn treffe. Nörgelt. Belästigt mich. Jammert. Als wären seine Kinder eine Art Wunder, das nur er vollbringen konnte. Aber ist es denn nicht das Gewöhnlichste, Lüsternste und Selbstsüchtigste, was man überhaupt tun kann? Der Wunsch, ein Abbild seiner selbst zu erschaffen?«

Sie blieb standhaft. »Nein, das glaube ich nicht«, sagte sie sanft. Plötzlich bekam sie Angst, Angst vor seinen rot glühenden Augen, die sie so unverhohlen anstarrten und doch zugleich durch sie hindurch auf ein Kümmernis, das sich hinter ihr zu verbergen schien. »Nein, das ist es nicht. Nicht selbstsüchtig.«

»Schierer Egoismus und Eigenliebe, sage ich dir. Ein armseliger Versuch, sich unsterblich zu machen.«

»Das nennt man Liebe, Francis.«

»Liebe? Wurde dein Kind etwa aus Liebe geboren? Verdammt komische Art von Liebe, die dich mit gebrochenen Rippen ins Krankenhaus und dein Kind unter die Erde bringt!«

Sie holte mit der flachen Hand aus und ohrfeigte ihn mit voller Wucht, wusste aber sogleich, dass es ein Fehler gewesen war. Sie hätte die Warnsignale erkennen müssen – die pulsierenden Adern an seinen Schläfen –, hätte sich ins Gedächtnis rufen sollen, dass er kinderlos war, nie Kinder gehabt hatte. Sie hätte mehr Mitleid mit ihm haben sollen. Doch die Einsicht kam erst mit dem Schmerzensschrei, als im Gegenzug auch seine Hand über ihr Gesicht peitschte.

Urquhart wich augenblicklich zurück, sichtlich erschrocken über das, was er getan hatte. Er ließ sich schwer in einen Stuhl fallen, während Energie und Hass aus ihm zu schwinden schienen wie die letzten Körner einer Sanduhr. »Mein Gott, Sally, verzeih mir. Es tut mir so schrecklich leid.«

Sally hingegen blieb völlig ungerührt. Schließlich hatte sie hinreichend Übung darin. »Mir auch, Francis.«

Schnaufend saß er da, die Schlankheit, die ihm so oft den Anschein von Jugend und Vitalität verlieh, ließ ihn nun wie einen runzeligen alternden Mann wirken. Er hatte eine Bresche in seine eigenen Verteidigungslinien geschlagen. »Ich habe keine Kinder«, sagte er, nach Luft ringend, »weil ich es nicht vermag. Mein ganzes Leben lang habe ich mir einzureden versucht, dass es nicht wichtig ist, doch jedes Mal, wenn ich diesen elenden Mann sehe, mir seine Häme anhören muss, habe ich das Gefühl, allein durch seine schiere Anwesenheit entblößt und erniedrigt zu werden.«

»Glaubst du, er tut das mit Absicht ...?«

»Aber natürlich ist es Absicht! Er setzt sein Gerede über Liebe wie eine Kriegswaffe ein. Bist du zu blind, das zu sehen?« Seine Wut hatte sich in Reue verwandelt. »Oh, Sally, glaub mir, es tut mir leid. Ich habe noch nie zuvor eine Frau geschlagen.«

»Das passiert, Francis.«

Erstaunt beäugte Sally dieses neue Bild des Mannes, den sie zu kennen glaubte, und schloss leise hinter sich die Tür.

Kapitel 32

Führerschaft ist die Qualität, die es einem Mann ermöglicht, den allergrößten Mist zu bauen, und ihm zugleich erlaubt, meilenweit darüberzustehen.

Das erwartungsvolle Gemurmel schwoll weiter an, als Urquhart mit der roten Aktenmappe unter dem Arm hinter dem Stuhl der Vorsitzenden hervortrat und ins Unterhaus schritt, während Regierungsbeamte im Gänsemarsch zur Beraterbank am hinteren Ende der Kammer marschierten. Ihre Aufgabe bestand darin, ihn prompt mit Informationen zu versorgen, falls dies nötig werden sollte, doch würde dies heute nicht geschehen. Er hatte sich gründlich vorbereitet; er wusste haargenau, was er wollte.

»Madam Speaker, wenn Sie erlauben, würde ich gerne eine Erklärung abgeben ...«

Urquhart ließ den Blick langsam über die eng besetzten Reihen schweifen. McKillin saß auf der anderen Seite des Depeschenkastens und ging aufmerksam die Erklärung durch, die ihm Urquharts Büro vor einer Stunde hatte zukommen lassen. Er würde ihn unterstützen. Fragen dieser Art waren in der Regel unstrittig, und da Urquharts persönliche Beziehung zum König solch kontroverse Debatten ausgelöst hatte, identifizierte sich der Oppositionsführer naturgemäß noch enger mit dem Monarchen. Der Feind meines Feindes ist mein Freund. Das war es, was Oppositionsarbeit bedeutete. Der Führer der kleinen Liberalen Partei, der mit seiner Bande unverbesserlicher Optimisten ganz hinten im Saal residierte, würde vermutlich weniger enthusiastisch sein. Er hatte siebzehn Abgeordnete unter sich und ein Ego, das größer war als das aller anderen zusammen. Als junger Hinterbänkler hatte er sich mit einem eigenen Gesetzentwurf einen Namen gemacht, der vorsah, die Unterstützung der Zivilliste fortan auf fünf Mitglieder der Königsfamilie zu beschränken und, um der Gleichberechtigung willen, die ihm sehr am Herzen lag, bei der Thronfolge das erstgeborene Kind jedweden Geschlechts zu berücksichtigen, anstatt ausschließlich den ältesten Sohn. Das Ganze war nach zehnminütiger Redezeit in Bausch und Bogen abgeschmettert worden, hatte ihm aber etliche Stunden bester Sendezeit und noch mehr Zeitungsberichte beschert, die er gern in laufenden Metern maß. Er hatte also einen Ruf zu verlieren; zweifellos würde er versuchen, die Sache mit Anstand auszutragen, aber als sich Urquhart weiter im Saal umblickte, wurde dem Premierminister klar, dass Anstand in der Politik derzeit eine kurze Halbwertszeit besaß.

Sein Blick fiel auf die »Bestie von Bradford«. In seinem üblichen formlosen Sportsakko lehnte sich der schillernde und exzentrische Abgeordnete für Bradford Central schon in freudiger Erwartung nach vorn, das strähnige Haar fiel ihm über die Augen, bereit, bei der ersten Gelegenheit aufzuspringen. Der Oppositionspolitiker war ein Klassenkämpfer, dem so ziemlich jeder Anlass für seinen Feldzug gegen den Kapitalismus recht war, den er mit galliger Entschlossenheit führte – wohl auch das Resultat eines Fabrikunfalls als Werkstudent, der ihn zwei Finger seiner linken Hand gekostet hatte. Als glühender Republikaner würde er sofort an die Decke gehen, sobald es auch nur im Entferntesten um erbliche Privilegien ging. Er war derart berechenbar, dass Urquhart dafür gesorgt hatte, dass ihm ein für seine ländliche Gesichtsfarbe und sein streitlustiges Temperament bekannter Ritter der belaubten Vorstädte direkt gegenübersaß. Der Ritter hatte den Auftrag, sich während der Erklärung um die Bestie »zu kümmern«; was dies genau umfasste, war dem Ermessen des Ritters überlassen worden, welches bekanntermaßen nicht das Beste war. Dennoch konnte dieser es kaum erwarten, sich nach seiner Auszeit aufgrund eines minderschweren Herzleidens »wieder ins Getümmel zu stürzen«, wie er es ausdrückte. Über den Gang hinweg sah er den keine zwei Meter von ihm entfernten ehrenwerten Abgeordneten von Bradford Central bereits finster an.

»Ich würde gern eine Erklärung abgeben. Es geht um die Regelung der finanziellen Unterstützung Seiner Majestät des Königs für die kommenden zehn Jahre«, fuhr Urquhart fort. Er machte eine kurze Pause, blickte die Bestie unverhohlen an und lächelte abschätzig. Diese reagierte mit einem hörbaren Knurren, was den Premier nur umso breiter grinsen ließ. Die Bestie rüttelte bereits an ihrem Käfig.

»Die Summe ist beträchtlich und, wie ich hoffe, großzügig bemessen, aber sie gilt für die gesamten zehn Jahre und muss somit auch sämtliche Unwägbarkeiten der Inflationsentwicklung abdecken. Sollte die Inflation geringer als erwartet ausfallen, wird der Überschuss vorgetragen ...«

»Wie viel kriegt die Prinzessin?«, bellte die Bestie.

Urquhart ignorierte ihn und setzte die Erklärung fort.

»Auf! Sagen Sie's schon. Wie viel zahlen wir Charlotte nächstes Jahr, um in der Karibik rumzuhuren?«

»Ordnung! Ordnung!«, forderte Madam Speaker gellend.

»War doch nur 'ne Frage ...«

»Halt doch die Klappe, du Trottel!«, blaffte ihn der Ritter daraufhin an, laut genug, dass jeder im Saal es hören konnte, mit Ausnahme der offiziellen Protokollanten des *Hansard*.

»Sprechen Sie weiter, Premierminister.«

Die Stimmung war schon aufgeheizt und die Temperatur im Saal merklich gestiegen, als Urquhart die kurze Verlautbarung bis zum Ende verlas. Zuweilen musste er gegen den wachsenden Geräuschpegel ankämpfen. Der Ritter setzte unterdessen seinen privaten Schlagabtausch mit seinem Widersacher quer über den Gang fort. Die Bestie grantelte dabei unentwegt vor sich hin, selbst noch während der knappen und affirmativen Replik des Oppositionsführers, der auf eher bescheidene Weise versuchte, Urquhart an den Karren zu fahren, indem er den König für sein ökologisches Engagement und sein soziales Einfühlungsvermögen in den höchsten Tönen lobte.

»Sagen Sie das diesem widerlichen Typen da!«, wetterte der Ritter und zeigte mit einem drohenden Finger auf die Bestie, die kurz zuvor die eheliche Treue seiner Frau in Zweifel gezogen hatte. Als Erwiderung erhielt er eine mit zwei amputierten Fingern vorgetragene obszöne Geste.

Der liberale Parteichef zeigte sich erwartungsgemäß weniger begeistert. »Der Premierminister sollte sich bewusst sein, dass, wenngleich die wertvolle Arbeit der Königsfamilie unsere vollste Unterstützung genießt, ihre finanziellen Angelegenheiten einiges zu wünschen übrig lassen. Die Zivilliste stellt nur einen Bruchteil der dem Steuerzahler durch die königliche Familie entstehenden Kosten dar, bedenkt man die Maschinen der königlichen Flugzeugflotte, die königliche Jacht, den königlichen Zug...«

»Die königlichen Renntauben«, fiel ihm die Bestie ins Wort.

»... deren Kosten sich in den Etats verschiedener Ministerien verbergen. Wäre es nicht besser, offener und ehrlicher, all diese Ausgaben in einem Haushalt zu bündeln, um endlich zu erfahren, auf welchen Betrag sie sich in Wahrheit belaufen?«

»Was für'n Schwindel! Was verheimlicht ihr uns?«

»Ich verwehre mich gegen die Unterstellung des ehrenwerten Gentlemans, ich sei weder offen noch ehrlich ...«, begann Urquhart.

»Na, wie viel isses denn dann?«

»In dieser Frage gibt es keinerlei geheime Verschwörung. Die königliche Familie ist ihr Geld voll und ganz wert ...«

»Wie viel Geld denn?«

Eine Handvoll anderer Oppositioneller stimmte in die Zwischenrufe ein. Sie schienen einen Schwachpunkt in der Verteidigung des Premiers ausgemacht zu haben und konnten der Versuchung nicht widerstehen, diesen auszunutzen.

»Aufgrund der anfallenden Sonderposten schwanken die Zahlen von Jahr zu Jahr beträchtlich ...«

»Was für Sonderposten?«

»... wie etwa im Falle der Überholung und Modernisierung der königlichen Züge. Auch bedürfen die königlichen Paläste aufwendiger Instandhaltung, was in manchen Jahren außergewöhnliche Kosten verursacht. Es erweist sich vielfach als äußerst schwierig, die exakten Summen aus den großen Haushalten der Ministerien herauszurechnen.« Die Einwürfe schienen Urquhart aus dem Konzept zu bringen. Er stand sichtlich unter Druck, gab nur widerwillig Einzelheiten preis, was die Zwischenrufer nur noch mehr ansportne. Je häufiger er sich in Ausreden flüchtete, desto lauter wurden die Aufforderungen, endlich »auszupacken«; sogar der Führer der Liberalen stimmte mit ein.

»Das Hohe Haus muss verstehen, dass die heutige Erklärung allein die Zivilliste betrifft. Bei anderen Ausgabenposten sind mir traditionell die Hände gebunden, und es wäre überaus unangemessen, mich zu diesen Fragen zu äußern, ohne zuvor mit Seiner Majestät Rücksprache gehalten zu haben. Es muss uns daran gelegen sein, die Würde der Krone zu wahren, und wir dürfen nicht vergessen, welch immense Wertschätzung und Zuneigung die königliche Familie genießt.«

Als Urquhart innehielt, um seine Worte noch besser zu wählen, stieg der Geräuschpegel um ihn herum scharf an. Seine Miene verfinsterte sich.

»Erst vor Kurzem hat mich die Opposition bezichtigt, Seine Majestät ungebührlich zu behandeln, doch nun ist es genau das, was sie selbst tut.« Das brachte die Unruhestifter vollends auf die Palme; die Ausdrücke, die kreuz und quer durch den Plenarsaal flogen, wurden zunehmend unparlamentarischer. »Das ist ein chaotischer Haufen, Madam Speaker.« Urquhart schüttelte mahnend den Zeigefinger in Richtung der gegenüberliegenden Bankreihen. »Sie wollen überhaupt keine Auskünfte, sie wollen nur Streit!« Die steten Sticheleien schienen ihn um seine Fassung gebracht zu haben, und die Vorsitzende wusste, dass dies das Ende jedweder vernünftigen Diskussion bedeutete. Sie war gerade im Begriff, die Debatte abzubrechen und den nächsten Tagesordnungspunkt aufzurufen, als in der Umgebung des Ritters, der empört aufgesprungen war, lautes Gebrüll anhob.

»Eine Frage zur Geschäftsordnung, Madam Speaker!«

»Keine Verfahrensfragen, bitte. Wir haben schon genug Zeit verschwendet...«

»Aber dieser widerliche Mensch hat gerade gesagt, ich solle gefälligst noch einen weiteren Herzinfarkt haben!«

Ein Heer von Fingern richtete sich anklagend auf die Bestie, und der Krawall nahm zu.

»Er hat's falsch verstanden, wie immer«, beteuerte die Bestie unschuldig. »Ich hab ihm nur gesagt, er würde sicher den nächsten Herzinfarkt kriegen, wenn er herausfände, wie viel die verdammte Monarchie uns wirklich kostet. Millionen und Abermillionen ...«

Der Rest versank in den Wellen der Empörung, die nun von allen Seiten her aufwogten. Urquhart nahm seine Mappe und wandte sich zum Gehen, ließ den Blick über den Tumult auf den Bänken streifen. Zweifellos würde man ihm gehörig Druck machen, die vollständigen Kosten der Königsfamilie offenzulegen, und er würde liefern müssen. Auf jeden Fall würde der Streit sämtliche Londoner Zeitungen dazu bringen, ihre Reporter darauf anzusetzen, herumzuschnüffeln und Vermutungen anzustellen; und halbwegs genaue Zahlen würden nicht allzu schwer zu finden sein. So ein Pech auch, dachte er, dass die königliche Flugzeugflotte just letztes Jahr beide altersschwachen Maschinen ersetzt hatte, und moderne Düsenjets sind nun mal nicht billig. Und wie ärgerlich obendrein, dass dies zufällig mit einer Generalüberholung der königlichen Jacht *Britannia* zusammenfiel. Selbst der unterbelichtetste Journalist würde bei einer Summe von weit über hundertfünfzig Millionen Pfund landen – ein gefundenes Fressen für die Presse, das sich selbst die königstreuesten Redakteure nicht entgehen lassen durften. Und trotzdem würde niemand Urquhart vorwerfen können, dem König gegenüber unfair oder rücksichtslos gewesen zu sein, zumindest nicht persönlich. Hatte er nicht sein Bestes gegeben, um den Monarchen zu verteidigen, sogar noch unter beträchtlichem Druck? Mit den Schlagzeilen des morgigen Tages würde der König selbst unter Druck geraten. Und dann war da ja noch Sallys Meinungsumfrage.

Selbst für einen Premierminister war es ein außergewöhnlich effektiver Arbeitstag gewesen, sagte er zu sich selbst.

Kapitel 33

Lieber ein Mann von zweifelhaftem Ruf als einer, den man vergisst. Ich habe nicht die Absicht, in Vergessenheit zu geraten, und was macht es schon, wenn man mir nicht vergibt?

»Mr Stamper würde gern mit Ihnen sprechen, Herr Premierminister.«

»In seiner Funktion als Geheimrat, Parteivorsitzender, Oberster Flaschenreiniger oder Ehrenpräsident seines Fußballclubs?« Flott schwang Urquhart die Beine vom grünen Ledersofa, auf dem er es sich bequem gemacht und Kabinettsunterlagen studiert hatte, während er in seinem Unterhausbüro auf das Ergebnis einer Reihe abendlicher Hammelsprünge wartete. Er konnte sich nicht erinnern, über was sie als Nächstes abstimmen würden. Waren es höhere Strafen für Kriminelle oder geringere Zuschüsse für die Vereinten Nationen? Egal, irgendetwas, das die Klatschpresse befeuern und die Opposition im schlechtmöglichsten Licht erscheinen lassen würde.

»Das hat Mr Stamper nicht gesagt«, erwiderte der völlig humorfreie Privatsekretär, von dem noch immer nicht mehr als sein Kopf und die linke Schulter im Türrahmen erschienen waren.

»Rollen Sie ihn rein!«, wies ihn der Premierminister an.

Ohne ein Wort des Grußes kam Stamper ins Zimmer gerauscht, stiefelte schnurstracks zur Hausbar und goss sich einen großen Whisky ein.

»Sieht nach schlechten Nachrichten aus, Tim.«

»Oh, gewiss. So schlecht wie schon lange nicht mehr.«

»Hoffentlich nicht noch so ein egoistischer Dreckskerl aus einem umkämpften Wahlkreis, der so dreist war, uns einfach wegzusterben?«

»Schlimmer, viel schlimmer, Francis. Unsere jüngsten internen Umfragen sehen uns drei Punkte in Führung. Was mir aber noch größere Sorgen bereitet: Aus irgendeinem unerfindlichen Grund scheinen die Leute Sie zu mögen! Sie liegen zehn Punkte vor McKillin. Ihre Eitelkeit wird kaum zu zügeln sein. Es sieht aus, als könnte Ihr hirnverbrannter Plan mit den vorgezogenen Neuwahlen doch noch aufgehen!«

»Lobet den Herrn.«

»Aber es gibt noch was viel Faszinierenderes, Francis«, fuhr Stamper mit ernsterer Miene fort. Ungefragt hatte er Urquhart ein Glas eingegossen und reichte es ihm, bevor er weitersprach. »Ich hatte gerade einen kleinen Plausch mit dem Innenminister. Ein weiterer Beweis für die Theorie größtmöglicher Dummheit in der Politik. Scheint, als hätte sich dieses kleine Ferkel Marples mit heruntergelassener Hose erwischen lassen, neulich nachts am Themseufer in Putney.«

»Im Januar?«, fragte Urquhart ungläubig.

»In flagranti. Mit einem Vierzehnjährigen. Offenbar steht er auf kleine Jungs.« Er machte es sich auf Urquharts Arbeitsplatz gemütlich, die Schuhe auf der premierministerlichen Schreibunterlage. Stamper legte es offenbar bewusst darauf an, ihn zu provozieren. Seine Neuigkeit musste in der Tat gewichtig sein, schloss Urquhart.

»Hatte aber trotzdem Glück. Als die Polizei ihn beschuldigte, ist er zusammengebrochen und hat ausgepackt, in der Hoffnung, dass sie ein Auge zudrücken. Jede Menge Namen, Adressen, Gerüchte, Tipps, die Hinweise auf einen organisierten Prostitutionsring liefern.«

»Kastrieren ist noch viel zu gut für...«

»Und wie es scheint, hat er einen sehr interessanten Namen ins Spiel gebracht. David Mycroft.«

Urquhart nahm einen großen Schluck.

»Also kriegen unsere Freunde und Helfer auf einmal wacklige Knie und bitten uns um ein paar informelle Weisungen. Wenn sie Marples vor Gericht stellen, wird er Mycroft mit reinziehen, und dann ist der Teufel los. Der Innenminister hat durchblicken lassen, dass es nicht im öffentlichen Interesse wäre, den ehrenwerten und rechtschaffenen Abgeordneten von Dagenham anzuklagen. Was uns eine Nachwahl erspart.«

»Was wissen sie über Mycroft?«

»Nicht viel. Nur seinen Namen und die Tatsache, dass Marples mit ihm an Silvester in irgendeiner Schwulenbar aneinandergeraten ist. Wer weiß, was dabei noch alles rauskommt? Sie haben ihn aber noch nicht dazu befragt.«

»Vielleicht sollten sie das.«

»Das können sie nicht, Francis. Wenn sie der Mycroft-Spur nachgehen, müssen sie auch Marples auf den Leib rücken, was wiederum uns alle reinreitet. Außerdem, wenn es ein Verbrechen wäre, sich in Schwulenbars rumzutreiben, müssten wir das halbe Oberhaus einbuchten.«

»Hör zu, Tim. Meinetwegen können sie Marples über offenem Feuer an einem rostigen Kebabspieß grillen. Schließlich wird es Wochen dauern, bis man ihm den Prozess macht, also erst nach der Wahl. Und dann interessiert das sowieso kein Schwein mehr. Aber wenn sie Mycroft jetzt unter Druck setzen, ist das genau die Versicherung, die wir brauchen. Sehen Sie das nicht? Wir bringen die Schachfiguren in Stellung. Sichern uns heute Landgewinne und geben dafür später eine Figur preis, wenn es nicht mehr wichtig ist. Ich glaube, das nennt man ein Damenopfer.«

»Ich glaub, ich brauch noch einen Drink. Eine Sache wie diese, in unmittelbarer Umgebung des Königs. Wenn das an die Öffentlichkeit käme ...«

»Wie lange ist Mycroft schon im Palast?«

»Der König und er haben sich schon als picklige Jugendliche kennengelernt. Einer seiner dienstältesten Mitarbeiter. Und engsten Freunde.«

»Klingt schrecklich ernst. Wie grässlich, wenn der König davon erführe.«

»... und Mycroft decken würde, trotz der sensiblen Informationen, mit denen er tagtäglich zu tun hat. Er kennt in seinem Job ja sicher die Hälfte aller Staatsgeheimnisse.«

»Noch schlimmer wäre es natürlich, wenn Seine Majestät nichts davon wüsste: dreißig Jahre lang betrogen, beschwindelt, hintergangen von einem seiner engsten Freunde, einem Mann, den er in eine höchst vertrauensvolle Position befördert hat.«

»Entweder Schurke oder Narr. Ein Herrscher, der seiner Verantwortung nicht gerecht werden wollte – oder konnte. Was wohl die Presse aus alldem machen würde, wenn es rauskäme?«

»Schreckliche Nachrichten, Tim. Wirklich grauenhaft.«

»Schlimmer geht's nimmer.«

Es folgte ein Moment des Schweigens. Kurz darauf vernahm der Privatsekretär aus dem Büro des Premierministers lang anhaltendes, schallendes, fast schon hysterisches Gelächter.

»Zum Teufel mit denen, David! Verdammt. Wie können die so schwachsinnig sein?« Der König schleuderte eine Zeitung nach der anderen in die Luft. Mycroft sah, wie die Seiten herabflatterten und versprengt auf dem Boden niedergingen. »Ich wollte die Erhöhung der Zivilliste überhaupt nicht, doch jetzt werfen sie mir Geldgier vor. Und wie kann es sein, dass, nur wenige Tage, nachdem ich den Premierminister über meinen Wunsch unterrichtet habe, die gesamte königliche Familie zukünftig zu besteuern, sie es so hinstellen, als sei das alles seine Idee gewesen?«

»Informelle Weisungen aus der Downing Street...?«, murmelte Mycroft leise.

»Aber selbstverständlich!«, fauchte ihn der König an wie einen begriffsstutzigen Schüler. »Sie behaupten sogar, mein Angebot, Steuern zu entrichten, sei dem öffentlichen Druck geschuldet; ich sei durch die kritische Berichterstattung dazu gezwungen worden. Dieser Urquhart ist einfach widerwärtig! Er kann es nicht lassen, alles zu seinem Vorteil zu wenden. Selbst wenn er aus Versehen mal auf die Wahrheit stieße, würde er weitermachen, als wäre nichts geschehen. Es ist grotesk!«

Ein Exemplar der *Times* flog in die hinterste Zimmerecke und rieselte dort nieder wie ein Haufen übergroßer Schneeflocken.

»Hat sich denn auch nur eine Zeitung die Mühe gemacht, nach der Wahrheit zu fragen?«

Mycroft hüstelte verlegen. »Der *Chronicle*. Ihre Story ist ausgewogen...«

Der König fischte sich die Zeitung aus dem Stapel und überflog rasch die Zeilen. Er schien sich etwas zu beruhigen. »Urquhart versucht, mich zu demütigen, David. Mich in der Luft zu zerreißen, Stück für Stück, ohne mir auch nur die Möglichkeit zu geben, mich zu erklären.« Letzte Nacht hatte er wieder diesen Traum gehabt. Von jeder Zeitungsseite starrten ihn die großen, erwartungsvollen Augen des schmuddeligen Jungen mit den Krümeln am Kinn an. Es jagte ihm eine Höllenangst ein. »Ich werde mich nicht wie ein Lamm zur Schlachtbank führen lassen, David. Das darf ich nicht zulassen. Ich habe nachgedacht: Ich muss irgendeinen Weg finden, meine Ansichten öffentlich zu machen. Meinen Standpunkt darzulegen, ohne dass Urquhart mir in die Quere kommt. Ich werde ein Interview geben.«

»Aber Könige geben keine Zeitungsinterviews«, protestierte Mycroft lahm.

»Bisher vielleicht nicht. Aber jetzt ist das Zeitalter der neuen, offenen Monarchie angebrochen. Ich werde es tun, David. Mit dem *Chronicle*, glaube ich. Exklusiv.«

Mycroft wollte einwenden, dass er die Idee eines Interviews allein schon für schlecht hielt, die eines Exklusivinterviews aber noch viel schlechter war, da es ihn ins Fadenkreuz aller anderen Blätter bringen würde. Aber für eine solche Diskussion fehlte ihm heute die Kraft. Schon den ganzen Tag hatte er keinen klaren Gedanken fassen können, zumindest seit er am frühen Morgen auf ein Klopfen hin die Tür geöffnet und einen Kriminalbeamten in Begleitung eines Inspektors von der Sitte auf seiner Eingangstreppe vorgefunden hatte.

Kapitel 34

*Die freie Presse beteuert ihre moralischen Prinzipien
wie ein Angeklagter sein Alibi.*

Januar: Die vierte Woche Landless war selbst gefahren und hatte seinen Angestellten lediglich mitgeteilt, er sei eine Weile nicht erreichbar. Seine Sekretärin hasste Geheimnistuerei; wenn er ihr solche Ausreden auftischte, ging sie stets davon aus, dass er sich davonmachte, um mit einer jungen Frau mit kräftiger Heckpartie und schwachem Bankkonto Matratzensport zu betreiben. Sie kannte ihn zur Genüge. Vor etwa fünfzehn Jahren, als blutjunge Sekretärin, hatte auch sie mit Landless im Bett rumgeturnt, bevor ihr Dinge wie Ehe, Anstand und Schwangerschaftsstreifen in die Quere gekommen waren. Derart tiefe Einblicke in sein Wesen hatten sie zu einer hocheffizienten und maßlos überbezahlten persönlichen Assistentin gemacht, ihr jedoch nie die Eifersucht genommen. Und heute hatte er es wirklich keiner Seele erzählt, nicht einmal ihr; er wollte nicht, dass die ganze Welt wusste, wo er sich befand, noch bevor er überhaupt angekommen war.

Der Empfangstresen wirkte winzig und das Wartezimmer öde, die Wände übersät mit mittelmäßigen frühviktorianischen Ölschinken von Pferden und Jagdszenen, die an Stubbs und Ben Marshall erinnerten. Eines davon hätte ein echter John Frederick Herring sein können; er war sich nicht ganz sicher, entwickelte allmählich aber einen Blick für solche Sachen – schließlich hatte er im Laufe der letzten Jahre genügend Originale erworben. Fast unverzüglich rief ihn ein befrackter junger

Diener in voller Livree samt Schnallen und Strümpfen herbei und geleitete ihn in einen kleinen, aber eleganten Fahrstuhl, dessen Mahagonitäfelung ebenso tiefbraun glänzte wie die Schuhe des Palastdieners. Er wünschte, seine Mutter wäre einmal hier gewesen: Sie hätte es geliebt. Sie hatte am Todestag von Königin Alexandra das Licht der Welt erblickt und stets geglaubt, dies verbinde sie auf gewisse Weise mit der Königsfamilie, ja sogar oft von einer »besonderen Nähe« orakelt und in ihren letzten Lebensjahren spirituelle Sitzungen besucht. Kurz bevor seine liebe alte Mum auf ihre eigene Reise zur »anderen Seite« aufgebrochen war, hatte sie drei Stunden angestanden, um durch die Massen hindurch einen Blick auf Lady Di an ihrem Hochzeitstag zu erhaschen. Wenngleich ihr nicht mehr als ein Blick auf die Rückseite der Kutsche vergönnt war, und auch das nur wenige Sekunden lang, hatte sie unermüdlich ihr Fähnchen geschwenkt, gejubelt und geweint und war mit dem wohligen Gefühl nach Hause zurückgekehrt, ihre Schuldigkeit getan zu haben. Mit ihrer Schwäche für Patriotismus und Gedenk-Keksdosen würde sie sich vor Glück in die Hose machen, wenn sie jetzt auf ihn herabblicken könnte.

»Ihr erstes Mal?«, erkundigte sich der Diener.

Landless nickte. Prinzessin Charlotte hatte ihn angerufen. Ein Exklusivinterview mit dem *Chronicle*. Tat so, als habe sie es selbst arrangiert. Ob er jemand zuverlässigen hinschicken könne und dem Palast erlauben würde, den Artikel gegenzulesen, bevor er in Druck ging? Vielleicht könnten sie sich ja bald mal wieder zum Lunch treffen? Weiter ging es einen breiten Korridor entlang, dessen Fenster auf den Innenhof blickten. Die Gemälde hier waren ansprechender, Porträts längst vergessener königlicher Sprösslinge von Malern, deren Namen in erheblich besserer Erinnerung geblieben waren.

»Zu Beginn, wenn Sie eintreten, sprechen Sie ihn mit ›Eure Majestät‹ an. Danach dürfen Sie ihn einfach ›Sir‹ nennen«, nuschelte der Diener, bevor sie an einer massiven, aber eher schlichten Tür zum Stehen kamen.

Während diese sich langsam öffnete, kam ihm Charlottes andere Frage in den Sinn. War es eine gute Idee? Er hatte seine Zweifel, ernsthafte Zweifel, ob ein Exklusivinterview gut für den König war, aber für seine Zeitung war es mit Sicherheit verdammt grandios.

»Sally? Tut mir leid, dass ich so früh anrufe. Du hast dich ein paar Tage nicht gemeldet. Alles in Ordnung?«

Tatsächlich war es fast eine Woche gewesen, und obwohl Urquhart ihr Blumen und zwei potenzielle Großkunden geschickt hatte, war er nicht dazu gekommen, sie anzurufen. Er zuckte die Achseln. Sie hatten sich gestritten, und sie würde darüber hinwegkommen. Würde es wohl oder übel müssen, um weiterhin von ihm zu profitieren. Jedenfalls war es jetzt dringend.

»Was macht die Meinungsumfrage? Schon fertig?« Er versuchte, ihre Laune durch das Telefon zu eruieren. Vielleicht ein wenig kühl und förmlich, fast, als habe er sie aufgeweckt. Egal, jetzt ging es ums Geschäft. »Es ist was dazwischengekommen. Man munkelt, Seine Königliche Gewissenhaftigkeit habe dem *Chronicle* ein exklusives Interview gegeben, und es könnte sein, dass der Palast es in den nächsten Tagen freigibt. Keine Ahnung, was drinsteht. Landless sitzt so beharrlich darauf, als würde er ein Ei ausbrüten, aber ich habe den Eindruck, dass im öffentlichen Interesse eine gewisse Ausgewogenheit vonnöten wäre. Glaubst du nicht auch? Vielleicht eine kurz zuvor erscheinende Umfrage, die die wachsende öffentliche Unzufriedenheit mit der königlichen Familie widerspiegelt?« Sein Blick schweifte über den St. James's Park, wo sich zwei Frauen im morgendlichen Dämmerlicht neben dem Pelikanteich redlich mühten, ihre kabbelnden Hunde voneinander loszureißen. »Ich vermute, einige Zeitungen, wie etwa die *Times*, könnten das Interview des Königs gar als übereilten und recht verzweifelten Versuch werten, auf die Befragung zu reagieren.« Er zuckte kurz zusammen, als er sah, wie eine der Frauen, deren kleiner Hund in die scharfen Fänge eines großen schwarzen Mischlings geraten war, Letzterem einen kräftigen Tritt in den Hoden versetzte. Die Hunde ließen voneinander ab, nur um ihren Besitzerinnen das Feld zu überlassen, die sich jetzt fast ebenso heftig anbellten. »Es wäre fantastisch, wenn wir die Umfrage, sagen wir mal ... heute Nachmittag ... herausbringen könnten. Wäre das machbar?«

Sally rollte herüber, legte den Hörer auf und streckte sich, um die anstrengende Nacht aus den Knochen zu bekommen. Eine Weile lag sie da, starrte an die Decke und ließ die Anweisungen, die sie gerade erhalten hatte, langsam vom Gehirn abwärts durch ihren Körper sickern. Sallys Nase zuckte über der Bettdecke wie das Sehrohr eines U-Boots, als spürte sie dem Duft der eben empfangenen Neuigkeiten nach. Schlagartig munter und lebendig, richtete sie sich im Bett auf und wandte sich der Gestalt neben ihr zu.

»Ich muss los, Liebster. Unheil im Anzug und eine Menge zu tun!«

* * *

Guardian, 27. Januar, Seite 1
KÖNIG ERNEUT IN BEDRÄNGNIS:
»IST ER EIN CHRIST?«

Die königliche Familie ist gestern Abend erneut Ziel heftiger Angriffe geworden, als der Bischof von Durham von der Kanzel herab die religiösen Motive des Monarchen infrage stellte. In Bezug auf dessen Anfang der Woche erschienenes, viel kritisiertes Zeitungsinterview, in dem er unter anderem großes Interesse an fernöstlichen Religionen bekundete und auch die Möglichkeit körperlicher Wiedergeburt nicht ausschloss, warf ihm der bibeltreue Bischof einen »modischen Flirt mit dem Mystizismus« vor.

»Der König trägt zwar den Titel ›Verteidiger des Glaubens‹ und ist das gesalbte Oberhaupt der Kirche von England. Aber ist er auch ein Christ?«

Der Buckingham Palace ließ gestern Abend verlauten, als König eines Landes mit einer Vielzahl ethnischer und religiöser Minderheiten habe es der Monarch lediglich als angemessen betrachtet, seine religiöse Rolle nicht allzu eng und restriktiv auszulegen. Die Attacke des Bischofs scheint die durch eine neue Meinungsumfrage ausgelöste Debatte nur noch weiter anzuheizen – die Befragung hatte einen dramatischen Rückgang der öffentlichen Unterstützung für einige Mitglieder der Königsfamilie, darunter Prinzessin Charlotte, belegt sowie eine wachsende Zustimmung dafür, die Anzahl der durch die Zivilliste finanzierten Mitglieder der Königsfamilie deutlich zu reduzieren.

Einige seiner Unterstützer sprangen dem König noch gestern Abend zur Seite. »Wir sollten uns nicht in eine Art konsti-

tutionellen Schnäppchenmarkt hineinziehen lassen, wo wir uns die billigste Regierungsform herauspicken können«, ließ sich Viscount Quillington zitieren.

Kritiker hingegen wiesen umgehend darauf hin, dass es der König ungeachtet seiner persönlichen Beliebtheit versäumt habe, in vielen Bereichen eine klare Linie vorzugeben. »Die Krone sollte die höchsten moralischen Standards repräsentieren«, sagte ein ranghoher Regierungsabgeordneter, »doch die Führung seiner eigenen Familie lässt einiges zu wünschen übrig. Sie erweisen weder ihm noch uns gute Dienste. Sie sind zu reich, zu braungebrannt, zu wenig beschäftigt und zu zahlreich.«

»Die königliche Eiche wird kräftig durchgerüttelt«, ließ ein anderer Kritiker verlauten. »Es würde nicht schaden, wenn ein oder zwei Familienmitglieder aus dem Baum fallen würden...«

Kapitel 35

Hüte dich vor einem König, der ein Mann des Volkes sein will. Einem Nichtgewählten und Blender, der um den Pöbel buhlt.

Gegen vier Uhr nachmittags waren erste Meldungen durchgesickert, und bis sie sich erhärtet hatten, war der kurze Wintertag bereits vorüber, und ganz London lag im Dunkeln. Es war ein grässlicher Tag; eine Warmfront war über die Hauptstadt gezogen und hatte sintflutartige Regenfälle mitgebracht, die noch bis tief in die Nacht andauern würden. Ein Tag, an dem man lieber nicht das Haus verließ.

Doch genau dies war drei Frauen und ihren Kindern in der Queensgate Crescent 14, einem Miethaus mitten in Notting Hill, zum tödlichen Verhängnis geworden. Es lag im Herzen der alten Elendsgegend, die noch in den Sechzigern Prostituierte und Wellen von Einwanderern beherbergte, alles unter dem strengen Auge skrupelloser Geschäftemacher. *Rachmanism* hatte man das einst genannt, nach Rachman, dem schlimmsten dieser kriminellen Miethaie. Heutzutage sprach man von »Bed and Breakfast« – Zimmer, in denen die Gemeindeverwaltung Alleinerziehende und Problemfamilien unterbrachte, während sie halbherzig nach anderen Orten oder Institutionen suchte, die ihnen die Verantwortung abnahmen. Viele der provisorischen Unterkünfte in Nummer 14 hatten sich kaum verändert, seit hier vor etwas über dreißig Jahren ein Bordell betrieben wurde. Einbettzimmer, Gemeinschaftsbäder, unzureichende Heizungen, Lärm, morsche Balken und allgemeine Niedergeschlagenheit. Wenn es regnete, konnte man zusehen, wie es von den Fensterbänken tropfte und die feuchten braunen Flecken immer weiter hinabkrochen, während sich die Tapete von den Wänden schälte. Aber immerhin besser als draußen im Regen, werden sich die Bewohner wohl gedacht haben.

Sozialer Wohnungsbau gebiert nicht selten Gleichgültigkeit, weshalb sich auch niemand die Mühe gemacht hatte, den seit Tagen vernehmbaren Gasgeruch zu melden. Schließlich war das ja Sache des Hauswarts, und was brachte es schon, wo der sich sowieso nur blicken ließ, wenn ihm gerade danach war? Nicht ihr Problem, werden sich die Bewohner wohl gedacht haben.

Bei Einbruch der Dämmerung war ein Zeiger der Zeitschaltuhr weitergesprungen und hatte das Licht in den gemeinschaftlich genutzten Fluren angeschaltet. Gerade einmal Sechzig-Watt-Birnen, eine pro Stockwerk, kaum hell genug, doch der kleine, durch den elektrischen Kontakt verursachte Funke hatte ausgereicht, um das Gas zu entzünden und das gesamte fünfstöckige Haus in die Luft zu jagen – und Teile des benachbarten Gebäudes mit ihm. Glücklicherweise war nebenan niemand zu Hause, das Haus war baufällig, doch in Nummer 14 befanden sich Mitglieder fünf verschiedener Familien, und von den einundzwanzig Frauen, Kindern und Babys konnten nur noch achtzehn lebend aus den Trümmern geborgen werden. Als Seine Majestät an der Unglücksstelle eintraf, fand er dort kaum mehr vor als einen riesigen Berg aus Backsteinen, geborstenen Türrahmen und bizarr verdrehten Möbelteilen, auf dem im grellen Schein der Bogenlampen unzählige Feuerwehrleute herumkrabbelten. Etliche Personen, die sich im Gebäude aufgehalten haben sollten, wurden noch immer vermisst. Auf einem Vorsprung aus zersplitterten Balken balancierte viele Meter über den Köpfen der Helfer halsbrecherisch ein Doppelbett, das Laken flatterte im böigen Wind. Natürlich hatte man es längst herunterholen wollen, bevor es die Hilfskräfte unter sich begraben konnte, doch Regen und Berufsverkehr hatten dafür gesorgt, dass der fahrbare Kran noch immer auf sich warten ließ, und die Rettung duldete keinen Aufschub. Jemand glaubte, im Schutt direkt unter ihnen ein Geräusch gehört zu haben, und obwohl das Infrarotgerät nichts anzeigte, machten sich viele eifrige Hände sogleich an den Trümmern zu schaffen, angetrieben vom peitschenden Regen und der Angst, zu spät zu kommen.

Sobald die Nachricht den König erreicht hatte, wollte er den Unfallort umgehend besuchen. »Nicht um im Weg zu stehen, zu gaffen. Aber ein paar Worte an die Hinterbliebenen in einer solchen Stunde können mehr bewirken als tausend Trauerreden später.« Die Anfrage war just in dem Moment bei der Polizeileitstelle in Scotland Yard eingegangen, als diese dabei war, den Innenminister zu unterrichten, welcher im Anschluss sofort die Downing Street informiert hatte. Als der König am Unglücksort eintraf, musste er feststellen, dass er unwissentlich in einen Wettlauf geraten war, den er bereits verloren hatte. Urquhart war längst da, hielt Hände, sprach den Verletzten Mut und den Verzweifelten Trost zu, gab Interviews, suchte das Rampenlicht, ließ sich allenthalben sehen. Der Monarch indes stand da wie ein Auswechselspieler, den man zu spät von der Bank aufs Feld geschickt hatte – ein besserer Reservist, der den anderen hinterhertrottete, stets einen Schritt zu spät. Aber was machte das schon? Dies war schließlich kein Wettbewerb, oder zumindest sollte es das nicht sein. Das jedenfalls versuchte der König sich einzureden.

Eine ganze Weile gelang es Monarch und Premierminister, sich aus dem Weg zu gehen. Während sich der eine informieren ließ und behutsam auf Überlebende zuging, suchte der andere einen trockenen Platz, um Interviews zu geben. Dennoch wussten beide um die Unvermeidbarkeit eines Zusammentreffens. Den anderen sichtlich zu meiden besäße für sich genommen schon Nachrichtenwert und würde nur dazu führen, diese Tragödie in eine Farce zu verwandeln. Das ganze Ausmaß der Verwüstung überblickend, stand der König wie ein Wachposten auf einem Trümmerhaufen, umgeben von einem rasch wachsenden See aus Schlamm und Dreck, durch den Urquhart waten musste, um zu ihm zu gelangen.

»Eure Hoheit.«

»Mr Urquhart.«

Die Begrüßung war in etwa so warmherzig wie die Kollision zweier Eisberge. Keiner sah den anderen direkt an, sondern zog es vor, die Szenerie zu studieren, die sich ihnen bot.

»Kein Wort mehr, Sir. Es ist schon genug Schaden angerichtet, genügend Streit vom Zaun gebrochen worden. Sehen Sie sich um, aber sagen Sie nichts. Ich muss darauf bestehen.«

»Noch nicht einmal eine formelle Beileidsbekundung, Mr Urquhart? Nicht mal gegenüber einem Ihrer eigenen Schreiberlinge?«

»Kein Nicken oder Augenzwinkern, keine flüchtige Bemerkung, kein übertrieben gesenkter Blick ... Nicht einmal eine abgesprochene Formulierung, da es Ihnen eine Freude zu sein scheint, alles zunichtezumachen, was wir aufgebaut haben.«

Mit einer wegwerfenden Geste wies der König den Vorwurf von sich.

Der Premierminister sprach langsam und wohlüberlegt. Jetzt kam er wieder auf sein Thema zurück. »Ich muss darauf bestehen.«

»Schweigen, sagen Sie?«

»Absolutes. Für eine ganze Weile.«

Der König wandte den Blick von der Zerstörung und sah

dem Premier erstmals in die Augen, das Gesicht starr vor Herablassung, die Hände tief in den Taschen seines Regenmantels vergraben. »Ich glaube nicht, dass ich das tun werde.«

Urquhart hatte Mühe, den Angriff nicht zu parieren und die Fassung zu wahren. Er wollte dem König nicht den Hauch von Genugtuung gönnen.

»Wie Sie gesehen haben, werden Ihre Ansichten gerne missverstanden.«

»Oder manipuliert.«

Urquhart überhörte die Anspielung.

»Schweigen, sagen Sie?«, fuhr der König fort und drehte das Gesicht erneut in den Wind und den Sprühregen, die Nase vorgereckt wie der Bug eines großen Segelschiffes. »Ich frage mich, was Sie tun würden, Mr Urquhart, wenn irgend so ein verdammter Idiot von Bischof Ihnen die Worte im Mund herumdrehen und Sie zur Zielscheibe solch lächerlicher Anschuldigungen machen würde. Den Mund halten? Oder sich wehren? Würden Sie es nicht für umso wichtiger erachten, die Stimme zu erheben, um denen, die gewillt sind zuzuhören, wenigstens die Möglichkeit zu geben, einen zu verstehen?«

»Aber ich bin nicht der König.«

»Nein, wofür sowohl Sie als auch ich überaus dankbar sein sollten.«

Urquhart nahm die Beleidigung wortlos hin. In den Trümmern unter den gleißenden Bogenlampen wurde eine winzige Hand entdeckt. Ein paar Sekunden Aufregung und Erwartung, Krabbeln und Wühlen, doch schon kurz darauf erlosch der Funke Hoffnung jäh im Schlamm und Matsch. Es war nur eine Puppe gewesen.

»Auch ich muss sichergehen, Sir, dass ich gehört und verstanden werde. Von Ihnen.« Nicht weit entfernt brach krachend ein

Stück Mauerwerk zusammen, doch keiner der beiden rührte sich. »Jede weitere öffentliche Äußerung würde von Ihrer Regierung als schwere Provokation erachtet. Als konstitutionelle Kriegserklärung. Und seit fast zweihundert Jahren hat sich kein König mehr gegen einen Premierminister gestellt – und gewonnen.«

»Ein interessanter Gesichtspunkt. Ich hatte ganz vergessen, dass Sie ein Gelehrter sind.«

»In der Politik geht es um die Erlangung und den Erhalt von Macht. Ein hartes, ja mithin skrupelloses Geschäft. Kein Ort für einen König.«

Der Regen rann ihnen in Strömen übers Gesicht, tropfte von ihren Nasen, kroch ihnen in die Krägen. Beide waren klatschnass, durchgefroren und nicht mehr die Jüngsten, hätten sich dringend unterstellen müssen, doch keiner wollte den ersten Schritt tun. Alles, was die Umstehenden von Weitem zu hören vermochten, war das Geratter der Presslufthämmer und die eilig gebrüllten Kommandos, sehen konnten sie lediglich zwei Männer, die Auge in Auge dastanden, Herrscher und Rivalen – Umrisse, die sich schemenhaft gegen den grellen Schein der Rettungsscheinwerfer abhoben wie in einer vom Regen verwaschenen Schwarzweißszene. Sie konnten weder die Häme in Urquharts Gesicht sehen noch den alterslosen Ausdruck fürstlicher Verachtung in den Zügen des anderen. Einem aufmerksamen Beobachter wären womöglich die wehrhaft angespannten Schultern des Königs aufgefallen – doch das war gewiss nur eine Folge des Wetters und der tragischen Umstände, oder?

»Haben Sie nicht irgendwo das Wörtchen Moral vergessen, Herr Premierminister?«

»Moral, Sir, ist das Gefasel der Gelangweilten und der Langweiler, die Rache der Erfolglosen, die Strafe für alle, die es versucht haben und gescheitert sind – oder nie den Mut besaßen, es überhaupt zu versuchen.«

Jetzt war Urquhart an der Reihe, den anderen zu provozieren. Einige Augenblicke hing drückendes Schweigen zwischen ihnen.

»Herr Premierminister, darf ich Sie beglückwünschen? Es ist Ihnen gelungen, sich mir nun voll und ganz verständlich zu machen.«

»Ich hatte nie die Absicht, Sie im Unklaren zu lassen.«

»Das haben Sie nicht.«

»Sind wir uns nun einig? Kein Wort mehr?«

Als der König schließlich antwortete, sprach er mit so leiser Stimme, dass Urquhart ihn nur mit Mühe verstand. »Sie können versichert sein, dass ich meine Zunge in Zukunft ebenso sorgfältig hüte, wie Sie die Ihrige schärfen. Ihre heutigen Worte werde ich niemals vergessen.«

Ein gebrüllter Warnruf hallte über die Unglücksstelle und bereitete dem Gespräch ein jähes Ende, Männer hasteten vom Schutthaufen herab, als der hölzerne Sims erzitterte, quietschte, zusammenstürzte und das Bett in einen langsamen, anmutigen Salto des Todes zwang, bevor es auf den darunterliegenden Trümmern zerschellte, kaum mehr als ein weiterer Haufen Kleinholz. Ein einsames Kissen torkelte wie betrunken in der Bö, aufgespießt auf einem scharfkantigen Gestänge, das noch an diesem Morgen ein Babybett gewesen war, dessen Plastikrassel noch immer im Wind sang. Ohne ein weiteres Wort machte sich Urquhart auf den beschwerlichen Weg zurück durch den Matsch.

Auf dem Rückweg zum Palast leistete Mycroft dem König auf dem Rücksitz Gesellschaft. Den Großteil der Fahrt über hüllte sich der Monarch in Schweigen, die Augen geschlossen, ganz in seine Gedanken und Gefühle versunken – das soeben Erlebte musste ihn tief bewegt haben, dachte Mycroft. Als er zu reden begann, sprach er leise, fast flüsternd, so als befänden sie sich in einer Kirche oder auf Besuch in einer Todeszelle.

»Kein Wort mehr, David. Man hat mir zu schweigen befohlen, oder ich werde die Konsequenzen tragen müssen.« Seine Augen hielt er noch immer geschlossen.

»Keine weiteren Interviews?«

»Nein, es sei denn, ich will einen offenen Krieg.«

Der Gedanke hing eine Weile zwischen ihnen, die sich zu etlichen stillen Minuten dehnte. Mycroft ergriff die Möglichkeit, etwas zu sagen.

»Vielleicht ist dies nicht der richtige Zeitpunkt ... aber wann ist es das schon? Aber es wäre äußerst hilfreich für mich, wenn ich ein paar Tage freinehmen könnte. Gerade, wenn Sie sich eine Zeit lang sowieso kaum in der Öffentlichkeit zeigen wollen. Es gibt da ein paar private Dinge, um die ich mich kümmern muss.«

Der Kopf des Königs war noch immer zurückgelehnt, die Augen geschlossen, die Worte tonlos und bar jeglichen Gefühls. »Ich muss mich entschuldigen, David. Ich fürchte, ich habe Ihre Aufopferung mal wieder als selbstverständlich hingenommen, mal wieder nur an meine eigenen Sorgen gedacht.« Er seufzte. »Weihnachten ohne Fiona muss die Hölle gewesen sein. Aber natürlich. Natürlich müssen Sie sich eine Auszeit nehmen. Aber vorher ist da noch eine kleine Sache, bei der ich Ihre Hilfe bräuchte, wenn Sie so lange warten können. Ich möchte, dass Sie eine kleine Reise organisieren.«

»Wohin?«

»Drei Tage, David. Nur drei Tage, und nicht weit weg. Ich hatte an Brixton und Handsworth gedacht, vielleicht noch

Moss Side und die Gorbals. Ich reise von Süden aus durchs Land. Esse an einem Tag in einer Suppenküche mit den Obdachlosen in Cardboard City, frühstücke am nächsten bei der Heilsarmee. Trinke Tee mit einer Familie, die von der Wohlfahrt lebt, und sitze mit ihnen am ärmlichen Heizofen. Treffe Jugendliche, die auf der Straße leben. Sie verstehen, was ich meine?«

»Das können Sie nicht tun!«

Den Kopf noch immer in den Nacken gelegt, die Augen geschlossen, der Ton so kühl wie zuvor. »Ich kann. Und ich möchte, dass mich die Kameras überallhin begleiten. Vielleicht werde ich drei Tage nur so viel essen wie ein armer Rentner und die mitreisenden Journalisten auffordern, das Gleiche zu tun.«

»Das wird für größere Schlagzeilen sorgen als jede Rede!«

»Ich werde kein Wort sagen.« Er fing an zu lachen, als wäre allein beißender Humor in der Lage, jene Gefühle zu unterdrücken, die in seinem Inneren tobten, so wüteten, dass er begann, sich ein wenig vor sich selbst zu fürchten.

»Das müssen Sie gar nicht. Diese Bilder werden jeden Abend als Erstes in den Nachrichten laufen.«

»Wenn doch jeder königliche Besuch solche Aufmerksamkeit bekäme.« Sein Tonfall wirkte fast schon schelmisch.

»Wissen Sie denn nicht, was das bedeutet? Das ist eine Kriegserklärung an die Regierung. Urquhart wird zurückschlagen...«

Die Nennung von Urquharts Namen hatte eine elektrisierende Wirkung auf den König. Sein Kopf schnellte vor, die geöffneten, roten Augen glommen feurig, der Kiefer spannte sich, als wäre ein Stromschlag durch ihn hindurchgefahren. Er schien lichterloh zu brennen. »Wir schlagen zuerst zu! Urquhart kann mich nicht aufhalten. Er mag etwas gegen meine Reden haben, mich bedrohen und einschüchtern, aber dies ist immer noch mein Königreich, und ich habe jedes Recht hinzugehen, wo immer ich will – und wann immer ich will!«

»Und wann hatten Sie gedacht, diesen Bürgerkrieg anzuzetteln?«

Abermals meldete sich sein Galgenhumor zu Wort. »Oh, ich dachte vielleicht … nächste Woche.«

»Jetzt weiß ich wenigstens, dass Sie es nicht ernst meinen. Man bräuchte Monate, um so etwas zu organisieren.«

»Wo immer und wann immer ich es möchte, David. Es erfordert überhaupt keine Organisation. Ich werde ja niemanden Bestimmten treffen. Da ist keiner, dem man vorher Bescheid geben müsste. Und überhaupt, wenn ich den Leuten Zeit gebe, sich vorzubereiten, werde ich wieder nur die übliche narkotisierte Version Großbritanniens zu sehen bekommen – ein Land, das für meinen Besuch blank gefegt und aufgehübscht wurde. Nein, David. Keine Vorbereitung, keine Vorwarnung. Es ödet mich an, den König zu spielen; es ist Zeit, den Mann hervorzuholen! Mal sehen, ob ich drei Tage lang ertragen kann, was andere ein Leben lang erdulden müssen. Mal sehen, ob ich es schaffe, diese seidenummantelten Ketten zu sprengen und meinen Untertanen in die Augen zu blicken.«

»Sicherheit! Was ist mit der Sicherheit?«, mahnte Mycroft verzweifelt.

»Die beste Sicherheitsmaßnahme ist der Überraschungseffekt, dass niemand mit mir rechnet. Und wenn ich in meinen Wagen steigen und eigenhändig fahren muss, mein Gott, dann tu ich es eben.«

»Sie müssen sich darüber völlig im Klaren sein: Eine solche Reise würde Krieg bedeuten; Sie wären da draußen vor den Kameras auf sich gestellt, ohne Rückzugsort und die Chance auf einen diplomatischen Kompromiss, um die Sache später wieder zu kitten. Eine öffentliche Kampfansage an den Premierminister.«

»Nein, David. Das sehe ich anders. Natürlich, Urquhart ist gemeingefährlich, aber es geht mir hier in erster Linie um mich. Ich muss mich erst einmal selbst finden, auf die Dinge hören, die ich im tiefsten Innern empfinde, herausbekommen, ob ich nicht nur als König etwas tauge, sondern auch als Mann. Ich kann nicht länger vor dem weglaufen, was ich bin, woran ich glaube. Ich fordere damit nicht nur Urquhart heraus, sondern viel mehr mich selbst. Können Sie das verstehen?«

Während die Worte auf ihn einprasselten, sackten Mycrofts Schultern herab, als laste plötzlich das Gewicht der ganzen Welt auf ihnen. Er war erschöpft von seinem eigenen lebenslangen Davonrennen, hatte alle Reserven aufgebraucht. Der Mann, der neben ihm saß, war nicht nur ein König, er war auch ein Mann, der darauf bestand, er selbst zu sein. Mycroft wusste haargenau, wie er sich fühlte, und bewunderte seinen Mut. Er nickte. »Aber gewiss doch«, antwortete er sachte.

Kapitel 36

Ein konstitutioneller Monarch ist wie ein edler Rotwein: Man muss ihn dunkel lagern, dann und wann drehen und vorsichtig abstauben. Ansonsten sollte er sich gedulden, bis man ihn hervorholt.

»Mortima. Der Toast ist schon wieder angebrannt!«

Urquhart beäugte die Trümmer seines Frühstücks, das bei der ersten Berührung des Messers zerkrümelt und in seinen Schoß gerieselt war. Seine Gemahlin trug noch immer ihren Morgenrock; sie war mal wieder lange aus gewesen – »eifrig unterwegs, um der ganzen Welt zu erzählen, wie wunderbar du bist, Liebling« – und nur halb wach.

»Ich kann in dieser lächerlich kleinen Küche nicht denken, Francis, geschweige denn deinen Toast machen. Kümmer dich endlich um die Renovierung, und du bekommst ein anständiges Frühstück.«

Das schon wieder. Das hatte er ganz vergessen, oder verdrängt. Im Moment plagten ihn wahrlich andere Sorgen.

»Francis, was hast du auf dem Herzen?« Sie kannte ihn lange genug, um die Anzeichen zu erkennen.

Er deutete auf die Zeitungen, in denen es um die geplante Reise des Königs ging. »Er hat meinen Bluff durchschaut.«

»Ist das schlimm?«

»Könnte es schlimmer kommen? Gerade, wo alles perfekt zu laufen schien, die Umfragen sich zu unseren Gunsten wenden, in Kürze Neuwahlen ausgerufen werden sollten.« Er fegte sich die Krümel vom Schoß. »Ich kann keinen Wahlkampf machen, wenn die Leute über nichts anderes als Armut und frierende

Rentner reden. Wir könnten der Downing Street Lebewohl sagen, bevor du Zeit hättest, neue Tapeten auszusuchen, geschweige denn den Kleistereimer rauszuholen.«

»Der Downing Street Lebewohl sagen?« Sie wirkte beunruhigt. »Das mag jetzt vielleicht kleinlich klingen, aber: Sind wir nicht gerade erst eingezogen?«

Er sah sie eindringlich an. »Würdest du sie denn vermissen? Du überraschst mich, Mortima. Ich habe den Eindruck, dass du sowieso kaum da bist.« Für gewöhnlich war sie vor Tagesanbruch wieder zu Hause, und als er sie da sitzen sah, wusste er auch warum. Morgens nach dem Aufstehen war sie nicht gerade in Hochform.

»Kannst du nichts gegen ihn unternehmen?«

»Mit etwas Zeit, gewiss. Und ich würde auch gewinnen. Aber ich habe keine Zeit, Mortima. Gerade mal zwei Wochen. Das Absurdeste daran ist, dass dem König nicht einmal bewusst ist, was er getan hat.«

»Du darfst nicht aufgeben, Francis. Das bist du mir ebenso schuldig wie dir selbst.« Sie mühte sich mit ihrem eigenen Toast ab, wie um zu demonstrieren, welch schwache, unnütze Wesen Männer doch waren – aber ähnlich vergebens, was sie sichtlich erzürnte. »Denk dran, ich habe dafür genauso hart gearbeitet wie du, die gleichen Opfer gebracht. Und ich habe auch ein Leben. Ich bin gern die Frau des Premierministers. Und eines Tages werde ich die Witwe eines Expremierministers sein. Ich werde etwas Beistand brauchen, etwas gesellschaftliche Achtung für die Zeit, in der ich allein bin.« Es klang egoistisch, gefühllos. Und wie immer, wenn sie sich nicht anders zu helfen wusste, setzte sie ihre effektivste Waffe ein – seine Schuldgefühle. »Wenn wir Kinder hätten, die mich unterstützten, wäre das alles anders.«

Er starrte auf die Trümmer seines Frühstücks. So weit war es also schon gekommen. Er war noch nicht mal unter der Erde, und sie zählte schon das Geld, das ihr bleiben würde.

»Bekämpfe ihn, Francis!«

»Das habe ich ja vor, aber du darfst ihn nicht unterschätzen. Jedes Mal, wenn ich ihm ein Bein abschlage, rappelt er sich wieder auf.«

»Dann bekämpfe ihn eben härter!«

»Meinst du wie George Washington?«

»Ich meine wie ein gottverdammter Oliver Cromwell. Wir oder er, Francis, darauf läuft es hinaus.«

»Ich habe mich so bemüht, das zu vermeiden, Mortima, glaube mir. Das hieße nicht nur einen Mann zu vernichten, sondern auch etliche Jahrhunderte englischer Geschichte. Es gibt Grenzen.«

»Denk doch mal nach, Francis. Ist es möglich?«

»Das wäre wenigstens eine Ablenkung von dem ganzen Rumgejammer über die Unterschicht.«

»Regierungen lösen nicht die Probleme der Leute, sie versuchen nur, sie zu ihrem eigenen Vorteil zu wenden. Kannst du das nicht zu deinem Vorteil tun?«

»In nur zwei Wochen?« Er musterte den entschlossenen Blick in ihren Augen. Sie meinte es ernst. Todernst. »Darüber habe ich mir schon die ganze Nacht den Kopf zerbrochen.« Sie nickte sanft. »Vielleicht ja schon. Mit etwas Glück. Und Hexerei. Wenn man ihn zum Thema macht, das Volk gegen den König. Aber das wäre dann keine Wahl mehr, es wäre eine Revolution. Wenn wir gewinnen, würde sich die Königsfamilie davon nie wieder erholen.«

»Erspar mir dein Mitleid. Ich bin eine Colquhoun.«

»Aber bin ich ein Cromwell?«

»Du hast das Zeug dazu.«

Plötzlich fiel ihm ein, dass sie Cromwells Leichnam ausgegraben und seinen verwesenden Schädel auf einem Galgen aufgespießt hatten. Er blickte auf die Überreste seines verkohlten Toasts und befürchtete, sie könnte recht haben.

Teil 3

Kapitel 37

Ein Leben in der Öffentlichkeit ist wie ein Wäschekorb:
Die schmutzige Wäsche quillt schnell über.

Februar: Die erste Woche
Das Klingeln des Telefons schreckte ihn auf, durchbrach störend die Stille des Apartments. Es war spät, weit nach zehn, und Kenny bereits im Bett, um Mycroft noch an den letzten Details für die königliche Reise arbeiten zu lassen. Kenny hatte Bereitschaftsdienst, und Mycroft fragte sich, ob man ihn wohl anrief, um kurzfristig bei einer Crew einzuspringen. Aber doch sicher nicht um diese Uhrzeit?

Kenny erschien in der Schlafzimmertür und rieb sich müde die Augen. »Es ist für dich.«

»Für mich? Aber wer ...«

»Keine Ahnung«, sagte er im Halbschlaf.

Beklommen hob Mycroft am Nebenanschluss ab. »Hallo?«

»David Mycroft?«, fragte die Stimme.

»Wer spricht da?«

»David, hier spricht Ken Rochester vom *Mirror*. Sorry, dass ich Sie so spät noch belästige. Oder kommt das jetzt etwas ungelegen, David?«

Mycroft hatte von dem Mann noch nie etwas gehört. Seine näselnde Stimme war unangenehm, seine Vertrautheit unverschämt und unerbeten, seine Besorgnis zutiefst geheuchelt. Mycroft antwortete nicht.

»Es ist eine Art Notfall; mein Redakteur möchte gern, dass ich morgen mit auf die Reise komme, zusammen mit unserem Hofberichterstatter. Ich bin eigentlich für die Sonderbeiträge zuständig. Sind Sie denn umgezogen, David? Ist ja nicht Ihre alte Nummer.«

»Woher haben Sie diese Nummer?«, erwiderte Mycroft, jedes Wort wie durch bleierne Lippen herausgepresst.

»Sie sind doch David Mycroft, oder? Aus dem Palast? Wäre ja zu blöd, wenn ich über solche Dinge mit jemand anderem sprechen würde. David?«

»Woher haben Sie diese Nummer?«, wiederholte er krächzend, sein Hals wie zugeschnürt, sodass ihm das Sprechen schwerfiel. Bei der Telefonzentrale im Palast hatte er Kennys Nummer nur für absolute Notfälle hinterlegt.

»Oh, wir bekommen meistens, was wir wollen, David. Ich schlage dann morgen mit dem Rest der Meute auf. Wenn Sie so nett wären, die nötigen Vorbereitungen zu treffen? Mein Chef wäre stocksauer, wenn es mir nicht gelänge, Sie irgendwie zu überzeugen. War das Ihr Sohn, mit dem ich eben gesprochen habe? Verzeihung, dumme Frage. Ihr Sohn ist ja an der Uni, oder etwa nicht, David?«

Mycrofts Kehle war nun völlig ausgedörrt, ließ kein Wort mehr passieren.

»Ein Kollege vielleicht? Einer von Ihren Überfliegern? Klang, als hätte ich ihn aus dem Bett geholt. Verzeihung, dass ich Sie beide so spät noch belästige, aber Sie wissen ja, wie Chefredakteure so sind. Auch bei Ihrer Frau muss ich mich natürlich entschuldigen ...«

Der Reporter plapperte weiter mit seiner Mischung aus Andeutungen und Nachfragen. Wie in Zeitlupe nahm Mycroft den Hörer vom Ohr und legte ihn zurück auf die Gabel. Sie wussten also, wo er war. Und bald würden sie auch wissen, mit wem – und warum. Nach dem Besuch von der Sitte hatte er geahnt, dass es früher oder später so kommen würde, und dennoch gebetet, es möge erst viel später passieren. Er kannte die Presse. Sie würden sich nicht mit ihm allein zufriedengeben. Würden ebenso über Kenny herfallen; seinen Arbeitgeber, seine Familie, sein Privatleben, seine Freunde, alle und jeden, den er je gekannt hatte, sich sogar durch die Mülltonnen wühlen, um alle Fehler, die er je begangen hatte, ans Licht zu bringen. Und wer war schon ohne Fehler? Sie würden unerbittlich sein, unermüdlich, rücksichtslos, entsetzlich.

Mycroft wusste nicht, ob er dieser Art von Druck standhalten konnte, und noch weniger, ob er das Recht besaß, Kenny so etwas zuzumuten. Er trat hinüber zum Fenster und sah die dunkle Straße hinauf und hinunter, suchte in den Schatten nach Anzeichen neugieriger Blicke. Da war nichts, zumindest konnte er nichts erkennen, aber das würde sich bald ändern, womöglich schon morgen.

Kenny war wieder eingeschlafen, unschuldig und nichtsahnend, sein Körper so in die Laken verschlungen, wie nur junge Menschen es fertigbringen. Alles, was sie wollten, war, dass man sie in Ruhe ließ, doch nun schien es nur noch eine Frage der Zeit, bis andere in ihr Leben eindrangen – und es in Stücke rissen.

Urquhart war erst spät vom Diplomatenempfang zurückgekehrt, und Sally hatte schon auf ihn gewartet, plauderte über einem Plastikbecher Kaffee mit zwei Polizeibeamten vom Sicherheitstrupp in deren sogenanntem Büro: einem engen Kabuff von der Größe einer Abstellkammer direkt neben der Eingangshalle. Sie hockte auf der Kante des Schreibtischs, ließ ihre langen, anmutigen Beine herabbaumeln und von den dreist gaffenden Polizisten bewundern.

»Entschuldigung, wenn ich Sie bei Ihrer Arbeit störe, Gentlemen«, murrte er gereizt. Er fühlte Eifersucht in sich aufwallen, doch es ging ihm schon viel besser, als die Beamten sichtlich verwirrt aufsprangen und einer in der Eile seinen Kaffee verschüttete.

»Guten Abend, Herr Premierminister.« Sie lächelte breit und herzlich, ließ keinerlei Nachwirkungen ihrer letzten unerfreulichen Begegnung erkennen.

»Ah, Miss Quine. Ich hatte Sie ganz vergessen. Noch mehr Meinungsumfragen?« Er bemühte sich, zerstreut zu wirken.

»Du glaubst doch nicht im Ernst, dass sie dir das abnehmen?«, flüsterte Sally ihm aus dem Mundwinkel zu, als sie aus dem Raum traten.

Er hob eine Augenbraue.

»Wenn die tatsächlich glauben würden, du hättest eine Nachtsitzung mit einer Frau vergessen, die so aussieht wie ich, würden sie die Männer in den weißen Kitteln rufen.«

»Sie werden nicht fürs Denken bezahlt, sondern dafür, das zu tun, was ich ihnen sage«, erwiderte er giftig. Er klang todernst, und Sally war gewarnt. Sie beschloss, das Thema zu wechseln.

»Apropos Meinungsumfragen: Du liegst sechs Punkte vorn. Doch bevor du anfängst, dich selbst zu beglückwünschen, muss ich dir leider sagen, dass die Reise des Königs diese Führung im Handumdrehen zunichtemachen wird. Wird 'nen Heidenzirkus geben – großes Händeringen und jede Menge Geschwätz über Mitgefühl. Offen gesagt, nicht gerade eine deiner großen Stärken.«

»Ich fürchte, noch vor Ablauf dieser Woche wird Seine Majestät mit ganz anderen Problemen zu tun haben.«

»Die da wären?«

»Sein Pressesprecher und enger Freund Mycroft ist homosexuell. Wohnt mit einem Flugbegleiter zusammen.«

»Na und? Das ist kein Verbrechen.«

»Leider sickert die Geschichte gerade langsam an die Presse durch, und wenn die, schäbig wie immer, mit ihm fertig sind, wird er sich wünschen, er wäre nur ein ganz gewöhnlicher Verbrecher. Mycroft hat ja nicht nur seine Familie getäuscht – offenbar ist seine arme Gattin nach zwanzig Ehejahren angewidert aus dem gemeinsamen Haushalt geflüchtet, als sie rausbekam, was er trieb. Da ist außerdem der Sicherheitsaspekt: Ein Mann mit Zugang zu allen möglichen sensiblen Informationen und Staatsgeheimnissen, jemand in unmittelbarer Nähe zur Königsfamilie, hat bei sämtlichen Sicherheitsüberprüfungen gelogen. Sich erpressbar gemacht, einen Angriffspunkt für jede Art von Druck geboten.« Urquhart betätigte den Knopf in der Wand, der den Privataufzug zur Dachwohnung rief. »Und dann, am allerschlimmsten, ist da die Täuschung des Königs, mit dem er ein Leben lang befreundet war und den er hintergangen hat. Außer, natürlich, man wäre so gehässig, auch nur in Betracht zu ziehen, der König habe die ganze Zeit davon gewusst und alles vertuscht, um einen alten Weggefährten zu schützen. Äußerst unschön.«

»Du unterstellst doch nicht etwa, dass auch der König ...«

»Ich unterstelle überhaupt nichts. Das ist Aufgabe der Presse«, antwortete er, »die, und das darf ich getrost vorhersagen, sich bis Ende dieser Woche in Unterstellungen nur so suhlen wird.«

Die Aufzugtüren öffneten sich, geboten ihnen, einzutreten. »Aber wieso warten, Francis? Warum nicht sofort zuschlagen, bevor der König aufbricht und so viel Schaden anrichtet?«

»Weil Mycroft nicht mehr als ein Misthaufen ist. Der König darf aber nicht über einen Misthaufen stolpern, er muss von einem Berggipfel stürzen, und am Ende seiner Reise wird er in etwa so hoch emporgestiegen sein, wie es nur geht. Ich kann es kaum erwarten.«

Sie betraten den Fahrstuhl, ein kleiner, schmuddeliger Kasten, den man bei der Modernisierung des alten Gebäudes Mitte des Jahrhunderts in eine Nische gequetscht hatte. Die Enge der tristen Metallwände drängte sie dicht aneinander, und als sich die Türen schlossen, bemerkte sie, wie seine Augen zu leuchten begannen, sie spürte seine Zuversicht, Arroganz geradezu, wie ein Löwe in seiner Höhle. Sie musste sich entscheiden: Wollte sie seine Beute oder seine Löwin sein? Sie musste mit ihm Schritt halten, um nicht verschlungen zu werden.

»Manche Dinge solltest du besser nicht warten lassen, Francis.« Sie musste an ihm dranbleiben, jeden seiner Schritte verfolgen, selbst wenn er dabei war, blindlings auf seinen eigenen Berggipfel zuzusteuern! Sie schmiegte sich an ihn, beugte sich zur Steuertafel, und sobald ihre tastenden Finger den Schlüssel gefunden hatten, hielt der Lift geräuschlos zwischen zwei Stockwerken an. Ihre Bluse war bereits aufgeknöpft, und er knetete ihre festen Brüste. Der Schmerz ließ sie zusammenzucken, immer gröber, verletzender wurde sein Griff, immer beharrlicher sein Drang nach Dominanz. Er trug immer noch seinen Mantel. Sie musste es zulassen, ihn ermutigen, ihn verwöhnen. Er war dabei, sich zu verändern, bemühte sich nicht länger um Selbstbeherrschung, vermochte es womöglich gar nicht mehr. Doch während sie sich ungelenk in die Ecke der Kabine zwängte, die Beine gegen die Wände gestemmt, und das kalte Metall an ihren Pobacken spürte, wusste sie, dass sie ihm so weit folgen musste, wie er gehen wollte; dies war die Art von Möglichkeit, die sich ihr nie wieder bieten würde. Eine einmalige Chance, die sie ergreifen musste, selbst wenn er schon längst nicht mehr höflich Bitte sagte.

Es war vier Uhr morgens und stockdunkel, als Mycroft sich behutsam aus dem Schlafzimmer schlich und draußen leise anzog. Kenny schlief noch, sein Körper in einem kindlichen Raufkampf mit der Bettwäsche verschlungen, ein Arm um seinen Kuschelbär. In diesem Moment fühlte Mycroft sich ihm gegenüber mehr als Vater denn als Liebhaber, getrieben von einem ausgeprägten angeborenen Beschützerinstinkt, und er versuchte sich einzureden, dass er das Richtige tat.

Als er sich fertig angezogen hatte, setzte er sich an den Tisch und schaltete eine kleine Lampe an. Er brauchte Licht, um die Nachricht zu schreiben. Etliche Male versuchte er sich vergeblich daran, riss die Zettel aber jedes Mal in kleine Fetzen, die sich neben ihm auf einem wachsenden Papierhaufen auftürmten. Wie sollte er ihm klarmachen, dass er sich in einer Zwickmühle befand? Hin- und hergerissen zwischen Liebe und Pflichtgefühl und zwischen zwei Männern – dem König und Kenny –, die er nun beide in Gefahr gebracht hatte? Dass er davonlief, weil es das war, was er schon sein ganzes Leben tat, und er keinen anderen Ausweg wusste? Dass er noch weiter wegrennen würde, sobald die Reise des Königs vorüber war – denn diese drei Tage würden sie ihm gewiss wohl noch geben, bis der Sturm über ihn hereinbrach, oder?

Der Berg aus Papierschnipseln wuchs, und am Ende blieb nichts weiter übrig als: »Ich liebe dich, glaube mir. Es tut mir leid.« So armselig, so unzureichend.

Er stopfte die Papierfetzen in seine Aktentasche, ließ den Riegel so leise wie möglich zuschnappen und zog seinen Mantel an. Dann warf er einen Blick aus dem Fenster, doch die Straße lag ebenso still und kalt da, wie er sich in seinem Innern fühlte. Behutsam schlich er zurück, um den Zettel auf den Tisch zu legen, wo Kenny ihn finden sollte. Gerade wollte er ihn an die Blumenvase lehnen, da sah er, wie Kenny sich im Bett aufrichtete, Aktentasche, Mantel und Nachricht erblickte und plötzlich ein Funken der Erkenntnis in seine schläfrigen Augen trat.

»Warum, David? Warum?«, flüsterte er. Kein Aufschrei, keine Tränen, in seinem Leben und seinem Job hatte er genügend Abschiede erlebt, dennoch lag ein Vorwurf in jeder einzelnen Silbe.

Mycroft wusste keine Antwort. Er empfand nichts außer der Ahnung einer nahenden Katastrophe, vor der er alle, die er liebte, retten wollte. Dann floh er, fort vom Anblick Kennys, der, seinen Lieblingsteddy umklammernd, verloren auf seinem Thron aus Laken hockte, rannte aus der Wohnung, vorbei an den leeren Milchflaschen, zurück in die Wirklichkeit, in die Finsternis, während seine Schritte auf den Pflastersteinen durch die leere Straße hallten. Und noch im Rennen entdeckte er, dass er zum ersten Mal in seinem erwachsenen Leben weinte.

Kapitel 38

Ich fürchte, bei der Beschneidung Seiner Majestät hat man den falschen Teil entsorgt. Vielleicht ist es an der Zeit, ihn erneut zurechtzustutzen.

Die klamme Nachtluft trug den Winter in sich. Wasser rann die schimmligen Wände der Betonunterführung herab und ergoss sich in die überlaufenden Gullys. Der alte Obdachlose starrte dem König ins Gesicht. Den Dreck etlicher Wochen unter seinen Fingernägeln und den Gestank alten Urins registrierte er schon längst nicht mehr, doch der König hatte es schon aus einigen Metern Entfernung gerochen, und jetzt umso mehr, da er neben den versammelten Habseligkeiten des alten Mannes niederkniete – ein sisalumwickelter Handtrainer, ein zerschlissener und fleckenübersäter Schlafsack, ein großer Pappkarton voll Zeitungen, der wahrscheinlich fort sein würde, wenn er morgen Abend hierher zurückkehrte.

»Wie um Himmels willen ist er so geworden?«, erkundigte sich der König bei dem Mann an seiner Seite.

»Fragen Sie ihn doch selbst«, schlug der Sozialarbeiter vor, der im Laufe der Jahre immer weniger Geduld mit den Hohen und Mächtigen aufbrachte, die hierherkamen, um theatralisch ihr Mitgefühl zu zeigen, dies aber ausnahmslos vor den mitgereisten Fotografen taten, die die Stadtstreicher nur wie leblose Gegenstände behandelten, nicht wie Menschen. Die glotzten und rasch weitergingen.

Der König errötete. Zumindest war er so aufrichtig, seine Taktlosigkeit zu bemerken. Er sank nieder auf ein Knie, die Nässe wie auch den scheinbar allgegenwärtigen Abfall ignorierend, um zuzuhören und, sofern dies überhaupt ging, zu verstehen. Und am anderen Ende der Unterführung, wo Mycroft sie hinbeordert hatte, wandten sich die Kameras ihm zu und schossen das Bild eines traurigen, zu Tränen gerührten Mannes, der, umgeben von Dreck und Unrat, demütig gebeugt der Geschichte eines Penners lauschte.

Bei den mitgereisten Journalisten hieß es später, kein königlicher Pressereferent habe je so unermüdlich und einfallsreich dafür gesorgt, ihnen die Storys und Bilder zu verschaffen, die sie brauchten. Ohne dem König in die Quere zu kommen oder die anrührenden Schicksale zu sehr auszuschlachten, bekamen sie alles im Überfluss. Mycroft hörte zu, verstand, schmeichelte, mauschelte hier, verhandelte dort, ermutigte, beriet und vermittelte. Einmal griff er ein und hielt den König so lange auf, bis die Filmcrew den idealen Kamerawinkel gefunden und das Band gewechselt hatte; ein andermal flüsterte er etwas ins königliche Ohr und brachte den Herrscher dazu, eine besonders eindrückliche Szene zu wiederholen, in der Dampf aus der Kanalisation aufstieg und die Straßenlaternen ihn in effektvolles Gegenlicht tauchten – an seiner Seite eine Mutter, die einen Säugling in den Armen wiegte. Er stritt sich mit der Polizei herum und wies örtliche Amtsträger in die Schranken, wenn die versuchten, sich ins Bild zu drängen. Dies sollte kein Bürokratentross sein, der die Straßenseite wechselte, sobald die obligatorischen Fotos geschossen waren; dies war ein Mann, unterwegs, um sein Königreich zu entdecken, allein mit ein paar Ausgestoßenen und seinem Gewissen. Das jedenfalls war es, was Mycroft ihnen erzählte, und sie glaubten ihm. Mochte der König während dieser drei Tage unruhig schlafen, so schlief Mycroft überhaupt nicht. Doch während die Wangen des Königs im Laufe seiner Reise immer fahler wurden, seine Augen am Ende jedes Tages und zu Beginn jedes neuen bitterkalten Morgens hohler und reumütiger, brannte Mycroft mit der Leidenschaft eines Eroberers, dem jedes neue Bild des Elends Genugtuung und jeder Klick des Auslösers einen weiteren Triumph verschafften.

Noch als er tief gebeugt neben der Papphütte des Obdachlosen hockte, wusste der König nur zu gut, dass der allgegenwärtige, zähflüssige Matsch seinen Anzug völlig ruinieren würde. Trotzdem wich er nicht von der Stelle. Er kniete lediglich darin, doch der alte Mann musste darin leben. Der Monarch zwang sich auszuharren, dem Gestank und dem beißenden Wind zu trotzen, zu nicken und aufmunternd zu lächeln, derweil der Alte mit rasselnden Lungen seine Geschichte erzählte, von Universitätsabschlüssen, einer treulosen Frau und einer gescheiterten Ehe, die ihm seine Karriere und sein Selbstvertrauen genommen hatten, vom Ausstieg und der jähen Erkenntnis, dass er keinen Weg zurück mehr fand. Jedenfalls nicht ohne das Mindestmaß gesellschaftlicher Akzeptanz: einen festen Wohnsitz. Er gab niemandem die Schuld, beschwerte sich über nichts, nur über die Kälte. Früher hatte er einmal in der Kanalisation gelebt, da unten war es trockener und wärmer, und die Polizei ließ einen in Ruhe, doch das Wasserwerk hatte Wind davon bekommen und den Eingang mit einem Schloss versehen. Der König brauchte einen Moment, bis er begriff, was der Alte ihm da sagte. Man hatte diesen Mann aus der Kanalisation ausgesperrt ...

Der Stadtstreicher streckte den Arm aus und brachte einen Verband zum Vorschein, aus dem irgendeine Körperflüssigkeit gesickert war und sich verkrustet hatte. Die Bandage strotzte vor Dreck, der König fühlte, wie er vor Ekel eine Gänsehaut bekam. Der Alte rückte näher, die deformierten, von Schmutz geschwärzten Finger zitterten, seine gebrochenen Nägel lang wie Klauen – eine Hand, nicht einmal gut genug für die Kanalisation. Der König hielt sie sehr fest und sehr lange.

Als er sich schließlich erhob, um weiterzugehen, prangte an seinem Hosenbein ein großer, übel riechender Fleck, und seine Augen waren feucht – wohl dem scharfen Wind geschuldet, blickte er doch sonst zornig und entschlossen drein. Die Presse hingegen sah Tränen der Anteilnahme. »HOHEIT DER HERZLICHKEIT«, würden die Schlagzeilen lauten. Bedächtig und besudelt schritt der König aus der Unterführung und direkt auf die Titelseite jeder Zeitung des Landes.

Gordon McKillins Berater hatten die Sache einen ganzen Tag lang diskutiert. Die ursprüngliche Idee war gewesen, eine Pressekonferenz einzuberufen, mit allem Drum und Dran, um die Botschaft so deutlich wie möglich rüberzubringen und sicherzustellen, dass ja keine Reporterfrage unbeantwortet blieb. Doch der Oppositionsführer hatte seine Zweifel. Wenn Sinn und Zweck der Übung darin bestand, sich so eng wie möglich mit der Reise des Königs zu identifizieren, sollte sie dann nicht auch deren Stil entsprechen? Wäre eine große, unpersönliche Pressekonferenz nicht zu staatstragend, zu aufdringlich, als wolle er den König mit aller Kraft für seine parteipolitischen Ziele einspannen? Aus Zweifeln wurde tiefe Verunsicherung, und die Pläne dementsprechend geändert. Man streute folgende Nachricht: McKillin würde direkt nach dem Frühstück an seiner Haustür anzutreffen sein, in einer anrührenden Familienszene seiner Frau Lebewohl sagen, was der informellen Atmosphäre der königlichen Reise entsprach, und wenn irgendwelche Kameras oder Zeitungsleute zufällig vorbeikämen ...

Vor der Haustür in der Chapel Street herrschte ein furchtbares Gedränge, und es dauerte einige Minuten, bis McKillins Medienberater ihm mit einem Nicken bedeutete, dass nun sämtliche Kameras vor Ort und in Position waren. Alles musste stimmen; immerhin übertrug das Frühstücksfernsehen live.

»Guten Morgen, Ladys und Gentlemen«, begann er, während sich seine Frau schüchtern im Hintergrund herumdrückte. »Es freut mich, dass Sie so zahlreich erschienen sind – bestimmt, um als Erste etwas über unsere bevorstehende Erklärung zur Verkehrspolitik zu erfahren.«

»Sicher nicht. Es sei denn, Sie verlangen darin die Abschaffung der königlichen Züge.«

»Wohl kaum.«

»Mr McKillin, halten Sie es für richtig, dass der König eine solch öffentlichkeitswirksame Reise unternommen hat?« Die Fragestellerin war jung, blond, aggressiv und rammte ihm ihr Mikrofon entgegen, als handele es sich um eine Waffe. Was es freilich auch war.

»Was der König tut, interessiert nun mal die Öffentlichkeit, ob er will oder nicht. Natürlich ist es richtig, sich selbst ein Bild davon zu machen, wie die Benachteiligten dieser Gesellschaft leben. Ich halte das für bewundernswert und stehe hinter ihm.«

»Aber die Downing Street ist scheinbar äußerst verstimmt; dort heißt es, solche Dinge solle man den Politikern überlassen«, fuhr eine andere Stimme dazwischen.

»Wann hat denn Mr Urquhart zum letzten Mal solche Orte besucht, um Himmels willen? Nur weil er nicht das *Rückgrat* besitzt« – in seinem Highland-Dialekt klang das Wort wie ein Trommelwirbel, der seine Truppen zum Angriff rief –, »den Leidtragenden seiner Politik ins Gesicht zu sehen, bedeutet das nicht, dass andere ebenso davor wegrennen müssen.«

»Sie haben also nicht das Geringste an der Reise des Königs auszusetzen?«

McKillin hielt einen Moment inne. Lass die Geier nur warten, raten, Vermutungen anstellen. Sein Kinn hob sich, um ihn staatsmännischer erscheinen zu lassen, weniger füllig um die Wangen, so wie er es schon tausendmal geübt hatte. »Ich stehe voll und ganz hinter dem, was der König getan hat. Ich war schon immer ein entschiedener Befürworter der Königsfamilie, und ich glaube, wir sollten dem Schicksal dafür danken, dass wir einen solch mitfühlenden und engagierten Herrscher haben.«

»Sie stehen also zu hundert Prozent hinter ihm?«

Er sprach langsam, eindringlich, sehr bestimmt. »Hundert Prozent.«

»Werden Sie diese Frage auch im Parlament ansprechen?«

»Nein. Das kann ich nicht. Die entsprechenden Vorschriften des Unterhauses sind äußerst klar und untersagen jede kontroverse Diskussion königlicher Belange. Aber selbst, wenn ich es dürfte, würde ich es nicht tun. Es ist meine tiefe Überzeugung, dass unsere königliche Familie nicht für kleinliche parteipolitische Zwecke missbraucht werden sollte. Deshalb habe ich nicht vor, das Thema im Unterhaus zur Sprache zu bringen oder irgendwelche Pressekonferenzen abzuhalten. Ich werde nicht weiter gehen, als einfach meine Meinung zu äußern, dass der König jedes Recht besitzt, das zu tun, was er tut, und ich teile seine Sorge um die Armen und Benachteiligten, die einen so großen Teil unseres heutigen Großbritanniens ausmachen…«

Sein Medienberater fuchtelte wild herum und fuhr sich mit einer Hand über die Kehle. Zeit, Schluss zu machen. Genug für eine Schlagzeile, zu wenig, um sich dem Vorwurf auszusetzen, die Situation auszuschlachten. Lass die Geier hungern, damit sie stets nach mehr gieren.

Gerade als McKillin seine letzten bescheidenen Worte an die Kameras richtete, drang von der Straße das lärmende Stakkato einer Autohupe herüber. Er blickte auf und sah, wie ein grüner Range Rover gemächlich vorbeizuckelte. Verfluchter Kerl! Ein Abgeordneter der Liberalen Partei, der weiter hinten in der Chapel Street wohnte und sich, wann immer es ging, einen Spaß daraus machte, seine Haustür-Interviews zu torpedieren. Und je vehementer McKillin sich beschwerte und Fairplay einforderte, desto lauter und ausdauernder wurden die Störmanöver seines Nachbarn. Er wusste, dass die Leute vom Frühstücksfernsehen gleich das Interesse verlieren würden und ihm vermutlich nur noch wenige landesweite Live-Sekunden blieben. McKillins Augen begannen, freudig zu leuchten, er ließ ein breites Lächeln aufblitzen und winkte dem Range Rover mit ausschweifender Herzlichkeit hinterher. Acht Millionen Zuschauer sahen einen Politiker in Bestform, der, wie es schien, dankbar und begeistert den unterwarteten Gruß eines glühenden Anhängers entgegennahm. Geschah dem Dreckskerl ganz recht. Es würde ein großartiger Tag werden, und McKillin würde ihn sich von nichts und niemandem verderben lassen.

Als der Regisseur wieder zurück ins Studio schaltete, riss Mortima Urquhart ihren Blick mühsam von der Mattscheibe und blickte ihren Mann an. Dieser machte sich gerade an einer verkohlten Toastscheibe zu schaffen – und lächelte.

Kapitel 39

Ich habe keine Ahnung, wieso er solche Dinge sagt.
Wie sollte ich auch? Ich bin schließlich kein Psychiater.

Der Reisebus, der den Pressetross von den Gorbals zum Flughafen am Stadtrand von Glasgow transportierte, bog heftig schwankend auf den Parkplatz ein. Mycroft stand im Gang, begutachtete das Ergebnis seiner Arbeit und musste sich festhalten, um nicht umzufallen. Der Bus saß voller erschöpfter, aber zufriedener Journalisten: Ihre Geschichten hatten schon seit drei Tagen die Titelseiten geschmückt und so ihre Spesen für mindestens einen Monat gerechtfertigt. Für die schier übermenschlichen Anstrengungen, die er ihretwegen unternommen hatte, hatte Mycroft von allen Seiten Beifall erhalten. Überall nur wohlwollende, dankbare Gesichter, bis sein Blick auf die hinterste Reihe fiel. Dort saßen Ken Rochester und sein Fotograf wie trotzige Schulbuben neben einem ähnlichen Paar von einem Konkurrenzblatt, das ebenfalls noch in letzter Minute aufgesprungen war. Alles keine akkreditierten Hofkorrespondenten, dennoch segelten sie unter einer journalistischen Billigflagge, die sie als »feuilletonistische Beiträger« auswies. Die Aufmerksamkeit, mit der sie ihn bedachten, und die Kameras, die stets ihn statt den König aufs Korn genommen hatten, ließen kaum einen Zweifel daran, wem sie ihre nächsten Beiträge widmen würden. Offenbar sprach es sich herum, die Geier zogen ihre Kreise, und die Anwesenheit so vieler Rivalen würde sie umso rascher zuschlagen lassen. Ihm blieb weniger Zeit, als er gedacht hatte.

Seine Gedanken schweiften zurück zu den Worten, die ihn und andere in den vergangenen Tagen so inspiriert hatten, Worte, die unmittelbar vom König stammten. Darüber, dass er sich selbst finden, auf das hören musste, was er im tiefsten Inneren empfand. Herausfinden musste, ob er nicht nur in der Lage war, seine Aufgabe zu erfüllen, sondern auch seinen Mann zu stehen. Nicht mehr wegzulaufen. Mycroft dachte an Kenny. Sie würden ihn nicht in Ruhe lassen, da war er sich sicher, die Rochesters dieser Welt würden es nicht erlauben. Selbst, wenn er Kenny nie wiedersähe, würden sie ihn als Zunder für ihre Scheiterhaufen verheizen, Kenny vernichten, um ihn selbst zu treffen, und dann wiederum ihn zerstören, um dem König zu schaden. Er empfand keine Wut, das wäre sinnlos. So funktionierte das Geschäft nun mal. Ein Hoch auf die freie Presse und zum Teufel mit den Schwachen! Er fühlte sich betäubt, fast wie unter Narkose, sogar meilenweit entfernt von seiner eigenen Misere, als wäre er aus sich herausgetreten und betrachte sein altes Selbst nun mit der klinischen Distanziertheit eines Profis. Und das war er ja schließlich auch.

Hinten im Bus tuschelte Rochester seinem Fotografen gerade verschwörerisch etwas ins Ohr, woraufhin dieser begann, eine weitere Salve von Schnappschüssen auf ihn abzufeuern: Mycroft, der über den Köpfen der Reporter aufragte wie ein Schauspieler vor seinem Publikum, als gebe er gerade den todgeweihten Helden irgendeines großen Dramas. Am Wochenende würde es so weit sein, spekulierte Mycroft. Mehr Zeit blieb ihm nicht. Was für ein Jammer, dass jemand so Widerwärtiges wie Rochester die Lorbeeren für die Story ernten würde und nicht die Hofberichterstatter, die er zu schätzen gelernt und mit denen er all die Jahre zusammengearbeitet hatte. Doch mit jedem Klicken des Auslösers büßte er ein Stück seiner Gelassenheit ein, brach sich der tief empfundene Ekel gegenüber Rochester mit seinen gekräuselten Lippen und dem schleimigen Jammerton unablässig Bahn. Er bemerkte, wie er zu zittern begann, und hielt sich umso krampfhafter fest. Nur nicht die Nerven verlieren, herrschte er sich innerlich an, sonst haben die Rochesters schon gewonnen und werden dich in der Luft zerreißen. Bleib um Gottes willen professionell und geh aus freien Stücken!

Sie waren bereits mitten auf dem Parkplatz und bewegten sich auf das Gedränge vor dem Abfluggebäude zu. Durch sein Objektiv sah Rochesters Fotograf, wie Mycroft dem Fahrer auf die Schulter tippte, woraufhin der Bus einen Bogen fuhr und auf einen ruhigen Haltestreifen in einiger Entfernung vom Terminal zusteuerte. Als das Fahrzeug anhielt, rang sich Mycroft ein angespanntes Lächeln ab und wandte sich an den versammelten Pressepulk. Er stand mitten unter ihnen.

»Bevor diese Reise zu Ende geht, habe ich noch etwas zu sagen. Es gibt da einen Teil der Geschichte, den Sie noch nicht kennen. Womöglich wird es Sie überraschen. Womöglich wird es sogar den König überraschen ...«

Kapitel 40

Ein Leben lang nur zu jagen und zu vögeln macht einen noch lange nicht zum König, geschweige denn zu einem Mann des Volkes.

Urquhart saß auf der Regierungsbank, halb hinter dem Depeschenkasten verborgen, und beäugte das Heer winkender Hände und tratschender Mäuler. George Washington? Er fühlte sich eher wie General Custer. Die Zurückhaltung, welche die Opposition noch vor McKillins Haustür geübt hatte, war gewichen, seit die mordlüsternen Hinterbänkler Blut geleckt hatten. Man brauchte gute Nerven in diesem Job, es war nicht einfach, all den Fallstricken auszuweichen, die der parlamentarische Gegner auslegte, allen boshaften Sticheleien zu widerstehen. Er musste an sich glauben, ganz und gar, noch die kleinste Spur eines Zweifels, den seine Feinde ausnutzen könnten, gnadenlos ausmerzen, sich seiner Sache völlig, absolut und kompromisslos sicher sein. Sie waren nicht mehr als ein pöbelnder Haufen, dem es an Prinzipien wie an Vorstellungskraft fehlte; er würde sich nicht wundern, wenn sie sich in ihren neu entfachten Royalismus gar noch dazu herabließen, die Nationalhymne zu singen, jetzt und hier, im Sitzungssaal des Unterhauses, dem einzigen Ort im ganzen Königreich, zu dem der Monarch keinen Zutritt hat. Sein Blick fiel auf die Bestie, und Urquhart schenkte ihr ein grimmiges Lächeln. Die Bestie, das musste man ihr zugutehalten, blieb sich stets treu. Während alle anderen um ihn herum grölten und winkten und sich zu immer neuen Höhen künstlicher Erregung aufschwangen, hockte er einfach nur betreten da. Dem ehrenwerten Abgeordneten für Bradford war die Sache wichtiger als der Sieg. Er würde sie nicht kurzerhand verraten – jedenfalls nicht für die flüchtige Gelegenheit, seinen Gegner zu demütigen. Der verdammte Idiot.

Was für mickrige, jämmerliche Gestalten sie doch waren. Nannten sich Politiker, Führer gar, doch keiner von ihnen verstand, wie Macht funktionierte. Er würde es ihnen zeigen. Und seiner Mutter ebenso. Ihr zeigen, dass er besser war als Alistair, schon immer gewesen war, und immer besser sein würde – besser als sie alle. Nur keine Zweifel zulassen, niemals.

Schon als der erste Hinterbänkler das Wort erhielt, wusste Urquhart, was er sagen würde, ganz gleich, wie die Frage lautete. So vorhersehbar waren sie. Es würde um den König gehen. Madam Speaker würde Einspruch erheben, aber er würde trotzdem antworten. Auf den Grundsatz verweisen, den König aus der Tagespolitik herauszuhalten. Den kaum verhohlenen Versuch der Opposition missbilligen, den König in den Parteienstreit hineinzuziehen. Ihnen zu verstehen geben, dass jeder verdammte Trottel Probleme aufzeigen könne, der Verantwortungsbewusste hingegen nach Lösungen suche. Sie dazu bringen, so viel Lärm wie möglich zu veranstalten, selbst wenn er einen ganzen Nachmittag der Erniedrigung über sich ergehen lassen musste, um sie so eng an den König zu binden, dass sie die Knoten nie wieder würden lösen können. Dann, und erst dann, war es an der Zeit, Seine Majestät vom Gipfel zu stoßen.

»Verdammt! Verdammt! Verdammt!!!« Die Schimpfwörter hallten von den Wänden wider, als Stamper seinem Ärger Luft machte und einen Moment lang sogar den Fernsehkommentar übertönte.

Sally und Urquhart waren nicht allein. Stamper saß in einem der Ledersessel des premierministerialen Arbeitszimmers und verfolgte aufgewühlt und nägelkauend die Abendnachrichten. Zum ersten Mal seit Beginn ihrer Affäre teilte er sie mit jemand anderem. Womöglich wollte er, dass andere von ihr wussten, womöglich war sie zu einem Statussymbol geworden, einem weiteren Requisit seiner Männlichkeit und seines Egos. Vielleicht hatte er auch nur einem dankbaren Publikum seinen neuerlichen Triumph vorführen wollen. Wenn dem so war, mussten die Szenen, die sich nun vor ihren Augen entfalteten, eine herbe Enttäuschung sein.

»Als überraschender Schlusspunkt der königlichen Reise verkündete der Pressesprecher des Königs, David Mycroft, heute Nachmittag seinen Rücktritt«, hob der Kommentator an.

»Ich bin homosexuell.« Die Bilder von Mycroft waren nicht besonders scharf, dafür fiel aus den Busfenstern zu viel Gegenlicht herein, aber allemal gut genug. Im Kreise seiner sitzenden Kollegen ragte er über ihnen auf und überbrachte Neuigkeiten, so wie er es seit vielen Jahren getan hatte – ein Darsteller, der gekonnt mit seinem Publikum spielte. Kein in die Enge Getriebener mit fahrigem Blick und Schweiß auf der Stirn, mit dem Rücken zur Wand. Hier stand ein Mann, der völlig Herr der Lage war.

»Ich hatte stets gehofft, mein Privatleben könne auch privat bleiben, hätte keinerlei Auswirkungen auf meine beruflichen Verpflichtungen dem König gegenüber. Aber dafür kann ich leider nicht mehr garantieren. Also lege ich mein Amt nieder.«

»Wie hat der König reagiert?«, hörte man einen Reporter fragen.

»Ich weiß es nicht. Ich habe es ihm noch nicht gesagt. Als ich das letzte Mal kündigen wollte, hat er es mir verweigert. Wie Sie ja alle wissen, ist er ein zutiefst mitfühlender und verständnisvoller Mensch. Aber die Aufgaben eines Königs sind wichtiger als das Schicksal eines Einzelnen, insbesondere eines einfachen Pressereferenten, weshalb ich mich entschlossen habe, ihn von dieser Verantwortung zu entbinden und meine Kündigung öffentlich bekanntzugeben. Ich kann nur hoffen, dass Seine Majestät diese Entscheidung verstehen wird.«

»Aber wieso zum Teufel können Sie Ihren Job nicht machen, weil sie schwul sind?«

Mycroft verzog das Gesicht zu einem Ausdruck ironischer Belustigung. »Das fragen Sie *mich*?« Er lachte, als hätte jemand einen mittelmäßigen Witz gemacht, mied jedoch jede Feindseligkeit. Dies war nicht das Fauchen eines Tieres in der Falle, sondern ein rundum gelungener, fast schon virtuoser Auftritt. »Die Aufgabe eines Pressesprechers besteht darin, ein Sprachrohr für Neuigkeiten zu sein, nicht deren Inhalt. Spekulationen über mein Privatleben hätten es mir schlichtweg unmöglich gemacht, meine beruflichen Pflichten zu erfüllen.«

»Warum haben Sie es all die Jahre verheimlicht?« Es war Rochester aus der letzten Sitzreihe.

»Verheimlicht? Ich habe nichts verheimlicht. Vor Kurzem ist meine Ehe nach vielen Jahren in die Brüche gegangen. Ich war meiner Frau immer treu gewesen und bin ihr zutiefst dankbar für all die glücklichen Jahre, die wir zusammen verbracht haben. Doch mit dieser Trennung wurde mir vieles klar, und ich bekam die womöglich letzte Chance, der Mann zu sein, der ich wohl schon immer sein wollte. Ich selbst habe diese Entscheidung getroffen. Und ich bereue sie nicht.«

Mit völliger Offenheit, zumindest schien es so, hatte er die Attacke abgewehrt. Die meisten Leute hier waren ohnehin alte Kollegen, Freunde gar, und nichts würde die mitfühlende und wohlwollende Atmosphäre beeinträchtigen. Mycroft hatte seinen Zeitpunkt und seine Fragesteller hervorragend gewählt.

Als der TV-Kommentator begann, die Legende vom loyalen Pressesprecher, den er als »hoch angesehen und äußerst beliebt« bezeichnete, weiterzuspinnen, unterlegt mit Impressionen der soeben beendeten Reise, schaltete Urquhart das Gerät aus.

»Egoistischer Bastard«, knurrte Stamper.

»Ich dachte, Sie wollten, dass er geht«, warf Sally ein.

»Wir wollten ihn hängen sehen, nicht, dass er unter dem Applaus der Menge in den Sonnenuntergang reitet«, zischte Stamper. Womöglich, so vermutete Sally, irritierte ihn ihre Anwesenheit, ihr Eindringen in diese zuvor nur Männern vorbehaltene Sphäre.

»Ärgern Sie sich nicht, Tim«, erwiderte Urquhart. »Wir hatten es schließlich nicht auf Mycroft abgesehen, sondern auf den König. Er mag noch auf dem Gipfel stehen und sein Reich überblicken, doch der Boden unter seinen Füßen beginnt zu wanken. Vielleicht ist es an der Zeit, ihm etwas unter die Arme zu greifen. Mit einem Stoß in den Rücken vielleicht ...«

»Aber Sie haben nur noch eine Woche, bis ... Die Bilder von der Reise machen Sie fertig, Francis«, sagte sie sanft, verblüfft über seine Gelassenheit.

Er sah sie mit zusammengekniffenen kalten Augen an, als wolle er sie für ihr fehlendes Vertrauen schelten. »Es gibt solche und solche Bilder, liebe Sally.« Ein finsteres Lächeln trat auf sein Gesicht, doch sein Blick blieb steinhart. Er marschierte zum Schreibtisch hinüber, fischte einen kleinen Schlüssel aus seinem Portemonnaie und öffnete damit gemächlich eine der oberen Schubladen. Dann nahm er einen großen Briefumschlag heraus und breitete dessen Inhalt akribisch auf der Tischplatte aus, jede Handbewegung penibel ausgeführt, wie ein Meisterjuwelier bei der Präsentation seiner wertvollsten Edelsteine. Es waren Fotografien, wohl ein Dutzend davon, alle in Farbe, aus denen er nach kurzem Sortieren zwei auswählte und hochhielt, damit Sally und Stamper sie betrachten konnten.

»Was halten Sie von denen?«

Sie war sich nicht sicher, ob er die Fotos meinte oder das darauf abgebildete Paar Brüste. Beide Bilder, wie sämtliche anderen auch, zeigten die freizügig zur Schau gestellten Reize von Prinzessin Charlotte. Die einzigen Variationen des Grundthemas betrafen ihre exakte Körperstellung und die Verrenkungen des jungen Mannes bei ihr.

»Oho, ich muss schon sagen ...«, hauchte Stamper.

»Das Amt des Premierministers bringt es nun mal mit sich, dass einem eine Vielzahl von Geheimnissen anvertraut wird. Überaus lästig, aber so ist es nun mal. Geschichten, die nie das Licht der Öffentlichkeit erblicken. Wie die des jungen Stallmeisters der Prinzessin, der, weil er seine bevorzugte Stellung an der Seite und rittlings Ihrer Hoheit in Gefahr wähnte, eine Versicherung in Form dieser Aufnahmen abschloss.«

»Na, na, na, ich muss schon sagen ...«, wiederholte Stamper, während er in den Fotos stöberte.

»Aber welch ein Pech für den Stallmeister«, fuhr Urquhart fort, »dass er beim Kassieren der Versicherungssumme an den Falschen geriet, einen investigativen Journalisten, der zufällig auch ehemaliger Secret-Service-Agent war. Und so endeten die Fotos hier in meiner Schublade, während man dem armen, von Liebeskummer geplagten Jungen mehr als eindeutig zu verstehen gab, man werde ihm bei lebendigem Leibe die Eier abreißen, falls auch nur ein Abzug dieser Bilder seinen Weg in die Fleet Street findet.« Er sammelte die Fotos wieder ein, an die Stamper sich womöglich einen Moment zu lange geklammert hatte. »Etwas sagt mir, Timothy, dass ich in ein paar Tagen nicht in seiner Haut stecken möchte.«

Die beiden Männer brachen in derbes Gelächter aus, doch Sally schien den Moment wenig zu genießen, wie Urquhart bemerkte.

»Bedrückt Sie etwas, Sally?«

»Ich halte das nicht für richtig. Es ist doch der König, der Ihnen schadet, nicht Mycroft oder die Prinzessin.«

»Erst die Äste ...«

»Aber sie hat gar nichts getan, hat mit der ganzen Sache nichts zu tun.«

»Das wird sich aber verdammt bald ändern«, schnaubte Stamper.

»Nennen wir es einfach Berufsrisiko«, setzte Urquhart nach. Doch sein Grinsen wurde allmählich schmaler.

»Ich muss dabei einfach an ihre Familie denken. Und wie ihre Kinder darunter leiden werden.« Ein störrischer Ton hatte sich in ihre Stimme geschlichen, und ihre sinnlichen Lippen schmollten trotzig.

Seine Antwort kam langsam, aber mit gefühlloser Härte. »Jeder Krieg bringt Elend mit sich. Und eine Menge unschuldige Opfer.«

»Ihre einzige Sünde besteht darin, über einen gesunden Geschlechtstrieb zu verfügen – und einen mit jahrhundertelanger Inzucht geschlagenen englischen Schwächling als Ehemann.«

»Ihre Sünde ist es, sich erwischen zu lassen.«

»Aber nur, weil sie eine Frau ist!«

»Ersparen Sie mir den kollektiven Feminismus«, fuhr Urquhart sie wütend an. »Sie hat es sich ein Leben lang an der königlichen Tafel gut gehen lassen wie eine Made im Speck, und jetzt ist es an der Zeit, dafür zu bezahlen.«

Gerade wollte sie zu einer Erwiderung ansetzen, als ein Blick in seine flammenden Augen sie verstummen ließ. Diesen Streit würde sie nicht gewinnen können, doch umso mehr verlieren, wenn sie jetzt weitermachte. Jetzt bloß nicht naiv werden, ermahnte sie sich. Hatte sie nicht schon immer gewusst, dass Sex für eine Frau kaum mehr war als ein Werkzeug, eine Waffe, die allzu oft in die Hände von Männern geriet? Sie wandte sich ab und lenkte somit ein.

»Tim, sorgen Sie doch bitte dafür, dass die hier unter die Leute kommen. Erst mal nur ein paar davon. Lassen Sie den Rest hier.«

Stamper nickte und ergriff flugs die Gelegenheit, sich tief über den Tisch zu beugen und die Fotografien abermals eingehend zu begutachten.

»Nun, Tim, wenn Sie so gut sein würden …«

Stamper richtete sich abrupt auf. Seine Augen blitzten, als sein Blick von Urquhart zu Sally und wieder zurück wanderte. Darin ein Funken des Verstehens – und mit ihm die Eifersucht. Sie war dabei, sich in die Beziehung zwischen ihm und seinem Boss zu drängen, und besaß gewisse Vorteile, die nicht einmal Stamper mit all seiner Arglist und Tücke zu bieten hatte.

»Mache mich gleich an die Arbeit, Francis.« Er nahm zwei Bilder vom Tisch und sah Sally scharf an. »Nacht allerseits.« Dann war er verschwunden.

Eine ganze Weile schwiegen sie. Um Nonchalance bemüht, zupfte Urquhart mit übermäßiger Sorgfalt an der messerscharfen Bügelfalte seiner Hose herum, doch so sanft seine Worte auch klangen, als er schließlich sprach, ließen sie keinerlei Zweifel an der darin verborgenen Drohung.

»Fang jetzt bloß nicht an, dich zu zieren, o Wahrsagerin.«
»Sie wird bei der Sache wirklich übel wegkommen.«
»Entweder die Royals oder ich – darauf läuft es hinaus.«
»Ich weiß.«

»Immer noch auf meiner Seite?«

Statt einer Antwort ging sie langsam zu ihm hinüber und küsste ihn leidenschaftlich, presste ihren Körper eng an seinen und schob ihm die Zunge in den Mund. Binnen Sekunden spürte sie seine hart zupackenden, grapschenden Hände. Sein Trieb war unbändig, animalisch, das wusste sie. Brutal drängte er sie, sich über seinen Schreibtisch zu beugen, fegte Federschale und Telefon grob zur Seite und schmiss dabei ein gerahmtes Foto seiner Frau um. Atemlos schob er ihr den Rock über den Hintern und machte sich über sie her, zerrte an ihrer Unterwäsche, drang mit Gewalt in sie ein, knetete ihre Pobacken mit solcher Vehemenz, dass seine scharfen Nägel sie vor Schmerz zusammenzucken ließen. Bäuchlings lag sie auf der Tischplatte, Nase und Wange hart auf den Lederbezug gepresst. Und sie erinnerte sich. Als junges Mädchen von vielleicht dreizehn Jahren hatte sie auf dem Weg ins Kino eine Abkürzung durch die Seitengassen von Dorchester genommen und sich plötzlich Auge in Auge mit einer Frau wiedergefunden, die vornübergebeugt auf einer Motorhaube lag. Die Frau war schwarz, hatte leuchtend rote Lippen und grell geschminkte Augen, die sie kalt, ungeduldig und gelangweilt ansahen. Der Mann hinter ihr war fett und weiß und hatte Sally beschimpft, ihr schmutzige, abscheuliche Wörter an den Kopf geworfen, aber nicht aufgehört. Die Erinnerung stürmte mit erschreckender Klarheit auf sie ein, während Urquharts Fingernägel sich immer tiefer in ihre Haut gruben und ihr Gesicht immer schmerzhafter auf den Tisch und die darauf verstreuten Fotos gepresst wurde. Ihr war zum Weinen zumute, nicht aus Lust, sondern vor Schmerz und Erniedrigung. Doch stattdessen biss sie sich einfach auf die Lippe.

Kapitel 41

Das Konzept der Erbmonarchie gleicht einer Flasche edlen Champagners, die viel zu lange offen war.

Mycroft fand ihn im Hochmoor oberhalb seines schottischen Landsitzes Balmoral, einem Ort, an den er sich gerne flüchtete, wenn ihn etwas bedrückte und er allein sein wollte – selbst mitten im Winter, mit verschneiten Böden und einem eisigen Ostwind, den nichts aufgehalten oder abgemildert hatte, seit er sich über dreitausend Kilometer entfernt im Schatten des Urals auf den Weg gemacht hatte. Uralte Geister wohnten hier oben, hatte er einmal gesagt, die in den Ritzen der schroffen Felsnasen aus Granit lauerten und sangen, wenn sie mit dem Wind durch die struppige Heide jagten, noch lange nachdem das Wild in den tiefer gelegenen Auen Schutz suchte. Der König hatte ihn kommen sehen, aber keinerlei Gruß entboten.

»Ich hatte keine Wahl. *Wir* hatten keine Wahl.«

»Wir? Ich wüsste nicht, dass ich gefragt worden wäre.« Der König klang gekränkt und tief verletzt. Der Zorn – oder doch nur der Wind? – verlieh seinen Wangen eine gesunde, ländliche Röte, und seine Worte kamen langsam. »Ich hätte zu Ihnen gehalten.«

»Glauben Sie, das habe ich nicht gewusst?« Jetzt geriet auch Mycroft in Rage. »Eben deshalb musste ich Ihnen die Entscheidung abnehmen. Sie sollten endlich anfangen, auf Ihren Kopf zu hören statt immer nur auf Ihr Herz.«

»Sie haben kein Verbrechen begangen, David, kein Gesetz gebrochen.«

»Seit wann interessiert das denn irgendwen? Ich wäre zu einer ungeheuren Belastung geworden. Anstatt Ihnen zuzuhören, hätte man mit vorgehaltener Hand über mich getuschelt. Sie haben so viel riskiert, um den Leuten Ihre Botschaft pur und ohne Einmischung anderer nahezubringen, und ich hätte dem im Weg gestanden, denen nur einen weiteren Vorwand geliefert, von der Sache abzulenken und Verwirrung zu stiften. Begreifen Sie das nicht? Ich habe nicht gekündigt, um Sie hängen zu lassen, sondern um Sie zu schützen.« Dann hielt er inne, starrte suchend in den Nebel, der sich hartnäckig in der Moorlandschaft ringsum hielt, und vergrub sich immer tiefer in seine geliehene Skijacke. »Und natürlich gibt es da noch jemand anderen, an den ich denke, den ich schützen musste.«

»Ich bin fast ein wenig eifersüchtig.«

»Dass ich einmal in der Lage sein würde, zwei Männer auf so unterschiedliche Weise zu lieben, hätte ich nie für möglich gehalten.« Mycroft streckte die Hand aus und berührte den König sanft am Arm, sonst ein unverzeihlicher Lapsus im Umgang zwischen Monarch und Untertan, doch Mycrofts Worte und der eisige Wind schienen jegliche Etikette beiseitegefegt zu haben.

»Wie heißt er?«

»Kenny.«

»Er ist jederzeit willkommen. Mit Ihnen. Im Palast.«

Der König legte seine Hand schützend über Mycrofts, der vor Dankbarkeit und Rührung den Kopf sinken ließ.

»Unser Verhältnis war eine sehr dezente Angelegenheit, kein Stoff für Schlagzeilen und eine kläffende Meute, die unser ganzes Privatleben auf den Kopf gestellt hätte«, erklärte Mycroft.

»Solch zarte Pflanzen gedeihen selten, wenn sie mit Häme übergossen und mit dem Mist der Öffentlichkeit gedüngt werden.«

»Ich fürchte, für ihn wäre das alles zu viel gewesen. Aber vielen Dank.«

Im schwindenden Tageslicht säuselte der Wind durchs Heidekraut, tief und klagend, wie die Dämonen der Nacht, die wiederkehrten, um ihr Land zurückzufordern.

»Das alles war ein so unglücklicher Zufall, David.«

»Komisch, aber ich bin fast ein bisschen erleichtert darüber, irgendwie befreit. Ich bereue nichts. Doch ein Zufall war das wohl kaum.«

»Was soll das heißen?«

»Ich glaube nicht sonderlich an Zufälle. Der Zeitpunkt war exakt geplant, um die Öffentlichkeit von ihrer Reise abzulenken. Die Enthüllungen sollten Ihnen ebenso schaden wie mir.«

»Aber von wem?«

»Von jemandem, der es auf Sie abgesehen hat. Und der die Möglichkeit dazu besaß. Jemand, der den Abgeordneten für Dagenham kennt und über die Mittel verfügt, eine private Telefonnummer herauszubekommen.«

»Das müsste jemand sein, der sich für keine Niedertracht zu schade ist.«

»Der Niederträchtigste von allen. Und er wird weiter hinter Ihnen her sein, da dürfen Sie sich keine Illusionen machen. Es wird noch mehr kommen.«

»Dann hoffe ich, dass ich genauso mutig bin wie Sie.«

»Das sind Sie doch schon längst. Alles, was Sie brauchen, ist den Mut, sich selbst ins Gesicht zu blicken, das haben Sie mal gesagt. Den Mann hervorzuholen, statt den König zu spielen – Ihre eigenen Worte. Anderen gegenüberzutreten ist längst nicht so schmerzhaft, glauben Sie mir. Aber ich denke, das wissen Sie selbst.«

»Ich werde Ihren Rat brauchen, David. Und das mehr denn

je, wenn alles wirklich noch viel schlimmer wird, wie Sie prophezeien.«

Erst nur vereinzelt, doch dann mit zunehmender Heftigkeit prasselten kalte, schwere Regentropfen auf die beiden einsamen Gestalten nieder. Rasch rückte die Dunkelheit näher.

»Der beste Rat, den ich Ihnen im Moment geben kann, Sir, ist, dass wir beide schleunigst aus diesem verdammten Moor verschwinden, bevor wir erfrieren und Francis Urquhart jede Menge Arbeit ersparen.«

Kapitel 42

Dann sollen sie eben Koks schniefen.

Februar: Die zweite Woche
Kaum eine Sekunde verging, bis das Telefon im Devisenraum abgenommen wurde. Es war eines der führenden Geldhäuser im Finanzdistrikt, längsseits an die Themse geschmiegt, unweit des Ortes, wo drei Jahrhunderte zuvor der Große Brand ausgebrochen war, der halb London in Schutt und Asche gelegt hatte. Um die City erneut zu vernichten, sei heute gar kein Feuer nötig, scherzte man dort gerne – nur eine weitere japanische Übernahme.

Es dauerte nie lange, bis dort jemand ranging. Zwischen Debakel und Triumph lagen nicht selten nur wenige Sekunden, und der Chefdevisenhändler durfte sich nicht auf dem falschen Fuß erwischen lassen, weder von den Märkten noch von einem der siebzehn anderen Händler, die ihn alle zutiefst um seinen Job und die damit verbundenen Provisionen beneideten. Er musste sich zusammenreißen, um nicht an die todschicke, sündhaft teure Zwölfmeterjacht zu denken, zu deren Kauf er sich soeben verpflichtet hatte, und sich auf die Stimme am anderen Ende der Leitung konzentrieren. Diesmal handelte es sich allerdings nicht um ein Geschäft, sondern um eine Anfrage von einem seiner vielen Pressekontakte.

»Irgendwas über einen Skandal am Hof gehört, Jim?«

»Was für einen Skandal?«

»Oh, nichts Genaues. Nur haufenweise Gerüchte, dass da irgendwas im Gange ist, was die königliche Jacht ganz schön ins Trudeln bringen kann.« Er konnte nicht sehen, wie der Händler zusammenzuckte. »Mein Chef will, dass wir unsere Fühler ausstrecken, 'ne Art Rasterfahndung, du weißt schon. Aber mein Riecher sagt mir, dass da was dran ist.«

Der Blick des Händlers schoss wieder zurück auf seinen Bildschirm, auf das Durcheinander aus roten, schwarzen und gelben Zahlen. Mit dem Pfund schien alles in Ordnung, die gesamte Aufmerksamkeit richtete sich heute auf den Rubel – Grund waren Meldungen über erneute Unruhen in Moskau wegen der Lebensmittelkrise. Der bitterkalte Winter schien die Kapazitäten der russischen Führung ebenso lahm- wie die Nerven der Devisenhändler blankgelegt zu haben. Um sicherzugehen, rieb sich der Händler die Augen; sie schmerzten von der permanenten Überlastung, dennoch traute er sich nicht, im Büro eine Brille zu tragen. In seiner Stellung ging es mehr als alles andere darum, Vertrauen auszustrahlen, und mit siebenunddreißig konnte er sich nicht das kleinste Anzeichen von Alter oder körperlichem Verfall leisten; dafür warteten zu viele darauf, endlich seinen Stuhl einzunehmen.

»Nichts gehört, Pete. Auf den Märkten tut sich gar nichts.«

»Ich sag's dir, bei mir hier pfeifen's die Spatzen von den Dächern.«

»Vielleicht nur ein weiterer Haufen Bockmist, mit dem zurzeit die königlichen Parks versaut werden.«

»Gut möglich«, erwiderte der Journalist wenig überzeugt. »Aber sag Bescheid, wenn du irgendwas hörst, okay?«

Der Händler drückte auf den Knopf, um das Gespräch zu beenden, und massierte sich die Augen, während er sich den Kopf zerbrach, wie er seine sowieso schon ruinösen Kredite noch weiter strecken könnte, um seine jüngste materielle Völlerei zu finanzieren. Er träumte gerade von einer nackten Schönheit mit einem Riesenlächeln auf den Lippen und noch mehr

Kokosöl auf der Haut, die sich auf Kevlar-verstärktem Fiberglas räkelte, als das Telefon erneut schellte. Diesmal ein Kunde, der ähnliche Gerüchte gehört hatte und nun wissen wollte, ob er rasch auf Dollar oder Yen umschwenken sollte. Mehr Spatzen auf mehr Dächern. Und als der Händler wieder auf den Bildschirm sah, begann der Sterlingwert schon rot zu blinken. Ein Kursrückgang. Nicht dramatisch, nur wenige Pips, aber ein weiterer Hinweis.

Konnte er es sich leisten, ihn zu ignorieren? Verdammt, er wurde langsam zu alt für den Job, vielleicht sollte er hinschmeißen, ein Jahr durch die Karibik segeln und sich dann eine anständige Arbeit suchen. Aber noch nicht jetzt, nicht bevor er seinen letzten großen Coup gelandet hatte, um das Boot und den verfluchten Hauskredit zu bezahlen. Er riss sich zusammen und konzentrierte sich mit hämmerndem Schädel auf den Kasten vor ihm, der ihn zu den Brokern mit ihrem permanenten Hin und Her der An- und Verkaufskurse durchstellte, und drückte auf den Knopf.

»*Cable*?«, fragte er. Das war Händlerchinesisch für den Pfundkurs gegenüber dem Dollar und ging zurück auf die Zeit, als die beiden großen Finanzimperien London und New York lediglich unstillbare Geldgier und ein Tiefseekabel verband.

»Zwanzig auf fünfundzwanzig. Fünf mal zehn«, drang die Antwort knisternd durch die Anlage. Selbst im Raumfahrtzeitalter waren die Idioten unfähig, die Leitungen zum nur einen Steinwurf entfernten Brokerraum zu reparieren. Oder machten jetzt auch noch seine Ohren schlapp?

Er seufzte. Wer A sagt, muss auch B sagen. »Dabei. Fünf.«

Der Ausverkauf hatte begonnen.

Die Tür zum Büro des Chefredakteurs war fest geschlossen. Es würde keinen Unterschied machen; binnen weniger Minuten würde es sowieso jeder im Haus wissen. Der stellvertretende Chefredakteur, der Nachrichtenchef und der Bildredakteur umringten den Schreibtisch ihres Vorgesetzten wie kriegerische Sioux beim Umkreisen einer Wagenburg, doch kampflos würde er sich nicht ergeben.

»Für diesen Schund räume ich nicht die Titelseite. Das ist widerlich. Ein Eingriff in die Privatsphäre.«

»Das sind Nachrichten«, erwiderte sein Stellvertreter zähneknirschend.

»Sie kennen die Frühstücksregel unseres Eigentümers. Nichts kommt auf die Titelseite, was die Gefühle zweier alter Damen verletzen würde, die beim Frühstück unsere Zeitung lesen«, konterte der Chef.

»Und aus genau diesem Grund wird unsere Zeitung heute auch nur noch von alten Damen gelesen!«

Am liebsten hätte er seinen Stellvertreter vor versammelter Runde zur Schnecke gemacht, konnte dies aber schlecht, da er just dieselben Worte bei den immer häufigeren Auseinandersetzungen mit dem betagten Eigentümer verwendet hatte. Erneut studierte er die beiden buchseitengroßen Fotos, die bereits mit Rotstift bearbeitet waren, um den zentralen Bildausschnitt von Nebensächlichkeiten wie Bett, zerwühlten Kissen und verhedderten Beinen zu befreien und das Auge des Betrachters vollends auf den Körper und das Gesicht der Prinzessin zu lenken.

»Das können wir nicht machen. Es ist schlichtweg obszön.«

Wortlos lehnte sich der Bildredakteur über den Schreibtisch und zog mit rotem Buntstift und Lineal zwei akkurate Linien direkt oberhalb der Brustwarzen. Was übrig blieb, hatte man auf den zahllosen Strandfotos der Prinzessin schon etliche Male gesehen, was aber kaum einen Unterschied machte – ihr Gesichtsausdruck, der durchgebogene Rücken und die Zunge in ihrem Ohr ließen keine Fragen offen.

»Was sagt der Palast dazu?«, fragte der Chefredakteur matt.

»Überhaupt nichts. Seit sich Mycroft öffentlich entjungfert hat, geht dort alles drunter und drüber.«

»Erst Mycroft und jetzt das ...« Der Chef schüttelte den Kopf, wohl wissend, dass er von der Einladungsliste sämtlicher Galadinner gestrichen würde, falls diese Bilder unter seinem Namen rauskämen. Er sammelte seine Kräfte für ein letztes Aufbäumen. »Also, das hier ist nicht die verfluchte Französische Revolution. Ich werde nicht dafür sorgen, dass man die Königsfamilie zur Guillotine schleift.«

»Das hier ist wirklich von aktuellem Interesse«, warf der Nachrichtenchef ein, etwas behutsamer als der Stellvertreter.

»Der König mischt sich in alle möglichen Angelegenheiten ein, löst politische Kontroversen aus, während er ganz offensichtlich milde darüber hinwegsieht, was unter seinem eigenen Dach vor sich geht. Er soll die moralische Integrität des Landes repräsentieren, keinen Puff führen. Was das betrifft, scheint er noch blinder zu sein als Admiral Nelson auf seinem schlechten Auge.«

Der Chefredakteur senkte den Kopf. Das Pfund hatte aufgrund der Gerüchte schon fast zwei Cent nachgegeben; allmählich richteten sie echten Schaden an.

»Niemand verlangt von Ihnen, eine Revolution vom Zaun zu brechen, Sie sollen nur mit den anderen Schritt halten.« Jetzt fuhr der Stellvertreter schwere Geschütze auf. »Diese Schmuddelbildchen sind in ganz London verstreut. Morgen früh werden wir wahrscheinlich die Einzigen sein, die sie nicht bringen.«

»Das glaube ich nicht. Die ausländischen Schundblätter sind mir scheißegal. Das hier ist eine britische Angelegenheit. Jeder Redakteur in dieser Stadt weiß, was passiert, wenn er diese Fotos veröffentlicht. Keiner wird irgendetwas überstürzen, jedenfalls nicht die britischen Zeitungen. Auf gar keinen Fall.« Er warf voller Patriotismus die Schultern zurück und schüttelte entschieden den Kopf. »Wir werden sie nicht benutzen, bis wir ganz sicher sind, dass jemand anderes sie bringt. Vielleicht geht uns ein Coup durch die Lappen, aber es ist die Art von Coup, die ich nicht auf meinem Grabstein stehen haben will.«

Sein Stellvertreter wollte gerade entgegnen, dass die Buchhalter bereits drauf und dran waren, die letzten Auflagenzahlen auf sein Grab zu meißeln, als die Tür aufflog und der Klatschkolumnist hereinstürzte. Er war zu aufgeregt und zu sehr außer Atem, um sich auch nur im Geringsten verständlich zu machen; sobald er ansetzte, schienen sich seine Worte unentwirrbar zu verhaspeln und zu verheddern, bis er schließlich verzweifelt die Hände über dem Kopf zusammenschlug und hektisch nach der Fernbedienung auf dem Schreibtisch des Chefs langte. Er drückte einen Knopf und wählte einen der Satellitenkanäle, der sich in deutschem Besitz befand, in Luxemburg saß und dessen Reichweite halb Europa umfasste, darunter auch einen Großteil Südenglands. Als der Bildschirm zum Leben erwachte, flimmerten ihnen bereits die Bilder einer ekstatischen Prinzessin Charlotte entgegen – samt Brustwarzen und allem anderen. Ohne ein weiteres Wort schnappte sich der Stellvertreter die Bilder und rannte aus dem Zimmer, um die Titelseite zu retten.

»Oh, das gefällt mir, Mortima. Das gefällt mir sogar sehr.«

Es war nach ein Uhr morgens, die Frühausgaben waren gerade eingetroffen und Mortima mit ihnen. Es schien ihm nichts auszumachen. Mit einem amüsierten Kichern überflog er die Zeilen.

»›Heute Morgen muss sich der König den Vorwurf der Pflichtverletzung gefallen lassen‹«, zitierte Urquhart laut die *Times*. »›In seinem Streben nach persönlicher Beliebtheit und seiner eigenen politischen Agenda hat er nicht nur sich selbst, sondern die gesamte Institution der Monarchie zutiefst angreifbar gemacht. Die Politiker und Zeitungsmogule, die in den vergangenen Wochen auf seinen Zug aufgesprungen sind, haben sich als opportunistisch und prinzipienlos erwiesen. Es hat einigen Mut erfordert, das Konzept der konstitutionellen Monarchie zu verteidigen und die Nation daran zu erinnern, dass der König weder Fernsehstar noch soziales Gewissen sein sollte, sondern ein unparteiisches und unpolitisches Staatsoberhaupt. Francis Urquhart hat diesen Mut bewiesen, und dafür sollte man ihm danken.‹« Urquhart begann abermals zu kichern. »Ja, das gefällt mir wirklich. Aber das sollte es natürlich auch, meine Liebste. Schließlich habe ich das meiste davon selbst geschrieben.«

»Ich ziehe *Today* vor«, erwiderte Mortima. »›Schluss mit royalem Ringelpiez. Hose hoch und Klappe zu!‹«

»›Königliche Hohlheit‹«, las Urquhart aus einer weiteren Zeitung vor. »›Seine Königliche Hoheit sollte schleunigst ein Wörtchen mit der Prinzessin reden, selbst wenn er sich womöglich vordrängeln muss, um an ihr Ohr zu gelangen …‹«

Mortima bekam einen Lachanfall. Gerade hatte sie die daumendicke Schlagzeile der *Sun* erspäht: »König in der Fickmühle«. »Ach herrje«, brachte sie zwischen immer neuen Lachkrämpfen gerade noch hervor, »diese Schlacht hast du eindeutig gewonnen.«

Als hätte jemand einen Schalter umgelegt, wurde ihr Mann mit einem Schlag todernst. »Mortima, ich habe gerade erst angefangen zu kämpfen.« Er nahm den Hörer ab und hatte einen der Telefonisten am Apparat. »Sehen Sie doch bitte, ob der Finanzminister noch unter den Lebenden weilt«, befahl er und legte behutsam wieder auf. Kaum eine halbe Minute später klingelte es.

»Wie geht es Ihnen, Francis?«, drang eine müde, schlaftrunkene Stimme aus der Leitung.

»Gut, und bald noch um einiges besser. Hören Sie gut zu. Wir haben eine ausgesprochen hässliche Krise am Hals, und es geht bereits zu wie im Taubenschlag. Wir müssen etwas unternehmen, bevor uns alle davonflattern. Ich denke, der Sterling wird noch weiter abstürzen. Unter diesen Umständen wäre es äußerst unschicklich, von unseren Freunden in Brunei zu erwarten, dass sie ihre Reserven noch länger halten. Wir würden eine bedeutende internationale Allianz aufs Spiel setzen. Ich möchte, dass Sie beim Sultan anrufen und ihm nahelegen, seine drei Millionen Pfund unverzüglich abzustoßen.«

»Gütiger Himmel, Francis, das wird unserer Währung den Rest geben.« Jede Spur von Müdigkeit war aus seiner Stimme gewichen.

»Den Märkten muss man eben freien Lauf lassen. Welch ein Pech aber auch, dass die Folgen alle Wähler in Angst und Schrecken versetzen werden, wenn sie das Pfund abschmieren und ihre Hypothekenzinsen emporschnellen sehen. Und ein noch viel größeres Pech, dass man das ganze Debakel dem Gewissen unseres Königs und seinen Anhängern anlasten wird.«

Am anderen Ende der Leitung herrschte Schweigen.

»Habe ich mich klar ausgedrückt?«

»Absolut«, antwortete der Minister kleinlaut.

Urquhart beäugte aufmerksam den Hörer, bevor er ihn behutsam auf die Gabel legte. Mortima sah ihn mit unverhohlener Bewunderung an.

»Im Krieg müssen wir alle Opfer bringen, Mortima.« Dabei fasste er sich mit den Fingerkuppen an die Nasenspitze. Unbewusst begann er also bereits, einige Angewohnheiten des Königs nachzuahmen, dachte Mortima. »Ich weiß nicht recht, wie ich das taktvoll ausdrücken soll«, fuhr er fort, »also werde ich es so unumwunden sagen müssen und auf dein Verständnis hoffen. Es lohnt nicht, eine Schlacht aus einem Glashaus heraus zu führen. Es wäre mir also eine große Hilfe, wenn du in Zukunft kein so leidenschaftliches Interesse an italienischen Arien mehr bekunden würdest. Deine neu entdeckte Opernbegeisterung könnte allzu leicht ... sagen wir mal ... missverstanden werden. Es könnte die Truppen durcheinanderbringen.«

Mortima, die gerade einen Schluck Wein getrunken hatte, stellte das Glas behutsam zurück auf den Tisch.

»Der Fahrdienst der Regierung ist ja ein so schrecklich schwatzhafter Haufen«, fügte er als Erklärung und Entschuldigung hinzu.

»Ich verstehe.«

»Du nimmst es mir nicht übel?«

»Nach all den Jahren?« Sie neigte den Kopf. »Natürlich nicht.«

»Du bist so verständnisvoll, Liebste.«

»Was bleibt mir anderes übrig?« Sie griff nach ihrer Handtasche und holte einen Ohrring heraus – auffälliger, extravaganter, emaillierter Modeschmuck von Butler & Wilson in der Fulham Road. Einer von Sallys. »Die Putzfrau hat mir den letztens gegeben. Steckte tief in einer Ritze des Chesterfieldsofas. Sie dachte, es wäre einer von meinen. Ich weiß nicht recht, wie ich das taktvoll ausdrücken soll, Francis ...«

Er errötete, schlug die Augen nieder und schwieg.

»Ich denke, du solltest die Gans rupfen, oder? Selbst wenn es eine Kanadagans ist.«

»Sie ist ... Amerikanerin«, erwiderte er stockend.

»Gleichwohl.«

»Mortima, sie ist unentbehrlich; sie muss noch einige wichtige Dinge für mich erledigen.«

»Aber nicht auf dem Rücken, Francis. Nicht in einem Glashaus.«

Er blickte seine Frau unverwandt an. Schon lange hatte ihn niemand mehr so in die Enge getrieben, er war es einfach nicht mehr gewohnt. Urquhart seufzte, er hatte keine Wahl.

»Alles, was du tun musst, Mortima, ist, höflich Bitte zu sagen. Du weißt doch noch, wie man Bitte sagt, oder?«

»Langsam wird's ziemlich hässlich.«

»Und es wird noch schlimmer.«

»Bist du sicher?«

»War mir noch nie sicherer.«

»Wie kommt's?«

»Weil er die Wahl noch lange nicht in der Tasche hat; es gibt noch jede Menge zu tun. Er muss in den Umfragen noch ein paar Prozentpunkte zulegen. Darf jetzt noch nicht aufhören und ein Comeback des Königs riskieren. Und ...« Sie zögerte. »Und weil er der Mann mit der Axt ist. Sein eigentliches Ziel ist nicht die Prinzessin, sondern der König selbst. Ich weiß nicht, ob er noch weiß, wann er aufhören sollte, zuzuschlagen.«

Er schwieg und dachte nach. »Sally, bist du dir da absolut sicher?«

»Was seine Pläne betrifft? Ja. Was ihn betrifft ...« Die geschundene Haut ihrer Hinterbacken schmerzte noch immer, dort, wo sich seine Nägel tief ins Fleisch gegraben hatten. »Todsicher.«

»Dann muss ich rasch an die Arbeit.«

Er wälzte sich aus dem Bett und griff nach seiner Hose. Wenige Augenblicke später war er aus der Tür.

Der Devisenhändler drehte sich um und lag nun im bläulichphosphoreszierenden Schein seines Digitalweckers. 4:13 Uhr. *Mist.* Jetzt würde er nicht wieder einschlafen können. Die ganze Nacht hatte er sich unruhig herumgewälzt, seine Gedanken rasten hin und her zwischen der Jacht und der jungen Krankenschwester, die er wenige Stunden zuvor vergeblich versucht hatte abzuschleppen. Er hatte sie zu einem haarsträubend teuren Dinner im Nikita's eingeladen; sie hatte zu viel Kirschwodka getrunken und sich übergeben. *Tant pis.*

Er schaltete seinen Pocketcomputer an und checkte auf dem Bildschirm die jüngsten Kursentwicklungen. Vielleicht war es ja das, was ihm den Schlaf raubte. *Heilige Scheiße!* Der Sterling war in Fernost um fast zweihundert Punkte abgestürzt, und plötzlich wünschte er, auch er hätte gestern Abend etwas weniger Wodka gekippt. Er hatte über Nacht zwanzig Millionen Pfund gehalten und fühlte sich kalt erwischt. Am Telefon auf seinem Nachttisch drückte er eine Speichertaste, die ihn sofort mit der Filiale in Singapur verband, wo es acht Stunden später war. »Was ist denn bei euch los?«

»Seit Handelsbeginn verkauft die Negara durchgehend Pfund«, erklang eine akzentbehaftete Stimme aus dem Hörer. Die malaysische Zentralbank war also auch mit von der Partie...

»Wie steht *Cable* bei vierzig?«

»Fünfundsechzig siebzig.«

Verkaufen bei fünfundsechzig, kaufen bei siebzig. Aber niemand kaufte. Zeit, mit dem Strom zu schwimmen. »Scheiße, hau sie raus. Bei fünfundsechzig«, dann legte er auf. Im Glauben, dass der Kurs noch weiter fiel, hatte er gerade vierzig Millionen Pfund verkauft. Wenn er richtiglag, hatte er seine Overnight-Position abgedeckt, und noch einiges mehr. Vielleicht sollte er heute lieber früh im Büro sein, für den Fall, dass die ganze Welt mit einem Brummschädel erwachte und der Schwarm in Panik geriet. Und vielleicht sollte er auch diesen ganz besonderen Kunden anrufen, der ihm bei all seinen inoffiziellen Nebengeschäften behilflich war. Dem Kunden würde es sicher nichts ausmachen, um diese Zeit geweckt zu werden – nicht bei den Beträgen, um die es ging. Und wenn sie recht behielten, würde er sich um die Jacht keine Sorgen mehr machen müssen. Oder um diese dämliche Krankenschwester.

* * *

9. Februar
Evening Standard, Stadtausgabe
PFUND UND PRINZESSIN BLOSSGESTELLT

Das Pfund geriet heute erneut unter enormen Druck, als der Londoner Devisenmarkt dem nächtlichen Trend aus Fernost folgte. Die Händler zeigten sich besorgt, die Reihe von Sexskandalen und Enthüllungen im Umfeld der Königsfamilie könne zu einer ausgewachsenen konstitutionellen und politischen Krise führen. Grund sind der Rücktritt des königlichen Pressesprechers letzte Woche und die kompromittierenden Fotos von Prinzessin Charlotte in einer Reihe von Zeitungen heute Morgen.

Die Bank von England und andere europäische Zentralbanken tätigten gleich nach Handelsbeginn massive Stützkäufe, konnten jedoch weitere spekulative Verkäufe nicht unterbinden, welche die Währung bis knapp über die EU-Untergrenze fallen ließen. Einigen Berichten zufolge überschwemmt ein Großeigner von Sterlingreserven aus Fernost den Markt derzeit mit beträchtlichen Mengen der Währung. Es steht zu befürchten, dass massive Zinserhöhungen nötig sein könnten, um das schwächelnde Pfund zu stützen.

»Diese Situation ist völlig neu für uns«, ließ sich ein Devisenhändler zitieren. »Die Märkte hassen Unsicherheit, heute Morgen herrschte hier zeitweise blanke Panik. Die Scheichs sagen sich: Wenn der Buckingham Palace ins Wanken gerät, wie sicher ist dann die Bank von England? In der City geht es zu wie auf einer Gänsefarm vor Weihnachten ...«

Kapitel 43

Dieser verdammte Sturkopf! Selbst wenn ich ihn kreuzigen würde, würde er davon ausgehen, am dritten Tag aufzuerstehen.

Ein guter Tag für eine Hinrichtung, dachte McKillin. Die Kapazitäten des brechend vollen Sitzungssaales waren längst überschritten, und viele Abgeordnete, die auf den Bänken keinen Platz gefunden hatten, standen an der Absperrung, hockten in den Gängen oder drängten sich neben dem Stuhl der Vorsitzenden. Die Ballung so vieler vor allem männlicher Körper auf einem Fleck führte zu einer hitzigen, übermütigen Atmosphäre, voller Anspannung und Erwartung. Die Stimmung, so hieß es, gleiche der einst in Tyburn, wenn sie einen Halunken ankarrten, um ihn am dreibeinigen Galgen aufzuknüpfen – nur dass der Pöbel damals sogar dafür bezahlte, um den armen Teufel baumeln zu sehen.

Heute hatte es schon eine ganze Reihe von Opfern gegeben. Die Panikwellen, die über den Devisenmarkt gefegt waren, waren nun auch auf die Börse übergeschwappt und hatten schon zum Mittagsfixing die Aktienkurse schwer hinabgezogen. Die Schmerzensschreie derjenigen, die kalt erwischt worden waren, hallten im kompletten Finanzviertel wider und machten sich schneller in der ganzen Stadt breit als die Beine einer Schottin beim Edinburgh Festival. Die Bausparkassen beriefen Sondersitzungen ein; die Hypothekenzinsen würden steigen müssen, die Frage war nur, um wie viel. Natürlich war das alles nicht die Schuld des Königs, aber die Leute hatten ihren unschuldigen Glauben an unglückliche Zufälle, Katastrophen, die einfach so passierten, nun mal eingebüßt und verlangten einen Schuldigen – weshalb auch McKillin in die Schusslinie geraten war. Reumütig entsann er sich seiner öffentlich zur Schau gestellten Nachsicht gegenüber der Königsfamilie, der Gedanke an seine Hundert-Prozent-Aussage ließ ihn vor Schmerz zusammenzucken. Den ganzen Morgen hatte er sich schon überlegt, ob Angriff nicht die beste Verteidigung wäre und er dem König nicht doch mit einer groß angelegten Offensive zu Hilfe eilen sollte, war letztlich aber zu der Überzeugung gelangt, dass die Stellungen des Königs zu offen im gegnerischen Gewehrfeuer lagen. Doch seine eigenen Truppen hatten wenig mit der Leichten Brigade gemein, und er war nicht Errol Flynn. Es hatte keinen Zweck, sich für nichts und wieder nichts durchsieben zu lassen, lieber würde er auf einem anderen Schlachtfeld zurückschlagen. Vielleicht mit irgendeiner Menschenrechtsgeschichte, moralische Bedenken und so weiter, in Bezug auf den für kommende Woche angekündigten Blitzbesuch des Premierministers in Moskau. Ja, das könnte funktionieren, ihm etwas Abstand vom Schlachtengetümmel verschaffen, ihm helfen, den Kopf aus der Schlinge zu ziehen ... Während er wartete, fühlte er sich zunehmend klebriger, kein Wunder bei der Hitze und den Massen übergewichtiger Männer um ihn herum.

Er sah, wie Urquhart pünktlich zur angesetzten Zeit um 15.15 Uhr den Raum betrat, sich seinen Weg durch den dicht um den Stuhl der Vorsitzenden gedrängten Pulk bahnte, vorbei an den ausgestreckten Beinen diverser Kabinettsmitglieder, die eingekeilt in der ersten Reihe hockten. Urquhart lächelte McKillin über den Depeschenkasten hinweg an, mit leicht geöffneten, dünnen Lippen, die einen flüchtigen Blick auf seine Schneidezähne freigaben – der erste Warnschuss des heutigen Feldzugs. Hinter Urquhart saß die ehrenwerte Abgeordnete für Dorset-

Nord, die unterwürfig auf und ab wippte, als ihr Herr und Meister Platz nahm. Sie trug ein schreiend rotes Kostüm, das aus der Masse grauer Anzüge hervorstach wie eine Warnleuchte und sich im Fernsehen sicher ausgezeichnet machte. Ihre Beifallsbekundungen hatte sie den ganzen Morgen vor dem Spiegel geübt. Sie war eine gut aussehende und gepflegt wirkende Frau Anfang vierzig mit einer Stimme wie eine Hyäne, die sich Gerüchten zufolge im Bett bis aufs hohe C hinaufzuschrauben vermochte, was sogar einige Oppositionsabgeordnete aus eigener Erfahrung zu wissen glaubten. Zur Ministerin würde sie es zwar nie bringen, doch ihre Memoiren dürften sich besser verkaufen als die aller anderen zusammen.

McKillin lehnte sich zurück, gab sich so entspannt wie möglich und studierte dabei die Pressetribüne über ihm: Jenseits der kunstvoll geschnitzten Brüstung sah er die Köpfe der Schreiberlinge mit ihren erwartungsvollen Gesichtern, den gespitzten Bleistiften und hartnäckigen Vorurteilen. Er würde sie nicht warten lassen, würde bei der ersten Gelegenheit in den Ring steigen, Flagge zeigen und vom Feld gehen, bevor die wahre Schlacht zu toben begann und alles außer Kontrolle geriet. Menschenrechte, das war's. Verdammt gute Idee.

Madam Speaker hatte bereits die erste Frage zugelassen, die den Premierminister traditionell aufforderte, seine Verpflichtungen des Tages darzulegen, und Urquhart beantwortete sie so routiniert und wenig hilfreich wie immer, indem er einige seiner offiziellen Termine aufzählte und damit endete, er hätte »zudem im Unterhaus noch einige Fragen zu beantworten«.

»Wär wohl das erste verdammte Mal.« Es war die Bestie von ihrem Platz am Gang, der ihr schon allein deshalb zustand, weil sie ihn nur selten verließ. Dabei zog der Abgeordnete für Bradford ein Gesicht, als hätte er sich den Magen verdorben, vielleicht waren ihm ja das Sandwich und das Pint Bier nicht bekommen.

Urquhart fertigte den ersten echten Fragesteller behände ab, einen gewissenhaften Wahlkreisabgeordneten mit hauchdünner Mehrheit, der sich nach einer örtlichen Umgehungsstraße erkundigte. Jetzt war McKillins Chance. Er beugte sich vor und neigte den Kopf in Richtung der Vorsitzenden.

»Der Oppositionsführer«, zitierte sie ihn an den Depeschenkasten. Kaum war er auf den Beinen, schnitt eine andere Stimme durch das Gemurmel.

»Der ist doch kein Oppositionsführer! Der kriecherische kleine Scheißer.«

McKillin spürte, wie seine Wangen zu glühen begannen, zunächst vor Zorn, dann vor Verwunderung. Die Bestie. Sein eigenes Lager!

»Ordnung! Ordnung!«, trillerte Madam Speaker. In einer so aufgeladenen Atmosphäre mit so vielen erhitzten Abgeordneten, die sich Schulter an Schulter und Ellbogen an Ellbogen drängten, war es unverzichtbar, ab der ersten kleinen Störung hart durchzugreifen, das wusste sie. »Das habe ich gehört. Der ehrenwerte Abgeordnete wird diese Bemerkung umgehend zurücknehmen.«

»Wie sonst sollte man denn jemanden nennen, der all seine Prinzipien über Bord geworfen und der Königsfamilie die Stiefel geleckt hat. Er hat riesigen Mist gebaut.«

In den Oppositionsreihen herrschte betretenes Schweigen. Selbst die Hinterbänkler der Regierung wirkten unentschlossen – hin- und hergerissen, ob sie nun der Bestie zustimmen oder deren Obszönitäten anprangern sollten, verlegten sie sich darauf, einfach so viel Lärm wie möglich zu veranstalten und den Hexenkessel anzuheizen. Inmitten des wachsenden

Tumults und ungeachtet wiederholter Ermahnungen durch die Vorsitzende war die Bestie aufgesprungen, mit offen stehendem Sportsakko und wirrem, halb übers Gesicht hängendem Haar.

»Aber ist es nicht unbestritten …?«

»Kein Wort mehr!«, kreischte Madam Speaker, wobei ihr die Halbbrille von der Nase glitt und ihr unter der Perücke zunehmend heißer wurde. »Wenn er seine Bemerkung nicht augenblicklich zurücknimmt, werde ich nicht zögern, den ehrenwerten Abgeordneten zu verwarnen!«

»Aber …«

»Nimm's doch zurück!« Aus allen Ecken drangen Rufe, die ihn zum Einlenken aufforderten. Der sogenannte Sergeant-at-Arms, der Ordnungshüter des Parlaments, dem Anlass entsprechend gekleidet in henkersschwarzer Hoftracht samt Strumpfhosen und Zeremonienstab, stand an der Absperrung bereit und wartete auf die Anweisungen der Vorsitzenden.

»Aber …«, begann die Bestie ein weiteres Mal.

»Zurücknehmeeeeeeeeeen!«

Ein Höllenlärm brach los. Die Bestie blickte sich um, scheinbar unbeeindruckt, als hätte sie weder mit dem ohrenbetäubenden Krawall noch mit dem Meer aus Händen, die alle wild mit der Tagesordnung wedelten, das Geringste zu tun. Der Abgeordnete lächelte gelassen, sah letztlich aber ein, dass das Spiel vorbei war, und nickte zustimmend mit dem Kopf. Der Krawall versiegte so weit, dass man ihn verstehen konnte.

»Okay«, sagte er an die Vorsitzende gewandt. »Welches der Wörter soll ich denn zurücknehmen? Kriecherisch? Klein? Oder Scheißer?«

Madam Speakers Schreie gingen zunächst in der aufbrandenden Empörung unter. Endlich war sie zu hören. »Alles davon! Ich möchte, dass Sie alles zurücknehmen!«

»Alles? Sie wollen tatsächlich, dass ich alles zurücknehme?«

»Unverzüglich!« Ihre Perücke war verrutscht. Eilig bemühte sie sich, die Kopfbedeckung geradezurücken und dabei ihre Fassung wie auch ihre Würde zu bewahren.

»In Ordnung, in Ordnung.« Um die Menge zum Schweigen zu bringen, hob die Bestie besänftigend die Hände. »Sie alle kennen ja meine Ansichten, was Kriecherei vor Ihren Königlichen Hochwohlgeborenheiten betrifft, aber ...« – er warf den parlamentarischen Kettenhunden an seinen Fersen einen grimmigen Blick zu –, »wenn Sie meinen, dass ich so etwas nicht sagen darf und zurücknehmen muss, dann werde ich es eben tun.«

»Sofort. Augenblicklich!«

Von allen Seiten kam zustimmendes Gepolter. Nun richtete die Bestie den Finger auf McKillin.

»Ja, ich hatte unrecht. Anscheinend ist er *doch* ein Oppositionsführer. Der kriecherische kleine Scheißer!«

Die von allen Seiten aufwogende Kakophonie aus Gebrüll und Gejohle machte es der Vorsitzenden nun schier unmöglich, sich Gehör zu verschaffen, doch die Bestie wollte sich nicht des Saales verweisen lassen, sammelte seine Unterlagen vom Boden auf und verließ eigenmächtig die Kammer, nicht ohne zuvor einen kaltschnäuzigen Blick in Richtung seines Parteiführers geworfen zu haben. Der Sergeant-at-Arms, der die Anweisungen der Vorsitzenden von ihren Lippen ablesen konnte, schloss sich ihm an, um auch ja sicherzugehen, dass er den Räumlichkeiten des Parlaments in den kommenden fünf Arbeitstagen fernblieb.

Nachdem der Rücken der Bestie in der Tür verschwunden war, kehrte im Saal wieder ein Anflug von Ordnung ein. Mit ihrer noch immer leicht derangierten Perücke blickte Madam Speaker nun fragend in McKillins Richtung, um sich nach seinen Absichten zu erkundigen. Er schüttelte den Kopf. Er wollte keine alberne Frage mehr über Menschenrechte in China stellen. Hatte er etwa keine Menschenrechte? Alles, was er wollte, war, dass diese grausame und außergewöhnliche Bestrafung endlich ein Ende nahm, dass jemand kam, der ihn behutsam von diesem parlamentarischen Galgen, an dem er baumelte, herunterschnitt, und man ihm wenigstens ein würdevolles Begräbnis zugestand.

»Wie kriegen Sie das nur hin, Francis?«, fragte Stamper, als er ins Unterhausbüro des Premierministers gestiefelt kam.

»Was denn?«

»Die Bestie so zur Weißglut zu bringen, dass er allein viel effektiver ist, McKillin das Maul zu stopfen, als ein Dutzend Weihnachtsköche.«

»Mein lieber Tim, was für ein schlimmer alter Zyniker Sie doch geworden sind. Wittern überall Verschwörungen. Die Wahrheit – falls Sie sich überhaupt sonderlich dafür interessieren – ist, dass ich ihn überhaupt nicht mehr provozieren muss. Er glüht bereits, wenn er reinkommt. Mein Beitrag zum ganzen Spaß geht eher in diese Richtung.« Er deutete in Richtung der neuesten Videotext-Nachrichten auf dem Fernseher. Die Bausparkassen hatten ihre Krisensitzung beendet, und das Ergebnis flimmerte nun über den Bildschirm.

»Gütiger Himmel! Zwei Prozent mehr für Baukredite? Das wird runtergehen wie 'ne Schaufel Scheiße im Fünfuhrtee.«

»Eben. Und dann sehen wir mal, wie sehr sich Otto Normalverbraucher um die Obdachlosen schert, wenn ihm die Bauzinsen für seine Doppelhaushälfte langsam ein solches Loch in den Geldbeutel fressen, dass er auf sein Feierabendbier pfeifen kann. Heute bei Geschäftsschluss wird den meisten Leuten das königliche Gewissen als unnötiger und unerschwinglicher Luxus erscheinen.«

»Entschuldigung, wenn ich in Ihrer Gegenwart je eine zynische Bemerkung gemacht habe.«

»Entschuldigung angenommen. Die Wähler mögen nun mal glasklare Alternativen, Tim, das hilft ihnen, sich aufs Wesentliche zu konzentrieren. Ich stelle sie vor eine Wahl, die so klar ist, dass man förmlich durchsehen kann. Der König mag eine seltene Orchidee sein und ich im Vergleich nur gewöhnlicher Kohl, doch sobald die armen Schlucker nichts mehr zu beißen haben, greifen sie nun mal eher zum Kohlkopf. Darauf können Sie Gift nehmen.«

»Genügend Kohl, um dem König chronische Blähungen zu verschaffen.«

»Es ist Ihnen unbenommen, das so zu sagen, mein lieber Tim, aber ich könnte es unmöglich kommentieren.«

Der König saß noch immer schweigend vor dem Fernsehschirm, wo er die Übertragung der Fragestunde von Beginn an verfolgt hatte. Obwohl sich der Monarch jede Störung verbeten hatte, vermochte der Privatsekretär seine Ungeduld nicht länger zu zügeln. Er klopfte und betrat mit einer respektvollen Verneigung das Zimmer.

»Sir, entschuldigen Sie bitte, aber Sie sollten wissen, dass uns die Medien mit Anrufen belagern. Alle verlangen eine Reaktion von Ihnen, nur eine grobe Orientierung, wie Sie zu den Vorkommnissen im Unterhaus stehen. Mit Schweigen werden Sie sich kaum zufriedengeben, und ohne einen Pressesprecher ...«

Der König schien die Störung überhaupt nicht wahrgenommen zu haben und starrte weiter unbeweglich auf den Bildschirm, der Körper angespannt, die Adern an der Stirn ein bläuliches Muster auf der pergamentartigen Haut seines Schädels. Er war kreidebleich – nicht vor Wut, der Sekretär kannte die hitzigen Ausbrüche des Königs und die Funken, die dann auf seine Dienerschaft niedergingen, nur zu gut. Die Stille ließ eher an einen Menschen in einer anderen Sphäre denken, jemanden, der sich tief in sich selbst geflüchtet hatte, doch seiner Anspannung nach zu urteilen, musste die Suche nach innerem Gleichgewicht fruchtlos gewesen sein.

Reglos verweilte der Privatsekretär in der Tür, sah, welche Qualen der andere litt, und wenngleich ihm die Störung zutiefst peinlich war, wusste er nicht, wie er sich selbst entlassen sollte.

Schließlich sprach der König doch noch – flüsterte vielmehr –, jedoch nicht zum Sekretär. »Es hat keinen Sinn, David.« Seine Stimme klang heiser und verdorrt. »Nichts zu machen. Ebenso wenig werden sie einen König einen Mann sein lassen, wie sie einen beliebigen Mann zum König krönen würden. Es ist unmöglich – das wissen Sie doch, alter Freund, oder …?«

Dann wieder Stille. Der König hatte sich keinen Millimeter bewegt, stierte nur weiter blicklos auf die Mattscheibe. Der Privatsekretär wartete einige scheinbar endlose Sekunden, bevor er ging und die Tür so behutsam wie möglich hinter sich zuzog. So sachte, als schließe er einen Sargdeckel.

Kapitel 44

Ich erweise dem König durchaus meine Ehrerbietung, aber gewiss doch. Ich ramme Seiner Majestät zum Gruß das Knie in den Magen.

Gleich als sie den Anruf erhielt, eilte Sally hinüber zum Unterhaus. Sie war zwar mitten in einer Präsentation mit einem potenziellen Auftraggeber gewesen – einem der landesweit größten Hersteller von Dosenbohnen –, doch der Neukunde hatte sich äußerst verständnisvoll gezeigt, beeindruckt gar, und hatte ihr den Job auch so gegeben. Mit Kontakten wie diesen schienen ihn weitere Referenzen nicht zu interessieren.

Ein Sekretär wartete auf sie am St.-Stephen's-Eingang, um sie wie eine VIP an den langen Besucherschlangen vorbei durch die Sicherheitssperren zu geleiten, im Eilschritt entlang an etlichen Jahrhunderten Geschichte. Es war ihr erstes Mal; eines Tages, das schwor sie sich, würde sie zurückkehren und sich der Pracht des alten Englands mit mehr Muße widmen. Wenn sie die Geduld hatte, stundenlang mit den anderen in der Schlange zu stehen. Aber im Moment zog sie die Sonderbehandlung vor.

Man führte sie direkt in sein Büro. Er war gerade am Telefon, lief aufgedreht und hemdsärmelig im Zimmer auf und ab, zog die Strippe hinter sich her und erteilte Befehle.

»Ja, Bryan, es geht mir gut, und meiner Frau geht es auch gut. Vielen Dank, und jetzt halten Sie die Klappe und hören zu. Das hier ist wichtig. Morgen Nachmittag werden Sie die Ergebnisse einer neuen Umfrage erhalten. Eine Telefonumfrage, durchgeführt kurz nach der Panik auf den Märkten. Wird recht überraschend ausfallen. Sie wird die Regierung zehn Punkte vor der

Opposition sehen, und meine persönliche Führung gegenüber McKillin wird sich verdoppelt haben.« Dann lauschte er einen Moment. »Natürlich ist das eine verdammte Meldung für die Titelseite, wieso zum Teufel sollte ich sie Ihnen sonst geben? Die Umfrage auf Seite eins werden Sie im Inneren Ihrer Zeitung mit einem Leitartikel flankieren, etwas in der Art ›Das Zepter und die Zinsen‹. Die Probleme mit dem Pfund und dem weltweiten Vertrauensverlust wird darin voll und ganz dem König und seinen Charakterschwächen in die Schuhe geschoben sowie all den opportunistischen Politikern, die ihn auch noch zu diesem, wie Sie es darstellen werden, gravierenden Fehler ermutigt haben, der da war, sich mit der gewählten Regierung seines Landes anzulegen. Hören Sie mir zu?«

Am anderen Ende der Leitung war leises Gequäke zu vernehmen, und Urquhart rollte ungeduldig mit den Augen.

»Sie werden nahelegen, dass die prinzipienlose Unterstützung des Königs die Opposition gespalten, McKillins Glaubwürdigkeit ruiniert und, noch schwerwiegender, das Land in eine tiefe Verfassungskrise gestürzt hat, die immense wirtschaftliche Schäden verursacht. Schweren Herzens wird Ihr Blatt eine grundlegende Reform unserer Monarchie verlangen – eine Beschneidung ihrer Macht und ihres Einflusses, die Begrenzung ihrer Größe und ihres Einkommens. Notieren Sie sich das sorgfältig. Ja, ja, ich habe Zeit ...« Er hielt inne. »Jetzt kommen wir zum wirklich wichtigen Teil, Bryan. Passen Sie gut auf. Am Ende Ihres Leitartikels werden Sie zu dem Schluss kommen, dass die so entstandene wirtschaftliche, politische und verfassungsrechtliche Unsicherheit keinerlei Aufschub zulässt und nach einer sofortigen Lösung verlangt. Keine Zeit für lange Debatten, parlamentarische Untersuchungsausschüsse – nicht, wenn jeder Kleinaktionär und Kreditnehmer im Land in höchster Gefahr schwebt. Die Angelegenheit erfordert entschiedenes Handeln. Ein für alle Mal. Im nationalen Interesse. Und Sie werden nahelegen, dass der einzige praktikable Weg, um herauszufinden, wer Großbritannien regieren soll, darin besteht, Wahlen abzuhalten. Kapiert? Wahlen.« Er blickte zu Sally hinüber und zwinkerte.

»Mein lieber Bryan, natürlich kommt das sehr überraschend, deshalb gebe ich Ihnen ja auch die Chance, sich darauf vorzubereiten. Aber ganz unter uns – nur bis Morgen. Aber dass Sie mir jetzt nicht zum Buchmacher an der Ecke rennen und ein paar Scheinchen auf Neuwahlen setzen, mein Lieber. Das ist eins unserer kleinen Geheimnisse, verstanden? Und wenn Sie irgendwelche Fragen haben, rufen Sie mich an, nur mich, Bryan, zu jeder Tageszeit, auch nachts, okay? Bye.«

Mit erwartungsvollem Gesicht wandte er sich Sally zu, die ihm einen ernsten, fast schon ein wenig mürrischen Blick entgegenbrachte.

»Und wer soll deine wundersame Übernacht-Umfrage so schnell aus dem Hut zaubern, Francis?«

»Wieso? Du natürlich, mein Liebste, du.«

Ihre müden Augen sanken zurück in ihre Höhlen, als wollten sie sich darin verstecken. Es war schon nach Mitternacht, und sie saß vor dem Computer, seit die letzten ihrer Angestellten nach Hause gegangen waren und sie allein gelassen hatten. Sie brauchte Raum zum Nachdenken.

Den Fragebogen zu entwerfen war simpel gewesen. Nichts Aufwendiges oder Ungewöhnliches dabei. Und auf ihren Regalen befanden sich jede Menge Computerdisketten mit Spezialprogrammen für die Zufallsbefragung, die der Stichprobe, und somit dem Ergebnis, den gewünschten Drall gaben – höhere oder niedrigere Einkommen bevorzugten, Gegenden mit Sozialwohnungen oder die vorstädtischen Speckgürtel begünstigten, nur Fabrikdirektoren oder nur Arbeitslose befragten. Das Problem war nur, sie hatte keine Ahnung, wie stark die Stichprobe manipuliert werden musste, um das gewünschte Resultat zu erzielen – Urquhart lag zwar deutlich vorn, doch wie weit? Ganz gleich, wie weit, es würde mehr werden, nachdem die *Times* ihn hochgejubelt hatte. Bei so viel Unbehagen und Angst, die derzeit in der Luft lagen, war es ein Leichtes, seinen Wahlkampftross in Schwung zu bringen.

Sie schlenderte durch ihre heruntergekommenen Büroräume. Die Raumkosten mussten gering gehalten werden, der ganze Pomp beschränkte sich auf den Empfangsbereich, Geld und andere Mittel flossen vor allem in Strategie und Technik. Die restliche Ausstattung war Low Budget. Sie lief an den Reihen offener, zur Schalldämmung nur mit Stoff verkleideter Kabinen entlang, wo sich morgen wieder ihre wild zusammengewürfelte Truppe Teilzeitjobber zusammenfinden würde, jeder vor seinem eigenen Computermonitor, um die vom Hauptrechner zufällig ausgeworfenen Nummern abzutelefonieren, stumpfsinnig die nötigen Fragen herunterzuleiern und ebenso stumpfsinnig die Antworten einzutippen. Sie würden keinerlei Verdacht schöpfen. Es waren Junkies in zerrissenen Jeans, neuseeländische Krankenschwestern nach der Schicht, die sich über ihre ausgebliebene Regel sorgten, Bankrotteure, denen die Fehler anderer zum Verhängnis geworden waren, und milchgesichtige Studenten, eifrig darauf bedacht, ihre eigenen zu begehen. Alles, was sie mitbringen mussten, waren rudimentäre EDV-Kenntnisse und die Flexibilität, innerhalb von zwei Stunden vor Ort zu sein. Sie hatten keinen blassen Schimmer, was mit all den Daten, die sie zusammentrugen, geschah – und es kümmerte sie auch nicht. Sie schritt über den ausgelatschten, mit Kaugummiresten übersäten Teppichboden, begutachtete die Ecke, in der die Styroporplatten fehlten, seit der Abfluss verstopft und alles wieder hochgekommen war, fuhr mit dem Finger über die blanken Metallregale, die überquollen mit EDV-Anleitungen und Telefonbüchern, die wahllos weggeworfenen Lieferscheine, die überall herumflogen wie Bonbonpapierchen an einem windigen Tag. Kaum natürliches Licht fiel hier herein, das die Mechanismen der Meinungsforschungsindustrie hätte erhellen können. Alles aus Sicherheitsgründen, wie sie ihren Kunden gern erzählte, in Wahrheit lag es einzig daran, dass der Laden ein Saustall war. Eine Topfpflanze hatte ums Überleben gerungen, war schließlich aber vertrocknet und eingegangen und diente jetzt als Aschenbecher. Dies war ihr Reich.

Es hatte seine Vorteile, dieses klimatisierte, computerisierte, papierlose Imperium. Noch vor wenigen Jahren hätte sie eine Tonne Papier bewegen müssen, um all das zu tun, was man von ihr verlangte; jetzt musste sie kaum mehr als ein paar Finger heben, ein paar Tasten drücken – die richtigen, wohlgemerkt –, und schon erhielt sie das gewünschte Ergebnis. Urquharts Ergebnis. Doch das war gerade der Haken. Er hatte sich so exakt ausgedrückt, was die Zahlen betraf, sie sogar bereits an Brynford-Jones weitergegeben. Ganz gleich, wie sehr sie mit den Variablen herumspielte oder die Kurve mit einer kleinen Delle versah, hier war mehr nötig, als nur die Stichprobe ein Stück weit zu frisieren. Am Ende würde sie etwas tun müssen, was sie noch nie getan hatte, und das Ergebnis fälschen. Zwei Werte nehmen, den der Regierung und den der Opposition, und von da aus zurückrechnen. Sie nicht mehr nur leicht bearbeiten, sondern in Klump schlagen. Wenn man ihr auf die Schliche kam, würde sie nie wieder in ihrem Beruf arbeiten können, womöglich sogar wegen Betrugs hinter Gittern landen. Lügen, betrügen, die Meinung ganz gewöhnlicher Männer und Frauen stehlen und missbrauchen. Für Francis Urquhart. War es das, wovon Sie immer geträumt hatte?

Abermals sah sie sich um in diesem Raum mit seinen schwarz gestrichenen Wänden, um die Risse zu übertünchen, und der Muffigkeit, der selbst mit massenweise Klospray nicht beizukommen war, den schäbigen Kaffeemaschinen und den Secondhandmöbeln, den Ecken, in denen sich Plastikbecher und leere Zigarettenschachteln stapelten, der Feueralarmanlage, die sich ziegelrot von der Düsternis abhob, einem Relikt aus den 1970ern, das wohl selbst dann nicht mehr funktionieren würde, wenn man es im Krater des Vesuv versenkte. Sie hob die Topfpflanze hoch, pflückte die verdorrten Blätter ab, pickte die Kippen heraus und brachte sie in Ordnung, als handele es sich um einen alten, aber etwas verlotterten Freund. Dann warf sie sie samt Blumentopf in den nächsten Mülleimer. Dies war ihr Reich. Aber es genügte ihr nicht mehr, hatte ihr noch nie genügt ...

Der Schlafmangel lag schwer auf ihren Augen, weshalb Sally sie hinter einer getönten Sonnenbrille verbarg, was ihren sinnlichen Mund und die so außergewöhnliche Lebhaftigkeit ihrer Nase nur noch mehr zur Geltung brachte. Als sie durch die Tür der Downing Street schritt, stieß einer der Wachleute seinen Kollegen vielsagend an; sie hatten von ihr gehört, gewiss, aber dies war das erste Mal, dass sie am helllichten Tag hier aufkreuzte. Und Mortima Urquhart war ebenfalls zu Hause. Sie lächelten ihr aufmunternd zu und hofften insgeheim, irgendeinen Vorwand zu finden, um sie nach Waffen abzutasten.

Er saß im Kabinettszimmer. Es war anders als beim letzten Mal – damals, im Dunkeln, mit nichts als dem entfernten

Schimmer der Straßenlampen, ihren Fingerspitzen und Zungen, die ihnen den Weg wiesen. Urquhart saß noch immer auf seinem besonderen Platz, doch diesmal wies ihr eine Regierungsbeamtin einen Stuhl auf der gegenüberliegenden Seite zu und zog ihn zurück. Sie fühlte sich meilenweit von ihm entfernt.

»Guten Tag, Miss Quine.«

»Herr Premierminister.« Sie nickte schüchtern, während die Beamtin sich unauffällig verzog.

Er machte eine ungelenke Armbewegung. »Entschuldige bitte die, äh ... Förmlichkeit. Arbeitsreicher Tag heute.«

»Deine Umfrage, Francis.« Sie öffnete ihre Aktentasche, fischte ein einzelnes Blatt Papier heraus und schob es ihm über den Tisch. Er musste sich strecken, um es aufzuheben, und überflog es.

»Gewiss doch, das sind die Zahlen, die ich verlangt habe. Aber wo sind die echten Zahlen, Sally?«

»Du hältst sie in der Hand, Francis. Verrückt, nicht wahr? Du hättest mich gar nicht zum Schummeln und Schwindeln anstiften müssen. Zehn Punkte vorn, genau, wie du es wolltest. Du hast es geschafft.«

Als er begriff, was sie sagte, begannen seine Augenlider zu blinzeln. Ein Lächeln deutete sich an, huschte über sein Gesicht wie die ersten Strahlen der Morgendämmerung. Er begann, vergnügt zu nicken; so, als hätte er es schon immer gewusst.

»Ich hätte also meine Unschuld behalten können.«

Stirnrunzelnd sah Urquhart vom Blatt auf. Anscheinend wollte sie ihm irgendwas damit sagen, aber er hatte keinen blassen Dunst, was zum Teufel sie meinte. Hatte es mit den paar Zahlen zu tun, einer Umfrage unter Tausenden? Mit selektiver Statistik, wie sie jedes x-beliebige Ministerium ganz instinktiv betrieb? Er brachte ein buntes Taschentuch hervor und putzte sich mit penibler, fast schon übertriebener Sorgfalt die Nase. Er wollte feiern, doch sie schien ihm keinerlei Euphorie zu gönnen. Das und die Distanz, die der Tisch zwischen ihnen schuf, würden ihm den nächsten Teil einfacher machen.

»Wie sind die neuen Kunden, die ich dir geschickt habe?«

Vom plötzlichen Themenwechsel überrascht, hob sie die Brauen. »Gut. Sehr gut. Danke.«

»Ich habe dir zu danken, Sally. Es werden noch mehr werden, in Zukunft ... Kunden, meine ich. Ich möchte dir auch weiterhin behilflich sein.« Sein Blick fiel erneut auf die Zahlen und mied den ihrigen. Sichtlich beklommen löste er das Band seiner Armbanduhr, massierte sein Handgelenk, lockerte seinen Kragen, fast schon als leide er unter Klaustrophobie. Klaustrophobie? Und das, wo sonst nur noch sie im Zimmer war?

»Was ist los, Francis?« Sie sprach seinen Namen näselnder aus als sonst; weniger reizvoll, wie er dachte.

»Wir müssen aufhören, uns zu treffen.«

»Warum?«

»Zu viele Leute wissen davon.«

»Das hat dich bisher auch nicht gestört.«

»Mortima weiß es.«

»Verstehe.«

»Und dann ist da noch die Wahl. Es ist alles ausgesprochen schwierig.«

»Es war auch nicht gerade einfach, deine gottverdammten Zahlen hinzubiegen.«

Beide schwiegen. Er suchte noch immer nach irgendetwas auf dem Blatt Papier, was seine ganze Konzentration in Anspruch nahm.

»Wie lange? Wie lange dürfen wir uns nicht sehen?«

Er blickte auf, mit Unbehagen in den Augen, die Lippen unnatürlich gedehnt. »Ich fürchte, es muss endgültig sein. Mortima besteht darauf.«

»Und wenn Mortima darauf besteht ...«, erwiderte sie verächtlich.

»Mortima und ich führen eine sehr solide, reife Beziehung. Wir verstehen einander, haben bestimmte Abmachungen, die wir nicht hintergehen.«

»Mein Gott, Francis, was glaubst du denn, was zum Teufel wir die ganze Zeit gemacht haben? Hier, dort, überall in diesem Gebäude, sogar auf dem Stuhl, auf dem du gerade sitzt – wenn nicht, deine Frau zu hintergehen? Oder war das für dich gar nichts Persönliches? Alles nur rein geschäftlich?«

Er hielt ihrem Blick nicht stand, begann, an seinem Bleistift herumzufingern, fragte sich, ob sie wohl hysterisch werden würde. Nur das nicht. Mit hysterischen Frauen konnte er nicht umgehen.

»Nicht einmal nach der Wahl, Francis?«

»Ich habe sie noch nie betrogen, nicht so jedenfalls. Nicht wenn sie ihre Wünsche so deutlich gemacht hat.«

»Aber sie muss nichts davon erfahren. Unsere gemeinsame Arbeit war fantastisch, historisch.«

»Und ich bin dir sehr dankbar ...«

»Es war viel mehr als das, Francis. Für mich zumindest. Du gleichst keinem der Männer, mit denen ich je zusammen war. Ich will dich nicht verlieren. Du bist besser als alle anderen. Das weißt du doch, oder?«

Ihre Nase wippte sinnlich auf und ab wie ein sexuelles Winkzeichen, und er fühlte sich innerlich zerrissen. Die Beziehung mit Mortima war seine feste Bank, hatte über die Jahre hinweg seine Gefühle von Schuld und sexueller Unzulänglichkeit wettgemacht, war das Fundament, auf dem er allen Stürmen seiner politischen Laufbahn getrotzt und am Ende obsiegt hatte. Sie hatte einen Mann aus ihm gemacht. Weiß Gott, er schuldete ihr etwas. Hatte sie für seine Karriere nicht ebenso viel geopfert wie er? Wenn nicht sogar noch mehr, auf gewisse Weise? Doch als er Sally ansah, begann seine Entschlossenheit zu bröckeln. Sie beugte sich nach vorn, bot ihm einen verlockenden Blick auf ihre vollen Brüste, die durch die Unterstützung des Kabinettstischs nur noch prominenter zur Geltung kamen.

»Ich kann warten, Francis. Auf dich zu warten wäre mir eine Freude.«

Und hatte sie nicht recht? Er war Mortima etwas schuldig, natürlich, aber mit ihr hatte er so etwas nie gekannt – keine nackte, unbändige, alles beherrschende Lust.

»Und denk nur an unsere gemeinsame Arbeit. Wir ergänzen uns perfekt, Francis. Das muss doch weitergehen.«

Noch nie hatte er seine Frau hintergangen, niemals! Doch nun spürte er wieder diese unwiderstehliche Spannung in sich aufwallen, und auf einmal schien Mortima zu einer anderen Welt zu gehören, einer Welt, in der sie gelebt hatten, bevor er Premierminister wurde. Jetzt war alles anders; der Job brachte andere Regeln und andere Verantwortlichkeiten mit sich. Er hatte Mortima gegeben, was sie wollte – ihren eigenen Hofstaat in der Downing Street. Hatte sie denn das Recht, noch mehr von ihm zu verlangen? Und irgendetwas sagte ihm, dass er nie wieder eine zweite Sally finden würde, nie die Zeit oder die Möglichkeit dazu haben würde. Ihren Kopf würde er vielleicht ersetzen können, doch niemals ihren Körper und was dieser mit ihm anstellte. Sie hatte dafür gesorgt, dass er sich allmächtig fühlte wie ein junger Mann. Und Mortima würde er immer noch erklären können, dass niemand ein Interesse daran haben könne, wenn Sally missmutig und womöglich rachsüchtig in der Gegend herumrannte, zumindest nicht im Moment.

»Das könnte schwierig werden, Sally.« Er schluckte. »Aber ich will es gern versuchen.«

»Dein erstes Mal? Verlierst du jetzt etwa auch deine Unschuld, Francis?«

»Wenn du das so ausdrücken möchtest.«

Er starrte auf ihren Busen, gebannt wie ein Kaninchen im Scheinwerferlicht. Sie schenkte ihm ein Lächeln, schloss den Deckel ihres Aktenkoffers und ließ die Schnallen zuschnappen, als hielte sie darin seine Unschuld gefangen. Dann stand sie auf und ging langsam um den langen Tisch herum. Sie trug einen eng anliegenden schwarzen Body unter einem Oversized-Seidenblazer von Harvey Nicks – ein Outfit, das er noch nie an ihr gesehen hatte – und schob das Jackett beim Näherkommen so weit zurück, dass ihre körperlichen Reize gänzlich zutage traten. Er hatte sich richtig entschieden, ganz gewiss. Es diente seiner Sache, würde ihm ihre Loyalität und dauerhafte Unterstützung sichern, Mortima würde es sicher verstehen – falls sie es jemals herausfand.

Jetzt stand Sally direkt neben ihm und streckte ihm die Hand entgegen. »Ich kann's kaum erwarten. Partner.«

Er erhob sich, und sie schlugen ein. Ein Triumph. Er fühlte sich unbezwingbar, übermenschlich, als gäbe es keine Herausforderung, die er nicht meistern könnte, kein Dilemma, dem er nicht gewachsen war.

Eine bemerkenswerte Frau, diese Amerikanerin, fast schon eine echter britischer Kumpel, schien sein Lächeln zu sagen. Was für ein typisch englischer Dreckskerl, dachte sie.

Kapitel 45

Lass nichts unversucht, kein Messer ungewetzt.

Brian Redheads Bart war mit den Jahren länger und lichter geworden, und die Konturen waren nicht mehr so scharf umrissen, doch seine Zunge und der giftige Tyneside-Humor hatten an Biss nichts eingebüßt. Wie sonst hätte er seinen Ruf als Altmeister des Frühstücksradios so lange behaupten und eine endlose Reihe von Politikern anlocken können, die sich allesamt in seiner Sendung bereitwillig durch die Mangel drehen und zerpflücken ließen, noch bevor ihre erste Tasse Kaffee kalt geworden war? Wie ein Einsiedler in der Höhle hauste er in seinem Studio in der BBC-Zentrale, der Tisch übersät mit schmutzigen Tassen und veralteten Notizzetteln, immer auf der Suche nach der höheren Wahrheit, blickte er seinen Produzenten durch die trübe Scheibe des Regieraums finster an. Wie in einer Bahnhofshalle hing eine riesige altmodische Uhr in einem polierten Eichenrahmen an der Wand, deren kleiner Zeiger die Sekunden unerbittlich herunterzählte.

»Es ist mal wieder Zeit für die morgendliche Presseschau. Und hier ist auch schon unser geschätzter Donnerstagskommentator Matthew Parris, der just aus diesem Grund ins Studio gekommen ist. Die königlichen Roben scheinen wieder etwas in Unordnung geraten zu sein, Matthew.«

»Ja, Brian. Unsere ureigene britische Antwort auf all die australischen Soaps geht heute Morgen in eine neue hochbrisante Runde, aber es mehren sich die Anzeichen, dass ein Ende in Sicht ist – wie auch immer es aussehen wird. Es ist möglich, dass mindestens eine der Hauptfiguren aus der Serie aussteigt, denn die jüngste in der *Times* erschienene Umfrage sieht die Opposition zehn Punkte hinten, und das könnte der Tropfen sein, der das Fass zum Überlaufen bringt. Auch wenn Gordon McKillin sich sicher nur ungern mit einem Fass vergleichen lässt. Dennoch wird er sich fragen müssen, wie lange es wohl noch dauert, bis man ihn in die Wüste schickt – oder als Penner in eine der königlichen Autobahnüberführungen. Ungemütlicher als heute Nachmittag im Unterhaus kann es für ihn dort auch nicht werden. Allerdings war es der Leitartikel in der *Times*, der die Abendausgaben der restlichen Zeitungen beherrschte. ›Neuwahlen, um reinen Tisch zu machen?‹, wird dort gefragt. Kein Zweifel, dass diese Wahl nicht nur McKillins Führerschaft einer öffentlichen Prüfung unterziehen würde, sondern ebenso die des Königs. Der *Mirror* geht wie immer ans Eingemachte: ›Im gegenwärtigen System kann er der größte Hohlkopf des Landes sein und trotzdem auf dem Thron bleiben. Um es in seinen eigenen Worten zu sagen: Es muss etwas geschehen.‹ Doch nicht alle Blätter zeigen sich derart respektvoll. Erinnern Sie sich an die Schlagzeile in der *Sun*, die noch vor wenigen Tagen groß titelte: HOHEIT DER HERZLICHKEIT? Der Chefredakteur offensichtlich auch, denn er hat die damalige Titelzeile kaum verändert. ›Hoheit des Humbugs‹ lautet sie heute. Wenn es um königliche Politik geht, ist eine Woche scheinbar eine ziemlich lange Zeit. Die anderen stoßen ins gleiche Horn ...«

Nur wenige Kilometer vom BBC-Gebäude entfernt schaltete Landless in seinem Büro das Radio aus. Die Morgendämmerung war kaum mehr als ein fahler Pinselstrich am Horizont, doch saß er bereits an seinem Schreibtisch. Im Alter von acht Jahren hatte er als Zeitungsbote angefangen, sein erster Job, und dabei vor Sonnenaufgang durch die finsteren Straßen rennen müssen, weil sich seine Eltern kein Fahrrad leisten konnten; hatte Briefkästen vollgestopft und durch halb zugezogene Gardinen flüchtige Blicke auf Negligés und nackte Haut erhascht. Seitdem war er ein paar Pfund und etliche Millionen schwerer geworden, doch die Gewohnheit, früh aufzustehen, um den anderen zuvorzukommen, hatte sich gehalten. Nur eine andere Person war jetzt schon im Büro, die älteste seiner drei Sekretärinnen, die immer die Frühschicht bestritt. Die Stille und ihr grau meliertes Haar halfen ihm beim Nachdenken. Stehend brütete er über der heutigen *Times*, die offen vor ihm auf dem Tisch lag. Er las sie ein zweites Mal, ließ dabei nacheinander sämtliche Fingerknöchel knacken und versuchte herauszufinden, was – und wer – sich hinter diesen Worten verbarg. Als keine Finger mehr übrig waren, langte er über den Tisch und betätigte die Gegensprechanlage.

»Ich weiß, es ist noch früh, Miss Macmunn, und die gießen sich womöglich gerade noch Milch über ihre Vollkorn-Cornflakes und kratzen ihre königlichen Hinterteile. Aber schauen Sie, ob Sie jemanden im Palast an die Strippe bekommen ...«

Einen kurzen Moment hatte er insgeheim mit dem Gedanken gespielt, sie zu konsultieren, ihren Rat zu hören. Aber nur einen Augenblick. Als er nun den Blick rings um den Kabinettstisch und auf seine Kollegen warf, merkte er, wie wenig Geduld er für ihre endlosen Debatten und andauernden Bedenken aufbrachte, ihre unergiebige Suche nach dem einfachsten Weg, dem ständigen Rückgriff auf billige Kompromisse. Alle waren sie gekommen, mit ihren roten Koffern, die sämtliche offiziellen Kabinettspapiere enthielten sowie all die Notizen, von denen ihre Ministerialbeamten glaubten, dass sie ihnen helfen könnten, ihre individuellen Standpunkte zu untermauern oder die konkurrierender Kollegen pfleglich zu untergraben. Kollegen! Seiner Führungsstärke, seiner Autorität allein war es zu verdanken, dass sie sich nicht in solch kleinlichem Gezänk verloren, wie man es in keinem Kindergarten fand. Die Stichworte der Beamten waren sowieso belanglos. Aber wie hätten sie auch wissen können, dass er die Tagesordnung über den Haufen werfen würde?

Es hätte kaum Sinn gehabt, ihre Meinungen zu erfragen; so erbärmlich vorhersehbar wären sie gewesen. Zu früh, zu überstürzt, zu unsicher, zu schädlich für die Institution der Monarchie, hätten sie gesagt. Zu groß die Chance, früher als nötig ohne ihre ministerialen Chauffeure auskommen zu müssen. Oh, ihr Kleingläubigen! Man musste ihnen zeigen, was Mut, was echter Schneid war. Man musste sie das Fürchten lehren.

Er hatte gewartet, bis sie aufgehört hatten, zu lächeln und sich gegenseitig zu ihrem positiven Abschneiden in den neuesten Umfragen zu beglückwünschen – *ihr* positives Abschneiden! Er hatte den Schatzkanzler ersucht, ihnen zu berichten, wie schlimm es in Wirklichkeit um sie alle stand, insbesondere seit das Chaos an den Märkten das Geschäftsklima völlig vergiftet hatte. Was vor ihnen lag, war ein tiefer, finsterer Tunnel – tiefer und finsterer, als es irgendwer hätte erwarten können, berichtete der Kanzler, ohne einen Funken Licht am Ende, und Mitte des kommenden Monats, dann ein Haushalt, der ihnen Löcher in die Hosentaschen fraß. Wenn sie sich bis dahin überhaupt noch Hosen leisten konnten.

Während sie noch widerwillig an den Knochen herumkauten, die er ihnen hingeworfen hatte, ließ er den Arbeitsminister die neuesten Zahlen verkünden. Am 15. März würden die Schulferien beginnen, rund dreihunderttausend Abgänger, die auf den Arbeitsmarkt strömten mit Aussichten auf Stellen, die etwa so rosig waren wie die einer Sau beim Metzger. Die Zahl der Arbeitslosen würde über zwei Millionen steigen. Ein weiteres Wahlversprechen im Eimer. Und dann war er auf einen Bericht des Generalstaatsanwalts über das bevorstehende Verfahren gegen Sir Jasper Harrod eingegangen. Der schmerzerfüllte Ausdruck, der über ein oder zwei Gesichter huschte, ließ vermuten, dass es noch eine Reihe weiterer Einzelspenden an hochstehende und – zumindest jetzt noch – einflussreiche Persönlichkeiten gegeben hatte, die bisher noch nicht ans Licht gekommen waren. Gerichtstermin war Donnerstag, der 28. März, und nein, eine Vertagung nicht zu erwarten. Kurzum, nur wenige Tage nach dem Schlag des Richterhammers würde die schmutzige Wäsche in aller Öffentlichkeit gewaschen. Und Sir Jasper hatte keinen Zweifel daran gelassen, dass er nicht die Absicht besaß, die Zeche ganz allein zu zahlen.

Die Kabinettskollegen hatten bereits dreingeschaut, als segelten sie in einer überfüllten Jolle durch einen ausgewachsenen Tropensturm, bis er ihre Beklommenheit mit seiner eigenen Zugabe auf die Spitze trieb: dem hartnäckigen Gerücht, McKillin erwäge zu Ostern seinen Rücktritt. Nur die Knalltüte von Umweltminister hielt das für eine gute Nachricht; der Rest hatte sofort kapiert, worum es sich in Wahrheit handelte – einen Befreiungsschlag, die beste Chance der Opposition auf einen Neubeginn, einen Schlussstrich unter McKillins Torheiten und Fehlschläge, der rettende Sprung ins Beiboot. Sogar diese Schwachköpfe hatten das begriffen – alle außer Dickie. Er würde gehen müssen. Nach den Wahlen.

Erst nach etlichen Sekunden betretenen Schweigens warf er ihnen den Rettungsanker zu, ihre einzige Möglichkeit, wohlbehalten aufs Trockene zu gelangen. Neuwahlen. Am Donnerstag, den 14. März. Gerade noch genug Zeit – wenn sie sich denn sputeten –, um liegengebliebene Gesetze durchzupeitschen und dann die rettende Parlamentsauflösung, kurz bevor die nächsten Katastrophen über sie hereinbrechen und sie hinwegfegen würden. Kein Vorschlag, kein Ersuchen um Rat, nur ein Beweis seiner taktischen Überlegenheit, ein weiterer Grund, warum gerade er Premierminister war und nicht einer von ihnen. Ein deutlicher Vorsprung in den Umfragen. Eine zerstrittene Opposition. Ein König als Sündenbock. Und in weniger als einer Stunde eine Audienz bei Seiner Majestät, um den königlichen Erlass zu erwirken. Was wollten sie mehr? Ja, er wusste, dass es knapp war, aber es blieb noch genügend Zeit. Gerade noch.

Kapitel 46

Wem es beliebt, gegen einen König zu ziehen, der suche sich ein tücht'ges Ross.

»Eure Majestät.«

»Urquhart.«

Sie hielten es nicht einmal für nötig, sich zu setzen. Der König machte keinerlei Anstalten, ihm einen Stuhl anzubieten, und Urquhart kam binnen weniger Sekunden zum Anlass seines Besuchs.

»Es gibt nur eine einzige Angelegenheit, die mich zu Ihnen führt. Ich will unverzüglich Neuwahlen. Am 14. März.«

Der König starrte ihn nur wortlos an.

»Ich schätze, ich sollte Ihnen fairerweise mitteilen, dass das Wahlprogramm der Regierung unter anderem einen parlamentarischen Ermittlungsausschuss zur Klärung der Pflichten und Schuldigkeiten des Königshauses fordern wird. Ich werde diesem Ausschuss eine Reihe radikaler Einschnitte empfehlen, was Ihre Aktivitäten, Ihre Funktion und Ihre Finanzierung betrifft – wie auch die Ihrer Angehörigen. Es hat einfach zu viele Skandale gegeben, zu viel Verwirrung. Es ist an der Zeit, das Volk entscheiden zu lassen.«

Als der König endlich antwortete, sprach er erstaunlich sanft und kontrolliert. »Es erstaunt mich immer wieder, wie Politiker es fertigbringen, hochtrabend im Namen des Volkes zu sprechen, selbst wenn sie dabei die absurdesten Unwahrheiten von sich geben. Doch ich, als Erbmonarch, könnte aus der Bibel vorlesen, und dennoch würde man meinen Worten zutiefst misstrauen.«

Der Affront war so langsam und bedächtig vorgetragen, um

die Kränkung noch tiefer zu machen. Doch Urquhart grinste nur herablassend und verzichtete auf eine Erwiderung.

»Totaler Krieg? Ist es das, was Sie wollen? Sie und ich. Der König und sein Cromwell. Was ist nur aus dieser uralten englischen Tugend geworden – dem Kompromiss?«

»Ich bin Schotte.«

»Sie würden also nicht zögern, mich zu vernichten? Und mit mir die Verfassung, die diesem Land seit Generationen gute Dienste erwiesen hat?«

»Eine konstitutionelle Monarchie gründet auf den irrigen Idealen von Würde und ausgezeichneter Kinderstube. Es ist schwerlich meine Schuld, wenn sich herausstellt, dass Sie und Ihresgleichen ihre Gelüste und sexuellen Vorlieben schlechter im Zaum halten können als eine Herde Ziegen!«

Der König zuckte, als wäre er geohrfeigt worden, und Urquhart sah ein, dass er wohl einen Schritt zu weit gegangen war. Und außerdem, was sollte das jetzt noch bezwecken?

»Ich werde Sie nicht länger belästigen, Sir. Ich bin lediglich gekommen, um Sie über die Parlamentsauflösung zu unterrichten. Am 14. März.«

»Das sagten Sie bereits. Aber ich denke nicht, dass ich sie Ihnen gewähren kann.«

Urquhart schien nicht im Geringsten beunruhigt – er kannte seine Rechte. »Was soll der Unfug?«

»Sie verlangen von mir, dass ich heute noch die königliche Proklamation herausgebe, augenblicklich.«

»Wozu ich jedes Recht habe.«

»Vielleicht. Vielleicht aber auch nicht. Ein hochinteressanter Aspekt, meinen Sie nicht auch? Denn die gleichen Präzedenzfälle gestehen auch mir einige Rechte zu, etwa das Recht, konsultiert zu werden, zu beraten und zu warnen.«

»Ich konsultiere Sie ja gerade. Geben Sie mir so viele Ratschläge, wie Sie wollen. Warnen Sie mich, so viel Sie wollen, drohen Sie mir meinetwegen. Aber trotzdem dürfen Sie mir die Auflösung, die ich fordere, nicht verweigern. Das ist das Recht des Premierministers.«

»Sie müssen mich verstehen, Herr Premierminister. Dies ist mein erstes Mal, ich bin neu in dem Job. Ich muss mich zunächst selbst beraten lassen, mit ein paar Leuten reden, sichergehen, dass ich die richtigen konstitutionellen Schritte einleite. Gewiss wird es mir möglich sein, Ihrer Forderung nachzukommen, aber wie wäre es, sagen wir mal... nächste Woche? Das dürfte doch zumutbar sein, oder? Nur ein paar Tage später?«

»Völlig unmöglich!«

»Und wieso nicht?«

»Sie können doch nicht von mir verlangen, am Gründonnerstag eine Wahl abzuhalten, wenn alle, die nicht in der Kirche auf den Knien rutschen, in den Osterferien auf der faulen Haut liegen. Keine Verzögerung. Das kann und werde ich nicht zulassen, hören Sie?«

Urquharts Selbstbeherrschung war dahin, seine Fäuste vor Bestürzung geballt, die Beine so steif vor Anspannung, als wäre er kurz davor, den Monarchen körperlich zu attackieren. Doch statt zusammenzuzucken oder zurückzuweichen, brach der Monarch in Gelächter aus, ein eisiger, hohler Klang, der gespenstisch von den hohen Decken widerhallte.

»Verzeihen Sie mir, Urquhart. Nur einer meiner kleinen Scherze. Natürlich kann ich Ihre Forderung nicht länger hinausschieben. Ich wollte lediglich sehen, wie Sie reagieren.« Die Muskeln verzogen sein Gesicht noch immer zu einem Lächeln, doch dahinter verbarg sich nicht der Hauch von Wärme. Seine Augen frostkalt. »Sie scheinen mir etwas in Eile zu sein. Und ich, das muss ich Ihnen sagen, bin es ebenso, denn Ihre Ungeduld hat mich gerade in einer Entscheidung bestärkt, die auch ich getroffen habe. Schauen Sie, Urquhart, ich verachte Sie und alles, wofür Sie stehen. Die skrupellose, unerbittliche, vollkommen herzlose Art, mit der Sie Ihre Ziele verfolgen. Ich fühle mich verpflichtet, alles in meiner Macht Stehende zu tun, um Sie zu stoppen.«

Urquhart schüttelte den Kopf. »Aber Sie können keine Wahl hinausschieben.«

»Nein. Doch ebenso wenig kann ich die Tatsache akzeptieren, dass Sie das Leben meiner Freunde und meiner Familie zerstört haben und nun auch noch versuchen, mich zu zerstören – und mit mir das Königshaus. Wissen Sie, Charlotte mag eine törichte Frau sein, doch im Grunde ist sie eine gute Seele. Was Sie ihr angetan haben, hat sie nicht verdient. Und Mycroft ebenso wenig.« Dann wartete er einige Augenblicke. »Wie ich sehe, machen Sie sich nicht einmal die Mühe, es abzustreiten.«

»Ich habe nichts dazu zu sagen. Sie können nichts davon beweisen.«

»Das muss ich überhaupt nicht. Es reicht, wenn ich es weiß. Wissen Sie, Urquhart, Sie haben die Menschen, die ich liebe, als Fußabtreter benutzt, sich an ihnen die Stiefel abgewischt, nachdem Sie sie in den Schmutz getreten haben. Und jetzt wollen Sie auf mir herumtrampeln. Das werde ich nicht zulassen.«

»Sie können nichts dagegen tun. Nach dieser Wahl wird die Krone nie wieder in der Lage sein, in der Politik mitzumischen.«

»Das sehe ich ebenso, Herr Premierminister. Ich habe es mir lange nicht eingestehen wollen, doch nun ist mir schmerzlich bewusst geworden, dass all das, was ich in den letzten Monaten getan habe – die Ideale, die ich hochhalten, die Belange, für die ich einstehen wollte –, dass all das Politik ist. Traurigerweise scheint überhaupt keine Trennlinie mehr zu existieren. Wenn ich öffentlich eine Meinung äußere, und sei es auch nur über das Wetter, dann ist es Politik.«

»Wenigstens haben Sie das jetzt begriffen.«

»Das habe ich. Nur bei Ihnen bin ich mir nicht so sicher. Ich habe die Pflicht, fast schon eine gottgegebene Pflicht, das Königshaus zu schützen – mit allem, was in meiner Macht steht. Und ich fühle eine ebenso starke Verpflichtung mir selbst gegenüber und den Dingen, an die ich glaube. Doch ein Gewissen und eine Krone sind heutzutage kaum mehr zu vereinbaren. Dafür haben Sie gesorgt.«

»Das Volk wird dafür sorgen.«

»Vielleicht. Aber nicht am 14. März.«

Aufgebracht fuhr sich Urquhart mit der Hand über den Mund. »Sie strapazieren meine Geduld, Sir. Ich verlange den 14. März.«

»Aber das ist nicht möglich. Denn Sie müssen die Auflösung für einen unvorhergesehenen parlamentarischen Vorgang zurückstellen.«

»Was für einen Vorgang?«

»Meine Abdankung.«

»Noch einer Ihrer albernen Scherze!«

»Wie Sie wissen, gelte ich nicht als sonderlich humorvoll.«

»Sie wollen abdanken?« Zum ersten Mal hatte Urquhart das Gefühl, den Halt zu verlieren. Kaum merklich begann sein Unterkiefer zu zittern.

»Zum Wohle der Krone und meines Gewissens. Und um Ihnen und Ihresgleichen mit allen verfügbaren Mitteln entgegenzutreten. Es gibt keinen anderen Weg.«

Es bestand kein Zweifel, dass er es ernst meinte – da war sie wieder, diese Ernsthaftigkeit, seine größte Schwäche, das völlige Unvermögen, unaufrichtig zu sein. Ein hektisches Flimmern trat in Urquharts Augen, während er insgeheim versuchte, die politischen Folgen abzuschätzen und inwieweit dies seinen Plänen schadete. Er würde trotzdem gewinnen, oder? Das Parlament des Volkes noch immer gegen die Krone obsiegen? Irgendwie würde er dem Kalender noch diese Gnadenfrist abtrotzen, selbst wenn das Gründonnerstag bedeutete – was für ein passender Tag, um einen König abzustrafen. Außer ... o Gott, er würde doch wohl nicht McKillins Platz als Oppositionsführer einnehmen, oder? Nein, das wäre einfach zu lächerlich.

»Und welche Rolle gedenken Sie im Wahlkampf zu spielen?«, erkundigte sich Urquhart zögerlich.

»Eine sehr bescheidene. Den Leuten die Probleme näherbringen, die mir wichtig sind – Armut, Perspektivlosigkeit der Jugend. Ich werde David Mycroft um Hilfe bitten. Er hat ein Händchen für gute Publicity, denken Sie nicht auch?« Der König hatte sich verändert, seine sonst so steifen Züge schienen sich gelockert zu haben, waren weicher geworden, nicht länger von Albträumen, Schuld und Selbstzerfleischung verhärtet. Er schien geradezu Spaß an der Unterhaltung zu haben. »Aber was ich auch immer tun werde, es wird zurückhaltend und seriös sein. Ich werde mich nicht auf persönliche Konfrontationen oder Streitgespräche mit Ihnen einlassen. Andere, so befürchte ich, werden sich da allerdings weniger zurückhalten.« Er trat ans Fenster und drückte einen Knopf, der sich hinter einem der Vorhänge verbarg. Fast augenblicklich öffnete sich die Tür, und herein kam Benjamin Landless.

»Sie?«

»Ich«, nickte er. »Lange her, Francis, nicht? Kommt mir vor wie 'ne verdammte Ewigkeit, fast wie 'ne ganz andere Welt.«

»Was für ein groteskes Gespann! Ein König und ein Prolet aus der Gosse wie Sie.«

»Not macht erfinderisch.«

»Ich schätze, Sie haben vor, die königlichen Ergüsse zu veröffentlichen und zu fördern.«

»Schon möglich, Francis. Aber freilich ohne dabei andere hochbrisante Nachrichten zu vernachlässigen.«

Jetzt erst bemerkte Urquhart, dass Landless etwas in der Hand hielt – war das ... ein Stapel Fotos?

»Fotos, Francis. Mit Fotos kennen Sie sich doch aus, oder?«

Landless hielt Urquhart die Bilder hin, der sie entgegennahm wie einen Schierlingsbecher. Er begutachtete sie eine Weile stumm, unfähig, auch nur den geringsten Laut zu formen, selbst wenn er die Worte gefunden hätte.

»Scheint, als gäbe es in jüngster Zeit eine ganze Welle solcher Enthüllungen, glauben Sie nicht auch, Sir?«, bemerkte Landless.

»Bedauerlicherweise«, antwortete der König.

»Francis, Ihre Frau werden Sie ja gewiss erkennen. Die andere Person, die unter ihr – Entschuldigung, in dem Bild, das Sie gerade anschauen, eher auf ihr –, ist ein Italiener. Möglicherweise kennen Sie ihn sogar. Singt Opern oder so einen Quatsch. Und zieht seine Gardinen nicht ordentlich zu.«

Urquharts Hände zitterten nun so, dass ihm die Fotografien aus der Hand zu fallen drohten. Mit einem wütenden Schrei zerknüllte er sie in der Faust und warf sie durchs Zimmer. »Ich verstoße sie. Die Leute werden das verstehen, Mitleid mit mir haben. Das hat doch nichts mit Politik zu tun!«

Der König konnte sich ein verächtliches Schnauben nicht verkneifen.

»Da hoffe ich, dass Sie recht behalten, Frankie«, setzte Landless nach. »Aber ich habe da meine Zweifel. Die Leute werden das für ziemlich scheinheilig halten, wenn Sie von Ihren eigenen außerehelichen Eskapaden erfahren.«

»Was meinen Sie damit?« Ein gequälter Ausdruck trat in Urquharts Augen.

»Besser gesagt: wen? Eine gewisse junge und sehr attraktive Dame, die seit Ihrem Amtsantritt nicht nur häufiger Gast in der Downing Street war, sondern auch unlängst auf dem Devisenmarkt einen Mordsgewinn eingefahren hat. Böse Zungen könnten behaupten, sie hätte im Vorhinein etwas gewusst – oder jemand mit Insiderwissen hätte ihr was gesteckt. Wollen Sie sie vielleicht auch verstoßen?«

Alle Farbe war aus seinen Wangen gewichen, seine stammelnden Worte pressten sich zwischen bebenden Lippen hindurch. »Wie zum Teufel …? Sie können doch unmöglich davon wissen …«

Ein riesiger, bärenhafter Arm legte sich um Urquharts Schultern, und Landless senkte seine Stimme zu einem verschwörerischen Flüstern. Wie auf ein Stichwort schlenderte der König hinüber zu einem der Fenster und wandte ihnen den Rücken zu, scheinbar völlig eingenommen vom Ausblick auf seine Gärten.

»Dann will ich Ihnen mal ein kleines Geheimnis verraten, unter alten Kumpels. Schauen Sie, sie war nämlich nicht nur Ihr Partner, sondern auch meiner. Ich muss mich bei Ihnen bedanken. Hab 'ne Stange Geld verdient mit den Währungsschwankungen, bin genau rechtzeitig aus dem Pfund ausgestiegen.«

»Das wäre nicht nötig gewesen«, keuchte Urquhart entgeistert. »Sie wären mit mir genauso gut gefahren …«

Landless musterte den anderen bedächtig von oben bis unten. »Nö. Tut mir leid, aber Sie sind einfach nicht mein Typ, Francis.«

»Warum, Ben? Warum tun Sie mir das an?«

»Wie viele Gründe hätten Sie denn gern?« Er hob die Hand

und zählte sie an seinen wulstigen Fingern ab. »Weil es Ihnen so sichtlichen Spaß bereitet hat, mich wie Scheiße zu behandeln. Weil Premierminister kommen und gehen – wie Sie in Kürze feststellen werden –, die Königsfamilie aber sie alle überdauert.« Sein gewaltiger Kopf vollführte eine demütige Geste in Richtung des königlichen Rückens. »Und am allermeisten wohl, weil er mich willkommen geheißen hat, wie ich bin – der große böse Ben aus Bethnal Green –, ohne auf mich herabzuschauen, wogegen ich für Sie und Ihre hochnäsige Frau nie gut genug war.« Flink drehte er seine Hand, die nun einer offenen Klaue glich. »Und genau deshalb hab ich Sie jetzt an den Eiern – und drück zu, so fest ich kann.«

»Warum? Aber warum?«, klagte Urquhart erneut.

Landless schloss seine Faust. »Weil Sie da sind, Francis. Weil Sie nun mal da sind«, gluckste er. »Apropos, ich habe erfreuliche Nachrichten von Sally.«

Urquhart hob nur noch traurig den Blick.

»Sie ist schwanger.«

»Nicht von mir!«, stieß Urquhart atemlos hervor.

»Nein, nicht von Ihnen.« In seine eben noch herablassende Stimme mischte sich beißender Spott. »Scheint ja, als seien Sie selbst dafür nichts Manns genug.«

Auch das wusste er also. Urquhart wandte sich von seinem Widersacher ab, bemüht, seine Schmach zu verbergen, doch Landless blieb ihm dicht auf den Fersen.

»Sally hat Sie die ganze Zeit zum Narren gehalten, Frankie. In der Politik wie im Bett – oder wo auch immer Sie beide es überall getrieben haben. Sie hätten sie nicht benutzen sollen. So viel Hirn, so viel Schönheit, und Sie haben alles weggeworfen.«

Urquhart schüttelte den Kopf wie ein Hund, der versucht, ein kratzendes Halsband loszuwerden.

»Sie hat neue Aufträge, neue Kunden, neues Kapital. Und einen neuen Mann. Sie führt jetzt ein ganz anderes Leben, Frankie. Und nun, da sie auch noch schwanger ist... na, Sie wissen ja, wie Frauen in diesen Umständen sind. Oder eben gerade nicht, aber lassen Sie es mich Ihnen sagen. Sie ist eine bemerkenswerte und sehr glückliche Frau.«

»Wer? Wen hat sie mir...?«, stammelte er, scheinbar unfähig, den Satz zu beenden.

»Wen sie Ihnen vorgezogen hat?«, kicherte Landless. »Sie Idiot. Sie kapieren's immer noch nicht, oder?«

Urquharts ganzer Körper schien geschrumpft, die Schultern hingen schlaff herunter, und der Mund stand offen. Er konnte, wollte es nicht wahrhaben.

Ein triumphierender Blick trat in das teigige Gesicht des Verlegers. »Ich habe Sie auf ganzer Linie geschlagen, Frankie. Sogar mit Sally.«

Urquhart überkam das überwältigende, beinahe instinkthafte Verlangen, sich zu verkriechen, an einen dunklen Ort, irgendeinen Ort zu fliehen, um dort vor Scham und Demütigung im Erdboden zu versinken – doch er konnte nicht gehen, jetzt noch nicht. Es gab eine Sache, die er noch versuchen musste. Womöglich seine letzte Chance, etwas Zeit zu gewinnen. Er richtete sich auf, drückte, so gut es ging, das Kreuz durch und marschierte ungelenk durchs Zimmer, bis er dem Rücken des Königs gegenüberstand. Mit angestrengter Miene nahm er einen tiefen, schluckenden Atemzug. »Sir, ich habe meine Meinung geändert. Ich ziehe mein Gesuch nach einer Parlamentsauflösung zurück.«

Wie ein Paradeoffizier machte der König auf dem Absatz kehrt. »Ach wirklich, Herr Premier? Das dürfte aber verdammt schwierig werden. Sehen Sie, ich habe bereits alles in Gang gesetzt. Der Premierminister hat das Recht, Wahlen zu verlangen, gewiss, das ist in der Verfassung klar geregelt. Aber ich wüsste beim besten Willen nicht, wo geschrieben stünde, dass er sie auch wieder absagen darf. Wie dem auch sei, am Ende bin ich es, der das Parlament auflöst und die königliche Proklamation unterzeichnet, und genau das werde ich tun. Wenn Sie mein Handeln aus verfassungsrechtlichen oder persönlichen Gründen für unzulässig halten, kann ich bei der Abdankungsdebatte ja gewiss auf Ihre Stimme zählen.«

»Ich werde meinen Antrag auf eine Verfassungsreform zurückziehen«, stieß er atemlos hervor. »Wenn es nötig ist, werde ich mich für etwaige ... Missverständnisse ... öffentlich entschuldigen.«

»Wie ehrbar von Ihnen, dass Sie das von sich aus anbieten. Dann müssen Mr Landless und ich ja gar nicht mehr darauf bestehen. Die Entschuldigung hätte ich gern, wenn Sie das Abdankungsgesetz einbringen.«

»Aber das ist doch gar nicht mehr nötig. Sie haben gewonnen. Wir können ganz von vorne anfangen ...«

»Sie begreifen es immer noch nicht, oder? Ich werde abdanken, ob Sie wollen oder nicht. Ich bin nicht der Richtige für das Amt, in das ich hineingeboren wurde. Mir fehlt die Selbstbeherrschung, die von einem König verlangt wird. Aber ich habe mich damit abgefunden. Meine Abdankung wird die Krone und alles, wofür sie steht, viel wirksamer schützen, als wenn ich, ungeduldig wie ich bin, weiter versuchte, mich mehr schlecht als recht durchzuwursteln. Mein Sohn ist bereits verständigt, die Regentschaftsurkunden werden aufgesetzt. Er ist viel geduldiger als ich, jünger, flexibler. Wird viel bessere Chancen haben, in das Amt hineinzuwachsen und einmal der große König zu werden, der ich nie werde sein können.« Er legte sich einen Finger auf die Brust. »Es ist am besten so, für mich, den Mann.« Nun richtete er den Finger auf Urquhart. »Und es ist verdammt nochmal der beste Weg, um Sie und alles, wofür Sie stehen, zu vernichten.«

Urquharts Lippen bebten. »Sie waren einmal Idealist.«

»Und Sie, Mr Urquhart, waren einmal Politiker.«

Epilog

Es klopfte an der Haustür, ein sachtes, zaghaftes Pochen. Kenny legte sein Buch zur Seite und ging hin, um aufzumachen. Er öffnete, und auf der dunklen Türschwelle, den neuen Mantel gegen den prasselnden Regen eng um sich geschlungen, stand Mycroft.

Mycroft hatte sich seine Erklärungen und Entschuldigungen sorgfältig zurechtgelegt. Mit der Bekanntgabe der Abdankung und der bevorstehenden Neuwahl war vieles anders geworden. Die Presse hatte nun Wichtigeres zu tun – neue Beute, die es zu erlegen galt –, und man würde sie in Frieden lassen. Kenny musste das verstehen. Und ihm verzeihen. Doch als er an ihm emporblickte, sah er den tiefen Schmerz in Kennys verdutzten Augen, und die Worte verließen ihn.

So standen sie sich gegenüber, jeder ängstlich die Worte des anderen erwartend, nicht willens, die frisch verheilten Wunden ein weiteres Mal aufzureißen. Mycroft kam es wie eine Ewigkeit vor, bis Kenny endlich sprach.

»Willst du etwa die ganze verdammte Nacht hier draußen stehen, David? Den Teddybären wird der Tee kalt.«

»»House of Cards« ist ein pures Lesevergnügen für politisch Interessierte, satirisch, realistisch und unglaublich spannend.«

Stefan Keim, WDR 4

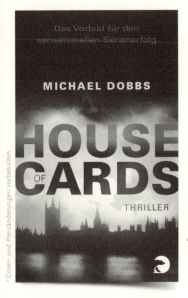

Michael Dobbs
House of Cards

Aus dem Englischen von Johannes Sabinski und Alexander Weber
Berlin Verlag Taschenbuch, 480 Seiten
Das Vorbild für den Netflix-Welterfolg „House of Cards" – verfilmt mit Kevin Spacey und Robin Wright
€ 9,99 [D], € 10,30 [A]*
ISBN 978-3-8333-1036-2

Francis Urquhart ist bei der Besetzung der Kabinettsposten übergangen worden. Er schwört Rache und schmiedet mit seiner Frau er eine Intrige, die den Premierminister zu Fall bringen soll ... Dieser Roman ist Vorlage für die Seirie mit Kevin Spacey. »Ein schmutziger Unterhaltungsthriller ... ›House of Cards‹ macht so viel Spaß, weil in der dreckigen Pulp-Haftigkeit immer der ethnologische Erfahrungsbericht durchschimmert.« Lars Weisbrod, Die Zeit

Leseproben, E-Books und mehr unter www.berlinverlag.de